U1020686

文學制度

(第四輯)

饒龍隼 主編
四川大學中國古代文學制度研究中心主辦

上海辭書出版社

編委會成員

主　編　饒龍隼

編　委（以姓氏拼音首字母爲序）

陳元鋒　高克勤　何榮譽　杰弗里·J.威廉斯　李德輝

李　浩　劉　培　盧盛江　羅家湘　馬自力　彭玉平

饒龍隼　王兆鵬　吴夏平　朱國華　卓　悦

編輯助理　李珍貞

目　録

·對談·

·理念與觀念·

·制度與文學·

·材料與新見·

·令規與輯釋·

對談
Duitan

按語：

“對談”是《文學制度》集刊改版後新開設的欄目，計劃陸續發表有關中國文學研究的對談或講座録音整理稿，旨在對中國古代文學制度的學術理念、理論觀念、方法策略、研究範式、學科規範等項做前瞻性探討。本輯首發何宗美等學者的“對談”録音整理稿，以與學界同好分享。敬請關注，並予指教。

知識・制度・思想

——明代文學研究路徑之拓展

何宗美、饒龍隼、李瑄①

饒龍隼：大家好，今天我們很榮幸邀請到了西南大學何宗美教授來做學術演講，並與之開展對談與互動。何宗美教授的基本情況在海報上有展示，我就不重複介紹。在中國大西南地區，文學研究有兩個重鎮，一是重慶，一是成都。我想，今後兩地應該加强學術交流與協作，立足西南豐厚的文化土壤，爲拓展充實西南文學場域内涵，爲新時期學術進步奉獻更多成果。接下來，先請何宗美教授作主旨演講，然後由饒龍隼、李瑄教授與之對談，最後預留點時間與在座的師生進行互動。

何宗美：謝謝饒龍隼教授、李瑄教授，謝謝各位老師與同學。今天我們這個講座形式很特别。我們三位都是做明代文學研究的，而且都是南開大學畢業的。我們對談的總話題叫做“知識・制度・思想——明代文學研究路徑之拓展”。該命題源自我們三人的研究特色。我這塊要略講一講知識結構體系與明代文學研究的問題，這是對應于總題目裏的“知識”。龍隼兄研究中國文學制度多年，這是

---

①作者簡介：何宗美，文學博士，西南大學文學院教授，博士生導師，主要研究領域爲明代文學、四庫學等，出版著作《文人結社與明代文學的演進》《〈四庫全書總目〉的官學約束與學術缺失》等；饒龍隼，文學博士，四川大學文學與新聞學院、中國俗文化研究所特聘教授，博士生導師，主要研究領域爲中國古代文學制度、上古文學、明代文學等，出版著作《上古文學制度述考》《元末明初大轉變時期東南文壇格局及文學走向研究》等；李瑄，文學博士，四川大學文學與新聞學院、中國俗文化研究所教授，博士生導師，主要研究領域爲明代文學、佛教文學等，出版著作《明遺民群體心態與文學思想研究》等。

個非常有學術創意的領域；他發表了很多高水準的論文，並獨成體系，在中國文學思想研究之外另開一片天地。這是對應于總題目裏的“制度”。對應于總題目裏的“思想”，則是李瑄教授所做中國文學思想研究，尤其她做的佛教文學思想研究，還有易代文學思想、遺民文學思想研究，是可謂得羅宗强先生治學心法之真傳。所以我們這個對談的總題目，就表述爲“知識·制度·思想”。對我們三人來説，這是各自研究的一點特色；對整個明代文學研究來説，也是研究的幾種路徑。我們對談這個題目，也可能對其他時段的文學研究有若干參考價值。我先抛個磚，略講一講知識體系與明代文學研究的問題。這其實是我近期思考的一個問題。今年《文學遺産》第1期發了我的一篇論文叫《知識結構背景下明代文學内在體系的變革》，我這裏所講的有些内容是該文的進一步延伸。

我要先解個題，主要針對“明代文學”和“研究”這兩個詞。第一是“明代文學”。有時候，會有一種現象，就是我們不把“研究”當“研究”，不把“明代文學”當“明代文學”。而是僅僅把明代文學當作研究對象，或者説隨便找一個明代文學的題目，串一串相關文獻，就認爲自己是在研究明代文學；但你研究明代作家、文學流派，並没有思考明代文學的本質特徵、明代文學總體的規律。這樣一來，你衹是在做一種没有宏觀認識下的、不一定能够深入下去的所謂研究。因此，我就提出一個“明代性”的問題，把它看作這個時代獨特的標誌和獨特價值所在。對于其他時代的考量也是這樣，文學研究應該不是分時段的作家作品的連串疊加。如果文學史衹是作家作品的分段連續串講，這應該可以説是一種文學史，但不一定是一種很深入的文學史。有深度的文學史研究，一定是首先對斷代的獨特性進行把握，之後再來進行宏觀的、微觀的研討。所以，對明代文學本身的特性，我們是要注意思考的；而且，你思考得越深入，所做研究的“明代性”就越强。

第二就是“研究”。我常跟我指導的研究生講，研究生不是“學生”，他的主要行爲不是學習而是研究。那麽，我們就要想什麽是“研究”？有時候我們寫的文章不盡如人意，我覺得有一個問題就是對研究本身忽略了，以爲找點兒作家、讀點兒書、串點兒材料、弄點兒結構就是研究；但恐怕這樣不是“研究”，頂多算是泛研究，或是假研究。“研究”一定是有深度的、科學的行爲；所以，我覺得要對研究本身進行拷問，要做研究的研究。對研究本身思考越深入，你的研究就被這種思考性的行爲所支配，這樣才會有真正的文學研究。把剛才的話，概括一下：

> 明代文學研究，不止是以明代文學作爲對象的研究，而是要在充分把握

明代文學的"明代性"基礎上展開的系統性的内在研究;泛研究是不及本質的僞研究,學術研究需要對研究本身加以拷問,以確保研究的"研究性";"知識結構體系"是基于明代文學的"明代性"提出的研究新路徑,循此路徑可以推進和深化明代文學研究。

另外,我們人人都想推進研究,這是肯定的。但我們是否思考過,如何來深化和推進"研究"的問題? 是不是我們想深化、想推進就可行呢? 顯然不是這麼簡單。那麽,我們如何來推進呢? 首先你要找到推進的路徑。有一個詞叫做"推手",一定要找到推手才可以推進,不然就是有力而没有着力處。這是一個物理學原理,不是有力就行,一定要找到支點。我們文學研究有没有這個支點呢? 當然有支點,找到這個支點,你的力就可以發揮作用。

我思考自己的明代文學研究,是從如下三點來展開的:一是知識結構體系,二是微視角,三是還原。今天,我衹講第一點。前段時間,我去湖南師範大學、湖南大學、湘潭大學講座,是從整體上講了這三點。這三點是相關聯的,講明代文學的知識結構體系,關聯的是明代文學發生學原理,發生不一樣,結果就不一樣。我講一個有趣的例子。聽説有一對夫婦爲腹中胎兒進行胎教,每天夜深人静的時候,他們就盤着腿誦讀《道德經》,後來這個孩子一生出來果然就不凡,這就是一個孕育的發生學原理。孕育的過程不同,生出來也就不同。文學也是這個道理,不能把文學都看成是一樣的,不能像外國人那樣刻板地看中國人。中國人每個都有自己的特點,每個都有各自的面孔,這需要仔細辨認。所以,要從發生學原理關注明代文學,不要把明代文學當成唐代文學來對待,反之亦然。若研究不同時代的文學都用同樣的方法,這是行不通的;因爲發生不一樣,出來的結果也不一樣。我覺得明代文學的構件,跟其他時代的構件是很不一樣的。研究明代文學用的材料也不一樣了。你看先秦文學研究,文獻固然是重要的,但最重要的還不是文獻;因爲不論傳世文獻,還是出土文獻,都是很有限的,僅靠文獻不能很好地解决問題。那明代文學就不同,其文獻不是有限的,不但文獻量不一樣,而且性質也不一樣。對此,我們就應該區别對待,而不能用同一模子來框套。

至于做明代文學的還原研究,則牽涉後世人們對它的接受情况。我來打個比方,就好像一個老子,他是厲害的,他的東西能不能被後代繼承,就要看他兒子是誰。這個兒子如果是個不肖之子,恐怕他的家風就很難繼承發揚;如果這個兒子很能繼承家風,那結果就不一樣了。所以一個時代的文學是由他後一個時代的接受來決定的。後來這個時代和它是一種什麼關係,是一種背反關係呢,還是一種順承關係;如果是背反關係,那就是一種背反式的、批判式的接受。接下來的這個時代是會定義前面的這個時代的。因爲前面那個時代它已經不存在了,它没有定義自己的權力和可能性。那誰來定義呢?就要由後來這個時代來定義它。也就是説,接下來的時代很重要,這就是所謂的文學接受原理。對于上述所説,我也概括一下:

> 文學研究需要從一些基本路徑來進行(就好像你去華山,如果没有具體的路徑,哪怕體力再好,恐怕也是登不上頂峰的。在座應該至少有一部分人是登過華山的。我 40 歲去的時候如履平地,接下來我準備再去一次,看是怎麽樣的,因爲華山足以檢測你的足力。你説想攀登高峰,怎樣攀登呢?路徑是首先要具有的),並建立自身的邏輯性。知識結構體系研究、微視角研究和還原研究,分别基于明代文學的發生學原理、構件原理與接受原理。以此來研究明代文學,就是要關聯三個研究路徑之間的内在邏輯性,將文學生成過程、生成以後的文學及其接受程度貫通起來,加以理解與闡釋,從而建構整體的、真切的明代文學認識(我覺得這兩個詞也要注意,第一是要整體的,不然就是碎片的;第二是要真切的,因爲我們有時候看到的並非是真切的。我們很難説一定可以達到真切,但我們是要逼近真切),並以明代文學研究理論的探索推進明代文學研究之發展。(就是我們怎麽來推進明代文學研究的發展呢?我覺得要重在這個地方,要加强明代文學理論研究的探索。大家注意,一般的研究者不太注重研究理論的探索,而衹是去做。衹是做,意味着這種行爲是一種盲目的行爲,也就是説可能是一種消耗性的行爲。所以就我的體驗來説,我覺得對研究理論的探索是十分重要的。)

我這個想法,也是有來歷的。做研究不能憑空去説,要有親身的學術經歷,這種體會才能真切地產生。接下來,列舉一下我的相關研究案例:

> (1)《知識結構背景下明代文學内在體系的變革》(《文學遺産》2024 年第 1 期);(2)《子部世界中的歐陽修——古代經典作家知識結構的一個案例分析》(《武漢大學學報》2021 年第 2 期);(3)《晚明文學微視角研究的幾個問題——以徐翩等青樓藝人及其文人圈爲中心》(《復旦學報》2020 年第 3

期,与学生劉建華合作);(4)《明代文學還原研究——以〈四庫總目〉明人别集提要爲中心》(人民出版社 2014 年版);(5)《〈四庫全書總目〉子部提要考辨與學術批評還原研究》(國家重點項目結題成果)

第一個案例,我剛才講過了。第二個案例,是我做的一個具體樣本。不同的作家,他的知識結構是不一樣的。這意味着我們要研究他,也要建立和他同樣的知識結構。不然,你就不具備研究的資格。這個需要我們注意。例如研究蘇軾,如果没有莊禪的修養,就可能是隔靴搔癢;最好要先提升莊禪的修養。如果你没有理解他的知識結構,你就没有理解他的可能性。不同作家,其知識結構是不一樣的;知識結構不一樣,思想也就不一樣。爲什麽有同樣經歷的人,他的思想會不一樣呢?這是因爲在經歷和思想之間,還有一個知識結構的因素,就是他接受了什麽樣的知識板塊。舉一個例子,具有佛家知識的人是不會走入絶境的。因爲這種思想本身就是來解决這個問題的,除非你没有吸收他的思想精髓,那是另外一回事。如果不具備某種知識結構,那你就缺少相應的靈動,就很難有海闊天空的能力和可能性。第三個案例,是微視角研究。關于微視角的研究還不多,但是我有這方面的初步思考和探索。至于還原研究,是我在研究《四庫全書總目》基礎上提出來的,案例四是這方面研究的一部分,這裏就不再多説。

目前針對知識結構的研究,也就是第五個案例,主要是來源于我完成的一個國家社科基金重點項目。其結項成果還没有出版,應該明年可以出來。篇幅較大,實實在在有 100 萬字,而且是獨立完成的。我這個人有一個特點,我從收集材料到産出成果,都是獨立來完成。爲什麽呢?做一項研究,就像建房子一樣,如果每一塊磚你都摸過,每一個材料都是你搜集來的,你對這個房子的構建就會很清晰。我經歷了每個材料的理解過程,這背後就是很完備的知識體系。這樣做起來當然會辛苦一點,但是樂在其中,也就不會很辛苦。爲什麽呢?因爲效率是比較高的。爲什麽效率比較高呢?全部過程都是自己經歷的,因而闡釋思想就會没有障礙。

圍繞知識結構體系的問題,我題擬了兩組分話題,一種是從一般原理來講,我們今天講的主要是知識結構體系與明代文學研究的問題,但是如果這個東西衹能適應明代也不對,它不是局部的,也能應對廣泛性的問題。第一組分話題是:

(1)目録體系與知識結構體系,(2)四部知識結構體系,(3)大四部與小四部,(4)民族知識共同體/時代知識共同體/作家知識共同體,(5)知識結構體系的共同性與差異性,(6)“知識—思想—文學”與“思想—文學”,(7)文學類型學(生活類、知識類、思想類/經文學、史文學、子文學、集文學),(8)作家類型學(四部知識結構的作家差異),(9)作品類型學(思想與材料的知識結構體系),(10)文論類型學(文論發生、歸屬的知識結構原理)

十個分話題不能一一展開,衹能略説一二。剛才講了爲什麽提出知識結構的問題,是因爲我這十多年來一直在做四庫學、《四庫全書總目》的研究。我這個研究也是有考慮的,我先以集部爲主,後來若干博士做集部,分代來做。做了集部之後呢,我來做子部,倒着來做。下面應該做史部了,但是我覺得要先放一放,因爲我覺得子部的一些問題值得拓展開來做。所以研究的話題與思路是在研究中産生的,不會憑空産生。經史子集,我們一般把它當做目録分類。大家一定會有這樣的體會,如果你專門去讀目録學書,應該是比較枯燥的。但是如果我們把目録學體系當成一種知識體系,這個就是另外一個問題了。目録體系不能僅僅當成是目録體系,它更是一種知識體系。目録體系既是對既有知識體系的總結,所以經史子集産生之前的知識體系也可以用經史子集來追加分類。它既然以這個來分類,説明前代的著作也可以歸入,衹是前代還没有以這個來命名。經史子集也是一種話語體系,一種話語權力體系,爲什麽呢?因爲它是有分級結構的。經史著作和子集的著作是不一樣的,這個子集著作放在什麽位置又不一樣。這是第一組話題的第二個問題。

另外,我們從整體來看就是大四部,經史子集;從一個時代、一個作家來看,特别是宋代以後的作家,他的文集基本上是一個小四部。你别看它是一個别集,它裏面有没有經學的文章、子學的文章、史學的文章呢?如果一個作家没有四部的知識結構,這個作家就不是一個知識完備的作家,也一定不是典型的作家。他在當時也很難取得絶對的話語權。我們研究别集的話,如果衹是研究文章、詩,這個研究就有一點點不足。爲什麽呢?這個集啊,詩文啊,它怎麽産生呢?它的内在要素的構建是什麽呢?如果你把甲和乙看成一樣了,都是用一樣的東西來研究它們,都是用一樣的概念,那就基本上還是不着邊際,這是我們討了一個便宜。什麽便宜呢?古人不在了。有一次,我在武漢大學參加學術會議就提出了三個“敬重”:第一,敬重古人,你不要以爲古人不在了,你就隨便説了,不能這樣,因爲古人没有再説話的可能性。所以我們尤其要敬重他,因爲這是一種不對等的對話。第二，敬重前人。這是指，我們的研究，已經有過研究的人。這兩個敬重最終是要落實到第三個敬重，敬重學術。這是題外話，有一點點相關。就是我們首先要對研究對象敬重，你要先學習他，然後才能研究他；你如果學都没學就去研究，這個就不好。

第四個話題，也就是知識共同體的問題，放在今天也是蠻有意義的。我們各位在這裏，老師也好，學生也好，我們小而言之呢，寫點論文，出點書，好像没什麽意義。但是各位是否思考過，作爲一個時代，也是文化的傳承者，你是不是思考過一個國家、一個民族的知識共同體的建構問題呢？中華民族之所以有悠久的傳統，有强大的凝聚力，從文化方面來説，是個什麽道理呢？我覺得有一點，就是千百年來我們的先賢建立了一個牢固的爲大家所共識的知識共同體，叫經史子集。這就没有涣散性。而我們現代學科建立以來，我們現在的教育是現代性的，和西方是同一的，是一種以學科分類爲特色的教育。這就是一個斷代問題。説斷代並不是要回到經史子集的時代去，但是我們是不是要思考一下斷代以後我們中華民族知識共同體的再建構問題呀？應該是要的。雖然三年、五年，三十年、五十年没有這個問題不大，但是如果三百年還没有呢？這就是一個很大的問題，所以你看我們有共同的民族的知識共同體，就是經史子集，我們有一個時代的知識共同體，也是經史子集，我們每一個作家的知識共同體還是經史子集。這就是作家和作家之間他們有共同語言的原因。你看我們現在的作家就不一樣，因爲我們的知識結構基本上同一性很小，我們古代文學研究就有這個問題。你就衹懂你那個狹隘的選題，其他的都不知道了，那我們談什麽呢？是不是？那如果我們對經史子集都有修養，我們除我們研究之外，還有廣泛的知識維度，情况就不同了。所以你看這就是我們現在知識交流難以深入的原因。現在雖然開會，但是深入的交流是很困難的。所以現在的一個盲區就是好像是有交流，但是交流是最難深入的，是最難交流的一代，因爲你可以不需要交流。這種不需要交流是我們對交流的一種放棄，但思想本身是需要交流的。這就形成一個悖論。

我們是不是衹有共同性呢？不是。我們還有差異性。差異性就是這個經史子集放到每一個時代去是不一樣的。你看清代人的經史子集，主要是在經史，明代人主要在子集。這就是每一個時代既有它的共同性，又有它的差異性、個别性。這就是它們之間爲什麽發生衝突的原因。明清之間的衝突，一個是它在政治上新舊更替，民族矛盾；還有一個就是它們的文化氣質是相反的。而這種文化氣質又是他們的知識結構造成的。清代是經史極盛的時代，但是子集你從《四庫全書總目》裏面就可以看到，子集内在的東西發生變化了，經史化了。明代恰恰相反，是經史都被子集化了。所以明代和清代之間的矛盾不僅僅是一種政治衝突，我開個玩笑，如果清代在前、明代在後，明代人一樣把清代人駡得一無是處，而且駡得更厲害，因爲明代人的嘴巴特别厲害。明代人是特别能説的，因爲明代是交流的時代。明代人講交友、結社、講會，明代是中國人迄今以來，也包括民國，交流最爲深入、最爲廣泛、最爲熱鬧的時代。在交流這一點上，没有任何時代超過明代，甚至包括今天。你看我的那個《明代文人結社與明代文學演進》，崇禎時期就有一百多個社團，崇禎時期才十幾年呀。而且你要注意它是自發的，跟今天開會還不一樣。就包括複社那個大型會議，每年要舉行兩次啊。舟車勞頓，從山東、山西、廣東都要趕過來。大家注意哦，不是今天的高鐵。你看他們熱情多麽强。那些青年人身上的一種風采，我覺得明代也要數第一，那種青年人真的是青年人。才情横溢，一來幾千人啊，多的時候，你看張溥去世的時候，來了一萬人啊。就是放在西方也没有，所以我們看西方什麽什麽，中國人的這個 party 和社團，那才是空前的。有一段時間我們對西方是仰視接受，我們覺得中國好像啥啥的，如果你到我們明代一看，那是大爲驚奇。我們曾經還有這樣的時代。

上述十個話題中，一至五是一個層次，這個六以後又是一個層次。六這個話題，怎麽來講呢？就是我們解釋文學，通常是兩層結構解釋法，你看我們寫文學史，某某作家的思想，某某作家的文學，還有一層就是他的生平，對不對？我覺得裏面我們少了一個東西——知識。講到文學，我覺得有四種類型：第一是生活型的文學，就是表現生活就可以，作家的知識、文化水準并不需要太高，就可以寫作。這一類作家可以叫做生活型作家。唐代文學很多是生活型的，生活型的作品還有一個特點是特别真切，特别明朗。爲什麽呢？你以人來説，一個有很多知識、思想的人，恰恰有更多的憂鬱；一個没有多少知識、思想的人恰恰多了很多明朗。你看宋明以後複雜多了，宋代以前唐人簡單多了。你比較魏晉和晚明，我自己的體會啊，我覺得魏晉人用現在的話來説，他還有點"作"，晚明就不是"作"了，就很自然了。因爲他真真切切就是這麽過的。魏晉他是一批貴族，他"作"，另外詩人群體此前還没有放浪過。大家注意，放浪形骸，假如給了大家一個放浪形骸的條件，各位不一定能够放浪形骸。爲什麽呢？你放不開，我告訴你。放是一個很難的事情，收是一個很容易的事情。所以當你不能放的時候，要放就要"作"。

另外還有知識類文學、思想類文學。我舉一個例子，例如駢文，駢文實際上是一種知識型文學，一定不是思想的文學。駢文一個很重要的特點是用典，用典屬于知識類。你看駢文很少有經典作品,就是因爲他不是思想類的。也就是説,這幾類文學之間有一個層次,思想型文學是最高的文學。那就是魯迅,那就是蘇東坡,一般人並没有他們這個水準,都是生活寫成的和知識寫成的。你要説每個人都是思想家,那就不對了。所以文學的分類既是一個横向的分類,還是一個層次的分類。當然這個不一定就很正確,但是我覺得可以進行思考。如果我們没有一個文學類型學的思考,那我們就把文學都看成一樣的了。假如文學是個人,她會笑話我們。你覺得我跟她一樣嗎?她就很失望,她覺得我都這樣打扮了,你還覺得我跟她一樣,這説明没有把文學當成一個有生命的真真切切的東西。你看我們剛才講敬重古人,我們還要敬重不能説話的所有的研究對象。爲什麽?他不能表達。因此我們説作家、作品、文論都有一個類型的問題,我們不能混雜。例如文論的清理,在道家思想下生成的文論不能跟儒家、佛家思想下生成的文論相混雜。到此,我也大體概括一下:

> 目録學的經、史、子、集四部分類,同時也是中國古代的知識分類。由四大板塊構成的知識結構體系,既是中國古代國家與民族的知識共同體,也是每一個具體歷史時期的時代知識共同體("大四部"),還是士人群體或作家的知識共同體("小四部")。時代與作家的知識結構體系,因經、史、子、集構成的不同表現出時代差異與作家差異。同時,在知識—思想—文學的三個層次中,知識不僅是産生思想的要素,同時知識還直接成爲文學的内涵。由此便産生了不同的文學類型,包括作家類型、作品類型和文論類型。

第二組分話題,屬于明代文學專題,初步擬了五個:

> (1)明代的知識結構體系與明代性問題,(2)明代知識結構體系與文學的演變,(3)子部的明代及其文學,(4)文學流派之争的知識結構體系背景,(5)明代文論體系與知識結構體系。

第一個專題是我剛才講明代文學的明代性問題,是它獨特的時代特徵和氣質。概括説,明代的知識結構體系就是子集盛而經史衰的時代,經史多被子集化了。

第二個專題用來解釋明代文學的演變,因爲明代文學是一種變的文學,所以才有李贄和公安派他們從變來講文學思想。他們不是我們今天寫論文搜腸刮肚那樣，他是處于明代那樣一個巨變的歷程之中，有親身的體驗，所以才產生這樣的思想。中國文學變得比較快的時期，一個是魏晉南北朝，一個就是中晚明。魏晉南北朝從名稱命名就可以看出來，它是以時代命名，建安、正始、太康、永明、齊梁這些全是時代。以時代命名就是因爲他是隨時而變的，就好像走馬燈一樣。中晚明雖然不是以時代命名，它是以什麽派什麽派命名，這個派其實就是變的產物。那麽這個演變有没有知識結構的東西呢？有，我舉個例子。復古派，對讀書有嚴格的要求，我打個比喻，覺得他們蠻有意思的。就好像你今天想减肥，如果在我們新中國成立初期你來减，第一個你不用减，因爲那时我們物質條件還不是很發達；第二個你比較好减，因爲没什麽誘惑。今天减肥誘惑就很大，你就很難减。爲什麽用這個比喻呢？這個復古派在明代中期以後延續一百多年，是在明代知識和思想極其繁榮的時代，但是復古派要限制自己讀書。他們説西京以下的，就是東漢以後的東西，你别讀了。復古派爲了實現他的文學主張，是很節制的，我總結叫做"知識節制"。你説他想不想讀呀？他肯定想讀。那些人都是好學的，都是大才子。爲了保持文學的純凈，主要就讀秦漢文和盛唐詩，其他的東西要節制，不能讀。你看他們通過什麽來解决，通過知識視野來解决。後來怎麽演變呢？就是他們也忍不住了。王世貞就開了口子，爲什麽他會後來居上？爲什麽他比較好地完成了復古派的轉向呢？恰恰是他知識結構上具有轉向的可能性。復古派之所以風行，恰恰就在于他們的知識節制。如果知識不節制，那就和别人一樣了。而轉變恰恰是因爲有所突破。復古派如此大的聲勢，爲什麽後來會失勢呢？也要由知識結構來解释。虧就虧在這裏，人家攻擊他們不讀書。不讀書這個是很要命的事情，如果今天我們某個人批評你不讀書，這就是很要命的東西了，後來錢謙益他們都是批評復古派不讀書。所以在明代，知識不斷繁榮，著述發達，崇尚博學——明代還有一個特點叫博學，王世貞就是代表人物之一。反之，知識單薄了，很容易就被吹倒了。這是從一個特定的角度來看明代文學演變。

第三個專題是講性質。我剛才講了明代的子集性，尤其是子，大家注意子是中國思想的一塊自留地和開放地。所以我們的知識結構蠻合理的，經史就是我們的主糧，子集就是花朵，是提供個人才華展示平臺的。尤其是子，你看異端思想也在子裏面了。邊緣的寫作都在子裏面，例如小説、雜家，都在這裏。所以我們給了邊緣、異端空間，並不是完全限制死了。這是明代子的發展與文學的關係問題。

第四,流派之争的知識結構體系背景。我剛才已經講了一點點,你看這個唐宋派首先不都是復古派嗎?這個唐宋派的開端人物王慎中,他原來是忠實的復古派,與王畿他們講學,就接觸了宋代的書,一改自己的習慣和嗜好,然後他就影響了唐順之。所以他們流派背後之争,實際上是知識結構的問題。

最後一個是明代的文論體系,也有知識結構的問題。你看復古派的文論,它的性質當從比較純粹的文學文本範圍來講。復古派在純文學思想方面,尤其是在形式詩學方面做了很大的發展。復古派的詩學貢獻,用今天的話來説就是形式詩學。你看我們是不太重視這個東西的,實際上,公安派就不在這個地方着力,因爲他們的思想、知識結構體系是莊禪那一派的,一定不會在形式上去建構,因爲形式就是他們最不提倡的,而且是要解構的。所以這個東西並不是像我們今天這樣純粹的從文學來講文學。由于時間關係,我們簡單一點,也概括一下:

> 明代文學的"明代性"與明代的知識結構體系密切相關。經、史、子、集四大知識板塊中,明代是經、史衰而子、集興的時代,尤其是子學盛行使明代思想産生了極大的豐富性、個性化和突破力,同時經、史、集的子化現象也異常突出,成爲特色。子部與子學之興以及思想子化,促進了明代文學的演變,同時也塑造了明代文學的内在精神、外在狀貌和文論形態。明代文學流派之争有其深刻的知識結構背景,同時知識結構體系的差異、優劣决定了流派的興衰命運。

我們馬上結個尾,我們剛才講這些東西都要圍繞幾個問題來講:

> (1)明代文學的明代性問題,(2)明代文學研究的明代性問題,(3)文學與文學研究的體系性問題。

此中第二個問題是由第一個問題决定的,也就是説明代文學具有明代性;那麼,明代文學的研究也要具有明代性。不能把研究唐代文學的方法拿來研究明代文學。這是兩個明代性,第三個是兩個體系性。就是文學本身是有體系的,特别是越往後發展就越有體系。

最後小結一下,作個簡略結語:

> 明代文學的"明代性"决定了明代文學研究的"明代性"。明代文學研究,以探究明代文學的"明代性"即深入發掘明代文學獨特的時代特性與獨特的歷史價值爲旨歸。明代文學的"明代性"研究,在于探究明代文學的體系性;明代文學研究的"明代性"探索,在于建立明代文學研究的體系性。明代文學研究,將在明代文學的"明代性"和明代文學研究的"明代性"的交互探索中不斷推進。建立明代文學研究理論是推進明代文學研究關鍵之關鍵。

以上是我就知識結構體系與明代文學研究問題跟大家做的一個簡單的分享。接下來我們就進入第二個階段——對談。先談"制度"話題。制度是明代文學研究的一種視域和實驗。下面就有請饒龍隼教授來爲我們分享制度話題,分享他多年研究的成果和心得。

饒龍隼:我先回應何宗美教授前面所講的内容。我跟宗美兄見面的機會不多,平時也不大聯繫,從 2016 年到今天見面已經時隔八年了,但是對他出色的工作我是一直關注的。他今天講的明代文學的知識結構體系問題,實際上是他幾十年研究的一個新的境界。他早年做的是明代文學的結社研究,是對明代文學本身的研究。後面,有很多年做明代文學的集部研究,接着又拓展到子部。他對《四庫全書總目》中有關明代集部、子部提要的官學立場研究,其實就對應他今天所講的明代文學研究的知識結構體系問題。我覺得,他所提出的命題實際上是對他前面幾十年研究的一個提升。

我們要對談的另一個話題,即制度在明代文學研究中的意義,實際上在何宗美教授主旨演講的大構想中,也就是知識體系問題。我博士畢業是 1994 年,以我進入中國文學研究的感受説,三十年來,國内中國古代文學研究總體上還是有很大的進展的。因爲早年學者編寫中國文學史、在大學裏面教文學作品選,比較習慣的方式就是拿當下通行的文學理論(即文學基本原理)來闡説文學作品。實際上,這就是宗美教授所講的,我們研究明代文學,好像感覺缺乏明代性;研究明代文學的方法對唐代適用,對宋代也適用,甚至對民國以及我們今天也適用。但實際情况並不是這樣的。我覺得,我本人的研究、宗美教授的研究,包括在座許多老師的研究,都是自覺納入了從上個世紀末葉到今天我們的努力探索。這個探索就是我們想突破用文學基本原理(這個基本原理好像是放之四海皆準的)來解讀中國古代的文學,甚至各個時期的文學、所有單個作家的文學、一個作家不同階段的文學。它好像都能够適用，但實際上不是這樣的。以此反觀，我做文學制度研究也是自覺地參與到這個探索中來。我跟李瑄教授都是從羅宗强先生門下畢業的，早年我也是做文學思想研究的，我的博士論文是做明代隆慶、萬曆年間文學思想轉變研究。後來因爲各種機緣，我進入到文學制度的研究中來，我稱之爲努力修復近世以來被淡忘的文學制度觀念，也就是自“五四”新文化運動以來被淡忘的。

其實，文學制度觀念是有自己的典源的。它來自《周易》的《節卦》。該卦强調的是事物自身的規定性，要求尊重事物的歷史生成，而抵禦對事物外加的强制性；它不屈從某種社會規制，也不接受權威的壓制。其實，我覺得套用《文學概論》教材講的基本原理來研究文學就帶有强制性；因爲它不是中國文學自身所生成的理論，拿外來的理論來解讀中國文學就難免出問題。以此衡量，我做文學制度研究，就是想把現在通行的文學理論教義暫時懸置不用。但實際上，我也是從這種大學教育中培訓出來的，自己有時候也很難克制採用到這些東西。儘管如此，我還是在努力想克服這種理論依賴，用中國文學本身所產生的一些理論觀念來研究文學。我比較重視的是中國文論中的一些關係範疇，這些關係範疇是西方文論所不具備的，也是導致中國古代文學幾千年穩健發展的一個重要因素。中國古代文論没有完整的體系，但是中國文學卻能持續穩定地發展，而不曾出現某些突然的斷裂或怪異的變化。諸如文與質的關係、雅與俗的關係、言與意的關係。這些關係範疇的雙方，在不同時期其實有不同的内涵；但是這對關係它是不變的，它們一方消失，另一方也會消失。比如文與質，没有文，質就無從談起；没有質，文也無從談起。像這樣極富民族特色的中國文論範疇，其一最重要根源就在于某項制度。

將文學制度觀念落實到明代文學，就會引發許多文學制度研究命題。近年我做了幾個研究個案，就是從制度視角來研究明代文學。一個是文柄旁落的問題。文柄其實是文學的話語權力，就是政制對文學活動的干預，以及文學活動對政制的策應。當我們用制度觀念來考察文學的時候，就會發現文學自身其實是很强大的。文學不可能消亡，就因其有自身規定性。舉個例子來説，在“文化大革命”時期，搞政治宣傳的時候也要編排八個樣板戲。爲什麽不直接用政治宣傳口號來代替文學呢？這説明任誰想利用文學，都不能完全抛掉其文學性。八個樣板戲是有配樂、有表演的。既然要配樂表演，那就是有文學性。可見，用文學制度觀念來考察文學，就會發現文學是有自身規定性的，這個規定性是不可能被掩抑的。文柄旁落也是如此，不是説話語權就消失了，而是説話語權以另一種方式呈現。

另一研究個案，是考察明代科舉制度與文學的關係。不同時期的科舉制度與文學都有關係，但其關聯的親疏程度是不一樣的。唐代科舉制度跟文學的關係很密切，而明代科舉制度跟文學的關係就不同于唐代。在《文史哲》發表的一篇論文中，我構建了文學制度的外、中、内三層位理論，還設立了一個可調節融通的變層。在明代科舉制度與文學的關係上，科舉制度的層位就是發生變化的。比如説，在明代前期，作家認爲寫古文、寫詩的人，往往是不屑做舉子文章的。有一些考不上科舉的人，就説我乾脆不寫八股文了，我就愛寫自己喜歡的詩文，寫文衹寫古文駢文，寫詩就看重吟詠性情。你看，他這態度就與科舉制度對抗了。所以，在明代前中期科舉制度是外層的，它跟文學的關係比較疏遠；但是在明代中後期，科舉制度跟文學的關係發生了變化，逐漸遷移變化爲中層，出現了一個新的詞叫"時文"。李贄明確提出，天底下最好的文章叫做"至文"，其中有一類就是"時文"。時文就是明代中後期新出現的科舉八股文，因社會政治有了變化，士人思想漸趨解放，有些人寫時文並不是要參加科舉考試，而是用八股文的方式來寫他想表達的東西。時文表達的情思發生變化了，且有新的質素和特性，故被李贄説成是當時最好的文章。如果我們不用文學制度觀念來考察科舉，會覺得明代的科舉制度跟宋代的、唐代的没有區别；但實際上是有區别的，值得研究者去區别對待。

何宗美：大家要深入瞭解文學制度的話，龍隼教授有一系列相關的文章可供學習。他的文章理論特色很突出，像《中國文學制度研究的統合與拓境》《中國古代文學制度論綱》等，都是發表在很有影響的刊物上。而且他構建的外、中、内的層位體系，使文學研究本身進入了一個非常理性的角度來進行探討，這也合乎文學本身客觀的一種狀貌。這幾個層位的設計，都有很大的研究空間。特别是最内層的設計，也規劃了文學研究應該從哪些方面展開，有十幾二十個方面。這同時也是開放的。大家也可以想，是不是就衹這些，或是還有更多要素？這個研究是開放的，對不對？

饒龍隼：是開放的。

何宗美：我們分出文學的内層、中層、外層，就具備結構性。這包括我剛才講的知識，也可以納入到文學制度裏面——知識應該屬三層位的第二個層級差不多，對不對？知識成爲生成文學的一個要素。但是它又會成爲内層的一個要素，因爲它是内化在裏面的。例如,我在做歐陽修研究的時候,就發現從他的引文可以看出來,從他引的一些書可以大體看出他的知識結構。那麽他引的這些書,包括典故、人物等等,已經構成了他作品的要素。你看他幾乎不太涉及莊子,顯然,這就是他的知識興趣和知識結構的一個特點。所以我覺得,這也是我們講的知識和制度的一個問題。

另外,這個文學制度的觀念,很符合傳統中國的特色。中國社會的制度化恰恰是非常嚴密和完備的,因爲我們的國家成熟得很早,而且一直是連續未斷裂的。這對文化來説會產生什麽結果呢?那就一定是制度化,而且不斷地强化。我國是很有制度觀念的,包括制度操作和制度特色,甚至一些思想觀念,比如"發乎情,止乎禮義",就是禮樂制度的產物。

饒龍隼:最早的文學創作,就是一種制度化寫作。

何宗美:還有,剛才龍隼教授説的《節卦》,這是六十四卦裏面的第六十卦。因爲六十四卦是從八卦(三畫卦)演化出來的。節卦的下卦是一個兑卦,兑是澤;上卦是一個坎卦,就是水。就是澤對水的調節。澤就是湖泊啊,水庫啊,它可以裝水。你看水庫,是不是具有調節洪水或防旱的作用。

饒龍隼:這真是很奇妙。

何宗美:有人説,我們造船原理就在第五十九卦,五十九卦是《涣卦》。涣就是風行水上,就是造船的原理。水庫原理,就是節的原理。兑就是水庫,它平時可以儲水;儲水以後,它可以灌溉下面的莊稼。發洪水的時候,它可以先放水。你看三峽就這樣。我們住在嘉陵江旁邊,有時你看那個嘉陵江的水淺掉了,就是三峽放水了。因爲預計洪水要來的時候,就要先放水,留出庫容來接納洪峰。所以,水庫就具有儲水、灌溉和對洪水節制的作用。節卦就是這個原理。他用一個形象的自然關係來解釋我們人的行爲和國家社會的制度設施。剛才龍隼兄也説了,我們中國的經啊,《易經》是五經之首。古代的皇帝,特别是後來皇帝,都要找最好的老師去跟他講《易經》。這就使得這些思想貫徹到包括皇帝在内的所有讀書人的内心。這就是我剛才講的知識共同體的問題。它們是有共同文本的,還有共同解釋,包括歷代注疏也是一種制度啊。注疏,就是讓對經書的解釋成爲共同的東西。如果你説你的,我説我的,最後各説各的,也就没有制度規定性了。如果大家沿承一個共同的解説,就保持了一種制度的延續性。這樣的制度也就可以遵循。

饒龍隼:特别是經籍制度,我指導過幾篇博士論文,就是做經籍制度與文學的關係研究。

何宗美：這個來歷非常悠久，而且《節卦》注疏裹面已經講了制度的問題了。你看，我們中國人有這個特點，有制度，有正統，用今天的話説，就是具有原則性和靈活性。這一點，在《節卦》裹面就表現得很明顯。《節卦》反對苦節，强調甘節，還要安節，又不能不節。你看"不出户庭，無咎""不出門庭，凶"。前面説制定制度的時候要慎重，但是，制定制度之後，你要不宣傳也不行。所以，它就有很大的靈活性。這個思想，我們從文王以來計算，大約有3000年以上了。不節、苦節，這些都是原來的經文裹面的，還不是傳文裹面的。傳文被認爲是孔丘或孔丘以後的時代產生的，就是荀子之前、孔丘之後。即便從孔丘以後算來，也有2500年左右。可見，"節"這個思想已經非常悠久了。

饒龍隼：這個就和西方很不一樣。

何宗美：聽了你講的以後，我還有一種體會，我們對古代人的文學觀還有一個認識，就是往往把古代人對文學的認識看淺了。我們把它當做簡單的來對待了。所以説復古派的文學觀和公安派對文學的認識是不一樣的，有些認爲是文易代變，有些是反對文易代變的，比如復古派。因爲講經典文學它是不會文易代變的，像秦漢文、盛唐詩它們是不會變的。我們要做的是什麽呢？就是要實現秦漢文和盛唐詩。秦漢文就是你講的制度，或者説秦漢文就是文的制度形態，盛唐詩就是詩的制度形態。也就是説你寫文寫詩，不要去寫自己的，你寫成秦漢文、盛唐詩這樣的一種文學形態就是經典的。這就是一種制度實現。而公安派他們是破制度的，你看"獨抒性靈，不拘格套"，這個"格套"是什麽？就是你講的制度。总之，我覺得龍隼教授的制度研究，至少有兩點：

第一個就是關注我們研究的本身，像我剛才所講的，進入研究理論的建構。有了理論的建構，我們再來做研究，這樣我們的研究就不是一種盲目的行爲。

第二個就是爲文學本身它的結構的複雜性、多樣性、層次性，提供一個很好的啓發。因爲你的制度研究跟有些人的制度研究不一樣，有些人的制度研究關注的是刊物啊、政治啊，這些政治制度對文學的影響。這個在你那裹的意思就是外層的。外層的制度當然也要研究，但是真正影響文學的還在中層和内層。就像你在文章裹面反復講的文學的自身規定性，文學本身是有規定性的。這一點我聯繫我的四庫研究，四庫研究我們講官學，官學是不是完全離開了學術制度呢，不是的。因爲學術制度本身是有規定性的，官學如果完全離開了學術制度，那就是瞎説，你這個不具備權威性，就像剛才講的樣板戲的問題。它恰恰要通過對學術性本身的接受和理解,而且學術性本身要達到一定的高度,使這種官學具有一種信服力。所以我們就不能把官學等同于政治學。我覺得很多人把政治與文學講得太外在了——真正的文學,政治也很難進入。

這個話題是一個非常宏大也非常深入的話題,我們要寄希望于龍隼教授,有更多的成果來饋贈予我們。一起期待!

下面,我們來進入思想層面了。我們的研究,最終是往李瑄教授那裏走。羅宗强先生開創的文學思想研究在學術界的影響是非常大的。李瑄教授現在主要是涉及兩個方面:一個是扣住晚明佛教的興盛,以及文學思想史和這個佛教的關聯性問題;另外一個是鼎革易代包括元明易代、明清易代時期,文學思想的變化這樣一個話題。針對這兩個問題,我們歡迎李瑄教授來分享她的研究心得。

李瑄:今天是抱着學習的態度來的,所以現在我還是先説一下我聽何宗美教授和饒龍隼教授發言之後的一些感想。何老師提出了一個我們現在研究中間最困難也是根本性的問題,就是,我的研究的特殊性在哪裡?我在指導碩士和博士生寫作論文的時候,發現學生最困難的就是體現研究對象的特殊性。他們第一次拿出來的提綱往往是這個對象和那個對象没有區别,一般是什麽生平考證、交遊,然後文學創作、内容題材、藝術技巧,最後就是文學思想或者是文藝觀念的提煉。怎麽破這個局,剛才何宗美教授説了一個很重要的話,我們不能空想一個文學研究的方法,要從你的具體材料來。我也經常跟同學説不能觀念先行,要根據材料來確定研究題目。那麽這個事情怎麽做?今天何教授他没有談很多具體的問題,他談的都是一些非常宏觀的對于方法的反思,知識結構、文化共同體等等命題,但是中間穿插了一些他關于明代文學的特殊性的觀察和思考。這個觀察和思考怎麽來的?就是剛才説的十幾年對于四庫學的研究,對于四庫學非常細緻地下功夫。包括今天提到的子部化的問題,一代人的知識體系固化的問題。我想同學可能一時或者是數年之内還達不到這樣的高度,但是我們可以學習在讀書的時候不斷思考作家有什麽特殊性,他的知識結構體系有什麽特殊性,他在整個的文化共同體上處于什麽樣的位置,包括他在制度結構内處于什麽樣的位置。

知識結構的問題和明代文人的身份結構、明代的出版文化其實關係也比較密切。爲什麽他們的知識體系會呈現出一個大體來講經史也被子集化的狀態呢?從文人的身份來觀察,不同身份的人,他對于文學的理解,他的審美取向,他的寫作習慣都會很不一樣,他的知識體系當然是差異很大了。縱向來看,魏晉時期的作家和唐代的作家已經差别不小,宋代的作家以後就學者化了、士大夫化了。明代文人的知識體系呈現出四部俱全的這樣一個面貌,和前代的文人有差異。明代的文獻量非常大,根本不是前代可以比擬的,甚至遠遠超出了個體學者駕馭的可能性。一個人他要把宋以前的書讀完是可能的,但是明清以後是絶無可能,體量太大了,爲什麽會有這樣大的體量?參與者一下子數量變得很大。參與者數量變得很大以後,他們的身份實際上差異是比較大的,有些人他的受教育條件比較好,然後他的科舉功名也比較順利,所以他的知識體結構的體系可能就是比較完善的,像楊慎就是這樣的例子。但是明代還有其他的因素也對他構成了影響,比如説出版業的發達。楊慎是迄今爲止大概著作最多的作家,能够列出名目來的就一百多種,這個在其他時代不大可能。傳世有這麽多作品,用今天一個時髦的話來説,可以看作一種出版的焦慮,這種焦慮就使他和前代的精英士大夫有了比較大的差異。他要把他的東西表現出來,不斷地問世以宣告他的博學,這是精英士大夫類型的。另外一個更重要的就是有很多可能受教育條件不那麽好的人,他也參與到文學的創作者、文化的創造者隊伍中間來了,而且由于出版的機會很多,他們也能够發出比較響亮的聲音。剛才説到復古派的問題,復古派一方面有一種自覺的節制,爲什麽要自覺的節制呢?信息量太大了,以前的人根本没有辦法讀到書的時候,撿到一張紙片都想要讀,但是今天大家大概不會有這樣的求知欲了,爲什麽?因爲總是感覺我有讀不完的書。讀不完的書就會對我們造成一種非常大的壓力,在這種壓力之下怎麽辦?就想節制,這是一方面,主動的節制。在主動的節制之外,還有一方面,既然你的受教育條件不好,你就衹讀那幾部選集,你讀那幾部選集也能够寫出差不多像樣的詩來。明代總集的出版是比任何時代都要發達的,爲什麽會有這樣的情況,跟每個人的知識結構體系可能也是相關的。這個是我聽了何老師的報告裏以後聯想的一些問題。我比較具體的感受就是明代和前時代的差異第一個就是文獻量的差異。文獻量的差異,有各種各樣的原因,知識體系的問題在中間,既是一種原因,又是一個結果。

另外,我想回應一下饒老師關于文學制度的研究方法。我們平常理解的制度與文學的關係,差不多都是一種影響式的關係,但是饒老師的文學制度論,他實際上是要把這種單向的關係打破或者説解放出來,構造一種内、中、外層的,更細緻的、也更鮮活生動的一種關係。這個也是我從具體的個案研究中能够感受到一些問題的存在,但是又不太好解決的。比如説我在研究袁宏道的時候,發現一個問題,就是袁宏道官位其實不高,在晚明文壇的地位最後卻非常高。影響一個作家文壇地位的因素我認爲是有兩種，一種叫做權威性因素，比如説他是一個執掌文壇的人，像他是禮部尚書，或者他在翰林院長期任職，就是剛才説的制度對于他有直接的話語權的影響，這個是一方面。還有一個就是别人對他的揄揚，也是很重要的。像王世貞這樣的人不斷地讚美一個名不見經傳的作家的時候，這個作家很可能在短時間内就會站在風口浪尖上，就會成爲衆人矚目的對象。在後世的文學史書寫上，他也成爲這個時代所選擇的人。但是這兩個因素實際上袁宏道都没有，他是如何形成了非常大的影響？我從另外一個角度來思考，發現他通過民間的文學傳播的力量，就是不斷地出版著作。袁宏道是比較早地意識到出版的力量的人，據我考察，他的哥哥，他的弟弟，他身邊的所謂公安派的文人大多没有他這樣的意識。他在出道之初就開始不斷地出版自己的文集，而且他願意在文集中間把話説得非常有趣、非常尖鋭，他還駡人，這樣的出版手段就拉足了眼球，迅速引起了很多人的關注和追捧。

另外，剛才何老師説要談一下佛教和文學思想的關係，還是簡單的跟着今天的聯想來説幾句。剛才何老師講到，明代是一個很多知識子部化的時代，什麽叫子部化？子的意思就是自成一家之言。如果要從佛教發展的歷程來看的話，明代中期以前的佛教是比較沉寂的，沉寂的意思並不是説寺廟很少，而是説没有出現在思想界、在宗教界都有影響的人物和著作。但是，由于出版業的發達，經書的傳播和閲讀是容易的。到了武宗正德朝以後，整體政治權威動摇之後，士人開始没有辦法靠着政治向心力來生活的時候，就要想怎麽樣安頓自己，佛與道就往往是非常好的知識來源。中晚明的莊學和佛教就非常發達了，在陽明學中就可以看到很多禪學的影響，到了晚明就更是如此。

佛教史的研究領域中，時代歧視是比較厲害的，唐代以後的佛教很少得到關注。近年來，或者説近 20 年來，由于學者們的努力，宋代佛教逐漸開始受到重視，但是明清以後的佛教仍然是被輕視的。以前日本的學者有一個話叫做明清以後的佛教是世俗佛教，世俗佛教是什麽意思？就是今天老百姓到寺廟去拜個佛，求個簽，燒個香，這樣的佛教他没有多少值得我們學者去研究的思想内容，這樣的説法對明清顯出一種傲慢和輕視。首先我們知道我們現存的佛教文獻，多數都是明清以後留下來的。有這麽多文獻留下來，一定當時有人來讀它，那麽對于讀的這些人，佛教造成了什麽樣的影響？也就是説在他們的知識結構體系裏發生了什麽作用？對他們的心態又産生了什麽樣的影響？其實非常值得我們研究。首先關注這些佛教文獻的實際上是明清士大夫，在佛教内部的知識傳統它有斷裂嘛，士大夫開始關注這些文獻之後，隨之出現了文化僧，僧人的文化品質提高了，文化僧和士大夫互動，最後帶動了晚明佛教的復興。出現了大量的佛教文獻，出現了高僧大德，晚明四大高僧好像横空出世一樣，就在那個時候出現了。我們文學研究需要關注的一些重要人物，比如説從王世貞、李贄、袁宏道、鍾惺等都有非常深厚的佛教修養。對于他們的佛教修養和文學的關係怎麽樣處理？以前我們常用的就是一個方法是觀念比擬的方法。像我見比較多的，佛教裏頭有一個佛性論，晚明文學就有一個性靈論，把這兩個觀念進行簡單的邏輯連接，就是佛教和文學思想關聯研究的一種典型做法。但是這樣的做法肯定是有問題的。因爲我們如果去看，例如袁宏道的佛教著作的話，可以發現他對于佛性觀是没有那麽關注的。如何去看待這個現象，如何從這種觀念的簡單連接中間解脱出來，是需要探索的。

何宗美：李瑄教授剛才講了很多内容，我覺得都很有啓發。近年來，她的一些研究從佛教文獻裏面發掘了一些晚明文人的材料做研究，包括對袁宏道、鍾惺都做過這方面的研究。這個本身就是一個很好的路子，文學的文獻有的時候可能是在文學文獻裏，但有的時候是在其他的文獻裏，比如佛教文獻，這尤其適用于晚明。李瑄教授提出兩個方面的問題，一個是晚明佛教的興盛可能出乎我們意料之外，另一個就是晚明佛教的複雜性。我對這個也有一定體會，我在博士論文《明末清初文人結社研究》中，做清初明遺民的時候統計了有兩百多人逃禪。我寫過一篇文章叫《〈四庫全書總目〉明代子部的佛禪批評——思想史、文學史的一個側面考察》，梳理了從陳獻章到方以智一百多個被認爲深受佛禪影響的人，這還衹是進入“四庫”的人，因爲進入“四庫”的人還是經歷了極大的挑選的。這100人和清初的200多個遺民僧並没有多大的重複，這就有很大的一個面。另外還有李瑄教授剛才講的一個方面，就是它不是一種比附式的關係。僅研究比附關係，其實就是一種簡單研究。爲什麽當下會産生大量這樣的成果？是因爲這個好操作。但是比附研究不合乎他本身的一種狀態。比如思想，袁宏道歸結了“四種人”：玩世、出世、諧世、適世。他説他自己前三種都不是。我們注意一種現象，思想有時會進入一種混融、調和、不可分的狀態。你説李白是儒，他也像；是道，也像；是縱横，也像；你説俠，也有。所以袁宏道就特别講了，他是適世者，既非儒也非禪。他還説了一句話叫做“學道不學禪，讀書不讀字”，如果你没有讀到這句話而來研究袁宏道的禪學，就會出問題。因此我們不要陷入一種比附式的研究。

饒龍隼：我再回應一下。聽了李瑄教授的講解，加上宗美兄的講解，促進我對明代文學有更加深入、清晰的看法。《明史》中非常喜歡用的一句話，就是評贊某某人"書無所不窺"。未必他一個人能够把所有的書都讀完，但是它變成一種人物品評的説法，其實表明了一種社會風尚和人格追求。這種風尚、追求剛才李瑄教授也講了，跟當時出版業的繁榮是有關係的。

另外我自己有項工作，獲得一個非常深刻的感受。當年人民文學出版社邀請我做《何景明詩選》，讓蔣寅教授出面來請我。我當時忙得不得了，就没理會這事。後來，蔣寅追着要我做。我得知，蔣老兄也做了一種，應該會不太難，就糊塗地答應了。接了之後，我以爲頂多花三個月就可以把《何景明詩選》做完。但入手後，我大呼上當。爲什麽呢？後來我花了十個月才把這個詩選做完。怎麽這麽難？難在哪裏呢？難就難在宗美教授所説的話題，就是明代作家都讀了很多的書，大都知識涵養很深。儘管何景明是復古派旗手，説東漢以後的書不讀，宋以後的書更不讀，但實際上他還是讀了很多書。最讓我覺得困難的是，我們做古詩文注解，主要是解决用典的問題。一般情况，我們覺得，唐以前的詩比較好注解，是因爲一個典故通常對應一個來源。然而，何景明的詩，是一個典故往往對應三到五個來源。你要弄清楚他的詩，就要注解明白這三到五個來源。爲此，我衹能停下其他工作，花了十個月才把這個詩選做完。最後還剩下五六個典，是我的能力根本解决不了的。我找劉世南先生幫忙。他幫我解决了三個典故，最後還剩下兩個解决不了。没辦法，要交稿了，我就衹能把剩下那兩個注釋條目删掉；因爲解不了，不能瞎解。這説明什麽？説明作家的知識系統是與當時讀書風尚有關的。我們今天研究明代文學，尤其要重視這個歷史情實。

另外，李瑄教授還講到佛教文學思想的問題。這就把我當年的研究經驗也慢慢唤醒。我就想制度、知識、思想，三者是一體的。就拿袁宏道來説。袁宏道在吴縣做縣令，他的性靈派的文學思想就是在那個地方發揚起來的。這是有制度的背景的，至少有兩個直接相關的原因。第一，與袁宏道皈依净土宗有關。嘉靖朝是崇尚道教的，佛教受到很嚴重的壓抑；但嘉靖朝末期以後，到了隆慶、萬曆年間，整個社會佞佛風氣興盛。公安派的興起，就是與佛教的興盛有關係的。因爲隆慶皇帝的母親是喜歡佛教的，所以佛教是在慢慢興起的；佛教興起以後，士大夫才可以讀佛經、參佛。袁宏道所皈依的就屬净土宗，他寫過一本很小的册子，當時在思想界影響很大，叫做《西方合論》。在這個册子中，他有一個核心的表達很有趣，叫做"悟到盡妙而不入"。我在博士論文裏面也講到，他是一隻脚已經踏入了净妙境界，但另一隻腳還留在世俗利欲的牽扯中。所以，公安派一方面是享受世俗生活，另一方面在精神上又進入到净妙的境界。由此可知，公安派性靈文學思想與當時佛教興盛是有密切關係的。但是衹有這個，還不至于形成公安派的文學思想；還有一個原因，是和晚明時期吏治對官員管理的鬆動有關。袁宏道是在吴中這個地方做縣令，這是要特别注意的。吴中很特别，它是一個交通要道，南來北往的官員到這裏都要接待。袁宏道在任忙得最多的，就是三五天就要接待一撥大員。這些大員要吃要喝；光吃喝還不行，還要迎送納賄。你看《金瓶梅》裏面，西門慶接待一個御史，請他到市井裏的餐館去吃，他不去，怕引人注目，遭人彈劾；再一個是，光讓他吃了，没得實惠好處，他也没有吃喝的動力。西門慶賄賂的做法，是用幾百兩銀子做了一套餐具，表面上我送來給你吃，吃了之後餐具是不回收的，幾百兩銀子就被送出了，多巧妙！袁宏道在吴中做縣令，他當然就受不了，都要這麽送，那吴中的百姓就要造反。所以，他就要辭職不幹，但是上面不批準他的辭呈。他大概寫了五六封辭職信，最後一封上去，不等批就走人了。他沿着運河南下浪遊，一路到了杭州，到了安徽歙縣。這樣一來，他性靈完全解脱。這文學活動的情節，與制度就是有關係的。如果没有那麽寬鬆的吏治條件，他走了就要被抓去坐牢，哪還有條件到西湖玩耍？另外，對于知識系統，我們也要辯証看待。不是説作家一定要有很豐厚的知識，他才能進行文學創作和理論思考；一個知識儲備平平的作家，他寫的東西也正合乎他的水準。這也是文學研究中對作家知識系統的另類考量。

再説文學思想的話題。我做中國古代文學制度研究，肯定要考慮到我的老本行。我導師羅宗强先生的文學思想研究，自當是我學術思想的一個重要來源。這就有一個思想與制度的銜接問題。我的考慮是這樣的：我覺得，文學思想是文學制度的表象，而文學制度是文學思想的根源。我一直想寫一篇文章，題目都有了，就叫做《文學制度的表象與文學思想的根源》。我認爲，文學制度是文學思想最底層的東西，是更根本的一層内涵。今天，我們三人討論的話題可以説是相互融會的。今後如果我們三人的工作可以相互協作的話，我覺得對中國文學研究是可以産生一些積極影響的。

我這裏還要講一個掌故。在吴中做過官的有文采的文人很多，包括吴中本地也有很多文人。那問題就來了，爲什麽要等到袁宏道任吴縣縣令時，公安派的性靈文學思想才能提出來？去年底，我在武漢大學見到陳文新先生，他給我講了一個事情，讓我茅塞頓開。文新先生就是湖北公安的人。他告訴我，湖北公安人有一個特點就是懶,隨遇而安,而且貪圖享樂。我説:"陳先生,我看你本人出那麽多成果,你怎麽説公安人懶呢?"他説,他已經被異化了,你到公安去看一下就知道。我一下子就明白了,性靈文學衹能袁宏道提出來,因爲他又懶又貪圖享樂。所以,一種文學特質的發生很神奇,我們要有開闊的視野來考察這些問題。如果你衹知尋章摘句,或套用當下通行的文學理論,那是解決不了實際問題的。

何宗美:另外,他們在長江邊,條件比較好,魚米之鄉嘛。

饒龍隼:對,還有一個原因,因爲公安那裏年年洪水氾濫,當地居民聚財没有益處。你辛辛苦苦蓋了一座房子,被一把水衝没了,那又何苦蓋房呢? 所以,他們没有聚財的意願,而比較注重當下享受。

何宗美:這個話題,屬于文學地理學這一塊。

饒龍隼:我把它稱爲地方性氣對文學的影響。

何宗美:最後我談談我的感想。今天我們這個方式是非常好的,剛才龍隼教授也説了,我們已經八年没見了,李瑄教授我們是去年見的面,不過一年也很久了。人不見面,我們的思想就没法見面。所以今天讓我們的思想見面了,這個是很有意義的。我們在三個層面構成了對文學理解的一個層級性,我們任何一個人在談的時候都帶著另外兩個人的話題。"三"這個數字,是很有意義的,"三"本身就是産生多樣性的,有了三,就有了萬,所以三人對談的構思也是很智慧的。

通過這三個話題,我們又引出了很多,這也是這三個話題的意義。我們做研究,要注意你的話題是否可以引出其他話題,這是考量話題有没有意義的一個標準。我覺得古代文學是陣地戰,是需要攻堅克難的。其他有的專業更傾向于運動戰,他們要提出話題,没有話題就没有優勢。我們古代文學也要吸收其他專業之長,把陣地戰和運動戰結合起來,既要有攻堅克難的能力,同時也要提升自己的話題能力。所以説交流是有意義的,不過現代社會反倒交流變少了,大家都很忙。今天的這場交流彌足珍貴,尤其是思想,格外需要交流。我們研究明代一個很重要的方法就是交流,因爲明代本身就是一個交流的時代。龍隼教授給我們發明了一個模式,就是三人與談模式。我覺得這一次首先是我個人抛了個磚,我們三人又是爲這整個模式抛磚引玉。謝謝各位今天到場的老師和同學們!

饒龍隼:感謝何宗美教授爲我們做了非常精彩的主題講演,並主導我們三人的對談。

理念與觀念

Liniau yu Guannian

明代八股“以古文爲時文之始”評議

王　涵①

内容提要　八股創作“以古文爲時文”現象始于何時、何人或何派的認識，是明清時期八股演變史建構的重要議題。正嘉時期唐順之、歸有光運用先秦史傳叙事技巧與唐宋文法，促使明代八股形成了一次高峰，艾南英、吕留良、戴名世、方苞等八股文論家均主張“以古文爲時文”始于正嘉。正嘉説存在一些邏輯漏洞，故又分化出初明經義説、成弘説、歸有光説等異説。啓禎時期八股文家利用古文駁雜性、表現對象廣泛性、文體豐富性和格法變易性等特點，突破章程功令限制，促成了“以古文爲時文”始于啓禎説。正嘉説基于古時文一體化理念，在清代具有正統性和主流性，初明經義説、成弘説、歸有光説、啓禎説等觀點基于古文複雜性和多元性，是古文之學豐富意蘊在八股批評之中的投射。

關鍵詞　以古文爲時文；正嘉文風；晚明八股

從古文中尋求考試文體撰寫方法的現象，唐宋時代已非常普遍。明代中葉，“以左、馬、韓、歐之筆力，而寫周、程、張、朱之名理”是習見的八股創作理念②，前后七子、唐宋派等文學流派大都主張模仿古文，以提升八股文品格，且唐順之《文編》、茅坤《唐宋八大家文鈔》等古文選本大都爲舉業而作。不過，作爲一種明確的理論主張，“以古文爲時文”其實在明末方才集中出現，且始終伴隨着關于“以古文爲時文之始”的争議。古文之學的複雜性和豐富性、“文學合一”、古時文關係等不同視角，促使“以古文爲時文之始”在晚明以來有多種異説。梳理這些觀點，能對明八股分期及八股文史建構進行深入分析。

---

①作者簡介：王涵，四川大學中國俗文化研究所、四川大學文學與新聞學院助理研究員，主要從事明清文學研究。發表《明末清初“諸子入八股”考論》《明末清初的唐宋文之辨》等論文。

②（明）吴節《吴竹坡先生文集》卷二《大學條約》，《四庫全書存目叢書》，集部第33册，齊魯書社1997年版，第350—351頁。

一、“以古文爲時文”始于正嘉時期

大多文學觀念的提出通常存在某種現實針對性。“以古文爲時文”在明末被提出，主要旨在批判隆萬時期秦漢派主導的八股文風。萬曆時期，秦漢派開始向八股文壇滲透，促使“古文”在科場風行一時。此種“古文”，往往直接割剥先秦兩漢文章的字句，使用生僻奇字，且往往引經據典，使文章主旨超越科場命題的題意範圍。曾在萬曆時期擔任學官的王圻就記述了此現象：“萬曆以來，士子稍厭庸弱，鋭意規復先秦兩漢體裁，又一變矣。浸淫日久，騁奇者或流于軋茁，誇博者或涉于駢枝。余嘗視學楚中，欲稍挽頹風，而未能也。”①王圻認爲萬曆初年“規復先秦兩漢體裁”的流行文章，與正嘉先輩所提倡的“古文”絶非一事。秦漢派科場的“古文”要麽流于“澀體”，所謂“騁奇者或流于軋茁”；要麽貪多務博，逾越題意，“涉于駢枝”。相比之下，瞿景淳、唐順之等先輩大家“不矜于古雅，而讀之有蒼然之色；不蘄爲雋永，而玩之有淵然之味”，是真正意義上根柢先輩古文而成。身爲學臣的王圻，感嘆難以對抗秦漢派引領的時趨，因此他試圖通過編纂《吾從録》，告誡子孫後輩應當師法正嘉先輩。事實上，在秦漢派衝擊下，隆萬、啓禎時期效法“先輩大家”與提倡“古文”歧而爲二。黄淳耀曾説：“今帖誦家，或言古文，或言先輩。究其所謂古文，先輩者，襞績而已爾，拘牽而已爾。拘牽襞績，既不足以服天下，于是鹵莽者一切反之，以陋爲奇，以腐爲新，以俗爲雅，以穢爲華，而制舉業之道，日以敗壞，爲可嘆也。”②黄淳耀指出當時文壇“先輩”與“古文”的割裂。他更主張將二者進行融貫，不善于效法成弘、正嘉，或全盤接受秦漢派“古文”，均難以科場折桂。吴應箕則明確抵制秦漢派引領的科場“古文”：“爲高論者有二：曰用古文也，學先輩也。”其中，秦漢派的“古文”打破了八股體制和場屋規章，最不可取：“浸淫而才弱智竭之士拘守訓義，其文略存間架耳，亦曰：‘吾先輩也，吾先輩也。’至于剿襲衰朝之駢詞，用後代不經事以割裂經傳大義，且盡棄制舉之法爲之，亦曰：‘古文，古文。’然則即二者相提而論，此其罪過于妄談先輩者遠甚。”③根據吴應箕的觀察，秦漢派提倡的“古文”，要麽調繪辭藻而折入六朝駢文；要麽

①（明）王圻《王侍御類稿》卷四《吾從録序》，《明别集叢刊》，第 3 輯第 51 册，黄山書社 2016 年版，第 283 頁。
②（明）黄淳耀《陶庵全集》卷二《陳義扶近藝序》，《景印文淵閣四庫全書》，第 1297 册，第 650 頁。
③（明）吴應箕《樓山堂遺文》卷五《庚辰房牘序》，吴應箕著，章建文編校《吴應箕文集》，黄山書社 2017 年版，第 641 頁。

引用“後代故事”;要麽割裂經傳。此類創作,均悖離了正嘉時代唐順之、歸有光等先輩大家樸實醇正的文風。

爲重申瞿景淳、唐順之、歸有光等“先輩大家”的正統地位,“以古文爲時文”始于正嘉的觀點應運而生。明末艾南英標舉“以古文爲時文”,初衷旨在使正嘉“正體”與“古文”合而爲一:

> 周孔之業,輔之以《史》《漢》之氣,得其源流而合之,何往而非經國籌邊之概。當國初時,制舉一道,尚屬草昧,故金華文章,不以八股名,而三楊不以程文課士爲相業。震川、荆川,始合古今之文而兼有之,然未及于國也。至于王文成之事功,及詩古文辭,與其典試之程式,儒效彰彰矣。[①]

明初八股尚處于草昧狀態,至唐順之、歸有光則結合了古文、八股的成就,將“周孔之道”和“《史》《漢》之氣”合而爲一,是“以古文爲時文”的典型。艾南英以正嘉大家爲“以古文爲時文”之始的師法譜系,與唐宋派“以唐宋文上溯秦漢”的理念互爲表裏:唐宋八家是秦漢文的“嫡子嫡孫”[②],要追尋秦漢文的成就,必須通過漸進學習的途徑,方可實現,所謂“夫韓、歐者,吾人之文,所山以至于秦漢之舟楫也”[③]。同時,唐順之、歸有光又是韓、柳、歐、曾的“嫡子嫡孫”。將正嘉文風定爲明八股“以古文爲時文”的肇端,確立起秦漢、唐宋和正嘉的師法統緒,則秦漢派的“古文”自然就破壞了既有八股文典範,是爲“僞體”。

清代桐城派繼承艾南英“正嘉説”而加以鼓吹。方苞編纂《欽定四書文》即持正嘉説,以爲成弘時期尚且遵守傳注,未脱科場習氣,“至正嘉作者,始能以古文爲時文”[④]。唐順之、歸有光又是正嘉文風典型代表,故方氏編選《欽定正嘉四書文》,集中選録唐、歸二家。姚鼐認爲王鏊、李光地篇法結構“殊少變化”,故他更願意效法唐、歸,“所自爲文,有意規摹應德、熙甫”[⑤]。桐城派之外,清代以正嘉爲“以古文爲時文”肇端的理念也頗爲常見。吴高增認爲,“前明制義,如三唐之詩。化治法已立而未備。正嘉法備而氣昌,其盛時也。隆萬承之,少參變格。天

---

①(明)艾南英《天傭子集》卷一二《李龍侯近藝序》,《四庫禁毁書叢刊補編》,第72册,北京出版社2005年版,第341頁。
②(明)艾南英《天傭子集》卷一《與周介生論文書》,《四庫禁毁書叢刊補編》,第72册,第197頁。
③(明)艾南英《天傭子集》卷二《答陳人中論文書》,《四庫禁毁書叢刊補編》,第72册,第204頁。
④(清)方苞《凡例》,《欽定四書文》卷首,《景印文淵閣四庫全書》,第1451册,第5頁。
⑤(清)吴德旋《初月樓文鈔》卷五《汪筠莊衡生時文序》,《清代詩文集彙編》,第486册,上海古籍出版社2010年版,第49頁。

崇則鋒芒外向,發泄殆盡"①。正嘉時代"法備而氣昌",大量引用古文格法規矩,將此道開發到了極致。謝應芝編選《經義選》也持類似觀點:"王守溪崛起成化間,比偶中能行以蕭散之氣,爲經義大宗。自後準繩規矩,尚嚴整而少變化,以暨宏治、正德諸家,録其一二疏蕩者而已。"王鏊代表的成弘文風雖然能行古文之"氣",但章法結構比較嚴整,缺乏變化,故該編較少選取成弘之文;相比之下,"唐荆川、歸震川兩家,以經義爲古文,其至者瀟灑冲漠,不爲比偶所縛。諸理齋、稽川南、茅鹿門、周萊峰、陶樸庵並興,而海、剛峰獨宗尚宋體,嘉靖文號稱極盛"②。謝氏論文,在時代方面頗爲細緻,照顧到正德年間八股文尚沿成弘風氣的事實。但他以唐、歸爲"以經義爲古文"的開端,與艾南英、桐城派觀點是一致的。

此外,在反對正嘉文風的思想家眼中,唐順之、歸有光等人同樣被視爲以古文"改篡"八股的開端。此方面,獨立思想家王夫之即爲典型。王夫之將八股文視爲詩樂文化的延續,賦予了極高的文體品位,八股文體"雖無音律,而比次成章,才以舒,情以導,亦所謂言之不足而長言之,則固樂語之流也"③。因此,他認爲優秀的八股文應當"引伸經傳之微言"④,對儒學有所闡發,有助于聖賢之道。王鏊、錢福等成弘大家的八股文僅有起承轉合、開闔呼應而已,儒學的"大義微言,皆所不遑研究"⑤,故不應當被尊爲"大家"。唐順之、茅坤、歸有光延續此弊,且變本加厲,又從唐宋古文中尋求章法結構:"鈎鎖之法,守溪開其端,尚未盡露痕迹。至荆川而以爲秘密藏,茅鹿門所批點八大家,全恃此以爲法,正與皎然《詩式》同一陋耳。本非異體,何用環紐,摇頭掉尾,生氣既已索然,并將聖賢大義微言,拘牽割裂,止求傀儡之綫牽曳得動,不知用此何爲?"⑥唐順之、茅坤開始從"批點八大家"入手,將古文格法大量引入到八股創作内,"全恃此以爲法";歸有光也不過"徒矜規格",擅長文章的起伏轉折而已⑦;一些學習唐宋文的應舉者,甚至衹講虚詞,"'之''而''其''以',層累相疊"⑧,流于拖沓。這些做法,均與八股取士的初衷背道而馳,故遭到王夫之的强烈反對。總之,作爲頗

①(清)吴高增《玉亭集》卷五《作文四則示義學生童·審法》,《四庫未收書輯刊》,第10輯第20册,北京出版社1997年版,第426—427頁。
②(清)謝應芝《會稽山齋文續》卷二《書經義選後》,《清代詩文集彙編》,第589册,上海古籍出版社2010年版,第243頁。
③(清)王夫之《夕堂永日緒論内外編》,《船山全書》,第15册,岳麓書社2011年版,第817頁。
④《夕堂永日緒論内外編》,《船山全書》,第15册,第845—846頁。
⑤《夕堂永日緒論内外編》,《船山全書》,第15册,第844頁。
⑥《夕堂永日緒論内外編》,《船山全書》,第15册,第847頁。
⑦《夕堂永日緒論内外編》,《船山全書》,第15册,第850頁。
⑧《夕堂永日緒論内外編》,《船山全書》,第15册,第846頁。

具個性的獨立思想家，王夫之强調八股文體的儒學功用，對成弘、正嘉的文風整體持批判態度，但他對唐順之、茅坤、歸有光運用古文章法結構的認識，卻基本與艾南英及稍後的戴名世、方苞諸家基本一致，也認爲“以古文爲時文”始于正嘉時代。

二、“以古文爲時文”始于歸有光

中國古代文學風氣的理論認識，以通論整體風尚最爲普遍。不過，文學家的個性總是多元化的，歷來不乏與時風有所扞格，卻與後世文風契合的作家。歸有光的八股文史地位正是如此。“以古文爲時文”始于正嘉固然是八股文史建構上的主流觀點，但從該説還分化出了“以歸有光始”之説，歸有光身後此説就已濫觴。萬曆時期袁黄指出：“文之用世，無不達者；文之傳世，無不老者；然天下又未有不達而能老者也。從來古文大家，必不欠此二字。掇拾累大，浮艷累老，震川以後，縱有才雋，未免逐場，古道之復，吾不得而見之矣。”①歸有光過多學習“古文”，與正嘉文風格格不入，最終困頓場屋，年近六十才進士及第，袁氏擔憂此道難以爲繼。明末錢謙益《鄭閑孟時文序》將此觀念加以推廣：

> 故余以爲閑孟之文，非惟習進士業者不能知，即今之號爲古文者，皆遠莫逮也。然而閑孟之于文，則有本矣。嘉靖之季，昆山歸熙甫力追古文辭，昌言模擬竄竊之陋。至謂一二妄庸人，爲之巨子，其名亦卒爲一二人所抑没。②

所謂“今之號爲古文者”，正是秦漢派等“一二妄庸人”所引領的“模擬竄竊”思潮，歸有光則“力追古文辭”，學習古文以改善八股。錢謙益争奪“正宗”的意識與艾南英較爲一致。不過，艾、錢的差異，在于前者整體鼓吹正嘉，後者不甚滿意唐順之。錢謙益認爲歸有光古文爲“明文第一”，唐順之未能盡脱科場習氣，且夾雜“謬學”“俗學”，難以被視爲典範③。此外，錢謙益大力獎借侯岐曾、侯峒曾、楊彝等嘉定、常熟籍後生，尤其黄淳耀的八股文備受賞識。錢謙益《黄藴生經義序》稱

---

①（明）袁黄著，黄强、徐姗姗校訂《游藝塾續文規》卷六，武漢大學出版社 2015 年版，第 244 頁。

②（清）錢謙益著，錢曾箋注，錢仲聯點校《牧齋雜著・牧齋外集》卷三《鄭閑孟時文序》，下册，上海古籍出版社 2007 年版，第 639 頁。

③（清）錢謙益著，錢曾箋注，錢仲聯點校《牧齋有學集》卷十七《賴古堂文選序》，中册，上海古籍出版社 1996 年版，第 768 頁。

贊黄氏八股文爲“韓子之學”,期待他上承歸有光,光大嘉定文脉。[①]總之,相比正嘉説,錢謙益更願意將“以古文爲時文”的開端定義爲歸有光一人,且視黄淳耀、侯峒曾、楊彝等吴中八股文家爲傳承者。這種理念,具有濃厚的流派性和地域思維,不僅有意打壓唐順之、瞿景淳等正嘉大家,對啓禎時期金聲、陳際泰、章世純、艾南英等非吴中文士,也有不屑之意。

歸有光不契正嘉文風,下開啓禎“以古文爲時文”的觀點,經錢謙益推廣後得到不少響應。陳名夏認爲八股、古文不可等而視之,强調古文的“尊體”,“若制義形聲句讀,格律意思,與唐宋以來之爲古文者,略相殊矣”[②],“制義之法,以聖賢之言爲言,而每比屬對,則六朝詞賦之遺耳”[③]。但與此同時,“而先輩之杰出者,又兼而有之”[④],明代八股大家的成就,大多均來自古文修養。故陳名夏整體上承認古時文一體化,與正嘉説立足點相同。在此基礎上,陳名夏又特别强調歸有光八股創作的歷史地位:“予嘗見守溪、荆川未刻稿,皆時文初體,其不及前稿遠甚”,“若震川文刻與未刻,皆古文也”。[⑤]王鏊、唐順之的成名作雖然大多效法古文,但諸多未刻稿仍然是八股文的套數,衹有歸有光始終如一,以古文爲根柢,“以紹述歐曾之遺法,一時名達多起而議之,閲十年後乃稱道無異詞”[⑥]。總體來看,陳名夏對“以古文爲時文之始”的看法,立足于正嘉説,同時特别强調歸有光八股文成就,且對八股演變史諸多細節的描述更接近實際面貌。

清初黄越認爲“以古文爲時文”當自歸有光始,至啓禎而盛:“唐荆川、胡思泉古文,縱横奥衍,時文顧繩趨尺步,爲時文之有語氣,不可放越也。歸震川以古文爲時文,已與王、唐小變,不待至金、陳然後爲變也。”[⑦]歸有光不契合正嘉時代主流文風,是事實上的“以古文爲時文”,“先輩方幅,于是始化”[⑧],且啓發了金聲、陳際泰等啓禎八股文家。汪廷珍也認爲,明代八股文以歸有光爲第一,在于他能以古文法改造八股:

---

①(清)錢謙益著,錢曾箋注,錢仲聯點校《牧齋初學集》卷三十二《黄藴生經義序》,中册,上海古籍出版社2009年版,第942頁。

②④(清)陳名夏《國朝制義大家》卷首序,第1册第8頁a—b,國家圖書館藏明末陳氏石雲居刻本。

③⑥(清)陳名夏《歸震川先生制義序》,《國朝制義大家》第14册第2頁a,國家圖書館藏明末陳氏石雲居刻本。

⑤(清)陳名夏《國朝制義大家》卷首《選例》,第1册第2頁a,國家圖書館藏明末陳氏石雲居刻本。

⑦(清)黄越《退谷文集》卷十四《論文雜著》,《清代詩文集彙編》,第186册,上海古籍出版社2010年版,第357—358頁。

⑧(清)黄越《退谷文集》卷十五《論文雜著》,《清代詩文集彙編》,第186册,第372頁。

> 自世以剿襲稗販、庸靡腐爛者爲時文正派，而熙甫則自抒心得，發揮經旨，一以古人之法行之，于是稱之曰以古文爲時文。然則非熙甫之異人，人自異熙甫耳。自熙甫以來至于今，又二百年，其間作者不一，其波瀾意度，不必一一同于熙甫，而其卓然可傳于後者，則皆自抒心得，發揮經旨，而行以古人之法者也。①

在他看來，歸有光所在時代“人自異熙甫耳”，後世八股文則不出歸有光的範圍，均“以古文爲時文”。周寅清也認爲，“羅一峰雄氣奔放，李空同一氣動蕩，已開正嘉門徑。嗣是荆川、思泉、鹿門諸子，體求其正，不愧制藝名家。惟震川以古文爲時文，又爲大家極軌。他如瞿昆湖、薛方山，雖與王、唐並稱四家，而易方爲圓，漸爲談機法者導先路矣”②。正嘉時期，唐順之、胡友信、茅坤諸家均爲正體，但仍局限于八股的基本體制；瞿景淳、薛應旗又爲性靈思潮“導先路”，開創機法派的先聲，講究格法的巧妙變幻；衹有歸有光真正做到“以古文爲時文”，格法規矩從唐宋文的自然簡樸學來，是正嘉諸家中的“極軌”。隆萬以後八股文全面衰頽，“賴有正希、大力、文止、千子、大士、藴生、維節、卧子輩，起而振之，其爲文或以思力勝，或以識議勝，或以典老勝，或以峭折勝，或以幽雋勝，或以才情勝，體格不同，而以上接王、歸，皆可與諸家並垂不朽”③。周寅清的八股文觀念頗爲通達，并不在王鏊、唐順之、瞿景淳與歸有光之間强分高下，甚至還不排詆李夢陽。不過，他認爲成弘、正嘉大家多數拘泥于八股體制，衹有歸有光才是“以古文爲時文”，啓禎時期金聲、章世純、羅萬藻、陳際泰、黄淳耀、陳子龍諸家，則將古文的“思力”“識議”“典老”“峭折”“幽雋”“才情”等面相發揮得淋漓盡致。

爲何從正嘉説又分化出歸有光説呢？持此論者少有深入辨析。其實，這可能與正嘉文風更擅長議論，而歸有光更長于叙事有關。比如，唐順之熟于史事，但其用史之法更接近宋代歐、蘇，④以史料闡明《四書》義理，契合八股文作爲議論文體的屬性。相比之下，歸有光更多學習《史記》、歐陽修《五代史記》的叙事手法，“歸震川文有二類，皆高不可攀，一則醇古疏宕，運《史記》、歐、曾之義法，而與

①（清）汪廷珍《實事求是齋遺槁》卷二《鄭氏二泉時文序》，《清代詩文集彙編》，第450册，上海古籍出版社2010年版，第367頁。

②（清）周寅清《典三剩稿》卷五《四書文源流考》，《清代詩文集彙編》，第605册，上海古籍出版社2010年版，第396頁。

③（清）周寅清《典三剩稿》卷五《四書文源流考》，《清代詩文集彙編》，第605册，第397頁。

④（明）唐順之《盡信書　一章》方苞評語，《欽定正嘉四書文》卷六，《景印文淵閣四庫全書》，第1451册，第194頁。

題節相會。一則樸實發揮明白，純粹如道家常事，人人通曉”[1]。歸有光古文也確實擅長記敘文字，如《項脊軒志》《先妣事略》《思子亭記》《寒花葬志》等等，均“純粹如道家常事”，擅長記敘生活細節。此類特點植入科場後，容易與八股文體形成顯著差異，故其“以古文爲時文”的效果相較瞿景淳、唐順之、茅坤等人更爲突出，更接近《史記》等史傳文章。錢謙益文學思想尤其重視叙事，所謂“其叙事必兼議論，而惡夫剿襲，詩章貴乎鋪序，而賤夫雕巧”[2]，這可能是他尤其青睞歸有光，僅將唐順之視爲八股名家，最終提出歸有光開創“以古文爲時文”的重要原因。

三、“以古文爲時文”始于啓禎時期

除正嘉説、歸有光説外，還有“以古文爲時文”始于啓禎（1621—1644）時期的觀點。大約天啓初年，周鐘、張溥、張采創立應社，以倡導“古文”名動選壇。陳弘緒《先友祀鄉賢萬徵君傳》曾有所記録：

> 崇禎間，金沙周鐘慨嘆制藝之萎薾，欲以古文體變化之，尤極力推崇豫章。合天下同人爲社，曰《人文聚》，選時華藝獨多。未幾，艾南英又合二百餘年諸已舉進士孝廉，與不遇而諸生之才者，匯選之曰《文定》，曰《文待》，亦推崇時華如金沙，于是海内家有時華制藝。[3]

周鐘認爲八股文萎靡不振，主張用“古文體”加以變化。萬時華等江西八股文家根柢“古文”，與其八股選文宗旨相契合。相比之下，艾南英《今文定》《今文待》則更多表彰僊蹇科場、不受主司青睞的諸生。可見在陳弘緒眼中，吴中選文家與江西派提倡的“古文”是兩種不同思潮。關于周鐘變易時風的貢獻，張溥曾有極高的推許：“予方悲壬戌（1622）以前，人皆夜行，不識聖賢禮義之訓，而不意又有欲嗣其説者，抑何不肖之未絶于世也。是故戌、丑（1625）之間，迄于今日，文字之治

---

①（明）歸有光《孰不爲事　一節》方苞評語，《欽定正嘉四書文》卷六，《景印文淵閣四庫全書》，第 1451 册，第 173—174 頁。

②（清）黄宗羲《思舊録》，黄宗羲著，吴光主編《黄宗羲全集》，第 1 册，浙江古籍出版社 2012 年版，第 377 頁。

③（明）陳弘緒《敦宿堂留書》卷一《先友祀鄉賢萬征君傳》，《清代詩文集彙編》，第 11 册，上海古籍出版社 2010 年版，第 76 頁。

亂,不可勝道。介生不言其功,而天下歸之,豈無故歟?”①張溥序徐錫餘八股文稿,也鼓吹天啓初年是“古文”繁榮的肇始:“酉、戌(1621—1622)之間,古文始萼柎,錫餘即拔而軒翥其際,禮官儒林好稱之。”②徐錫餘于崇禎元年(1628)進士,其中舉當在天啓初年③。陳際泰《丘毛伯玉書庭全集序》曾記録江西派成員丘兆麟(1572—1629)的一則軼事:“時古文風氣未開,獨取異書讀之,又嘗作爲詩賦,任懷抱,一往無所師。”④丘兆麟于萬曆三十八年(1610)進士及第,當時“古文風氣未開”,故丘氏未曾受其影響。表明在陳際泰眼中,“古文”特指周鐘、張溥等吴中選文家引領的八股風尚。以上表明,“以古文爲時文”始于啓禎之説,首先出自吴中選家的自身鼓吹和時人的外部觀察。

正嘉時代瞿景淳、唐順之、歸有光主要效法古文格法規矩,一定程度打破了八股格例,但在根柢程朱理學、不雜後世史實、不反映現實政治等方面,卻謹守場屋要求。不過,作爲文學藝術的“古文”并不衹是格法技巧,還是社會情感和社會歷史的統一體,具備豐富的文體意藴。“古文”的豐富意藴促使“以古文爲時文”在正嘉大家之後,仍然存在開闢空間。首先,啓禎時期八股創作强調“博雅”“博觀”,要直接在八股創作中展現經史學問。應社領袖張采就有明確的主張:“大士當萬曆間,其時溺于科舉之學,戒經史,無問稱古文辭者。或在山間林下,謂非儒生所應爲。既丹黄家取唐宋諸名集,量以已意,分章辨格,甚于秦律。遂使文心沮喪,騷雅斬然。”⑤所謂“丹黄家”,恐即編選《唐宋八大家文鈔》的茅坤。正嘉大家深湛經史,但他們對經史材料加以熔煉,以史證理,并不違背八股章程;其追隨者學習法度技巧,忽視學問根柢,導致隆萬文風重“機法”而流于膚淺。故張采更欣賞直接在八股文中呈現學問博雅、追求麗藻且引經據典。顧咸正指出,成弘、正嘉文風往往根柢六經、諸史和性理著述,但啓禎時期風氣丕變,“今之作者,内傾臑臆,外窮法象”,“可子,可史,可論策,可詩賦,可語録,可禪,可元,可小説”,“人各因其性之所近,而縱談其所自得”,⑥大量引入了諸子、史傳、論策、詩賦等

---

①(明)張溥《七録齋詩文合集・存稿》卷五《三科文治序》,《續修四庫全書》,第1387册,上海古籍出版社2002年版,第502頁。

②(明)張溥《七録齋詩文合集・存稿》卷一《徐錫餘稿序》,《續修四庫全書》,第1387册,上海古籍出版社2002年版,第417頁。

③(清)陳瑚《徐錫餘六十詩序》,《確庵文稿》,《明别集叢刊》,第5輯第87册,黄山書社2016年版,第358頁。

④(明)陳際泰《已吾集》卷一《丘毛伯玉書庭全集序》,第433頁。

⑤(明)張采《知畏堂文存》卷二《陳大士集序》,《明别集叢刊》,第3輯第74册,黄山書社2016年版,第25頁。

⑥(清)梁章鉅《制義叢話》卷一,上海書店出版社2001年版,第23頁。

有别于章程功令的著述。顧氏對晚明文風持否定意見,清初姜宸英則高度肯定,并將此風氣定義爲"以古文爲時文"的開端:

> 至近世金正希、楊伯祥、吴梅村、陳大士、卧子、黄藴生諸公者出,始博取先秦、兩漢、唐宋人以來之文,大發之于帖括。經史子集,縱其驅策,横竪鈎貫,無所不可,而機杼自出,一空前作者,此猶杜少陵之于詩,韓昌黎之于古文,顔魯公、吴道子之于書畫。古法雖從此一變,而天工人巧,則已極矣。①

姜宸英認爲,啓禎時期金聲、陳際泰、陳子龍、黄淳耀諸家一改八股體制,大量運用先秦兩漢和唐宋古文的創作之法,將經、史、子、集中各類著述"縱其驅策",且往往"横竪鈎貫,無所不可,而機杼自出",格法規矩均由己而出。從"一空前作者"的説法來看,姜宸英顯然認爲啓禎時期才是"以古文爲時文"的真正肇端。

其次,晚明八股往往抛弃八股四大比的"合掌",體例更接近古文的自由化,文意也更加曲折變幻,不受拘束。唐順之、歸有光雖模仿唐宋文,但多數時候還是謹守"填砌""合掌";啓禎時期出現擺脱合掌格套,徹底做到體例自由化的創作。清初魏禧曾指出:"文字分股之法,開于陳大士先生,而楊一水夫子相距數百里,不謀而同。今學者及近來坊文,率喜合掌。意彼每股一意,將苦思慮爲難。不知此乃文字中省力争勝捷徑,惜人不肯講此。"②陳際泰、楊文彩等江西派成員重視分股創作,出、對股的文意不再複沓,較正嘉大家更爲自然,那麽也就更接近古文。其實,啓禎時期金聲、黄淳耀、章世純諸家均有類似特徵。清初王嗣槐、淩文起認爲,金聲、陳際泰的八股創作,"抉剔幽奥,開豁心胸,入九淵而薄九天,刻畫聖賢精神,鬚眉畢現。神明變化,矩範斯存,莫尚于此時,與人言多弗省"③。所謂"神明變化",顯然是從章法結構的角度討論的。乾嘉時期范泰恒也持類似觀點:"夫時文之化治,初體耳;正嘉有題面,而不忌填砌合掌;至隆萬亦題面,且空殼矣;啓禎大家,乃能脱盡時蹊,以古文爲時文。"④他認爲,成弘文風"謹守排

---

①(清)姜宸英《湛園未定稿》卷五《張子制義序》,《清代詩文集彙編》,第107册,上海古籍出版社2010年版,第108—109頁。

②(清)魏禧著,胡守仁等點校《魏叔子文集》卷七《又與友人》,中華書局2003年版,第323頁。

③(清)王嗣槐《桂山堂文選》卷一《金陳大家合稿選序》,《四庫未收書輯刊》,北京出版社1997年版,第7輯第27册,第116頁。

④(清)范泰恒《燕川集》卷十四《示櫄與照藜語》,《清代詩文集彙編》,上海古籍出版社2010年版,第337册,第486頁。

偶”,代表了八股文體的“初興”,基本體制趨于成熟;正嘉時期做到了“氣暢”,但堆砌六經文句,且并未徹底改變“對偶”“合掌”;隆萬爲衰落期;衹有啓禎時期“吐棄陳言,化其板實,神味氣骨,融冶古文,而時文之法自隨”①,真正做到了“以古文爲時文”。

其三,啓禎文風往往還將八股文徹底變成“史論”,直接以古文之“體”來改造科場文字。徐孚遠《禄之去公室　一節》專論“聖人深論魯事,而知專國者之不終也”,全文“以議論行文”,考論魯國的衰落和三桓的最終消逝,最終得出“此蓋斷以人事,而或且曰聖人之智過于蓍龜也”的大結。②陳子龍《子語魯太師樂曰　一節》以“而予亦將論次其事,使後世有述也”入口氣後,叙述秦代以來士人搜尋古人器物,以徵古人禮樂之道,論斷“此非音亡,數與器亡也。”大結:“自暴秦之興,古器湮没,後之學者,搜曲阜之宫,破河洛之冢。如玉尺玉磬之屬,得一二而足,仿佛其意。此非音亡,數與器亡也,夫子蓋傷之久矣。”引徵了後世史實,脱離了該題的“口氣”。時人評該文:“古樂之亡,亡于器數,其聲音之理,終不亡,所見甚的。”③故該文事實上成爲論述禮樂制度興亡的史論。歷代史論具備干預社會政治的特點,故“以史論爲時文”又促成了八股創作功用化和政治化。黄淳耀《〈詩〉云節彼南山　二節》破、承:“國不可以徒有,得失之故昭然矣。夫以不慎之心處國,而自謂無患也,殷何以失,周何以得耶?《詩》可以觀已。”破題暗藏了“德”字,承題論證“不慎之心”,起講:“粤若周至幽王時,淫侈不尚德,而世卿擅朝,家父所爲賦《南山》也。其言至深痛不可讀,然大抵爲有國者戒爾。”全文歷叙“失國”案例,大結:“是故周之宜法者文、武,至家父作刺之時,則當並法成、康。周之宜鑒者殷、紂,至崎嶇河雒之間,則又并鑒幽、厲矣。可不慎哉!可不慎哉!”④借助《大學》的經義來論述商、周的興亡更迭。此種借論史以干涉社會政治的創作,與歷代史論没有差别,故清初王汝驤評黄淳耀《〈詩〉云節彼南山　二節》云:“賈誼之《過秦》,遜其精純;陸機之《辯亡》,無其雄駿”⑤,可與賈誼、陸機的史論媲美,司徒修也評價黄淳耀《見義不爲無勇也》“以史論作時文,有上下千古之識”⑥。

---

①《燕川集》卷十四《關中書院條約》,《清代詩文集彙編》,第337册,上海古籍出版社2010年版,第489頁。

②《明文鈔六編》,《華東師範大學圖書館藏稀見叢書彙刊》,第30册,北京圖書館出版社2006年版,第582頁。

③(明)陳子龍《子語魯太師樂曰　一節》,《欽定啓禎四書文》卷二,《景印文淵閣四庫全書》,第1451册,第355—356頁。

④⑤《明文鈔六編》,《華東師範大學圖書館藏稀見叢書彙刊》,第30册,第248頁。

⑥(清)司徒修《制義簡摹集》卷一《啓禎文》,第1册第6葉a面,哈佛大學圖書館藏本。

"以史論爲時文"違背了八股文不雜後世"史實"、不干預社會政治等基本章程,故引發了"以古文爲時文"始于晚明的觀點。清人司徒修認爲,隆萬以前八股大多局限于訓釋《四書》,未能跳出題意限制,"制藝風氣,開自前明。自化治迄隆萬,脉正理醇,清微淡遠。然止依題訓義,題之節奏,即文之波瀾而已",晚明陳際泰、金聲、黄淳耀等"以史論爲時文"等創作出現之後,才是真正意義上的"以古文爲時文":"至啓禎乃獨辟畦徑,以古文之氣行八股之法,闡性命之精微,窮事物之情變。縱橫馳驟,不可羈縶,而恰與題之竅會相赴。間有目擊時事,借題以抒胸臆者,按諸題之神理節奏,亦無不吻合,斯爲能事。"①金、陳、黄諸家通過八股文抒發自身的胸臆,不僅闡發儒家性理之學的精微,還往往"目擊時事",以八股創作表現時代社會,是忠義之氣的結晶。

四、"以古文爲時文之始"的文學批評意義

作爲一種創作現象和基本技法,以古文創作規律來改造科場文字的思路,應當在唐宋時代的科場之中就已非常普遍,必然不始于明八股。明清時期"以古文爲時文"始于正嘉、啓禎等諸多觀點均存在一定片面性,忽視了以往科場經驗對當下文學思潮的影響。當然,就理論主張來説,明清八股批評之所以出現"以古文爲時文之始"的衆多異説,歸根結底在于"古文"的複雜性、豐富性和多元性。必須指出的是,正嘉説從明代中後期發軔,得到艾南英、吕留良及桐城派的完善,逐步成爲清代八股領域的主流見解;其餘歸有光説和晚明説等,其實均圍繞着改造、修正和矯革正嘉説而展開。

首先,正嘉説、歸有光説提倡的"以古文爲時文"實際上是古時文的一體化,强調古文、八股在根砥儒家義理、講求章法結構等方面的一致性。比如,艾南英將"理""法"視爲貫穿古時文的根本元素:"今夫詩古文辭之爲道,其原本經術,與舉子業無以異也。其首尾開闔,抑揚淺深,發止斂散之際局,與舉子業無以異也。"②古文、八股都需要根柢于經術,法度規矩上也没有根本性差異,先習八股,後學古文,也是從初階到高級的研習過程。清代關于古時文關係的主流認識,基本上繼承了艾南英的論斷。黄宗羲儘管對艾南英不乏貶詞,但八股觀念與之基本一致,"爲説者謂百年以來,人士精神,盡注于時文,而古文亡。余以爲古文與

①(清)司徒修《制義簡摹集》卷首《啓禎文小引》,第1册第1葉a面,哈佛大學圖書館藏本。
②(明)艾南英《天傭子集》卷十一《李玄雲近藝序》,《四庫禁毁書叢刊補編》,第72册,第336頁。

時文分途而後亡也”。古時文的割裂才是古文衰敝的原因，成弘、正嘉時代的八股文家或學壇大家，其古文出于經史、性理，與八股文殊途同歸，“其古文固時文之餘也”①。吕留良也認爲，歸有光的八股、古文形成了事實上的一體化，故其成就高于王鏊、瞿景淳諸家：“王守溪、瞿昆湖、鄧定宇、李九我、湯睡庵、許鐘門諸公，非時文家所稱正宗者乎，然其文集具在，曾無足與太僕平衡者，何也？大都不能一者也。不能一者，非其古文不如，乃其時文故卑也。若太僕則不知有所謂時文者，故其文集亦不知有所謂古文焉，一而已。”②方苞則明確將“義法”定義爲古時文共通元素，“以古文爲時文，自唐荆川始，而歸震川又恢之以閎肆。如此等文，實能以韓、歐之氣，達程、朱之理”③，無論是八股還是古文創作，都應當繼承唐順之、歸有光的道路，以“程、朱之理”和“韓、歐之氣”爲基本的研習方向。因此，儘管在“以古文爲時文”開端的認識上有所不同，對王鏊、唐順之、歸有光等大家的評價各有高低，但相關論説觀點在“古時文一體化”的認識上卻基本一致。

正嘉説在清代逐步成爲最具主流性的觀點。但由于該説對八股文史的構建存在一些邏輯漏洞，故除歸有光説之外，該説還分化出了一些異説。事實上，“以古文爲時文”始于正嘉的理論内核，基于明代八股“初盛中晚”四分法，即以成弘(1465—1505)爲初明，正嘉爲盛明，隆萬爲中明，啓禎爲晚明。④明代洪、永至天順近一百年(1368—1464)時間，是科舉首場“經義”從散體古文演化爲格律嚴整的“八股”之過程。明初經義少有套數可供揣摩，成弘時期王鏊、錢福等體例嚴謹、格法圓美的八股文出現後，後人始有徑路可尋，這也是王鏊被部分古文家視爲“經義之罪人”“八股之開山”的重要原因。⑤如果跳出“四分法”限制，可知王鏊、錢福爲主的成弘文風衹是明代科舉一個特定時期的典範，唐順之、歸有光也不應被定義爲“以古文爲時文”的初始，而是明初“經義”的恢復、繼承和重現。嘉

①(清)黄宗羲《李杲堂文鈔序》，《南雷詩文集》，《黄宗羲全集》，第10册，第26頁。
②(清)吕留良著，車鼎豐輯《吕子評語餘編》卷一，《四庫禁毁書叢刊》，北京出版社1997年版，經部第8册，第404頁。
③(明)歸有光《吾十有五而志于學　一章》(清)方苞評語，《欽定正嘉四書文》卷二，《景印文淵閣四庫全書》，第1451册，第88頁。
④明八股“四分法”是意藴豐富的話題，尤其關于“初明”“盛明”的界定往往存在較大差異。不過，以正嘉爲“盛明”的説法在清代最爲常見，方苞《欽定四書文》即采此説。參考鄭雄《明代八股文發展分期的差異與折衷》，《文學遺産》2019年第4期。
⑤萬曆時期朱長春就認爲“制義之壞，始于守溪”，明末錢禧也認爲“明文以天順前爲極盛，至化治而衰。”見高塘《明文鈔三編》卷首“序題”引述，《華東師範大學藏稀見叢書彙刊》，第28册，第415頁。

靖末期進士及第的王圻已有類似説法:"然文章與時高下,自洪、永以及今日,體裁凡經幾變,至嘉、隆而浮華極矣。瞿、唐諸君子起而力反之,裒然歸于正。"①王圻認爲成弘文風重視法度"圓美",而瞿景淳、唐順之引入古文格法,講求自然樸素。前者是對明初經義的破壞,"至嘉、隆而浮華極矣";瞿、唐代表的正嘉文風則是針對性的恢復。

清代高塘編纂《明文鈔》諸編,將此種理念作了進一步的發揮,且意在抵制"以古文爲時文"始于正嘉的觀點。高塘認爲,"制義起于宋而興于明。自洪武迄天順百年間,如于忠肅、薛文清、商文毅、岳文正、丘文莊以及王宗貫、李西涯諸公,其文渾渾噩噩,無意求工,而古質莊嚴,不尊之爲夏鼎商彝,不可得也",八股成熟以前的明初"經義",必須被視爲"以古文爲時文",此種説法,顯然是對正嘉説的反撥。王鏊、錢福諸家"法義漸精,隱創時局","後人推爲制義開山",開啓了真正意義的"八股"。正嘉時代唐順之、歸有光有意追溯洪、永:"夫物有開,其必先事相踵而漸增。自正嘉以後視化治,化治爲已簡且樸矣。自化治以溯洪永,則天順以前尤較簡且樸焉。此亦質文遞運,自然之勢也。"②高塘認爲,明代制義整體上遵循了"踵事增華"的演化規律,從簡古自然的"經義"演化爲體制完善的"八股"是自然現象;唐、歸并非"以古文爲時文"的肇端,而是"極盛",既上溯明初"經義"的渾厚自然,又繼承成弘文風的"圓美"。高塘認爲:"明文以正嘉爲極盛。蓋前則沕穆初開,後則雕琢日盛。此于發越充滿之中,存渾樸敦龐之氣";"嘉之世,荆川崛起于初年,震川踵興于末造,二公皆以古文爲時文,應推制義大宗"③。這種觀點,跳出了應試思維濃厚的明代八股"四分法",將正嘉文風納入了文章演變史加以整體考量。由此,"以古文爲時文之始"成了没有結論也不必糾結的話題,從立論基礎上消解了正嘉説。

基于"文學合一"理念的成弘説是從正嘉説分化出的觀點。清代"文學合一"的觀念頗爲普遍,文本于學、文本于理等理念也對八股批評産生了深刻影響。正嘉説的立論基礎在于唐、歸諸家對唐宋文章法結構的學習,但在强調"文學合一"的文論家眼中,正嘉説割裂了"文章"與"學術"的緊密關係。成弘、正嘉在篇法上有一定差别,但"經經緯史""根柢程朱""以學爲文"等特性卻一脉相承。以此視角考量,則"以古文爲時文"應當被界定爲成弘。清初何焯就

---

①(明)王圻《王侍御類稿》卷四《吾從録序》,《明别集叢刊》,第3輯第51册,第283頁。
②《明文鈔三編》卷首"序題",《華東師範大學藏稀見叢書彙刊》,第28册,第415頁。
③《明文鈔四編》卷首"序題",《華東師範大學藏稀見叢書彙刊》,第29册,第9頁。

持此種觀點：

> 成宏以前，舉業以能熟記傳注爲尚，僅具對偶，固與帖經無異也。久而瓊山、長沙在館閣，頗病其不能解義，思創革文體，而其學亦足以召云命律。于是乎守溪、鶴灘出焉，以情緯物，以文被質，始變學究爲秀才。彬彬乎，鬱鬱乎，自爲一代之文，而非復宋元經義之舊規矣。持論過高者，或訾古今文之裂，自守溪始。是猶謂文法亡于昌黎，詩法裂于康樂，徒思撼前修以要名，而不知其無當也。文之有采，猶五行之必發爲五色，外槁者亦中枯也。然而徒以駢麗相煽，無復生意，則美而不可悦，仍歸腐敗矣。①

何焯將成弘以前舉業視爲"帖括"，故其觀點仍在"四分法"範疇内。但他對"古文"的認識又與正嘉説有别。何焯將"古文"的標準定義爲"以情緯物，以文被質"，根柢于經史義理和文章藝術；後人以"排比駢儷"的標準將王鏊、錢福排除在"以古文爲時文"之外，是類似于秦漢派"文法亡于昌黎"的錯誤觀點。何焯之説有應和者。如翁廣平認爲，"制義者，取科第之劵耳，于學問、文章無相涉也。惟有學問、文章者之制義，其工處必非舉子家所能及。前明如王守溪、唐荆川、歸震川以及天崇諸家之所作，實足爲天下後世所取法。諸家之所以工且傳者，豈僅求工于制義哉？"②王鏊、唐順之、歸有光在根柢經史等方面，基本上一脉相承，均超越了考試文體的品格，將"學問""文章"合而爲一。

與成弘、正嘉、歸有光説等觀點不同，"以古文爲時文"始于啓禎説基于對八股文體的否定。古文的思想内核更爲深刻，表現對象更爲廣泛，遍及天地萬物，且藝術呈現紛繁複雜，篇章結構變化多端，更能够體現創作主體的情感與一致，這些因素决定了古文的藝術呈現是非恒定的、廣泛的及意藴豐富的。相對來説，八股文義理局限儒家經典，闡釋標準爲程朱理學，章法結構也較穩定的套數，故整體的創作呈現較爲單一，此即魏禧所謂"夫言理宗傳注，格法取諸成規，此亦至拙之事也"③。因此，"以古文爲時文"始于啓禎説辨析古時文的差異，更加青睞金聲、陳際泰、黄淳耀、陳子龍等直接呈現古文體裁的創作。比如，李紱《王岩公

---

①（清）何焯《義門先生集》卷十《兩浙訓士條約代顔學山學使作》，《清代詩文集彙編》，第207册，上海古籍出版社2010年版，第235頁。

②（清）翁廣平《聽鶯居文鈔》卷二十五《上王西莊閣學書一》，《清代詩文集彙編》，第466册，上海古籍出版社2010年版，第253頁。

③《魏叔子文集》卷八《黄從生時文序》，中華書局2003年版，第442頁。

時文序》就曾指出:"今人以應科目八股之文爲時文,以古人論、議、序、記、碑、銘之作爲古文,判然若秦越。……有明一代,能以古文爲時文者,不過六七人。嘉、隆以前,其氣古而已;大士、陶庵,或兼用其體與辭,乃其行世益遠而有曜,至于今不衰。國朝時文名家者甚盛,顧以古文法求之,亦不過三四人。"①他認爲,正嘉、隆萬以前更多學習古文的"氣",所謂"其氣古而已",啓禎大家采用古文的"體"與"辭",是真正的"以古文法求之"。陳兆侖也認爲,成弘時期王鏊、錢福等大家謹守章程要求,是爲八股"正體",啓禎時期金聲、陳際泰則"引古文入時文":"文各有體,經義之體,必以王、錢諸家爲正。金、陳時引古入時,體之變也。"②以王鏊、錢福爲"正體",金聲、陳際泰諸家將古文之"體"引入八股,實爲"變體"。在這種辨析古時文差異的觀念引導下,很容易走上廢八股的道路。持啓禎説的魏禧就主張廢八股,行論策。在他看來,正嘉大家不足效法,"先正巨公,亦頗遭厭棄焉"③。魏禧研習制義,更願意追隨陳際泰、黄淳耀、陳子龍等啓禎文家,"弟制舉文,自十四歲受學楊一水夫子,稍能自立門户。竊比近賢,謂當出入夏彝仲、陳卧子、黄蘊生之間"④。可見在他看來,後者才真正代表了"以古文爲時文"。姜宸英提倡啓禎説,也基于反八股立場:"其體則敷衍經文,辭不己出也;株守集注,義無旁雜也。其習之相沿,則有上承下逗,前虚後實,單行複序,截章换字之法,候氣衡纊,傳神優孟,似排而非儷,體比論而無章法。學者童而習之,村師腐生,一見便解,萬一功令復新,舉今之所謂八股者而廢之,則雖曰陳王、唐、瞿、薛之文于前,誰復能辨其畦徑,識其旨趣者乎?予故曰:時文者,速朽之物也。"⑤姜宸英認爲,八股文"辭不己出""株守集注",成弘、正嘉時代唐順之、瞿景淳等大家整體上謹守八股章程,未脱八股蹊徑,仍然是"速朽之物""傳神優孟"。這種"反八股"思維,促使姜宸英更願意接受突破八股章程限制、突破程朱理學且格法規矩"神明變化"的啓禎文風。

啓禎説大多將正嘉文風的成果一筆勾銷,但正嘉説卻通常承認啓禎文風的成就,故啓禎説最終被正嘉説、歸有光説等觀點所融釋。比如,方苞主張"至正嘉

①(清)李紱《穆堂初稿》卷三十三,《清代詩文集彙編》,第232册,上海古籍出版社2010年版,第419頁。

②(清)陳兆侖《紫竹山房文集》卷七《書趙進士汝平時古文集後》,《清代詩文集彙編》,第293册,上海古籍出版社2010年版,第97頁。

③(清)丘維屏《丘邦士文集》卷六《魏凝叔集序》,《清代詩文集彙編》,第46册,上海古籍出版社2010年版,第101頁。

④《魏叔子文集》卷七《又與温伯芳》,中華書局2003年版,第302頁。

⑤《湛園未定稿》卷五《張子制義序》,《清代詩文集彙編》,第107册,上海古籍出版社2010年版,第108頁。

作者，始能以古文爲時文”，但他并不否定金聲、陳際泰、章世純，也承認張溥、陳子龍和夏允彝等明末秦漢派創作成就。方苞評價徐孚遠《禄之去公室　一節》云：“知人論世，鑿然有據，蓋自《史記·魯世家》得之。故有正嘉、啓禎名手推闡經傳之文，則天下不敢目時文爲末技矣。通篇斷制，不入口氣，固非體，而精論自屬不磨。”①儘管徐文“不入口氣，固非體”，但其論斷和文法均從《史記》學來，極大提升了八股文的品格。方苞認爲，“至于唐、歸，然後以古文爲時文，理精法備而氣益昌。其後金、陳、章、羅輩出，借經義以道世事，發揮胸中之奇”②，正嘉大家是“以古文爲時文”的開端和正宗，但啓禎時期金聲、陳際泰、章世純諸家借助八股文反映時事，抒發自身社會情感，也是古文的應有之義。甚至金、陳八股文中往往出現一些違背程朱理學文字，方苞也有所回護：“《史記》之文，顯悖于道者多矣，而嗚咽淋漓，至今不廢也”，“制科之文，至隆萬之季，真氣索然矣。故金、陳諸家，聚經史之精英，窮事物之情變，而一于四書文發之。義皆心得，言必己出，乃八股中不可不開之洞壑也。”③“古文”的義理本身就具有駁雜性，即使《史記》也不免悖于大道者，故金聲、陳際泰諸家也是“以古文爲時文”的體現。汪縉也認爲：“歸、茅性于古文者也，其于古文之學，又皆問津于司馬、韓、歐，得其氣體，以是爲時文，其文自極于古，非有意爲古文也。金、陳之文，前無古人，後無來者，獨往而已，自與古會，亦非有意爲古文也，此爲真古文。”④可見，歸有光、茅坤等正嘉大家深于古文，開啓了“以古文爲時文”，啓禎時期金聲、陳際泰是對既有思路的繼承，也是“真古文”，故二者皆不可廢。因此，正嘉説事實上囊括了晚明八股的成就，對明代八股文史進行了“正宗”“别體”“變體”的有效判定，故更適合科場揣摩的需要；啓禎説雖然强調古文的本位性，但最終割裂了八股文演化史，難以成爲主流觀點。

綜上所述，作爲一種創作現象和基本技法，“以古文爲時文”可能在唐宋時代科場内就已非常普遍，必然不始于明八股，初明、成弘、正嘉、啓禎等觀點均存在一定片面性。不過，正嘉説從明代中後期發軔，得到艾南英、吕留良及桐城派的完善，逐步成爲清代八股領域關于此問題的主流見解。明清八股批評之所以出

①《欽定啓禎四書文》卷五，《景印文淵閣四庫全書》，第 1451 册，第 429—430 頁。
②（清）方苞著，劉季高點校《方苞集·集外文》卷八《禮闈示貢士　代》，上海古籍出版社 1983 年版，第 776 頁。
③金聲《德行　一節》（清）方苞評語，《欽定啓禎四書文》卷四，《景印文淵閣四庫全書》，第 1451 册，第 386 頁。
④（清）汪縉《汪子文録》卷二《合訂唐諸兩先生時文叙》，《清代詩文集彙編》，第 355 册，上海古籍出版社 2010 年版，第 464 頁。

現“以古文爲時文之始”的衆多異説，歸根結底在于“古文”的複雜性、豐富性和多元性，促使清人對“古文”的界定存在不同見解。其餘初明經義説、成弘説、歸有光説和晚明説等，其實均圍繞着改造、修正和矯革正嘉説而展開。這些觀點通常立足于對古文某些創作規律的認識，也是清代文章批評資源意藴豐富的重要體現。

明代坊刻曲本僞盜現象考論

石　超①

内容提要　明代是古代出版物數量最多的朝代,也是僞盜之風最爲猖獗的時代,爲了博人眼球,赢得銷量,書坊主們採取了一些僞盜措施,如僞託名家評點、僞託名家插圖、篡改作序時間或刊刻時間、僞作刊刻者、摹仿或翻印别家刻本、改題新名、拼凑新書等都是常用手段。究其原因,官府管控的鬆弛、書坊主的射利目的和個人留名的願望是根源。針對僞盜成風的問題,官府、書坊主以及個人都有針對性地採取了一些措施,以減輕其傷害。

關鍵詞　明代;坊刻曲本;僞盜

清人倪燦在《明史·藝文志序》中説:"第有明一代以來,君臣崇尚文雅,列聖之著述,内府鹹有開板。而一時作者,亦自彬彬。崇正學者,多以濂洛爲宗;尚詞藻者,亦以班揚爲志。迨夫博雅淹通之士,著述尤夥,故其篇帙繁富,遠過前人。雖不無蕪蔓,然亦有可采。"②不可否認,明代是古代出版物數量最多的朝代,其總數達到了 3.5 萬種之多。③但由于種種原因,數量龐大的出版物卻是良莠不齊,魚龍混雜,未盡如人意。有時甚至僞盜之風横行,盜版猖獗,以至于葉德輝痛斥"昔人所謂刻一書而書亡者,明人固不得辭其咎矣"④。明人的各種出版物中都有僞盜現象,科舉制書、古人别集、戲曲小説等出版物中都有盜版圖書出現,也就是説,不管是正規的經史之作,還是娱樂消遣的通俗類書,都有盜版著作。關于這一方面的研究,前人已有涉及,如袁逸的《明末私人出版業的僞盜之風》。此外,還有學者專門研究小説出版中的僞盜現象,如苗懷明的《中國古代通俗小説出版中的僞盜之風》,以及研究戲曲出版中的僞盜現象的,如趙林平的《晚明書坊

①作者簡介:石超,男,湖北鐘祥人,文學博士後,華中師範大學文學院暨湖北文學理論與批評研究中心副教授,碩士生導師,主要從事明清文學與文論研究。本文爲 2020 年度國家社科基金一般專案《明清戲曲版畫插圖的形態、功能與審美風尚研究》(20BZW086)和 2023 年度教育部後期資助專案《明代戲曲刊刻研究》(23JHQ043)階段性成果。

②(清)倪燦《明史·藝文志序》,見《千頃堂書目》,上海古籍出版社 2001 年版,第 804 頁。

③繆咏禾《明代出版史稿》,江蘇人民出版社 2000 年版。

④(清)葉德輝《書林清話》,中華書局 1957 年版,第 180 頁。

戲曲的盜版與作僞淺析》。筆者在前人成果的基礎上，欲再推進一步，在分析這些僞盜現象之餘，進而考論僞盜之風盛行的原因，以及當時各階層應對僞盜現象的對策。

一、 坊刻戲曲編輯中的僞盜現象

關于明代坊刻圖書中的僞盜現象，葉德輝撰有《明人不知刻書》《明人刻書添改脱誤》《明人刻書改换名目之謬》等多篇文章，譏諷明版書之低劣。袁逸曾總結了明人僞盜圖書的五種方式，分别是僞託名人、竊書易名、改竄删併、挖板僞冒、翻版盜刻。[①]趙林平則專門總結了戲曲圖書常見的盜版方式："翻刻别家刻本，不交代版刻來源；將他人作品改换名目，冒充新作刊刻；將他人作品據爲己作刊刻印行。常用的作僞手段有：購買戲曲舊版，修改版權題署，僞作新書印售；收購戲曲殘版，鏟改、增補舊刻，另易書名發行；僞託名家作序和評點"。[②]不難見出，前人在這一領域的研究已經取得了豐碩的成果。筆者旨在爬梳這些現象的基礎上，對其進行歸類劃分，以便後文分析原因和對策。

（一）作僞

所謂作僞，就是利用假的冒充真的。這種現象，錢希言早已指出："昔人著贋籍，往往附會古人之名，然其名雖假託乎，其書不得謂之僞也，今人則鬻其所著之書，爲射利計，而所假託者，不過取悦裏耳足矣。"[③]就曲本刊行中的作僞現象而言，主要有僞託名家評點、僞託名家插圖、篡改作序時間或刊刻時間、僞作刊刻者等四種方式。

1. 僞託名家評點

錢希言《戲瑕》中言："比來盛行温陵李贄書，則有梁溪人葉陽開名晝者，刻畫摹仿，次第勒成，托于温陵之名以行。往袁小選中郎，嘗爲餘稱：李氏《藏書》、《焚書》、《初潭集》、批點北《西厢》四部，即中郎所見者，亦止此而已。數年前，温陵事敗，當路命毁其籍，吴中鋟《藏書》板並廢，近年始復大行。于是有李宏父批點《水滸傳》《三國志》《西遊記》《紅拂》《明珠》《玉合》數種傳奇及《皇明英烈傳》，並出葉

①袁逸《明末私人出版業的僞盜之風》，《出版史研究》（第一輯），中國書籍出版社 1993 年版。
②趙林平《晚明書坊戲曲的盜版與作僞淺析》，《出版科學》2014 年第 1 期。
③（明）錢希言《戲瑕》卷三"贋籍"，中華書局 1985 年版，第 52 頁。

筆,何關於李?”[1]從錢氏的論斷中可知,李贄批點的曲本多系葉晝假託之作,這一點早已成爲學界的共識。楊守敬也曾指出僞託的問題,其言:“明代書賈好假託名人批評以射利。閔齊伋所刊朱墨本,大概多僞託。”[2]除了李贄之外,陳繼儒、湯顯祖等名家也都是書坊主們喜歡假託的對象,如明刻三色套印本《西厢會真傳》,題署湯顯祖、沈伯英評點,但從題評和注釋來看,顯系摘録王世貞的評語,評點風格也偏于駢儷。師儉堂本《鼎鐫琵琶記》題雲間眉公陳繼儒評,黄仕忠考證其批語系抄襲李卓吾、湯顯祖、徐渭三家拼湊而成,所以亦屬僞託。[3]

2. 僞託名家插圖

香雪居本《新校注古本西厢記》卷首鐫有“鶯鶯遺照”,題“宋畫院待詔陳居中摹”,疑爲假託。此本末有《崔娘遺照(見前圖中)》一文,其曰:“右崔娘遺照,見諸家舊本,傳爲宋畫院待詔陳居中所摹,按陶宗儀《輟耕録》,謂于武林見此圖,命盛子昭重摹,不知正此本否?”[4]之後還有關于鶯鶯遺照豐腴與瘦弱的討論,可見作者並未見到宋人陳居中所摹“鶯鶯遺照”的原圖,後世書中所嵌之圖多是重摹之重摹,但均題“宋畫院待詔陳居中摹”,僞作痕跡明顯。

3. 篡改作序時間或刊刻時間

武林張師齡白雪齋崇禎十年丁丑序刻本《白雪齋選訂樂府吴騷合編》,國家圖書館有藏本,此版本將許氏萬曆丙辰爲二集所作之序改署爲崇禎十年。孟稱舜撰《新鐫二胥記》,今有崇禎十七年刻本,現藏日本東洋文化研究所,北京圖書館嘗據此本影抄,《古本戲曲叢刊三集》據影抄本影印。據黄仕忠《日藏中國戲曲文獻綜録》記載,此本爲孤本,據其内容,隱含明亡時事,當是清順治刊本而僞題序于明末。也就是説,題序者故意篡改了作序的時間。

除了篡改作序時間外,刊刻時間有時也會被篡改,如《八能奏錦》和《詞林一枝》,皆題署“萬曆新歲”刊,但根據郭英德的考證,《詞林一枝》大約刊刻于萬曆三十四年(1606)或三十五年(1607),《八能奏錦》大約刊刻于萬曆三十五年(1607)或三十六年(1608)。[5]另一方面而言,兩書的插圖都是採用單面整幅的版式,這種插圖方式直到萬曆中後期時才開始在建陽地區曲本中風靡,兩本皆題“萬曆新歲”刊,不足爲信,多系僞題。

[1](明)錢希言《戲瑕》卷三“贋籍”,中華書局 1985 年版,第 52 頁。
[2]楊守敬撰,王重民輯,張雷校點《日本訪書志補》,遼寧教育出版社 2003 年版,第 26 頁。
[3]黄仕忠《琵琶記是贋本》,《琵琶記研究》,廣東高等教育出版社 2011 年版,第 244 頁。
[4]《崔娘遺照》,《新校注古本西厢記》,香雪居明萬曆四十二年刻本。
[5]郭英德、王麗娟《〈詞林一枝〉〈八能奏錦〉編纂年代考》,《文藝研究》2006 年第 8 期。

4. 僞作刊刻者

僞作刊刻者是指原刊刻者的版片流傳到新主人的手裹之後，被新主人挖改掉原刊刻者，然後冠以新的刊刻者發行。這種僞作方式在明刊曲本中並不鮮見，如安徽徽州朱元鎮萬曆二十六年刻本《牡丹亭還魂記》，即是朱元鎮得版後，剔除了原石林居士序，增刻“歙縣玉亭朱元鎮校”九字牌記，字體與正文字體大相徑庭，可知其是僞作刊刻者。金陵鄭思鳴奎壁齋萬曆間刻本《新鐫樂府清音歌林拾翠》的版片後歸寶聖樓所有，封面也被改刻爲“寶聖樓梓”。雕蟲館原刻《元曲選》後被金陵博古堂篡改，將扉頁題署“精選元人/雜劇百種/雕蟲館藏本”改爲“雕蟲館校定/元人百種曲/博古堂藏板”。《新刻增補全像鄉談荔枝記》卷末有“萬曆辛巳歲冬月朱氏與耕堂梓行”的牌記，卷二、卷四卷端又鐫有“閩建書林南陽堂葉文橋繡梓”，兩處牌記，必有一處造假，足見明人僞作刊刻者伎倆的拙劣。

（二）盗版

今人對于盗版的界定，是指“未經版權所有人同意或授權的情況下，對其擁有著作權的作品、出版物等進行複製、再分發的行爲”，這種行爲是觸犯法律的，會受到相應的懲罰。對于明代書坊主而言，他們可能並未深刻認識到盗版的危害，衹是覺得在商業競争的大潮中採取了一些不正當的競争手段，以牟取利益，或是留名青史。對于版權所有者而言，由于没有相應的保護措施，每每也衹能是嗟歎不已，或是謾駡不休。筆者依據現存版本，總結出明人出版戲曲時，盗版的方式主要有如下三種：

1. 摹仿或翻印别家刻本

摹仿或翻印别家刻本是指未經他人許可，而隨意摹仿或是翻刻他家刻本，包括正文、插圖、評點、音釋等各個方面的内容。這種盗版行爲在明代曲本僞盗現象中的比重最大。就摹仿而言，熊龍峰本和劉龍田本《西厢記》的插圖與富春堂所刊《新刻出像音注花欄南調西厢記》的插圖多有相似之處。就畫面的整體構圖來看，劉龍田本的“倩紅問病”“泥金捷報”和富春堂本的“紅娘問病”“琴童報生及第”幾乎完全一樣，衹是略有改動，因襲痕跡非常明顯。此外，蔡正河愛日堂所刊《八能奏錦》的插圖，也有因襲陳大來繼志齋所刊《重校琵琶記》的跡象，《八能奏錦》中《琵琶記》的插圖基本上就是繼志齋《重校琵琶記》“華堂慶壽”插圖的截取版，人物動作及佈景的設置都高度一致，僅僅是人物所處的位置稍有變化。就翻印而言，萬曆間還雅齋刊行《新編女貞觀重修玉簪記》，其依據的底本就是觀化軒萬曆二十六年刊行的《新鐫女貞觀重會玉簪記》，内容上幾乎未做任何改動，僅對插圖中的修飾物稍加增删,顯系翻印而來。

2. 改題新名

改題新名是指把舊有的刻本更名後重新出版,這一點葉德輝也曾指出,其言:“明人刻書有一種惡習,往往刻一書而改頭换面,節删易名。”①如蘇州萃錦堂天啓三年刻本《詞林逸響》,卷首附刊有魏良輔《昆腔原始》一卷,實際上就是《曲律》更名而來。廣東博羅縣張萱黛玉軒萬曆三十年刻本《北雅》,實際上是《太和正音譜》之易名本。還有浙江杭州高一葦崇禎間刻本《金印合縱記》,實際上是蘇複之《金印記》傳奇之改訂本。明末刊行的《怡春錦》,實是改易《纏頭百練》而來,此本第一集首頁首行仍題“新鐫出像點板纏頭百練幽期寫照”,但其他各集則已悄然無痕,顯系書坊主在竄改時疏忽所致。

3. 拼凑新書

拼湊新書是指在舊有刻本的基礎上,插補、增刻進新的内容,拼凑成一本新書,但這些插補、增刻進新的内容不是指在文末附録一些與曲本内容相關的材料,而是爲了成就一本新書,有點肆意拼凑的味道。如正德間東吴張氏嘉靖四年增刻本《盛世新詞十二卷》,其實是書商用臧賢初刻本《盛世新聲》的殘版,再配以《詞林摘豔》的殘版拼湊而成,卷首盗用嘉靖四年(1525)張禄序,然後僞題“吴江元倖校正,金臺張氏刊行”,讓人信以爲真。文林閣刊行的《重校出像浣紗記》,將汪道昆的《五湖遊》雜劇移到最後一折,作爲全劇的結局。王國維發現了這一盗版之作,其言:“己酉夏,得明季文林閣所刊傳奇十種。中梁伯龍《浣紗記》末折,與汲古閣刻本頗異,細審之,乃借用汪伯玉(道昆)《五湖遊》雜劇也。”②明末書坊廷禮收得曲選《玉振金聲》的殘版後,又增添了部分内容,挖改書名爲《玉穀調簧》,再挖改舊版目録,形成新的曲選《鼎鐫精選增補滚調時興歌令玉穀調簧》。由于挖改者的疏忽,所以此本還是留下了蛛絲馬跡,《玉穀調簧》新書目録作五卷,而正文卻分爲六卷。此外,文中還有未挖改干净的痕跡,如文中還留有“玉振金聲中卷終”,且卷首目録末尾的“玉□□□目録終”也可輕易見出挖改的痕跡。

二、 坊刻曲本編輯中僞盗現象的成因

從上文分析可知,明刊曲本中的僞盗現象並不鮮見,而且僞盗手段多樣,有

①(清)葉德輝《書林清話》,上海古籍出版社 2008 年版,第 137 頁。
②王国維《録曲餘談》,見《宋元戲曲史》,百花文藝出版社 2002 年版,第 167 頁。

些僞盗曲本，如果不細心查看，實難發現。在宋元刻本中，也有僞盗現象，但並未猖獗至此，所以後人才對明刻本多有批評，顧炎武云："萬曆間，人多好改竄古書，人心之邪，風氣之變，自此而始。"①黄丕烈亦同此説："明人喜刻書，而又不肯守其舊，故所刻往往戾於古。"②葉德輝則更爲極端，發出"明人刻書而書亡"感歎。之所以造成這樣的局面，是由多種因素共同促成的，具體而言，可從國家、市場、書坊和個人等幾個層面找出問題的癥結。

（一）官府管控的鬆弛

元代時，官府設有管理和協調圖書的機構經籍所，專門負責給圖書出版頒發許可證書，圖書出版市場管理較爲嚴格。當時的書坊主要想獲得出版圖書的資質，必須經過一系列繁瑣而嚴格的審批程序。因爲出版圖書的門檻較高，管理也很嚴格，所以此時的僞盗圖書並不多見。進入明代以後，這一格局發生了轉變，據《明史》記載："明太祖定元都，……設秘書監丞，尋改翰林典籍以掌之"③，"十五年更定左、右春坊官，……尋定司經局官，設洗馬、校書、正字。二十二年以官聯無統，始置詹事院。二十五年改院爲府，定詹事秩正三品，春坊大學士正五品，司經局洗馬從五品"④，"洗馬掌經史子集、制典、圖書刊輯之事。立正本、副本、貯本以備進覽。凡天下圖册上東宫者，皆受而藏之。校書、正字掌繕寫裝潢，詮其訛謬而調其音切，以佐洗馬。"⑤與元代設經籍所專門管理圖書出版發行相比，明代在管理圖書機構的設置上，經過了三番五次的調整，最終由隸屬于詹事院的司經局掌管。但作爲司經局而言，設"洗馬一人，從五品，校書，正九品，正字，從九品，各二人"⑥，無論是品銜還是人手，都無法承擔起繁瑣的管理圖書出版流程的任務。不僅如此，其上級部門"詹事府多由他官兼掌。天順以前，或尚書、侍郎、都御史，成化以後，率以禮部尚書、侍郎由翰林院出身者兼掌之。其協理者無常員"⑦，這種兼任的形式説明政府對這一塊的管理並不重視，自然也就不會提及具體管理上的要求。由此看來，明代圖書管理機構的設置是不健全的，有管理上的空白地帶。就其所設立之機構而言，也多以刊行圖書、遞修和增補前代刻版、以備進覽爲己任，對于市場化機構刊行圖書的流程則未及管理，致使政府對

---

①（清）顧炎武著，（清）黄汝成集釋，秦克誠點校《日知録集釋》，岳麓書社 1994 年版，第 672 頁。
②（清）黄丕烈著，屠友祥校注《蕘圃藏書題識》，上海遠東出版社 1999 年版，第 264 頁。
③（清）張廷玉等撰《明史》卷九十六《藝文一》，中華書局 1974 年版，第 2343 頁。
④（清）張廷玉等撰《明史》卷七十三《職官二》，第 1784—1785 頁。
⑤（清）張廷玉等撰《明史》卷七十三《職官二》，第 1784 頁。
⑥（清）張廷玉等撰《明史》卷七十三《職官二》，第 1783 頁。
⑦（清）張廷玉等撰《明史》卷七十三《職官二》，第 1785 頁。

民間刊行圖書的管理鬆弛，所以私刻之風盛行，僞盜之作也就隨之而來。

國家對刊行圖書的鼓勵，加之管理政策上的放任，使明代圖書市場在很長一段内都是處于市場自律的狀態，當這種自律的狀態失控時，管理上的空白使政府也未及時採取相關措施進行引導，最終導致了圖書刊刻過程中僞盜之風盛行。

（二）刊刻市場的激烈競争和書坊主的射利目的

從這些僞盜刻本産生的時間來看，多集中于萬曆至崇禎時期，而明代前中期的戲曲刻本則幾乎没有。據筆者統計，在明初至隆慶的這兩百年間，刊行的曲本不過一二十種，但萬曆至崇禎年間刊行的曲本則達 700 餘種之多。也就是説，這些僞盜刻本都産生于圖書市場極度興盛的階段，不可否認，它們的出現與市場的蓬勃興盛和激烈競争有莫大的關係。

曲本消費市場的興盛使戲曲刊刻業持續走高，這一方面促進了坊刻曲本的專業化發展，但另一方面也造就了激烈的市場競争，市場競争越激烈，書坊主們射利也就越難，一旦有書坊主爲了在激烈競争中射利而採取不正當競争手段時，僞盜現象也就接踵而至。正如郎瑛所言："我朝太平日久，舊書多出，此大幸也，亦惜爲福建書坊所壞。蓋閩專及貨利爲計，凡遇各省所刻好書，聞價高即便翻刊。卷數、目録相同而于篇中多所減去，使人不知，故一部止半貨半部之價，人争購之。"①在那個圖書定價並不算便宜的年代，這種低價模式在市場上確實有極强的競争力，能吸引大量不明就裏的消費者。

不僅戲曲刊刻過程中多僞盜現象，小説亦是如此。鄭振鐸言："坊間射利之徒，每每得到殘板，便妄題名目，另刊目録，别作一書出版。……此種'易淆觀聽'的'僞書'，至今尚存有流傳，像别本喻世明言、别本拍案驚奇二刻，及覺世雅言等皆是。"②可見，無論是戲曲還是小説，甚至是制科之書，衹要是有利可圖，書坊主們都可能進行僞盜。射利是書坊主們刊行圖書的根本目的，爲了獲取更大的利潤，有的書坊主會不惜鋌而走險，用僞盜之作以次充好，一旦這種風氣形成並蔓延開來，而没有被政府的管理有效遏制的話，那麽這種破壞市場競争規則的現象就會一而再、再而三地發生，並且迅速蔓延到其他書坊主身上。深受僞盜之害的書坊主們，在得不到政府的有效扶持，自己又没有很好的應對之策的情況下，就衹能是"自甘墮落"，然後"協同作案"，最終導致僞盜之風横行。

---

①（明）郎瑛《七修類稿》"書册"，上海書店出版社 2001 年版，第 478 頁。
②鄭振鐸《西諦書話》，生活・讀書・新知三聯書店 1998 年版，第 97 頁。

(三) 個人留名青史的願望

從現存明刊僞盗曲本來看,並不都是出自于坊刻,有些是個人刻本。對于書坊而言,僞盗曲本多是爲射利,以最小的成本博取最大的利潤;但對于個人而言,則不盡然,因爲僞盗一兩個曲本並不足以射利,當是另作他計。筆者認爲,個人僞盗曲本的動機更多地可能是出于留名青史的考慮。如朱朝鼎所刻之《新校注古本西厢記》,書首鐫"鶯鶯遺照"當爲賞玩所設,而非射利之用;朱元鎮挖改石林居士序刻本《牡丹亭還魂記》,周時泰挖改雕蟲館原刻本《元曲選》,也都可能不是出于射利的考慮,因爲這三者都不是坊刻,且都衹刻有 1 種曲本,不爲射利,也難以射利。

留名青史的觀念古已有之,《左傳・襄公二十四年》記載:"大上有立德,其次有立功,其次有立言,雖久不廢,此之謂不朽。"[①]曹丕《典論・論文》中云:"蓋文章,經國之大業,不朽之盛事。年壽有時而盡,榮樂止乎其身,二者必至之常期,未若文章之無窮。是以古之作者,寄身於翰墨,見意於篇籍,不假良史之辭,不托飛馳之勢,而聲名自傳於後。"[②]此後,通過文章留名于後世的觀念日益深入人心。元代時,科舉取士制度被廢止達幾十年之久,仕進無望的文人衹能寄身于詞曲以過活。明代時,戲曲地位逐漸提升,參與戲曲活動的文人也越來越多,既有文人進行戲曲作品的創作,還有文人畫家爲之繪畫。不僅如此,他們還樂意署名,將其作爲自己的得意之作,以流傳後世。更有甚者,還據他人之作爲已有,如周暉《續金陵瑣事》記載,汪廷訥的多部作品都是其門客陳所聞所作,可見,通過戲曲作品能留名于後世已成爲當時不少文人士大夫的共識。

除了戲曲創作外,通過刊刻圖書而留名後世的想法在當時也有一定的市場,如衆多家刻本都親署其名,就是典型例證。鍾惺曾云:"富者餘貲財,文人饒篇籍;取有餘之貲財,揀篇籍之妙者而刻傳之,其事甚快。非惟文人有利,富者亦分名焉。"[③]余象鬥更是以此自稱,其言:"辛卯之秋,不佞鬥始輟儒家業,家世書坊,鋟籍爲事,遂廣聘縉紳諸先生,凡講説,文籍之裨業舉者,悉付之梓。"[④]余象鬥的成功成爲當時的一個重要典型,不僅射利頗豐,還能留名于世。對于那些無力刻

①李夢生《十三經譯註:左傳譯註》,上海古籍出版社 2004 年版,第 790 頁。
②(魏)曹丕《典論・論文》,見《文選》,《四庫叢刊》影印本,中華書局 1998 年版,第967 頁。
③(明)鐘惺《題潘景昇募刻吴越雜誌册子》,見徐柏榮、鄭法清主編《鐘惺散文選集》,百花文藝出版社 2005 年版,第 247 頁。
④見《新鋟朱狀元芸窗匯輯百大家評注史記品粹》,卷首,見林應麟《福建書業史:建本發展軌跡考》,鷺江出版社 2004 年版,第 368 頁。

書抑或是無心刻書的文人而言，如果他們也想留名後世，那麽僞盜他人刻本自然就成爲了最好的選擇。朱元鎮在得到石林居士序刻本《牡丹亭還魂記》後，堂而皇之的增刻“歙縣玉亭朱元鎮校”九字牌記，正是想將其據爲己有，以留名後世。

三、 應對僞盜現象的策略

由于明代的戲曲出版具有自發性的特點，既没有形成一定的市場規範，又没有政府的統一領導，大家各自爲陣，互相不受約束，祗以射利爲終極目標，所以導致僞盜成風。此種敗壞風氣的盛行，一方面損害了正當經營者的利益，另一方面也使讀者叫苦不迭，深受其害。凌濛初《〈西厢記〉凡例》中云：“自贋本盛行，覽之每爲發指，恨不起九原而問之”①，足見其悲憤之態。針對層出不窮的僞盜之作，社會各階層也採取了一些應對措施，以減少損失。

（一）官府管控

雖然明官府在管理圖書出版的問題上，出現了政策鬆弛甚至是不作爲的現象，但不代表官方對此完全不聞不問，必要時，官方還是採取了一些措施，以保障市場的有序運行。葉德輝《書林清話》中記載有這樣一個案例：

> 福建等處提刑按察司爲書籍事，照得《五經》《四書》，士子第一切要之書，舊刻頗稱善本。近時書坊射利，改刻袖珍等版。款制褊狹，字體差訛，……議呈巡按察院詳允會督學道選委明經師生，將各書一遵欽頒官本，重複校讎。……刻成合發刊布，爲此牒仰本府著落當該官吏，即將發出各書，轉發建陽縣。拘各刻書匠户到官，每給一部，嚴督務要照式翻刊。縣仍選委師生對同，方許刷賣。書尾就刻匠户姓名查考，再不許故違官式，另自改刊。如有違謬，拿問重罪，追版劃毁，絶不輕貸。②

“五經四書，士子第一切要之書”，直接關乎科考，所以提刑按察司採取了行動，而且“將各書一遵欽頒官本，重複校讎”，以保證準確性和可靠性。官方的此次行動無疑是爲科考服務的，對于小説、戲曲等通俗類讀物可能還是報以聽之任之的態度，但從根本上而言，官方的態度還是起到了敲山震虎的作用，此次行動

---

①（明）凌濛初《〈西厢記〉凡例》，天启間凌濛初刻朱墨印本《西厢記》卷首。
②葉德輝《書林清話附書林餘話》卷七，華文出版社 2012 年版，第 179 頁。

雖未直接涉及戲曲、小説等通俗類圖書的僞盜之作，卻也是表明了官方的一種姿態，有一定的震懾效果。

（二）書坊主的自我保護

對于書坊主而言，他們既是僞盜之作的始作俑者，又是僞盜之作的直接受害者。採用僞盜之作的書坊主們，在短期之内確實從中獲利了，但這種行爲卻直接破壞了圖書市場的秩序，損害了進行合法經營的書坊主的利益。進行合法經營的書坊主們爲了切實保護自己的利益，在不能依靠政府管理的前提下，祇能採取相應的措施來應對這些僞盜之作。

第一，對刻本進行包裝，使其帶有鮮明的版權記號，以防止盜版。書坊主們爲了防止盜版，會在刻本上留一些版權資訊，如在卷首或卷末刻有牌記，如積德堂、三槐堂等均是如此。還有的在版心下方鐫有書坊的名字，如"富春堂""容與堂"等。這些資訊既可以成爲書坊主們進行宣傳的廣告手段，又可以作爲重要的版權資訊來幫助讀者辨識，還增加了僞盜者的難度，降低了被僞盜的風險，可謂一石三鳥。

第二，對僞盜者進行恐嚇。爲了震懾僞盜者，書坊主們還常常在刻本中鐫有相關標語，對僞盜者們進行恐嚇，雖説可能並無效果，但作爲無奈之舉，卻也是了勝于無。如《鼎鐫陳眉公先生批評西厢記》扉頁題"陳眉公先生删潤批評西厢記傳奇/内仿古今名人圖畫，翻刻必究"；白雪齋刻本《白雪齋選訂樂府吴騷合編》，卷首後有"虎林張府藏板，千里必究"兩行牌記；杭城李衙刊行《月露音》，鐫有"每部紋銀八錢，如有翻刻，千里必究"。所謂"翻刻必究""千里必究"這樣的標語，祇不過是"防君子不防小人"的伎倆，其效果可想而知。

第三，採取一些特殊手段。所謂的特殊手段是指書坊主們除了被動的防範僞盜者之外，有時還會採取一些積極主動的辦法，以懲治僞盜者。如馮夢龍《智囊全集》中記載："吴中鏤書多利，而甚苦翻板。俞羡章刻《唐類函》將成，先出訟牒，謬言新印書若干，載往某處，被盜劫去，乞官爲捕之。因出賞格募盜書賊，由是《類函》盛行，無敢翻者。"①此手段不可謂不妙，既做了最好的廣告宣傳，又有效遏制了僞盜者的卑劣行徑，但此辦法可一不可二，祇能是防範，而不能從根本上解決問題。

（三）受衆的自我鑒别

如果説僞盜行爲使書坊主的射利受到影響的話，那麼對于受衆而言，則是金

---

①（明）馮夢龍《智囊全集》，凤凰出版社 2009 年版，第 457 頁。

錢與心靈的雙重傷害,不僅浪費了錢財,没買到合適的圖書,而且雜亂的内容還使心靈受到折磨,亦如今人之謂"花錢買罪受"。針對此種現狀,明人也曾提出過相應的對策,胡應麟《四部正僞》中載:"凡核僞書之道,核之《七略》,以觀其源;核之群志,以觀其緒;核之並世之言,以觀其稱;核之異世之言,以觀其述;核之文,以觀其體;核之事,以觀其時;核之撰者,以觀其託;核之傳者,以觀其人。核玆八者,而古今贋籍,無隱情矣。"①雖説這八條準則是針對四部而來,但對于小説、戲曲等通俗類讀物而言,亦有一定的借鑒意義。作爲普通讀者,要應對這些僞盜之作,衹能是提升自己的辨識能力,以降低購買僞盜之書的風險。

綜上所述,明代曲本刊刻中的僞盜現象並不是孤例,在小説刊刻中也存在着同樣的問題,連僞盜手段都近似,説明這是明人刻書的一大弊病。圖書僞盜現象之所以在明代如此猖獗,與商業大潮的濡染和官方的不作爲息息相關,商業大潮的濡染使書坊主們爲了射利而不惜鋌而走險,以次充好,官方的不作爲又爲這種行爲大開方便之門,以致于合法經營的書坊主和讀者都叫苦不迭,最終傷害了整個曲本刊刻市場的秩序。市民階層的興起大大充實了戲曲消費的隊伍,也促進了戲曲消費的升級,但花樣繁多的僞盜手段確實使人防不勝防,這種令人不齒的行爲也恰恰證明了當時圖書市場的興盛和繁榮。僞盜固然不對,卻又屢禁不止,書坊主和受衆衹能各出奇招來應對,這種"魔高一尺道高一丈"的玩法,也成爲明代曲本刊刻市場中一道别樣的風景。

---

①(明)胡应麟《四部正僞》,北京書局1933年版,第76—77頁。

中晚明制誥的政治期待與話語表達

——以翰林群體爲書寫對象的考察

安家琪[1]

内容提要　作爲"王言"的制誥既是對某種共識的直接表達,亦常伴隨政治事件而出現,具有觀念引領、認同凝聚與價值形塑的功能。在中晚明複雜多變的政治局勢中,制誥的功能發揮尤爲直接而迫切。重申制誥的訓誡功能,强調爲官者"德性"的在場,以此爲政治生活提供規則與共識,是中晚明制誥書寫的重要旨歸。與之相應,中晚明制誥的體式亦展現出由明初制誥末尾的訓誡警示話語逐漸轉向對受封者的勉勵與期待的變化。這一變化,也折射出制誥文繁縟化的演變趨勢以及君臣關係由明初的緊張逐漸轉向相互借勢與合作的新動向。

關鍵詞　中晚明;制誥;翰林;職分;德性

在傳統社會的歷史語境中,"文學"指向以國家公文撰寫爲核心的普遍意義上的寫作才能[2],作爲"經國之大業"的應用文體是政治實踐中的重要參與力量。翰林群體以文字爲職業,典制誥、代王言、撰述編摩,爲"文士之極任"[3]。在明英宗以降"非翰林不入内閣"的慣例之下,憑藉"大手筆"[4]之才而有望躋身政壇頂層的翰林群體,更擁有普通人臣難以比肩的政治資源,亦因之而潛在具有了極佳的政治前景與較强的影響力。其以知識與文學精英的身份生動詮釋了文學之于政治的積極影響。而"王言"體式的調整與變化,通常伴隨有明確的政治意圖,[5]

---

①作者簡介:安家琪,文學博士,黑龍江大學文學院副教授,碩士生導師,主要從事明清詩文與唐代文學研究。發表《魏闕江湖:中晚明"布衣權"的可能及其文學史意義》《明代文章"復古"的政治訴求及其路徑選擇》等論文,出版專著《政治與文學視域下的王錫爵研究》。本文爲國家社會科學基金青年項目"明代中後期館閣政治與文學研究"(21CZW023)、國家社會科學基金重大項目"中國古代文學制度研究"(17ZDA238)階段成果。

②史偉《中國古代文獻中的"文學"概念考論》,《蘇州大學學報(哲學社會科學版)》2019 年第 2 期,第 117—129 頁。

③(唐)杜佑《通典》卷二一,中華書局 2003 年版,第 564 頁。

④關于"大手筆"在政治生活中的意義與功能發揮,可參見劉順《唐代的儒學與文學》,中華書局 2024 年版,第 354—385 頁。

⑤劉順《元、白制誥的話語訓誡與元和長慶之際的政局》,《政治思想史》2022 年第 4 期,第 15—29 頁。

作爲“王言”的制誥書寫,也自然成爲感知時代氛圍、理解政治決策與觀察文風演化的有效風標。但由于純文學及學科本位的囿限,即便明代制誥在文史研究領域受到了一定的關注,卻偏重于技法討論、或以之作爲政治事件的佐證,這不免與制誥作爲“王言”的角色定位相偏離,也弱化乃至忽視了作爲“王言”的制誥在營造共識中的作用①——制誥文既可對一般性共識作直接表達,亦常在政治事件中扮演觀念引領、認同凝聚與價值形塑的功能。在中晚明複雜多變的政治局勢中,制誥的功能發揮尤爲直接而迫切。重申制誥的訓誡功能,强調爲官者“德性”的在場,以此爲政治生活提供規則與共識,成爲中晚明制誥書寫的重要旨歸。

一、 明代制誥的書寫傳統及翰林群體的職能定位

制誥具有“王言”之稱,其本于《尚書》——作爲“一時之約束”,具有“訓導職業”與“指言美惡”的政治功能。②其體式至漢而規模始定,而政治功能較上古之時亦有所拓展。③李唐時期,“凡王言之制有七:一曰册書,立皇后、皇太子,封諸王,臨軒册命則用之;二曰制書,大賞罰、赦宥慮囚、大除授則用之;三曰慰勞制書,褒勉贊勞則用之;四曰發敕,廢置州縣、增減官吏、發兵、除免官爵、授六品以上官則用之;五曰敕旨,百官奏請施行則用之;六曰論事敕書,戒約臣下則用之;七曰敕牒,隨事承制,不易於舊則用之”④。以上七類文體在趙宋以降的文集中,常通謂之“制”。但細分之,則制與誥亦有别。誥者,告也。告上曰告,發下曰誥。李唐一朝,王言往往不稱誥,“制”多爲大賞罰大除授用之。“勑”則用于授六品以下之官。⑤至宋,始以“誥”命庶官,而凡追贈大臣、貶責有罪、贈封其祖父妻室等不宣于廷者,亦用之。文出中書者,稱爲誥;出自翰林者,則爲制。制多除授大臣,語多

---

①目前,學界對明代制誥的研究多集中在政治史、思想史與文學史領域,較有代表性的成果如藍法典《“士大夫—鄉紳”視野中的權力衝突與困境——以明中後期〈聖訓六諭〉現象爲中心》(《政治思想史》2021年第2期)、楊柳《明代詔令文本的原貌與流變——以洪武朝爲中心》(《文獻》2021年第6期)、鄒愛蓮《明清時期的誥命與敕命》(《北京檔案》2014年第1期)等。

②(唐)元稹《制誥序》,周相録校注《元稹集校注》,上海古籍出版社2011年版,第1007頁。

③“其在三代,事兼誥誓。誓以訓戎,誥以敷政,命喻自天,故授官錫胤。《易》之《姤》象:‘后以施命誥四方。’誥命動民,若天下之有風矣。降及七國,並稱曰命,命者,使也。秦並天下,改命曰制。……觀文、景以前,詔體浮雜,武帝崇儒,選言弘奥。策封三王,文同訓典;勸戒淵雅,垂範後代;及制誥嚴助,即云厭承明廬,蓋寵才之恩也。孝宣璽書,責博於陳遂,亦故舊之厚也。”(南朝梁)劉勰著,詹鍈義證《文心雕龍義證》,上海古籍出版社2011年版,第726—736頁。

④(宋)歐陽修、(宋)宋祁《新唐書》卷四七,中華書局1975年版,第1210頁。

⑤(明)賀復徵《文章辨體彙選》卷一二,《影印文淵閣四庫全書》集部第1402册,台灣商務印書館1986年版,第61頁。

四六;外制曰誥,止施于庶官,常用散文,間亦有四六者。明制,命官不用制誥。至三載考績,則用誥以褒美,五品以上官而贈封其親。及賜大臣勳階贈謚,皆用之。六品以下,則用勑命。"大夫"曰誥命,"郎官"曰勑命。唐宋制重而誥輕,明則勑輕而誥重。[①]自語體而言,"制誥皆王言,貴乎典雅温潤,用字不可深僻,造語不可尖新"[②]。或用散文,或用四六。散文以深醇敦穆爲本,四六須下語渾全,不可尚新奇華,失其大體。兩漢詔辭深厚爾雅,尚爲近古。至六朝偶儷之作興,則去古漸遠。制誥文發展至中唐賈至、元稹、白居易等人筆下,駢體文風得到一定程度的扭轉,展現出某種散體化傾向;但縱觀六朝至兩宋的制誥文,駢偶仍爲主導體式。[③]

明代制誥上承前朝制誥文的書寫傳統,其政治功用主要集中于對賞罰封贈等的儀式化呈現。典範的明代制誥,在書寫程式上包括冒頭、正文與文末感歎三部分。兹以孫承宗《原任南京户部右侍郎兼都察院右僉都御史余懋學》爲例:

> 制曰:朕方嚴名實,以破詭隨,旌讜直而激浮競,乃權謀假重於綜核,或僞辨借名於流品。睠焉之耆碩,蔚爾公忠尚崇;簡德之深思,式報匡時雅略。爾原任南京户部右侍郎兼都察院右僉都御史余懋學,勁節孤標,赤城玄度,一參郡憲,薦貳留曹,有猷入告,一人據古,不阿當世。緬予初政,念爾昌言,政虞猛而爲殘,氣患矯而成激。慮先曲突,砥狂薰蕕之先;誼慎和衷,拔幟凌囂之會。蓋識能見遠,學不近名,故置身夷險之中,脱念成虧之外。方其報最,適切投簪,載更介弟之風猷,重念老成之績序。兹用贈爾階通議大夫錫之誥命。於戲!束發登朝,寧有可私之耳目;比肩共主,誰居不剖之藩籬。唯材誠不用於朝廷,乃膽智遂絀於身世。想風規之落穆,尚有典刊;撫政局之紛紜,永言穆頌。懋嘉舊烈,祗服新綸。爾惟歆哉![④]

開篇多以"制曰""敕曰"爲冒頭,進入正文。正文則主要包括事實陳述、受封者個體才德展現與擬授予官職呈現三部分。"事實陳述"或如上所引,闡明當下朝廷的施政構想("朕方嚴名實,以破詭隨,旌讜直而激浮競,乃權謀假重於綜核,或僞

①(明)賀復徵《文章辨體彙選》卷一九,《影印文淵閣四庫全書》集部第1402册,第109頁。
②(明)賀復徵《文章辨體彙選》卷一二,《影印文淵閣四庫全書》集部第1402册,第61頁。
③洪武六年,朱元璋諭群臣:"唐虞三代典謨訓誥之辭,質實不華,誠可爲千萬世法。漢魏之間,猶爲近古。晉宋以降,文體日衰,駢儷綺靡,而古法蕩然矣。唐宋之時,名儒輩出,雖欲變之,而卒未能盡變。近代制誥章表之類,仍蹈舊習。"朱睦㮮輯《聖典》卷二二《正文體》,明萬曆刻本。
④(明)孫承宗《高陽集》卷一五《原任南京户部右侍郎兼都察院右僉都御史余懋學》,清初刻嘉慶補修本。

辨借名於流品”);或爲對官員職分的重申。[①]隨即轉入對具體受封者才德功績及擬授予官職的述説。文末感歎常以“於戲”爲領起,以“欽哉”作結,表達君主對受封者的勉勵與期待。行文多用四六句,既便于宣讀[②],復能在整齊而不失流動的節奏中傳遞穩重莊典之感。

德性與職分是明代制誥訓誡所涉及的基本要素。對于翰林群體而言,“清修直節”[③]以及博學强識、擅長文辭編摩與敏鋭的政治識度,均是其所當具備的素養:

> 勑曰:舊言詞臣之地,凌玉清,遡紫霄,亦惟是高華親切,在人主左右耳。然匪豐儀藴抱、足以備顧問而擅編摩之長者,夫亦安取?爾翰林院編修李孫宸,器度嶙珣,文詞蔚茂,爰列北扉之選,早窺中秘之藏。[④]
>
> 制曰:……爾某官某,德資弘毅,學識精深,擢對明廷,靖獻冠一時之選;讀書祕閣,精研殫千古之藏。[⑤]
>
> 勑曰:國家重元良之建,備翼贊之僚,所以廣勵聖功,務滋儲德……爾某官某,才輝琬琰,器重鼎彝,學博識精。[⑥]
>
> 敕曰:國家設詞垣,開史局,以延處天下之材,匪徒編纂是資,寔亦啓沃是賴。而揆衡之任,於是乎儲焉。其爲華重可知已。具官某,有明達之材,有博綜之學。[⑦]

持志端慤,方能“備纂述而公紀載,明得失而示勸懲”[⑧];博學善文,具“倚馬可待”之才,方能備顧問,典詞命,潤色鴻業,褒頌記載。在諸種能力之中,政治識度——也即敏鋭把握政治局勢、並在相應文體中予以恰當表達,以收預期之效,對于翰林群體而言,尤爲重要:

---

①如(明)劉鴻訓《中書科中書舍人丁一鳴》:“勑曰:鳳池清切之地,實爲制詞敭布之府。故充斯任者,必其人温蔚高華,一洗塵容,獨抒天藻,乃無負焉”。劉鴻訓《四素山房集》卷四,明崇禎刻清雍正印本。

②(宋)陸游《老學庵筆記》卷一〇載:“昔時宣制,皆蔓延其聲,如歌詠之狀。”中華書局 1979 年版,第 127 頁。

③(明)孫承宗《高陽集》卷一五《禮部尚書兼翰林院學士孫慎行》,清初刻嘉慶補修本。

④(明)劉鴻訓《四素山房集》卷三《翰林院編修李孫宸》,明崇禎刻清雍正印本。

⑤(明)李光元《市南子・制勑》卷六《司經局洗馬兼翰林院修撰黄士俊》,《四庫禁毁書叢刊》集部第 105 册,北京出版社 1998 年版,第 477 頁。

⑥(明)李光元《市南子・制勑》卷一《左春坊左贊善兼翰林院簡討韓日纘》,《四庫禁毁書叢刊》集部第 105 册,第 401 頁。

⑦(明)高拱《高文襄公集》卷一《翰林院修撰李春芳》,《四庫全書存目叢書》集部第 108 册,齊魯書社 1997 年版,第 16 頁。

⑧(明)張泰《滄洲續集》附録,《四庫全書存目叢書》集部第 38 册,第 632 頁。

> 惟爾全遼屬夷拱衛，邊塵不驚，垂二百餘年，既安極而變生，乃備疏而夷訌。邇者奴賊背恩，狂噬啓釁，東陲糾我，叛人妄圖。蠶食戕我，大帥益肆狼貪。至於焚劫邊城，憑陵重鎮，秠載錙畜，屠戮生靈，萬民痛心，天地不赦。朕憂勤蚤夜，别簡經臣，訓飭戎行，一新號令。念爾遼師失事，衹緣備禦無策，付託非人，將帥各自爲心，而行陣失和；兵民處非其所，而主客不協。士枵腹於浚剥，由於賄賂之滋章；將袖手於逗遛，本自紀綱之不肅。師四出而未有成算，城孤立而不設於掫。至於諜不知情，烽多失堠，總因治軍無律，以至邊氣愈弛。惟爾將領官員，從征軍士，各懲積弊，共勉新功。朕戰守悉聽之軍中，而賞罰必准於功過。至於爾遼居民人等，各奮忠義，共保室家，或應募出效戎行，或團結自行練習。無令妻子坐罹白刃，務期丑類不返隻輪。有級必酬，有功必録。朕當節用减費，所有金幣大倉之賦，不惜蠲以濟遼。其各府州縣加徵設處，錢糧已着户部上緊催解，陸續調發。仍命餉臣查核出納寔數，以清乾没，務飽邊軍。其經臣以下，能擒奴醜、雪國仇，即析爵分圭，朕所弗靳。若來不能禦，攻不能守，去不能追，將帥辜負功名，遼民自傷性命，朕三尺不貸。爾其無悔。欽哉！(《詔諭遼東將士軍民人等》)[①]

有明一代，蒙古與女真一直是威脅遼東地區的兩股勢力。明初于遼東地區設鎮，爲明代"九邊"之首，[②]是中央經略東北、維繫北方安全的軍事重鎮。萬曆年間，遼東邊患不斷；[③]四十七年，總兵杜鬆、兵備僉事潘宗顔與總兵馬林等將領先後在薩爾滸戰役中陣亡，明軍損失慘重。[④]其間，右春坊右諭德兼翰林院侍講張鼐代内閣執筆，分别對"遼東將士軍民人""北關屬夷人"與"西虜朵顔三衛屬夷人"發有詔諭。面對不同的對象，須有相應的措辭表達。此中正可見政治識度的把握及行文中措辭的精準與分寸。《詔諭遼東將士軍民人等》中，"蠶食戕我"首先將發端戰爭的責任歸于敵方，也向民衆暗示了國家迎戰的合法性。"朕憂勤蚤夜，别簡經臣，訓飭戎行，一新號令"，則表明君民一體的魚水之情，拉近了君王同軍民的距離。由于時下的迫切任務是凝聚民心軍心，勠力禦敵，故後續"念爾遼

---

①（明）張鼐《寶日堂初集》卷一，《四庫禁毁書叢刊》集部第 76 册，第 12—13 頁。

②"成祖既都北平，三面近塞，東起鴨緑江，西至嘉峪，綿亘萬餘里，列戍分守遼東、薊州、宣府、大同、太原、榆林、延綏、寧夏、甘肅，是爲九邊。"（清）潘永季《讀明史劄記》，清道光吴江沈氏世楷堂刻《昭代叢書》合刻本。

③參見（清）張廷玉等《明史》卷二〇至二一《神宗紀》，中華書局 1974 年版，第 262—293 頁。

④參見（清）張廷玉等《明史》卷二一《神宗紀・下》，第 292 頁；（明）王在晋《三朝遼事實録》卷一，明崇禎刻本。

師失事，祇緣備禦無策”的表達，語氣較爲緩和，奠定了安撫的基調。但“士枵腹於浚剥，由於賄賂之滋章；將袖手於逗遛，本自紀綱之不肅”“總因治軍無律”，又在和緩的氛圍中，暗示了中央對地方將領的諸種逾舉行徑瞭若指掌，只是不欲追究；也從旁提示諸將領，今後當自我約束，不當再抱有僥倖心理。這一表達既寬恕了邊將此前的罪責，爲其改過留有餘地；也是對邊將的警示，能够對其形成威懾。“惟爾將領官員，從征軍士，各懲積弊，共勉新功”，則進一步明確了目前的首要任務系團結禦敵、而不欲嚴加追責的意圖。“至於爾遼居民人等，各奮忠義，共保室家，或應募出效戎行，或團結自行練習。無令妻子坐罹白刃”，則將國家/人君的問題轉化爲每個個體切身的問題，利于引發共鳴，發動民衆。“有級必酬，有功必録”及後文“析爵分圭，朕所弗靳”的表述，重在賞而不在罰；“朕當節用减費，所有金幣大倉之賦，不惜蠲以濟遼”，則傳遞了取勝的决心，借此鼓舞士氣，激發軍民參戰的動力。但在對“外族”的誥諭中，則需調整相應的書寫策略：

爾等祖父世守忠順，衛我全遼。朝廷念爾勤勞，每加護恤，不容奴賊併吞爾土。奴賊侵犯國家，亦爲不得逞志於爾，妄奏惱恨。今奴賊節次攻陷邊鎮，不獨國家疆場告急，爾地亦屬孤危。且其内犯猖狂，令中國勞於扞禦，便思長驅北搗，並爾部落。今特觀釁未動，正爾整兵抹馬之時。爾宜益加毖飭，協同備禦。徐俟相機，並力撻伐。即今朝廷新用經略大臣，軍令一新，旌旗改色，天下調募。雄兵四集，食足馬肥。料此奴賊，如魚遊釜。爾其盡心無二，仰報國家，努力自强，無墮爾祖父之業。……爾若不能自存，則迤西諸夷，系爾親戚故舊，俱不可保。……朕於屬國，興滅扶危，如昔年之待朝鮮，近歲之待爾，亦諸夷所知也。事大得福，黨逆取禍，將奚擇焉？如爾及各營能全軍獨尅、取奴首來獻者，即以奴賊土地畀之。朕不食言，故諭。（《告諭北關屬夷人等》）①

爾等世受國恩，護我邊境，中國頻年撫賞優厚，爾安享犒賜，畜牧不驚。念朝廷待爾有體有恩，决不因爾横行便多賞給，亦不因爾帖服反失報酬。奴賊背恩，侵犯哄誘。爾等與彼同逆，殺傷士馬，奴不與其危；除革歲賞，奴不損其利。坐觀爾等擁衆擾邊，奴因乘間，益訌中國。且奴性無親，奴情甚譎。今日誘爾内犯，令其得志長驅，他日乘勢併吞，不復更有。爾等惟誤墮其術

---

①（明）張鼐《寶日堂初集》卷一，《四庫禁毁書叢刊》集部第76册，第13—14頁。

中,遂甘越我化外。今朝廷征兵百萬,已集遼東,食足兵精,徐張撻伐。料奴慘毒狂悖,天地不容,似釜遊魚,偷生有幾。爾其感念國恩,協心剿逆,有能斬獲奴首來獻者,即以奴土地畀之,永爲世藩。凡在今日,爾等各有應得歲賞,朕决不吝。其或爾等乘機搆釁,託言討賞,搶掠地方,朕戒軍士督兵大創,永革賞賚。(《告諭西虜朵顔三衛屬夷人等》)①

于明廷而言,"北關"與"西虜"不同于"遼東將士軍民",是摇擺于漢、遼之間的他種政治勢力。因此,在與其斡旋的過程中,既需傳遞背叛朝廷的可能後果,對其形成威懾;又需委以利禄,争取對方的軍事支持。因此,"追念世代情誼—分析當下形勢—表明朝廷政治立場—分析背叛明廷的後果—承諾聯合禦敵的獎賞",遂成爲此類誥諭的書寫模式。而面對未與王廷達成同盟的"北關"與已經投降遼軍的"西虜",張鼐亦採取了不同的態度與表達方式:對于"北關",重在强調不與明廷共禦外敵的嚴重後果("爾地亦屬孤危""爾親戚故舊,俱不可保");對于"西虜",則重在張朝廷之聲勢("今朝廷征兵百萬,已集遼東,食足兵精,徐張撻伐"),明顯含有示威之意。由此亦可見,翰林群體需要敏鋭的政治識度與恰當的文辭表達能力,方可勝任知制誥與褒頌紀載之職。

二、由"明職分"到"重德性":中晚明制誥對翰林群體的話語訓誡

制誥者,"勸善懲惡之良法,激厲名節之美事"②。誥敕中對受封者的褒揚,也從側面提示着此類群體應當具備的素養與能力。在此意義上,作爲"王言"的誥敕,既是揄揚典範,也是話語訓誡——在政治實踐中,借助修辭與反復而常態化的表達,將某些思想固化爲穩定的政治語詞,進而形塑一個時代的共識與秩序感。③政治生活中的話語訓誡本身是一種以言行事的行爲,兼具道德性與政治性。其往往以道德爲基點,在對受訓者德性與職分的强調中,强化特定群體政治共識的形成與政治目標循序漸進的實現。由是,不同時段下誥敕中對翰林

①(明)張鼐《寶日堂初集》卷一,《四庫禁燬書叢刊》集部第 76 册,第 14 頁。

②(明)李賢《古穰集》卷一《論誥勑狀》,《影印文淵閣四庫全書》集部第 1244 册,第 484 頁。

③"訓誡"是一種兼具道德性、政治性和宗教性的警告,用來提醒政教人物在當下世界秩序中守持好自己的本職工作。參見劉寅《"訓誡話語"與加洛林時代的政治文化》,《歷史研究》2017 年第 1 期,第 123—140 頁。"訓誡臣下"本是王言應有的制度功能,但多因事因人而發,或作常規性的文本表述。中晚明制誥對翰林群體的話語訓誡,則呈現出特定氛圍之下的一種共識性而普遍化的樣態。

群體若干應然面向的反復申説，作爲一時之主流話語，遂創生了特殊的言論氛圍，既折射出特定時局下的政治文化與生態環境，也傳遞出國家相應的政治期待。

制誥的話語訓誡中，德性與職分的比重，常伴隨政治生態的演化而處于變動之中。明初立國，當務之急是建立一套有效運行的官僚運轉體系，以確保國家秩序的穩定與社會生活的有序展開。因此，對職分的明確與"行事"之能力的注目，遂成爲制誥著意凸顯的面向：

> 朕聞賢者輔君，則君德備倍焉。何哉？蓋塚宰之職，出納王命。若使出納非宜，則君德虧矣；出納合宜，則君德張矣。
>
> 然何止出納王命而已矣，其進退庶職，亦爲重要。所以庶職爲重要者，爲分理天下之多務，若多務理，則民之樂苦曉然矣。既知民瘼之艱辛，必使之無艱辛矣。於斯之道，豈不君德備倍焉？
>
> 若爲人臣，異此道而他强爲，則衆職臧否不分，事多繁而不律，則君德虧矣。然用人爲易，惟得人爲難，若欲必得其人，使見之於行事。
>
> 今爾某國之舊臣，施設諸事已有年矣。今特命爾爲中書某官。當夙夜奉公，上美皇天之昭鑒，下契黔黎之仰瞻，使陰陽和而四時序，均調玉燭，海内晏然，蠻貊來賓，朕與卿等同閲熙熙皞皞之年，豈不偉歟！今承朕命，當崇乃功、廣乃業，爲邦之柱石，亦爾嗣之陰騭，安得不賢智者歟！爾宜懋哉！①

朱元璋此篇制誥以"賢者輔君"的德性述説爲開端，然其着意處在于"進退庶職亦爲重要"——"使見之於行事"即是對强調職分的明確表達。太祖另有《翰林承旨誥(學士、侍讀、侍講、直學士、待制同、修撰、應奉、編修敕俱同)》《翰林院典籍敕》，開篇"稽其所任之事，則宰國朝之典章"②以及"官儒於翰林院，則有典籍設焉。所以典籍者，專掌已入院閣之書"③等表述，同樣旨在闡明翰林群體的分内職責。對官員德性的理解根植于先秦儒學以德治國的政治理念，道德自律而非制度化的壓制，方是經世的根基，即《大學》所謂"古之欲明明德於天下者，先治其

①(明)朱元璋撰，胡士萼點校《明太祖集》卷四《中書左右丞相誥(左丞、右丞同)》，黄山書社1991年版，第59—60頁。
②(明)朱元璋撰，胡士萼點校《明太祖集》卷四，第68頁。
③(明)朱元璋撰，胡士萼點校《明太祖集》卷九，第192頁。

國。欲治其國者,先齊其家。欲齊其家者,先修其身。欲修其身者,先正其心。欲正其心者,先誠其意。欲誠其意者,先致其知"①的治世原則。這一理念在宋學興起之初,再度成爲主流思想家關切的話題。宋明儒學的一個顯著特徵,即德性修習在治國才能培育過程中的優先性。②但這並不意味著制度性話語的缺席,宋明儒學中的德治觀念,同時伴隨著對制度秩序之重要性的體認。國家治理是"治道"與"治法"合力作用的結果,③前者期待通過精英階層典範人格的"道德—精神"感化,實現風俗醇厚的社會圖景,屬于軟性的非官僚制舉措;後者則憑藉剛性的制度規範,約束個體行徑,是官僚體制内硬性的結構要素。以德治國系以道德濡化的方式,在政治生活中潛移默化地發揮導向作用,而"行事"的能力在國家治理中應對具體問題時,效果更爲直接而顯著,在明初百廢待興的歷史情境中,也自然更受青睞。檢視《皇明詔令》,太祖至宣宗時期,誥敕中往往强調官員"修職"的重要性;④英宗以降,伴隨時局的紛繁變化與災相頻顯,"修省"則成爲一個常見主題。⑤

明中期以降,社會安定與繁盛的背後,危機也逐漸凸顯:皇權失墜、宦官專權、礦税嚴苛、尚奇尚怪與奢侈之風興起、儒家在思想領域的影響日漸式微⑥,凡此諸種,均動摇着時人穩定的秩序感與意義感知框架。而傳統社會的條件下,中

①李學勤主編《十三經注疏》之《禮記正義》卷六〇《大學第四十二》,北京大學出版社 1999 年版,第 1592 頁。

②張灝《儒家經世理念的思想傳統》,《政治思想史》2013 年第 3 期,第 1—19 頁。

③張伯行撰,羅争鳴整理《近思録集解》卷八至卷九,華東師範大學出版社 2015 年版,第 271—321 頁。

④如《皇明詔令》(明刻增修本)卷四《戒諭中外文武群臣敕(永樂元年正月初二日)》、《戒諭外僚敕(永樂元年五月二十八日)》、卷七《諭中外臣僚修職敕(洪熙元年正月初四日)》、卷八《諭文武臣僚修職敕(宣德元年正月初三日)》、《申諭廷臣修職敕(宣德二年正月初四日)》、卷九《考覈在外軍職敕(宣德五年二月初二日)》、《切責廷臣廢職敕(宣德八年七月二十日)》。

⑤如《皇明詔令》卷一一《陝西地震修省勅(正統六年正月十三日)》、《南京殿災修省敕(正統十四年六月二十日)》、卷一二《訓飭百官敕(正統十四年九月十七日)》、《陰雪修省敕(景泰五年二月二十四日)》、《因災誡勉南京百官敕(景泰六年七月初四日)》、《因災修省敕(景泰七年五月初十日)》、卷一三《振肅風憲敕(天順元年三月二十日)》、《修省敕(天順元年四月初一日)》、《承天門災修省敕(天順元年七月初七日)》、卷一五《遇變修省敕(天順八年□月十二日)》、《星變修省敕(成化元年五月十六日)》、《雷震午門修省敕(成化三年七月二十三日)》、《省躬敕(成化六年二月二十二日)》、卷一六《星變修省勅(成化七年十二月初七日)》等。

⑥(明)陳懿典《秀水縣儒學新建尊經閣記》:"我二祖神武冠古今,而廣厲學官,其尊六經也,不啻揭之日月,一切非聖之書俱報罷。都人士兢兢奉功令,通經學古,肩鉅樹奇皆由兹途以出。即有閎覽之士,淹通之儒,博窮竹素,悟涉禅玄,不過聊用以助其筆端,豁塵開縛,未有敢躋之與六經並道者。至今日大異矣。莊、列、申、商諸家無不户誦,而《易》《詩》《書》《禮》《樂》《春秋》有不庋之高閣者乎? 竺軋龍藏,玉笈靈寶,莊嚴如球璧,而諸儒先説經之言,有不渺若嚼蠟者乎? 甚者,制義之制,本以説經,而謬悠恣睢,弁髦傳注,且掇拾諸子二氏之餘唾以爲豪舉,尊經之謂何?"《陳學士先生初集》卷八,《四庫禁毁書叢刊》集部第 79 册,第 118 頁。

央政府難能有足够的財富與技術能力建立一套行之有效的行政與"司法"制度。由是,道德倫理作爲一種政治化的意識形態話語,實際上扮演了傳統社會行政體系與官僚體制中一種不可或缺的、在功能上與一般性制度互補的話語實踐,並在"牧民"與"治吏"兩個層面發揮了基礎作用:對于百姓而言,綱常倫理等觀念規定了人們思想行爲的基本準則;對于官吏而言,以"忠義""德治""仁政"等觀念,强化官員個體道德品行對于國家治理的重要性,在將以上意識形態内化爲官員的自我約束的同時,也以此爲標準而營造了輿論壓力。①由是,道德(或曰"德治")遂成爲傳統社會中一種制度化的意識形態,特别是在亂世中,"德性"往往與"經世"並舉,而成爲常見的救時之方。面對明中期以還每況愈下的時局,呼籲以道德與文學領域的復古帶動政治良性有序的運轉,以期重現上古三代治世的局面,也成爲士人嘗試挽救危局的方式之一。表現在制誥書寫領域,話語訓誡中德性的重要性逐漸凸顯:

> 勑曰:翰苑之臣,前代所謂承明著作之署。國家所以儲養端良,而待才用之府也。爾具官某,學本家傳,才爲國寶,簡自常吉,列在清華。而爾遜志惟勤,禔躬滋慎,聲實並茂,達大可期。蓋古稱閎覽博物之儒,爾庶幾焉。是用授爾階文林郎,錫之勑命。夫所貴於詞臣者,惟是修明聖學,練悉朝章,非徒以詞賦爲君子也。無忘毖飭,以俟崇寄。欽哉!②

相較于明前期制誥中對翰林群體的話語訓誡,馮琦此文的變化在于,文末提出對翰林群體當"修明聖學,練悉朝章""非徒以詞賦爲君子"的期待。翰苑文臣以承明著作與知制誥爲職業,"綺詞藻句不以之潤色典謨,吟弄風月而直爲區區"③;徒爲辭采華茂之詩文,則因有礙政事,而被視爲小道。④但嘉靖時期,制誥、奏疏等政治

---

①蘇力《法律與文學——以中國傳統戲曲爲材料》,生活·讀書·新知三聯書店 2006 年版,第 242—243 頁。

②(明)馮琦《宗伯集》卷二八《翰林院編修鄒德溥》,《四庫禁毀書叢刊》集部第 15 册,第 363 頁。

③(明)王錫爵《王文肅公文集》卷一八《舒心矩編修》,《四庫禁毀書叢刊》集部第 7 册,第 413—414 頁。

④如楊士奇謂"殿下當留意《六經》,暇則觀兩漢詔令。詩小技,不足爲也"(張廷玉等《明史》卷一四八,第 4132 頁);萬曆首輔王錫爵以士大夫讀書當"有經世志,不專以詞藝自喜"(王錫爵《王文肅公文集》卷五《少詹葵陽黄公神道碑》,《四庫禁毀書叢刊》集部第 7 册,第 146 頁),亦未嘗保留昔日詩作(永瑢等《四庫全書總目提要》卷一七八,中華書局 1965 年,第 1602 頁);李廷機言"詩文力不能兼,廢詩可也"(葉向高《蒼霞續草》卷五《鹿散集序》,《四庫禁毀書叢刊》集部第 124 册,第 696 頁)。

實踐中被頻繁運用的文體，日趨藻飾繁縟，[①]遠離道統："蓋成化、天順以前，其文渾厚，各有意見發之，故畔道者鮮。比歲以來，專事捷徑，非獨文之浮也，甚者於經有所擬議差擇，而聖人之言幾同戲玩。"[②]萬曆中，"莊、列、申、商諸家無不户誦"，儒家經典往往被束之高閣，士人"掇拾諸子二氏之餘唾以爲豪舉"[③]。"館閣文章，天下所視也"[④]，翰苑的寫作風氣也自然會蔓延至文壇的其他階層領域。在"文變染乎世情"的解釋框架之下，"非徒以詞賦爲君子"所欲表達之意，實爲對嘉、萬之時重文輕道、離經講道之風氣的憂慮，[⑤]並嘗試通過制誥的話語訓誡强化翰林群體對德性的認知，借由政治生活中對職分的踐行，以扭轉文風與世風。

晚明倪元璐《左春坊左諭德兼翰林院侍講姚希孟》之制，更爲清晰地表達了對于德性的呼籲：

> 制曰：國家甚親儒臣，以爲由其道則可以專氣而致大。是故天下之廣塗高軾，莫不與之矣。今以爲其居至静，可以柔持埏鎔；其德必歸，於亂國可容平世，亦無所自見。是天下之大遁，史鰌、王嘉則不爲也。爾具官某，學廣識尊，搴而健立，孤岸遠物，莫能緣者。時值京貫朋奸，群邪醜正，求剸爾腹，則有百端。夫小人之心，以爲致之；不可得致，舍之，則將乘時得輿，以大返其道，憎主人而騎虎不得脱。……爾猶鹿也，走於山林，命懸庖廚。嗟乎！使爾得事朕今日，豈非天哉！朕既開昌世局，妙簡宫寮，維爾精能，風道彌揭。用晉爾階奉直大夫。今天下如木顛初蘖，未可嘻怡笑歌求之也。朕甚寶百爾憂患之心，以其才智所出，可使世大治，則無如爾動忍者。抑古人夷山而險垤。爾其曰：臣無忘堂阜。即一日旁求。朕喜得爾矣。[⑥]

倪氏所擬之文，並未過多着墨于翰林院侍講自身的職分要求。"儒臣"的定位在

---

①"明代文化發展至弘、正間而形成一大變局……這種變故至少意味著兩點：一是明初以來以臺閣爲代表的文化、文學特權已處于涣解之中，爲更普遍化的文學經驗所替代，二是早期盛行的尚質主義受到了新的詩學理念衝擊，始向更接近文學化特性的審美主義轉變。"黄卓越《明永樂至嘉靖初詩文觀研究》，北京師範大學出版社 2000 年版，第 118 頁。

②（明）尹襄《巽峰集》卷九《送古田司訓謝德宣序》，《明别集叢刊》第 2 輯第 13 册，黄山書社 2016 年版，第 628 頁。

③（明）陳懿典《陳學士先生初集》卷八《秀水縣儒學新建尊經閣記》，《四庫禁毀書叢刊》集部第 79 册，第 118 頁。

④（明）沈懋孝《鳳池鴻筆序》，《長水先生文鈔》，《四庫禁毀書叢刊》集部第 159 册，第 230 頁。

⑤（明）何良俊《四友齋叢説》卷三《經三》，中華書局 1959 年版，第 22 頁。

⑥（明）倪元璐《倪文貞集》卷一《左春坊左諭德兼翰林院侍講姚希孟》，清乾隆三十七年刻本。

文本語境與彼時的政治生態中,與其説側重"臣"之職分,毋寧説,意在重申"儒"所當具備的德性標準——在"京貫朋奸,群邪醜正"的時局之下,較之翰林備顧問、典詞命、擅編摩的職分,對"其居至静""搴而健立,孤岸遠物"的道德期待當更爲迫切。文末感歎部分,則植入對時局的憂慮與期待,間入議論,具有明顯的現實關切;較之前期制誥着重表達對受封者的勉勵與恪盡職守的訓誡套語,無疑是爲變體。

由上而言,以翰林群體爲書寫對象的制誥在話語訓誡之基本要素的呈現上,明初重在强調職分,中晚明同類誥敕則著意展現翰林群體應有的德性。晚明更在程式化表述而外,摻入對時局的憂慮,議論比重增加;同時,也展現出明確的時代訴求與政治期待。

三、 中晚明制誥的體式新變

明初制誥尚簡,洪武六年,朱元璋諭中書省"其自今凡誥諭臣下之詞,務從簡古,以革弊習。爾中書宜播告中外臣民,凡表箋奏疏,毋用四六對偶,悉從典雅"①。洪武十五年,又敕令"虛詞失實,浮文亂真,朕甚厭之。自今以繁文出入人罪者,罪之"②。自形式而言,明初制誥並未形成嚴格的書寫程式,中晚明誥敕中諸如冒頭"制曰""敕曰"、過渡語"於戲"以及文末"欽哉"等程式化用語,在明初同類文體中並非作爲定式而頻繁出現。其體式短小,用語樸素;以散句爲主,間入駢偶:

> 官儒於翰林院,則有典籍設焉。所以典籍者,專掌已入院閣之書。歷代重其事者何? 蓋謂記載先賢先聖之道,古今帝王名臣,必待學而知之,若非永固,則後人失學矣。所以官人以司之,正欲精匱閣之方,明數目之多寡,易於檢討。今朕命爾某爲典籍,務勤勿怠。③
>
> 翰林院之設,歷代本官賢志文學之士。然而代制君命,出入書籍,官吏俸給,日用紙劄,上下行移,若非案牘之明,則無稽於歲終,有愆於諸事者,故

---

①(明)余繼登《典故紀聞》,中華書局 1981 年版,第 49 頁。
②《明太祖實録》卷一四九"洪武十五年冬十月壬寅"條,台灣"中央"研究院歷史語言研究所 1962 年版,第 2354 頁。
③(明)朱元璋撰,胡士萼點校《明太祖集》卷九《翰林院典籍敕》,第 192 頁。

有典籍之設。今朕命爾某爲翰林院典簿。爾當奉行毋怠。[①]

上引朱元璋的兩則誥敕,着重叙述翰林典籍(典簿)的職分要求。結尾措辭及語氣具有較强的訓誡意味,明顯可見對《尚書》誥命及西漢武帝詔令訓誡話語的借鑒:"制誥本於《書》,《書》之誥命訓誓,皆一時之約束也"[②],"自(《尚書》)五十八篇而後,起衰周至五代之末,又千數百載間,其爲詔令温厚簡盡,而猶時有三代之遺法者,惟西漢爲然。其進退美惡,不以溢言没其實,其申飭訓戒者皆至誠明白,節緩而思深。"[③]中唐元稹敏鋭把握了《尚書》誥命及西漢詔令的訓誡特質,通過"爾汝面諭"與"警訓誡諭"兩種書寫方式變革制誥文體,[④]在彼時即獲"制從長慶辭高古"[⑤]之譽。此一面向在明初得到延續,明太祖的制誥中,末尾常伴有諸如"務勤勿怠"(《明太祖集》卷九《翰林院典籍敕》)、"爾當奉行毋怠"(《明太祖集》卷九《翰林院典簿敕》)、"爾其慎守斯道,以訓後世"(《明太祖集》卷三《信國公湯和誥》)、"恪遵朕言,勿怠"(《明太祖集》卷三《駙馬都尉李祺誥》)、"慎始慎終,毋怠"(《明太祖集》卷三《光禄卿徐興祖誥》)等"爾汝面諭"式的訓誡話語。"爾汝面諭"的言説方式,其效應發揮的關鍵並非取决于語詞的意義,而在于情感距離的切近——在言説雙方身份差距較爲懸殊的語境中,"爾汝面諭"所營造的言説場域,有利于形成同一情境下的雙方一體之感,從而拉近言者與聽者的心理與情感距離。這也意味着,此類制誥在措辭選擇上,當以誠制勝,而不應過于精巧、浮泛與晦澀;基于"人同此心,心同此理"的共識性認同,以較爲口語化、日常化的表達推心置腹。但明初制誥對"爾汝面諭"的實踐,又有别于《尚書》誥命及西漢詔令的温醇簡遠與諄諄而諭。試將上文所引朱元璋的兩則誥敕與《尚書》、西漢武帝詔令相較,則語氣之親疏遠近立判:

帝曰:"來,禹。降水儆予,成允成功,惟汝賢……汝惟不矜,天下莫與汝争能。汝惟不伐,天下莫與汝争功。予懋乃德,嘉乃丕績,天之曆數在汝躬,

---

①(明)朱元璋撰,胡士蕚點校《明太祖集》卷九《翰林院典簿敕》,第191—192頁。
②(唐)元稹《制誥序》,周相録《元稹集校注》,第1007頁。
③(宋)蔣瑎《西漢詔令序》,曾棗莊等編《全宋文》第133册,上海辭書出版社2006年版,第207頁。
④劉順《元、白制誥的話語訓誡與元和長慶之際的政局》,《政治思想史》2022年第4期,第15—29頁。
⑤(唐)白居易著,朱金城箋校《白居易集箋校》,上海古籍出版社2016年版,第1532頁。此句自注曰"微之長慶初知制誥,文格高古,始變俗體,繼者效之也。"

汝終陟元后。人心惟危,道心惟微,惟精惟一,允執厥中。無稽之言勿聽,弗詢之謀勿庸。可愛非君?可畏非民?衆非元后何戴?后非衆罔與守邦?欽哉!慎乃有位,敬修其可願,四海困窮,天禄永終。惟口出好興戎,朕言不再。"①

於戲,小子胥,受兹赤社!朕承祖考,維稽古建爾國家,封於南土,世爲漢籓輔。古人有言曰:"大江之南,五湖之間,其人輕心。楊州保疆,三代要服,不及以政。"於戲!悉爾心,戰戰兢兢,乃惠乃順,毋侗好軼,毋邇宵人,維法維則。書云"臣不作威,不作福",靡有後羞。於戲,保國艾民,可不敬與!王其戒之。②

上古時期,書面語與口語處于尚未明顯分化的狀態,《尚書·虞書》中"來,禹""可愛非君""欽哉"等短句、反問語氣及嘆詞的運用,形成了較爲口語化的語體呈現與較强的現場感,從而拉近言説雙方的距離。西漢武帝《封廣陵王策》則在開篇、中段與結尾,分别借助語氣詞"於戲",緩和自上而下訓誡行爲所造成的緊張感,營造一唱三歎的效果;並援引古人之言、經典之語,以譬喻與類比的方式弱化直接訓誡的生硬感。但明初朱元璋的制誥,語氣詞的減少及句式的單一,已明顯展現出嚴肅整飭的風格,提示著書寫者重在發揮制誥警示訓誡的政治功能、而非語重心長的規勸引導,醇厚淵雅的語體風貌亦隨之弱化。

至嘉靖年間,制誥較明初已有繁縟駢化之勢;此一變化,可自嘉靖十二年張璁所上《重制誥》之奏疏,窺其大略:

制誥者,王言也。知制誥者,臣職也。知制誥而使王言不重,則不得其職矣。臣按國初以來,成化以前,制誥之體尤爲近古,明敭履歷,宣昭事功,其於本身者,不過百餘字。覃恩祖父母、父母並妻室者,不過六、七十字。言之者無費辭,受之者無愧色。近來俗習干求,文尚誇大,藻情飾僞,張百成千,至有子孫讀其祖父母、父母誥敕,莫知其所以然者。卒使萬乘之尊下,譽匹夫匹婦之賤良,可惜也。孔子曰:"天下有道,則行有枝葉;天下無道,則辭有枝葉。"今嘗聖明之世,可使制誥之文爲枝葉之辭哉!伏乞敕下内閣,自今以後,凡爲誥敕,必須復古崇實,一切枝葉浮誇之辭,盡行删去。庶王言重而

①《尚書正義》卷四,阮元校刻《十三經注疏》,中華書局1980年版,第136頁。
②(漢)司馬遷《史記》卷六〇《封廣陵王策》,中華書局1982年版,第2113頁。

人知所勸矣。"①

成、弘年間,制誥尚簡,對于受封者之履歷功績往往概而言之,多不過百餘字。嘉靖初年,"大禮議"中議禮派"以片言至通顯",下啓"脂韋澳溜,持禄自固"的進身之風。②此後,以文媚上的"希寵幹進之徒"迭出,文字日巧。③世宗因崇道而對青詞的偏好,也潛在助長了制誥的駢化之風。沈德符論明朝四六文,謂"世宗奉玄,一時撰文諸大臣竭精力爲之,如嚴分宜、徐華亭、李餘姚,召募海内名士幾遍。……然戊辰庶常諸君尚沿餘習,以故陳玉壘、王對南、于穀峰輩猶以四六擅名,……又嘉靖間倭事旁午,而主上酷喜祥瑞,胡梅林總制南方,每報捷獻瑞,輒爲四六表,以博天顏一啟。上又留心文字,凡儷語奇麗處,皆以御筆點出,别令小内臣録爲一册"④。在此時代氛圍之下,制誥文體制日下,繁縟浮泛與誇譽溢美,已然成爲制誥領域的明顯弊端;其甚者,"有子孫讀其祖父母、父母誥敕,莫知其所以然者"——制誥本爲上位者對下位者的言説,措辭當典重準確。若本無其事而虚美之,則予人"萬乘之尊下,譽匹夫匹婦之賤良"的語體失當之感。而魏晉以降制誥對四六體式的偏好,亦關係語體及意義的有效呈現:"制誥詔令,貴於典重温雅,深厚惻怛,與尋常四六不同。今以尋常四六手爲之,往往褒稱過實,或似啓事諛詞,雕刻求工,又如賓筵樂語,失王言之體矣。"⑤若不能在表達中準確拿捏情感、把握言説分寸,則會導致制誥文有失莊重,詞不達意而輕佻浮誇。繁縟美譽的風氣與中晚明對翰林官員"重德性"的政治期待,亦影響到制誥書寫體式的變化——明初制誥末尾的訓誡與警示話語,逐漸被對受封者的勉勵與期待所取代:

朕惟翰林學士之職,朝夕左右,所以備顧問,典詞命,非内外百司之比。故必簡學博履正之士居之,庶以稱厥官焉。爾行在翰林院侍讀學士李時勉,科第入官,持志端慤。事我皇祖皇考,薦登侍從,以至於今,纂述編摩,率殫

①(明)張璁《太師張文忠公集》卷四《重制誥》,《四庫全書存目叢書》集部第 77 册,齊魯書社 1997 年版,第 85 頁。
②(清)張廷玉等《明史》卷一九〇《石珤傳》,第 5049 頁。
③(明)王錫爵《〈袁文榮公文集〉序》:"我世宗肅皇帝始定大禮,和寧天人,乃益向意文學之士,奉璋祓廟,橐筆成輦,而稱禁近臣者廩廩,庶幾賡歌揖讓之風焉"。參見王錫爵《王文肅公文集》卷五,《四庫禁毁書叢刊》集部第 7 册,第 50 頁。
④(明)沈德符《萬曆野獲編》,中華書局 1997 年版,第 270 頁。
⑤(宋)羅大經《鶴林玉露》甲編卷四"詞科"條,中華書局 1983 年版,第 59 頁。

乃力。……自古君臣之相知,難矣。朕既不忘爾勞,爾益圖懋厥績,以永有嘉譽。欽哉![1]

敕曰:國家設詞垣,開史局,以延處天下之材。匪徒編纂是資,寔亦啓沃是賴。而揆衡之任,即於是乎儲焉。其爲華重可知。已具官某,有明達之材,有博綜之學。曩奉大對,朕親首擢,而遂授以清銜,置諸近密,乃載筆惟勤,校藝惟精,雅操令猷,蔚爲時望。朕益加重焉。兹以考績來聞,特晉爾階儒林郎錫之敕命。於戲!罔曰:稽古必通今,乃可以濟時。罔曰:立言必立功,乃可以裨國。其尚益加練習,豫定訏謨,朕將柄用汝。[2]

較之明初制誥末尾"爾當奉行毋怠"的直接訓示,"朕既不忘爾勞,爾益圖懋厥績""朕將柄用汝"的表述,語氣明顯緩和而親近。自源頭而言,制誥本爲命令文書,反映了秦代的"法治傳統"。漢承秦制,在文書領域延續秦朝體統之餘,又追擬周代策書的"禮治傳統",對制誥體系進行了調整與改革,進而形成了禮法兼綜、王霸並用的制誥體系。[3]明中期以降制誥結尾表述方式及語氣的轉化,亦顯示出由明初法治轉向禮法兼用的某種動向。此種體式的轉變,也反映出君臣關係的新變化——由明初的緊張,逐漸轉向相互借勢與合作。明初皇權高度集中,君王對臣下的防範心理較強,此尤以太祖、成祖爲最。太祖罷丞相,設五府、六部、都察院、通政司、大理寺等衙門,分理天下庶務,彼此頡頏,人君總之。並立祖訓,謂"以後子孫做皇帝時,並不許立丞相。臣下敢有奏請設立者,文武群臣即時劾奏,將犯人凌遲,全家處死"[4]。嚴厲的表達折射出朱元璋對臣下的高度戒備。人臣在政治生活中動輒得咎,如履薄冰,常以"額手相慶以爲又活一日"[5]爲幸。而靖難之役中,一衆建文朝臣亡于刀鋸鼎鑊的命運,也令成祖時期的君臣關係一度緊張異常。人君在防範戒備的心態之下,往往以居上凌下的姿態展演拉遠君臣距離、樹立權威感,訓誡、警示的語氣遂成爲强化君權、建立威懾力的方式之一。隨後,明朝進入平穩發展期,仁宣之治的出現一時爲盛,仁宗、宣宗待臣以禮[6],慎

①(明)李時勉《古廉文集》卷一二,《影印文淵閣四庫全書》集部第1242册,第888頁。
②(明)高拱《高文襄公集》卷一《翰林院修撰李春芳》,《四庫全書存目叢書》集部第108册,第16頁。
③代國璽《漢代公文形態新探》,《中國史研究》2015年第2期,第23—29頁。
④(明)李東陽等《明會典》卷二《皇明祖訓》,《影印文淵閣四庫全書》史部第375册,第13頁。
⑤(清)趙翼撰,王樹民校證《廿二史劄記校證》卷三二《明祖晚年去嚴刑》,中華書局2005年版,第744頁。
⑥"當是時,帝勵精圖治,(楊)士奇等同心輔佐,海内號爲治平。帝乃仿古君臣豫遊事,每歲首,賜百官旬休。車駕亦時幸西苑萬歲山,諸學士皆從,賦詩賡和,從容問民間疾苦。"(清)張廷玉等《明史》卷一四八《楊士奇傳》,第4136頁。

用刑法①，君臣關係逐步緩和。迨英宗繼位及“土木之變”的危機解除，均尤賴朝臣相佐。此一時期，社稷爲重、君爲輕的理念被反復强調。自此而後，明朝臣下的諫諍之風愈發强勁，君臣共治天下的政治理念漸趨明晰。②特别是在嘉靖、萬曆疏于朝政的時代，國家的運轉更需要倚重内外朝臣。因此，在制誥中，對臣下的勉勵、期待大于訓誡警示。

隆慶以降，制誥較嘉靖時期的繁縟、駢化與虚美，有增無減。張居正于隆慶六年所上《明制體以重王言疏》，與張璁《重制誥》中所言制誥之弊如出一轍：

> 竊照閣臣之職，專一視草代言，故其官謂之知制誥。若制詞失體，以致輕褻王言，則閣臣爲不職矣。……制命之詞，貴在簡嚴莊重，乃爲得體。查得成化、弘治年間誥敕，叙本身履歷功績，不過百餘字；祖父母、父母及妻室，不過六七十字。至於慶典覃恩，則其詞尤簡。蓋以恩例概及，比之考績不同，故以賚被爲榮，不必詳其閱歷，此制體也。近年以來，俗尚干求，詞多浮靡。撰述官沿襲宿弊，往往不候進呈，先將文稿傳示於人。其中詞語又過爲誇侈，多至數百千言。或本無實行，虚爲頌美；或事涉幽隱，極力宣揚。臣等方欲爲之更定，而本官已先得稿登軸矣。夫誥敕者，朝廷所以告諭臣下者也。臣諛其君，猶謂之佞；况以上諛下，是何理乎？查得嘉靖十二年，該大學士張孚敬等題爲重誥敕事，奉世宗肅皇帝聖旨：“卿等所言，足見敬慎至意。近年以來，委的誥詞之文，浮泛誇譽，至於數百，甚非制體，甚非王言。今後都著删去浮詞，以存實體。欽此。”……嘉靖初年，誥敕之文，視成化、弘治雖爲稍繁，然尚未如近年之甚也。竊以禮貴從先，辭尚體要。况命令之辭，乃一代典制，傳之四方，垂之後世，所關非小。此係臣等職掌，不容不爲釐正。伏乞皇上念朝廷體統之當尊，國家典制之當守，敕下臣等，戒諭各撰述官：自今以後，凡爲制誥，必須復古崇實，毋得徇情飾辭，以壞制體；及文字未經進呈，亦毋得預行傳示以市私交。如此，庶王言重，國體尊，而臣等亦得以守其常職矣。③

至萬曆時，伴隨奢華之風的蔓延與六朝文風日盛④，四六文被廣泛運用官場社

①“若朕一時過於疾惡，律外用籍没及凌遲之刑者，法司再三執奏，三奏不允至五，五奏不允同三公及大臣執奏，必允乃已，永爲定制。”（清）張廷玉等《明史》卷九四《刑法二》，第2321頁。
②李佳《君臣關係與明代士大夫政治研究》，吉林大學出版社2018年版，第135頁。
③（明）張居正著，潘林編注《張居正奏疏集》，華東師範大學出版社2014年版，第205—207頁。
④可參見巫仁恕《品味奢華——晚明的消費社會與士大夫》，中華書局2008年版。

交之中①,"上至制誥,下至箋啓,其用甚廣,未嘗廢也"②。受此影響,制誥體式增華加厲,鋪張藻飾,詞多浮靡,虛爲頌美,更成爲官員間市私交、求幹謁乃至利益交换的工具。儘管神宗認可張居正"自今以後,凡爲制誥,必須復古崇實"的提議,下旨"今後誥敕文字,都著删去浮詞,務崇本實",此後亦有書寫者嘗試在復古中追求嚴切典重之風③,但時至明末,制誥辭藻華麗之風並無本質改變:

> 勑曰:詞臣珥筆螭頭,侍朕左右,實爲清切之班,必擇端良之彦。所以儲養輔佐,待才用之府也。爾翰林院編修楊景辰,器宇沉凝,題品有如彝吕;賦才偉暢,摛文注若江河。畣弁冕於禮闈,今編摩於史室。燃藜天禄,能讀九丘八索之書;染翰石渠,獨追五誥三盤之體。承明著作之廬,有才如爾,恐不多得,良足嘉尚。兹以覃恩,授爾階文林郎錫之勑命。朕踐阼之初,勤思文治,方欲崇奬儒臣,昌明大業,爾尚殫心銓次,加意討論,無但字句比櫛之爲工,則裨益宏多,用占表樹。爾其欽哉!④
>
> 勑曰:鳳池清切之地,實爲制詞攽布之府。故充斯任者,必其人温蔚高華,一洗塵容,獨抒天藻,乃無負焉爾。具官某,精鎔類棠谿之金,琳琅擬嶰穀之竹。胸藏二酉,光聯奎壁之墟;文著五千,采散紫薇之舍。以爾才品所至,豈特盡風雷鼓舞之妙,亦且資日月獻納之忠。葢地迥官暇,若見以爲無所事事,而實練習幾務之府也。兹用覃恩,授爾階征仕郎,錫之勑命。夫國家遴選耳目之臣,廣資聽納,得人於中秘居多。爾尚益儲才猷,預宏藻鑒,以需朕不次之大用。爾其欽哉!⑤

晚明朱國禎以"國朝文臣誥敕,窮工極變,皆作諛語,大失絲綸之體。高文襄、張

---

①(明)趙南星《廢四六啓議二首》(其一):"余自萬曆乙亥結髮薄遊,士大夫書劄往來,直抒情愫,鮮有用四六者。當司理時,座主爲相,亦以散書聞問,亦未嘗以爲不恭也。至癸巳罷官,乃有以四六來者,余才拙性疏,不能爲此,然林下無事,每抗精殫思爲之,殊以爲苦。今衰朽才盡,偶起一官,營職之外,復有應酬之煩,食事欲廢,安能作四六也。"趙南星《趙忠毅公詩文集》,《四庫禁毁書叢刊》集部第68册,第519頁。

②(清)許同莘撰,王毓、孔德興校點《公牘學史》卷五,檔案出版社1989年版,第141頁。

③"公(按:朱之蕃)已受命教習内書堂,授中貴人書。尋直起居注館,編纂章奏。亡何,遂管理文官誥勅。近代掌綸者多兢爲繁麗,公所視草,獨簡直厚重,得王言體。"(明)顧起元《雪堂隨筆》卷三《通議大夫吏部右侍郎兼翰林院侍讀學士協理詹事府事贈禮部尚書蘭嵎朱公墓志銘》,《四庫禁毁書叢刊》集部第80册,第274頁。

④(明)劉鴻訓《四素山房集》卷三《翰林院編修楊景辰》,明崇禎刻清雍正印本。

⑤(明)劉鴻訓《四素山房集》卷四《中書科中書舍人丁一鳴》,明崇禎刻清雍正印本。

文忠有禁，皆不能改”[①]，可謂清醒的認知。

在傳統儒家文論的話語中，文質與世運往往具有對應關係。自孔子提出“質勝文則野，文勝質則史”的判斷，經由累朝儒者構建發覆，“文質論”已成爲儒家政論與文論的重要命題。漢儒在對“文質論”的演繹上發揮了重要作用，一方面，開啓了“夏尚忠、殷尚質、周尚文”的歷史觀敘述，勾勒出“質文代變”對于三代更迭嬗變的圖示；[②]同時，更將質文範疇引入文學批評領域，探討文章語辭與情感内容、人品與文品的内在關聯。南北朝時期，劉勰在阮瑀、摯虞、葛洪等人“文質説”的基礎上提出“時運交移，質文代變”，以文章發展的總體趨勢是隨世運推移而由質趨文，對于文質與世運關係的理論言説至此而大體定型。[③]由是，制誥文辭的繁縟與世風日下也構成了一種結構性關聯：“文章貴於簡當，可施於日用。如章奏之類，亦須詳明簡要。明朝典故，朕所悉知，知其奏疏多排偶蕪詞，甚或一二千言。每日積滿几案，人主詎能盡覽？勢必委之中官。中官復委之門客，此輩何知文義？訛舛必多。奸弊叢生。事權旁落，此皆文章冗穢以至此也。”[④]明中期以降，部分敏鋭的時人已在文字中傳遞出對文辭華縟所反映出的世風不古的憂慮，進而呼籲尊經復古：“我國家熙平二百餘年，其初上下之所漸濡固甚樸也。迄於今而聲名文物鬱鬱盛矣。乃識者故心憂之。以後風教漸澆，俗化漸侈，議論漸煩，文章漸詭，是文盛之弊也。……文嘗平正矣。今高者窮極玄眇，而盡去其藻質；不則修先秦西京之業，詰曲亢厲而少恬愉；不則呈煙雲月露之形以爲纖麗，則文章詭而根本拔也。……天下之文致若此也，是世道之憂也。愚竊以爲返之至亟矣。”[⑤]雖然語言維度的復古並不能够成爲世運復古效果明顯的助援，但卻能够爲政治實踐提供直接的話語支持。在語詞中或通過語詞而行動，是政治活動的必由路徑。[⑥]作爲政治共識製作、政治意圖傳遞的重要方式，制誥的語詞、結構、主題與風格等元素的綜合作用，是影響與構建民衆共識的有效途徑。[⑦]誠然，

①(明)朱國禎《湧幢小品》卷三《誥敕》，明天啓二年刻本。

②趙園《制度・言論・心態——〈明清之際士大夫研究〉續編》，北京大學出版社 2006 年版，第 352 頁。

③參見黨聖元《通變與時序》，《西北大學學報(哲學社會科學版)》2015 年第 6 期，第 46—55 頁。

④《清實録》，中華書局 1987 年版，第 1530 頁。

⑤(明)王錫爵《王文肅公文集》卷三《萬曆甲戌會試策問》，《四庫禁燬書叢刊》集部第 7 册，第 110—113 頁。

⑥參見凱瑞・帕羅内著，李宏圖、胡傳勝譯《昆廷・斯金納思想研究：歷史・政治・修辭》，華東師範大學出版社 2005 年版，第 33 頁。

⑦參見劉順《詔令中的政治史：高宗武則天時期詔令文之語言維度的考察》，《雲南大學學報(社會科學版)》2021 年第 5 期，第 73—89 頁。

呼籲制誥復古的核心意圖，並非文體及語言層面的復歸三代之樸，而是借助詔令的政治訓誡功能，嘗試重新形塑、强化乃至扭轉與改變時人的認知；但借由對制誥“復古崇實”的期待來表達復歸淳樸世風的決心，凝聚共識，則是館閣文臣所援具的重要話語策略。明代制誥在歷經初期的質樸尚簡（明初至正德年間）、嘉靖時期的訓辭爾雅、彬彬可觀與萬曆以降增華加厲、鋪張藻飾的發展演變後，儘管至晚明，踵事增華的文風並未得到根本性改變；但天啓以還，館閣文臣對制誥在復古中歸于嚴切典重的呼籲，亦是危局之下，嘗試以文風帶動士風與時風變革的因應之道。

結語

作爲“王言”的制誥既是對某種共識的直接表達，亦常伴隨政治事件而出現，具有觀念引領、認同凝聚與價值形塑的功能。在中晚明複雜多變的政治局勢中，制誥的功能發揮尤爲直接而迫切。重申制誥的訓誡功能，强調爲官者“德性”的在場，以此爲政治生活提供規則與共識，是中晚明制誥書寫的重要旨歸。與之相應，中晚明制誥的體式亦展現出由明初制誥末尾的訓誡警示話語逐漸轉向對受封者的勉勵與期待的變化。這一變化，也折射出制誥文繁縟化的演變趨勢以及君臣關係由明初的緊張逐漸轉向相互借勢與合作的新動向。作爲政治共識製作、政治意圖傳遞的重要方式，制誥的語詞、結構、主題與風格等元素的綜合作用，可有效構建共識。借由對制誥歸于“復古崇實”的呼籲來表達對世風復歸淳樸的期待，則是館閣文臣所援具的重要話語策略，亦是危局之下，以文風變革扭轉世風的因應之道。

江右陽明後學鄒守益的文學思想

杜　梅[①]

内容提要　鄒守益雖爲理學家，但其文學思想多散見于文集著述。鄒守益的文學思想受江右地域的文化傳統特質和陽明心學思想的影響息息相關，因此呈現出文道統一的文學本體觀和以教化爲目標的文學功用觀。基于鄒守益的文學本體觀和文學功用觀，可知其文學審美意識是中正的儒家氣質，這揭示出宋明理學對其文學思想有重要作用和影響。

關鍵詞　鄒守益；文學思想；論道明理；教化；中正

鄒守益（1491—1562），字謙之，號東廓，後人稱東廓先生，江西安福人，受學于陽明先生。其父鄒賢（1454—1516），字恢才，弘治九年進士。自鄒賢中進士以來，鄒氏家族重視家族教育，至鄒守益時尤甚。年十七舉江西鄉試，正德六年辛未（1511），會試第一，廷試第三。賜進士及第，授翰林編修。正德七年壬申（1512），先生告歸，授經山房，研究程朱理學。王陽明主政贛州時，東廓赴虔臺（今江西贛州）爲父墓而求表。之後，陽明先生與他日夕談學，而令守益有所反省，如黄宗羲《明儒學案》卷十六《江右王門學案一》之《文莊鄒東廓先生守益》："'往吾凝程朱補《大學》，先格物窮理，而《中庸》首慎獨，兩不相蒙，今釋然，格致之即慎獨也。'遂成弟子。"[②]自此師事王陽明，並于正德十四年己卯（1519）六月，朱宸濠叛亂，鄒守益從王陽明起兵平叛。次年（1520），鄒守益再次赴贛州拜謁陽明先生。嘉靖二年癸未（1523），先生應召北上，複于陽明先生會于越，而嘉靖三年甲申，因上《大禮疏》而下獄，後貶謫廣德州判官，再次入越與陽明複見。嘉靖七年（1528）十一月，王陽明平思恩、田州，歸途中卒于南安，東廓服心喪。嘉靖二十年辛丑（1541），因九廟失火，諸大臣引罪自解，因讒言者中傷而落職居家，此後

---

① 作者簡介：杜梅，浙江外國語學院中國語言文化學院古代文學專業教師，研究方向明清文學。本文爲國家社會科學基金重大專案"中國古代文學制度研究"（17ZDA238）階段性成果。

② （清）黄宗羲《明儒學案》卷十六江右一，景印文淵閣《四庫全書》版，臺灣商務印書館 1986 年版，第 0457 册，第 221 頁。

先生未出仕。先生在歸家後四十餘年間,不懈地努力傳播陽明思想,在安福興建復古書院、舉行青原會,並向鄒氏族人潛移默化地傳授陽明思想,並實現了鄒氏家學的延續。總之,鄒守益通過講學爲鄉里教化和鄉土社會的建設作出了重要貢獻,並進一步擴大了王學思想在江右的影響力。

他著有《東廓鄒先生文集》十二卷、《鄒氏學脈》四卷。今人整理並出版《鄒守益集》。《四庫總目》:"守益,傳王守仁之學,詩文皆闡發心性之語。"[①]雖然《四庫全書》認爲鄒守益並不關注詩文,其詩文創作内容多是闡發心性之言,文學藝術性不突出。但筆者認爲儘管在創作實踐來看,鄒守益的詩文的文學性不突出,但不能否認其文學觀點。因爲他對于文學的本質認識、功用認識有獨到看法,重視個人修養與文學創作之間的相互作用,尤其對文學的價值和功用有獨到認識,其觀點始終貫穿和落實于文學創作實踐和社會踐履工夫之中。

一、江右王門的傳統地域特性

相比較于明代文人詩歌創作的實踐情況,明代理學家在創作詩歌方面更强調説理傳道,力圖發揮詩歌的教化功能,這與學術派别屬性和地域特徵有密切關係。既然將對江右陽明後學鄒守益的文學思想展開考察,則必須將其置于地域學研究和學術思想研究的視野中,那麼就要瞭解這一地域的地域傳統和地域特徵,對江右王門納入文化系統的整體考察之中。

江右地區的地域特性是以堅守正統的儒家思想爲突出特徵。從自然地理環境來看,江右位于吴楚交界之處,背面有長江流過,然而東、西、南三面環山,山川、河水構成它與外界的界限,也正因這既開放又相對封閉的地理環境使得這一地區災禍戰亂不多,正如《江西文學史》所載:"江西又不是全封閉的。長江對于北方南來的軍事征服勢力,是難以逾越的天險,在太平時期,則又是江西走向外界的主要通途。而貫穿南北的贛江和盱江,作爲上達嶺南、東出閩甌的黄金水道,在江西與外界的交往中也起著相當重要的作用。這樣,一方面,中原文化的新的成就得以源源不斷地輸入;另一方面,江西文人也因此而擴大了與外界的交往,並得以在中國的政治與文化舞臺上盡情地展示他們的風采與才華。"[②]因此,江右是百姓宜居的地方,人們在這樣的環境下逐漸養成了安土重遷、古樸的生活

①(清)永瑢《四庫全書總目》卷一百七十六集部二十九,清乾隆武英殿刻本,第35頁。
②吴海、曾子魯主編《江西文學史》,江西人民出版社2005年版,第9頁。

心態,而且安穩的生活也促使中原傳統得以在此地進一步延續和發展。總之,宜居安定的地理環境影響了江西文人戀家群居的生活心態,即使有些人是遷徙而來,但是他們也能够在此處找到安身之處,繁衍生活下來,逐漸形成大的家族。江西人既能保持安貧樂道的心態,又懷有高尚的道德情操,秉持着正統的儒家思想修身立命,踏實、積極地踐行政治理想和人生理想。有學者提出江右文學的特徵之一即是"文學觀念上顯示出的强烈的正統性"①。此外,江右王門學者的著述也展現出,江右文人的文學觀念和創作實踐皆帶有重視教化、尊儒重道的特點。

江右是陽明心學傳播重鎮,江右王門後學不僅堅守正統儒家思想、陽明心學思想,更强調于社會實踐中落實踐履工夫,於是展現出積極用世的進取精神。自宋以來,江西在中國文教歷史中開始發揮着重要歷史作用,中國四大書院之首的宋代白鹿洞書院推動着江西教育的興盛。後人多稱江西爲"文章節義之邦",所謂"文章"指的就是江西文人衆多,如詩文大家陶淵明、歐陽修、曾鞏、王安石、黄庭堅、晏殊、晏幾道父子等;所謂"節義"即指正義剛烈之士,他們遵守儒家傳統思想,忠心愛國、仁愛正直,如南宋愛國詞人辛棄疾、明代學者解縉等。江西書院衆多,最盛時書院多達1000多所,推動了科舉的發達,士人積極參與科舉,多有一門數進士的情況。據《中國書院制度研究》可知,明代的官辦和民辦書院都十分興盛,無論是官辦官學,還是民辦書院,江西書院總量排名第一。在濃厚的文化氛圍之下,江西逐漸形成以家族爲單位來加强家族建設和培養家族子弟,因而出現了一門多進士的一些世家大族。

因此,江右王門不同于其他王門流派,從一傳弟子開始就重視道德踐履,並非一味流于空談。江右王門許多學者并秉持施行仁民愛物的思想意識,不僅通過實踐工夫來探索個人修身立德思想意識的落實,而且也將個人修身之法向族人、當地百姓傳授。筆者通過閱讀江右王門學者的詩文著述發現,他們不僅在政治哲學理念上秉持仁政思想,更在日常生活中以關愛百姓爲己任。本文以鄒守益爲個案展開研究,通過其詩文著述來展現鄒守益作爲陽明後學在思想意識和行動踐履兩方面所蘊含的修身立德精神,從而呈現鄒守益文學思想的獨特性。

①吴海、曾子魯主編《江西文學史》,江西人民出版社2005年版,第10—13頁。

二、 鄒守益文道統一的文學本體論

據鄒守益詩文創作實踐可知，儒家思想是其判斷詩文創作意義和價值的重要標準，體現出道統和文統的一致性，因此他批判當時“矜名喜利之詞”之風尚，認爲詩文並非第一等學術，《語録》：“學詩學文，皆學也，以道爲志，乃是第一等學術；詩人文人，皆人也，以聖爲志，乃是第一等人品”①，在鄒守益看來，以道爲志才屬第一等學術。據鄒守益的詩文内容來看，其文學本體觀念一方面體現在詩文著述内容與儒家旨歸相一致、相契合，另一方面體現在詩文的詩體結構呈現出論道明理的著述傾向和習慣。

(一) 詩文著述内容與儒家思想的契合統一

第一，他以《詩經》等平易曉暢、説理透闢的詩文作爲著述標準。他于《訓蒙詩要序》提出：

> 乃取《詩經》之關於倫理而易曉者，及晉靖節、宋周、程、張、朱，及我朝文清、康齋、白沙、一峰、甘泉、陽明諸君子之詩切于身心而易曉者，屬王生仰編而刻之，俾童子諷詠焉。②

他推崇平易曉暢、教化人心的詩文，並刊刻這類有助于倫理教化的詩歌，力圖實現教化人心之目的。因此，鄒守益在詩歌創作中常常引用《詩經》，如《别司訓楊質夫序》：“《詩》之訓曰：‘夙夜匪懈，以事一人’，忠以報國也；‘夙興夜寐，無忝爾所生’，孝以顯親也。”③另如《壽姚君鵬程式壽都運王君天錫序》：“《詩》不云乎，永言配命，自求多福。”④總體來看，他引用《詩經》詩句内容多是傳達忠君愛國的思想，或者是追求崇高個人精神，體現了他對于古代智慧和文化的敬仰，同時也表達自己對于忠誠、愛國、個人精神追求等方面的態度。

總之，正如他在《敘靖寇録》所言：“逆其欲則怨，怨則有詛；順其欲則喜，喜則有歌且謡。今與古不相遠也。古之大師，陳《詩》以觀列國之風，是以美刺不

---

①(清)孫奇逢《理學宗傳》卷二十一《明儒考王門弟子》，清康熙六年刻本，第 16 頁。
②(明)鄒守益《鄒守益集》，董平編校，鳳凰出版社 2007 年版，第 24 頁。
③(明)鄒守益《鄒守益集》，董平編校，第 29 頁。
④(明)鄒守益《鄒守益集》，董平編校，第 33 頁。

隱而賞罰章。”①他肯定《詩經》傳遞的儒家思想内容，並認爲《詩經》所傳遞的思想具有美刺功能，因而自覺地繼承詩歌傳道、美刺的功能。因此，筆者認爲鄒守益的詩文内容不僅反映了儒家倫理綱常，而且體現出其詩歌本質即是“道”之載體。

第二，傳達心學思想，繼承儒家思想之傳統。耿定向進一步揭示出鄒守益所遵守的“道”是儒家傳統中人倫庶物之道。《讀東廓先生語録》：“語皆人所耳熟者，顧出先生口提掇一番，便如光、弼入軍中，雖仍是舊日卒旅隊伍，而旗鼓號令自别增一般精采……潛思深味，密參顯證，覺語語有針線，語語有脈絡，語上不遺下，語下必徹上，聖人復起，當不易也。”②耿定向之所以認爲“鄒守益”是聖人複起，是因爲鄒守益的文道關係仍傾向于文以載道的思想。其中，“雖仍是舊日卒旅隊伍”，意思是指鄒守益承接前人文以載道的文道觀；“而旗鼓號令自别增一般精采”，是指鄒守益所載之“道”卻不同于前人，因爲鄒守益所强調之“道”即是人倫庶物，這是前人所未言者。

他繼承陽明之旨，將詩文著述落實于“日用常行”。陽明先生《别諸生》這首離别詩中不僅是傳達對弟子的離别之情，更是在離别之際向弟子傳達殷切希望和傳道，最有名的那句“不離日用常行内，衹造先天未畫前”，富含深意。該句詩，意思是提醒弟子們不應一味關注精神層面的體悟心學思想，應該于日常生活實踐中落實心學工夫，因爲良知本就在我們天性之中，但是需要將良知於日常生活中踐行出來，才不泯滅良知本然的狀態，如此才能真正做到知行合一，才是真正體悟良知内涵旨意的體現。

因此，鄒守益“修辭立誠”的觀點也即落實于人倫庶務。鄒守益認爲即使是家人兄弟之間的私語也應當以忠節爲教訓戒勉，這才是有益于風化的。正如《大理府君小傳》所載：

> 方金華有《遜志集》，近時練金川有《玉屑》行於世，其豪氣壯色，讀之猶凛凛竦人毛髮也！府君之殘篇斷句，猶惓惓於敦彝倫，正風化，雖家人兄弟私語，亦且以忠節爲訓飭，則其所存，决非一死之爲諒者。俎豆諸公間，當相視一歎！而衆志僉同，欣欣告語，舉如得海外奇寶。③

①（明）鄒守益《鄒守益集》，董平編校，第 52 頁。
②（明）鄒守益《鄒守益集》，董平編校，第 1357—1358 頁。
③（明）鄒守益《鄒守益集》，董平編校，第 897 頁。

據此可見,鄒守益不僅要求文章著述要發揮教化的功用,甚至認爲家人私語也應具有正風化的重要作用,因此將道與人倫庶物緊密地結合起來。

第三,鄒守益的文道觀思想與心學思想密切關係,其文載道明顯帶有體悟良知的特徵。據《宋明理學史》可知,鄒守益曾提出"寂感無時,體用無界",因此他的哲學觀點被後人總結爲"寂感體用"合一説,"寂感體用"的提出是爲了反駁當時以"收視斂聽"作爲"涵養"功夫的歸寂派思想。正如有學者所説:"'寂感無時,體用無界'是鄒守益與聶豹討論'涵養'功夫時提出的理學命題,意在申明'戒慎恐懼'説。其時,江右王門中有學者以'收視斂聽'爲'涵養'功夫,以爲這即是'未發之時'。他所以提出'寂感無時,體用無界'的命題,就是爲了挽救'歸寂'派'破裂心體'的弊端。"①鄒守益認爲"本體"和"工夫"是合一的,比較保守地繼承了陽明先生知行合一的思想。因此,他不認同歸寂派"寂感""體用"是分離狀態的觀點,而認爲"寂感""體用"應是統一的,也就是實踐工夫和思想本體要統一。鄒守益的文道觀在潛移默化中受到這一哲學思想的影響,認爲"道"對于人的意義,不僅存在于是個體自身的感悟,還能對整體社會和他人産生意義,文以載道的落脚點和目的在于實現教化功能,影響社會實踐和維繫社會秩序。

因此,鄒守益在文章創作方面,主張文以載道的文學思想,將體悟之"道"落實于日常生活。鄒鼎《重鋟十四世祖文莊公東廓遺稿序》:"至公生平所爲文。雖偶然涉筆,必依於道,凡在後學,皆可誦法。然爲子孫者,其玩索遵循,又當何如耶!若徒以扃函束閣爲盡珍藏手澤之責,恐揆諸文祖著書傳後之意,必不然矣。"②鄒鼎整理先祖鄒守益的遺稿後,他認爲鄒守益所作的文章大多有重道傾向。鄒守益雖不熱愛著述詩文,但對于詩文著述有一定心法。其心法即是:遵守道而著述,以辭誠爲致知的具體功夫,力圖通過詩文來實現個人修身立德,追求成聖成賢的理想目標。于是,鄒守益批判了當時以科第仕途爲目的的學文風尚,《浙遊聚講問答》:

> 以孝弟修諸辭,便是庸言之謹,以孝弟踐諸日用,便是庸德之信。愛親敬長,不敢慢惡於人,便是愛衆;事賢友仁,以利其器,便是親仁;行有餘力以學文,便是多識前言往行以畜其德。非如今之學文,用爲科第之媒。③

---

①侯外廬等主編《宋明理學史》下卷,人民出版社 1987 年版,第 294 頁。
②(明)鄒守益《鄒守益集》,董平編校,第 1343 頁。
③(明)鄒守益《鄒守益集》,董平編校,第 769 頁。

他引導人們應當以記取前賢的言論、往聖的事蹟、蓄聚美好品德作爲學文目的。鄒守益强調人們在人倫庶物中踐行“修辭立誠”的文學思想，通過文學來體悟心學思想。

（二）詩文的體裁結構呈現論道明理的著述傾向

鄒守益著述内容豐富，文體形式有所側重。鄒守益的著述基本以文章爲主，詩歌創作數量極少。自宋代以來理學家往往具有重道輕文的道學思想，所謂的“重道輕文”，並不一定是指他們摒棄文學創作，而是表現爲對不同文體形式的創作有所取捨。

今人所編《鄒守益集》共二十六卷，另有附録。其中卷一奏疏，卷二至卷五爲序，卷六至卷七爲記，卷八至卷九爲説，卷十至卷十五爲書簡，卷十六爲問答，卷十七爲雜著類文章主要是序言，卷十八雜著類文章則爲題跋類，卷十九爲傳贊箴銘類文章，卷二十爲碑文祭文，卷二十一至卷二十四爲志銘墓表類，卷二十五爲五言詩：包括五言古體詩、五言絶句、五言律詩、五言古風，卷二十六爲七言詩：包括七言古體、七言絶句、七言律詩。據此可見，《鄒守益集》中文章共二十四卷，詩歌僅兩卷。鄒守益受心學思想影響，以悟道修身爲目的。而文章要比詩歌更有利于傳道，因此鄒守益的文集内容以文章爲主，整體呈現出“文尊詩卑”的傳統文學觀念。

鄒守益的文章體制多以書、記、序、跋類爲主，而然這幾類文體自東漢代已基本出現和定型。班固：“所著《典引》、《賓戲》、《應譏》、詩、賦、銘、誄、頌、書、文、記、論、六言，在者凡四十一篇”，而且劉師培《中國中古文學史》亦載：“文章各體，至東漢而大備。漢、魏之際，文家承其體式，故辨別文體，其説不淆。”隨着越來越多明代士人著書立説，明代序、跋、記類文章數量尤爲豐富。有學者認爲“明代文章的地位與影響，遠不如先秦、兩漢，近不如唐、宋，與同時代的小説、戲曲相比，也不足以作爲一代文學的代表文體。儘管如此，明代文章在内容與形式諸方面都有其獨特的個體與魅力”①。若從鄒守益的文章來看“明代文章在内容與形式”的獨特魅力，是否具有可能性呢？答案是肯定的。因爲鄒守益著述文本具有話語含蘊的屬性。②鄒守益著述文本的話語含蘊的屬性，即不僅繼承修辭立誠之

---

①傅璇琮、蔣寅主編《中國古代文學通論　明代卷》第2版，遼寧人民出版社2016年版，第54頁。
②“文學的審美意識形態性質存在于其話語系統的含蘊中，無法離開這種話語而含蘊而獨立存在。話語含蘊是對文學活動的特殊語言狀況的概括，指文學作爲文學性話語活動所包含的豐富的意義生成可能性。”童慶炳《文學理論教程》，高等教育出版社1999年版，第70頁。

文學思想，而且將“誠”落實于人倫庶物，其文章可謂既具有思想引導性，又具有社會實踐性，這是明中後期時代精神的產物。

此外，鄒守益文學本體觀念對後世的影響和意義，章學誠的評價是比較超前和中肯的。章學誠《書貫道堂文集後》：“即如姓氏譜系，乃一家血脈相承，最爲有據。尚且不能追至千載以上，間有詳者多出六朝，附會識者不以取徵。此即費氏所云，《易》不言太極，聖人不言，不可知之理也，乃其爲父密作傳叙，乃父受學于孫徵君，謂徵君之學出於陽明，爲第五世已多事矣。陽明之學再世失傳，李贄狂僻，耿氏之佛，顧氏之仙，皆稱王學，豈足以辱陽明，而何所争於世次。然孫君出於東廓其學，不失師法，猶之可也。”①據以上内容可知，章學誠所提到的清代學者費錫璜就認爲鄒守益遵守了陽明之學，並認爲自己之學出自其脈。可見清人學者表露出對鄒守益的肯定，且深受鄒守益的影響。據此則不難理解清代學者章學誠爲何也强調文辭“須兼閲歷”，因爲文辭應反映社會現實，並將個人經歷、人倫庶物與論道説理密切結合，這也側面展現了鄒守益文道統一的文學本體觀，也體現出鄒守益對朱熹“文道合一”文道觀的繼承。

三、鄒守益以教化爲文學功用

左東嶺：“在儒家文學理論體系中，文藝的功能與目的始終指向社會的教化，即使顧及到心靈的愉悦，也是以心之和作爲人際關係和乃至國家天下之和的前提而提出的。”②因此，江右王門作爲士人群體的一部分，其文藝功能指向也傾向于社會教化。正如余英時《“致良知”與覺民行道》一文提出：“概括言之，明代理學一方面阻于政治生態，‘外王’之路已斷，衹能在‘内聖’領域中愈轉愈深。另一方面，新出現的民間社會則引誘它調轉方向，在‘愚夫愚婦’的‘日用常行’中發揮力量’。”③王陽明基于當時社會的背景，于是在學術思想方面提出“覺民行道”的觀念。本文結合明中晚期社會政治文化的背景，我們能更進一步認識鄒守益是如何通過詩文著述發揮文學功能，並認識其詩文著述對個人和社會發揮着怎麽樣的意義。

---

①（清）章學誠《文史通義》外篇二，民國嘉業堂章氏遺書本，第 23 頁。
②左東嶺《明代心學與詩學》，學苑出版社 2002 年版，第 198 頁。
③余英時《宋明理學與政治文化》，吉林出版集團 2008 年版，第 195 頁。

（一）文學有助于個人修養身心

王陽明宣導童子吟詠詩歌，鄒守益繼承先師啓發童蒙的做法，且鄒氏認爲文辭並非是科舉仕途之媒介，而是個人修身過程中勸善去惡的途徑和載體。鄒守益還曾記録過江西數百孩童歌詩的場景，《袁雪峰徵士挽卷》："予之學於贛也，見童子數百，詠歌周旋，洋洋先王威儀風雅之盛，而德彰歸然師之。"①鄒守益看到有數百童子詠歌的壯觀場景，不僅是對風雅的氛圍十分讚歎，更是欣喜于美德風尚的壯觀。此外，《訓蒙詩要序》：

> 夫詩以理情性者也，何謂性？曰仁、義、禮、智；何謂情？曰惻隱、羞惡、辭讓、是非。匪仁，匪義，匪禮，匪智，匪惻隱、羞惡、辭讓、是非，悉邪也。……予官廣德之明年，聚州之童子而教以詩禮。一時教讀或不解。予意雜以矜名喜利之詞，是蠱童子之心志而教之邪也。②

鄒守益尤爲用心地編選適宜于童子歌唱和學習的經典詩文，力圖通過詩文吟詠作爲孩童啓蒙教化的重要方式。因爲經典詩文一方面可以提升孩童的文學鑒賞能力，另一方面能够啓發孩童的性情和心志。因此他于廣德任上，注重教化百姓，教授童子誦讀《詩經》，借用詩歌來啓發童子心志，使孩童心志皆合乎道之旨歸。

除了吟詠詩歌是人們修身的重要途徑之外，爲善去惡的功過格之法也是人們個人修身養性的重要方式。善書是用來勸善的書籍，如善書研究的開拓者酒井忠夫認爲功過格"是指將中國的民族道德區别爲善（功）與惡（過），具體地分類記述，並以數量計算善惡行爲的書籍"③。而且他認爲明末清初善書最爲盛行，歸屬于庶民文化。④明代袁黄（1533—1606），字坤儀，初號學海，後改號了凡，所

---

①（明）鄒守益《鄒守益集》，董平編校，第 37 頁。

②（明）鄒守益《鄒守益集》，董平編校，第 24 頁。

③［日］酒井忠夫著，許洋生譯《功過格的研究》，見劉俊文編《日本學者研究中國史論著選譯》第 7 卷，中華書局 1993 年版，第 497 頁。

④參見："善書"是勸善之書這種意義的用法，被運用在宋代以後的史籍中，也是民間通用的慣用法。……因爲是解説勸善的書，而不是爲了贏利而出版的，很多情况是無償地施予他人。這種勸善不是勸導乳膠經典中所説的道德的實踐，而是勸導也能被民衆（泛民）接受的民衆道德的實踐的意思。［日］酒井忠夫著《中國善書研究（增補版）上》，鳳凰文庫 海外中國研究系列，江蘇人民出版社 2010 年版，第 14 頁。

參見："始于《感應篇》的中國庶民文化中的善書運動，在明末清初達到最高潮。……在善書最盛期的明末清初，以多種功過格、善書、陰騭文（明末）及覺世經（清初）爲首，在清代作成了許多善書。"［日］酒井忠夫著《中國善書研究（增補版）上》，鳳凰文庫 海外中國研究系列，江蘇人民出版社 2010 年版，第 17 頁。

著家訓《了凡四訓》此爲善書的代表之作，他宣傳將功過格作爲修養之法。書中闡述其大半生經歷及修身之道，分“立命之學”“改過之法”“積善之方”“謙德之效”四部分，融合儒釋道三家思想，力求積善除惡，對當時及後世人産生了重要影響，彭紹升于乾隆四十年（1775）編《居士集・袁了凡傳》按語：“了凡既歿百有餘年，而功過格盛傳於世，世之欲善者，慮無不知效法了凡。”[①]另如陳永革所言“晚明佛教改造道教《功過格》的成功典型，當推雲穀法會禪師。而其推廣之功，則應屬袁黄”[②]，可見功過格被佛教所吸納並作爲修行之法得到廣泛推廣，功過格之法也爲佛教在晚明時期的傳法發揮着重要的意義，因此“明代佛道二氏皆推崇一種簿記式的日記活動，尤其是其中的道教善書，其較强的通俗性和庶民性，使得對其持否定立場的正統儒士，亦不得不對它另眼相待”[③]。

其實，善用功過修養之法的人，除了袁黄外，明代王門後學值得關注。他們也曾嘗試利用功過格修身，如羅汝芳早年也曾立簿日記功過，對一水一鏡以自修，[④]以求决去萬起萬滅之私。可見，當時借助功過格修養之法是極爲常見的。儘管羅汝芳未能通過此法去除心火，但可反映出此法對個人修身養性發揮的影響力。

“鄒守益在講會中大談‘積善’‘寡欲’‘功過報應’，可見明代講會亦常涉及功過報應思想，恰與晚明流行的功過格思想相映成趣。”[⑤]這是鄒守益于嘉靖三十九年（1560）參與懷玉大會所述觀點。此時他已七十高齡，他的心學思想已處于成熟、穩定的狀態，而他談善惡因果也自然不是一時興起。鄒守益肯定功過格這類的修養之法，並在講會時對其進行引導和宣傳。鄒守益通過文字來賦予個人修身養性之工夫，體現出他試圖通過著述實踐發揮對個人修身的影響。鄒守益借鑒功過格記録並統計行爲得失的形式來進行賞罰和規範個人行爲。此外，在他看來，此法不僅適用于個人，甚至對宗族乃至鄉里也能發揮作用。

（二）文學有助于家族和社會基層的教化

江右王門後學的著述内容還不乏鄉約和族譜的序文，這類内容雖並非闡述

①彭紹升《居士傳》，成都古籍書店 2000 年版，傳四十五。
②陳永革《晚明佛教思想研究》，宗教文化出版社 2007 年版，第 434 頁。
③錢明《王陽明學派論考》，人民出版社 2009 年版，第 501 頁。
④參見：羅汝芳（1515—1588），字惟德，號近溪，又稱近溪先生，江西人，明中後期泰州學派的代表人物，被譽爲明末清初黄宗羲等啓蒙思想家的先驅。（清）黄宗羲《明儒學案》明儒學卷三十四泰州學案三 少時讀薛文清語，謂：“萬起萬滅之私，亂吾心久矣，今當一切决去，以全吾澄然湛然之體。”
⑤陳時龍《明代中晚期講學運動（1522—1626）》，復旦大學出版社 2005 年版，第 95 頁。

個人修心之道，但通過制定鄉約、設置賞罰規則來激勵子孫繼承先志、自修其善，其作用也有助于個人修身養性。因爲這類著述的本質是通過對多個個體進行教化，從而實現集體範圍的教化，所以王門後學以鄉約、族譜等内容爲基礎形式來對整個家族甚至是整個鄉里來進行自我管理和約束。

鄒守益的詩文内容多是向民衆傳遞儒家思想，即以"仁"作爲倫理綱常的核心，因此陽明後學的心學思想内容同樣具有覺民行道的功能。心學思想對于陽明後學的文學著述有一定滲透作用，本文主要從鄒守益的著述傾向來談，通過以下兩個方面來談。

首先，鄉約的教化功能。

"鄉約"一詞，從字面上看就可知"鄉規民約"，即是指社會成員基于地緣和血緣因素，依賴宗族制度和鄉紳群體的作用，共同討論並制定約定俗成的社會基層組織規範。而在這種規範約束之下的社會組織，也被稱爲鄉約。因此，"鄉約"既是基層組織的名稱，也是這一組織的規範規則。這種約定俗成的民間秩序規則，之所以能够發揮其社會價值和意義，根本原因在于其組織和規則的内在核心精神是儒家傳統思想，受儒家仁愛、忠孝等精神的指引，從而以鄉約這一外在秩序維護了家族倫理。鄉約既影響社會基層自治，又關涉個人意志、宗族意識、區域共同體意識的形成。

正德十四年(1519)，王陽明用于在一定區域範圍内實施的鄉規民約，其主要目的是約束個人行爲規範，避惡揚善，敦風化俗、改造民衆。《南贛鄉約》："自今凡爾同約之民，皆宜孝爾父母，敬爾兄長，教訓爾子孫，和順爾鄉裡；死喪相助，患難相恤；善相勸勉，惡相告誡；息訟罷争，講信修睦，務爲良善之民，共成仁厚之俗。"[①]《南贛鄉約》强調民衆自治，這是王陽明踐行心學思想的具體表現，是其弘學的重要部分。因爲陽明心學强調心即理，鄉約規定既體現出順應儒家社會規範的一面，又體現出順應人性天理的一面。《南贛鄉約》是由王陽明作爲官員，儘管是由上而下的發起制定和推行，如開篇的稱呼"諮爾民"，多以"爾"來稱呼鄉民。但鄉約内容又與鄉民的日常生活息息相關，基于當地鄉村居民的文化傳統、經濟狀况和社會習慣，而制定相關政策，以此增强鄉村居民的自我管理意識和自製能力，故鄉約在江右的推行和傳播有一定的合理性和規範性。

鄒守益歸家後，十分重視本族建設、鄉里規範，也力圖通過制定鄉約來教化

①(明)王守仁《王陽明全集》，吴光、錢明、董平、姚延福編校，上海古籍出版社2011年版，第600頁。

百姓。如鄒守益《惜陰申約》:

> 人立一簿,用以自考;家立一會,與家考之;鄉立一會,與鄉考之。……德業則直書於册,慶以酒;過失則婉書於册,罰以酒;顯過則罰以財,大過則倍罰,以爲會費。①

他將制定鄉約視爲繼承陽明先生意志的一部分。《鄉約後語》:"乃簡其父老,屬諸庭而禮之六人授鄉約一帙,使歸而章善糾過,以和其鄉。……益始見陽明先師以鄉約和南贛之民,歸而慕之,以約於族於鄰,亦蕭蕭然和也。"②因此他回到安福後,也在鄉里祭祀後舉行鄉約,"會飲,讀誓文,參以牌諭鄉約,彰善糾惡,以安其人"。即使是嘉靖元年壬午(1522)北上復職之前,他仍積極爲本族"作《祠堂規》、立鄉約、置義田"③,作《别同志説》鼓勵學友、門人,《留别同志》:"學者之病,在於界限之不明。……今自三尺童子至於垂白之老,塾不知盗賊之不當爲載?往往陰行其實而掩其名,自以爲可以欺天下後世,而匹夫匹婦已如見其肺肝矣。籲,可畏哉!吾與諸君周旋久矣,每反復體認,以爲孟氏善利之辨,盡發千古作聖之訣。今將别萬裡,猶同堂合席也。若誦於口而違於心,修於大廷而棄於屋漏,則雖日相周旋,已判若胡越矣。諸君其何以交警我乎?"④可見,他十分希望安福縣鄉約能繼續定期舉行。

總之,鄉約和統計善惡得失之手簿同樣發揮着覺民行道的教化功能。鄒守益希望通過鄉規族約提升個人的修養,以作聖爲人生追求和目標,並與同族人相砥礪,以此提升全族的精神境界。

其次,族譜、譜序類文章的意義。

據明代江右學者文集可知,他們尤爲重視家訓、譜牒的教化功能,力圖通過家訓、譜牒來傳遞儒家傳統文化的核心思想。此外,加之鄒守益尤爲重視講學,傳播心學思想,因此他交遊廣闊。"《鄒守益與江西官員交遊一覽表》,統計與鄒守益交往的江西省、府、縣級官員達 115 人,多爲掌控當地政治、經濟、文教要職的官員,有江西巡撫都督御史 15 人、巡按御史 4 人,吉安知府 10 任、安福知縣 11

---

①(明)鄒守益《鄒守益集》,董平編校,第 734 頁。
②(明)鄒守益《鄒守益集》,董平編校,第 802 頁。
③(明)鄒守益《鄒守益集》,董平編校,第 1368 頁。
④(明)鄒守益《鄒守益集》,董平編校,第 435—436 頁。

任，即五十年間，吉安府和安福縣幾乎歷任最高行政長官都與鄒守益有交往。這些官員中，有陽明學者 24 人，湛若水弟子 6 人，有論學往來或參與講會的官員 54 人，合計 84 人，他們也恰是鄒守益往來較密切的親近王學官員，占其交遊官員總數的 73%"[①]，因此，鄒守益在交遊活動中亦强調人倫庶物，其文集中即有不少譜序類的文章。他不僅爲自己家族作序，還爲他人作序。如嘉靖十二年，樂安東門鄒氏族人鄒碩請譜序，鄒守益爲作序。《樂安東門鄒氏重修族譜序》：

> 故生必盡養，没必盡哀，祭必盡誠，兄弟必盡翕，族裏必盡仁，莅官必盡敬，是謂溥博淵泉，而時出之。先民戒慎恐懼之學，造次顛沛，參前倚衡，所以懋浚其源，惴惴慮其壅之也。是以藴之曰德，發之曰功，述之曰言，彼續譜以昭先範後，則言辭之一端耳。……修辭立誠，由盈科而放四海，是指謂有本。若以備門户，徼聲譽，奚異於集溝澮以自盈也？[②]

該段化用了孔孟先賢之語，"君子去仁，惡乎成名？君子無終食之間違仁，造次必於是，顛沛必於是"（《論語》）、"源泉混混，不捨晝夜，盈科而後進，放乎四海"（《孟子》），以此來説明若將修撰族譜當作彰顯名聲的途徑，則是僞善，如無源之水，不能長久，警醒世人。可見，鄒守益認爲通過修族譜可使族人意識到繼承聖人戒慎恐懼之學的意義，體現出族譜對于家族建設的現實意義和價值。

一方面，通過鄒守益撰述的族譜、譜序類文章，可窺探到明代家族族譜的編撰格式和原則，其原則即是追溯上古制度，堅守儒家旨歸，引導個體修身，團結族人力量。如《大橋朱氏族譜序》："首遺文，次譜例，次總圖源流，次分派世系圖，終之以祠堂記。無泛無漏無誣，而庠生調、耀、孟、琭、恩，輒駢然徵言於益，以範來胤。"[③]可知族譜共分爲五部分。其中第一部分，即是遺文，主要内容是追溯上古禮樂制度，如三墳五典。因此，遺文是後人能治家治國的精神指導。這揭示了制定族譜的目的和意義，即是通過族譜、譜序類文章來引導宗族進行集體自治、集體教化。因此，鄒守益撰述的族譜、譜序類文章皆體現出發揮教化功能的意義。

另一方面，鄒守益明確强調實事求是地撰寫族譜，這樣才能真正實施教化之

---

①張衛紅《爲政與良知——陽明學者鄒守益的爲政理念及其對江西地方官員的影響》，中山大學學報，2019 年第 1 期第 59 卷，第 126 頁。

②（明）鄒守益《鄒守益集》，董平編校，第 304 頁。

③（明）鄒守益《鄒守益集》，董平編校，第 128 頁。

用。因爲,隨著修撰家譜成爲流行趨勢,也開始出現撰寫族譜時不誠的問題。鄒守益對一些現象提出批評《廬陵下村周氏譜序》:

> 嘗聞修辭立誠之學矣。世之修譜者,旁據遠引,宏詞巨册,靡靡然自以爲尊祖而睦族也。非其祖而祖之,非其族而族之,果且能尊與睦乎哉? 花工之貌像也,耳目肢體,居然矣,而鬚髮或加損焉,君子猶以爲不似其親。譜也者,凡以貌其本支也,而至於假借援引以加諸其祖,其爲鬚髮也,不既贅乎?①

家譜的作用是真實客觀追溯祖先,若假借他人祖先,則完全背離的修撰家譜的初衷和意義。然而,當時除了假借和攀附他人顯赫的祖先,當時還出現了攀附富貴家族的行爲。因此,鄒守益認爲修撰族譜應當樹立修辭立誠的觀念,《華秀彭氏族譜序》:"世之修譜者,眩於外而舉失其真,故冒富貴而附之,是羨桃之華而引諸梅也;屏貧賤而削之,是鄙梅之偏枯而投諸棘也。皆貪冒殘悍之雜也。二君惓惓以是焉訓飭,其沛然仁義之真乎!"②該譜序讚揚彭氏能够不流于世俗,而批判那些在修撰家譜時冒充富貴或攀附權貴、屏貧賤而削之的不良之舉。總之,對于家譜求實求真的著述主張,其目的也是發揮教化的功用。

文學不僅具有審美特性,而且還帶有意識形態。基于以上兩方面來看,鄒守益的審美意識呈現的是儒家中正的氣質和個性。左東嶺曾于《論王陽明的審美情趣與文學思想》論述過王陽明審美情趣所流露出對世俗日常的關注:"審美心境離不開'日用常行',倘若真正斷絶了世俗的念頭,成爲不食人間煙火的隱士,他便會視美不見,更没有必要去特價强調,比如那得道的佛門禪師,他的人生境界便是見山是山,見水是水的平淡無奇,或者説是'春來草自青'的悄然無言。祇有像王陽明這樣,既超越了現實的束縛,歸向了自然,卻又能翻轉過身子,去發現,去欣賞,去詠歎自身對自然之美的享受,才算是審美的情調。此種情調是超世而不離世,絶俗但不絶情的人生境界"③,而鄒守益强調言語文字能够教化人之情志的觀點,與先師王陽明關係十分密切。鄒守益繼承並發揚了恩師重視日常世俗的審美情趣,其文學思想和創作傾向流露于創作之中。他的詩文不脱離

---

①(明)鄒守益《鄒守益集》,董平編校,第 142 頁。
②(明)鄒守益《鄒守益集》,董平編校,第 312 頁。
③左東嶺《明代心學與詩學》,學苑出版社 2002 年版,第 51 頁。

日常世俗的審美情趣，其詩文的本質即是受正統儒家思想爲指導的外顯。

首先，《鄒守益集》以傳達心學思想的詩文爲主要内容，對待文學創作的行爲持冷處理的態度。正如鄒守益《永豐縣重修儒學記》："夫忠信與人同，而好學與人異，非聖之異於人也。學失其真，往往出於忠信之外，故以訓釋爲專門，詞華爲名家，著述爲功勳，精神愈竭，歲月愈邁，而進德修業茫無與機存義之實，遂甓然以聖爲絶德而弗可學。"①可見，鄒守益認爲文學創作影響人之心志，不利于君子修養性情。但是，鄒守益的著述内容也不乏文學觀點和文學性較强的詩文作品。而鄒守益對待文學冷淡的態度，則與先賢君子追求性情中正的個人氣質是一致的。

其次，鄒守益重道輕文，但並非絶棄文字而不用。王陽明："門人作文送友行，問先生曰：'作文字不免費心思，坐了後又一二日，常記在懷。'曰：'文字思索亦無害。但作了常記在懷，則爲文所累，心中有一物矣，此則未可也。'又作詩送人。先生看詩畢，謂曰：'凡作文字要隨我分限所及。若説得太過了，亦非修辭立誠矣。'"②王陽明批判了溺于文字之弊，並且認爲這種行爲有違于"修辭立誠"之觀念。鄒守益《複濮致昭冬卿》言："須是戒懼不睹，恐懼不聞，直從天命之性，精明真純，自本自根，無須臾怟惕，則人倫以察，庶物以明，凡千聖六經之藴，粲然如指諸掌，由是寫出陶中所藴，不費推測，不藉窮索，方是修辭立誠之學。"③可見，鄒守益繼承先師王陽明的觀點，同樣强調修辭立誠的重要性。不過，鄒守益儘管未對待創作詩文流露出熱情，但這不代表他對如何著述詩文没有思考，相反他明確説明自己文學創作觀念的原動力，即是説理明道。

總之，"明朝初期的統治者編織專制文網，把理學推向至尊位置、實行八股取士之後，程朱理學便成了封建政治教條而失去了進一步發展的生命力"④，這一觀點認爲，在理學盛行的歷史背景下，理學對文學産生決定性影響作用。但是，有學者指出："宋代理學的非文學乃至反文學屬性從正、反兩方面得到强化。提倡者爲了政治上的利益，竭力淡化甚至抹煞理學思想中的文學内容，同時强調其反文學的傾向。反對者則爲了打碎精神枷鎖而不分青紅皂白地對理學思想作整

①(明)鄒守益《鄒守益集》，董平編校，第 375 頁。

②(明)王守仁《王陽明全集》，吴光、錢明、董平、姚延福編校，上海古籍出版社 2011 年版，第 111 頁。

③(明)鄒守益《鄒守益集》，董平編校，第 536—537 頁。

④龔賢《中國文化導論》，九州出版社 2018 年版，第 196 頁。

體性的批判,從而殊途同歸地淡化甚至抹煞了理學思想中的文學内容。"①這一觀點比較客觀地提醒了我們在看待理學家的文學内容時,不可抹煞其在文學史中的歷史意義和獨立地位。王陽明也不例外,他的著述實踐反映了文道並重的文學思想特質。不過,鄒守益儘管深受王陽明文學觀點的影響,但又有個人的文學思想特性。鄒守益的詩文内容,反映出他對文與道的關係進行了深刻且激烈的思辨,最終呈現給後人的是文道統一的文學觀念,這與陽明先生的文學思想是有所不同的。總之,筆者認爲鄒守益强調理學思想,弱化文學思想,明顯呈現出文學對理學思想的依附性,這揭示了明代文學仍然深受宋代程朱理學之影響。

①莫礪鋒《莫礪鋒文集》卷一《朱熹文學研究》,鳳凰出版社 2019 年版,第 299 頁。

制度與文學

Zhidu yu wenxue

明初寓滇詩人群詩歌總集《滄海遺珠》及其主題與心態

何榮譽[1]

内容提要 《滄海遺珠》是明初云南流寓诗歌总集，也是一部以沐氏家族爲中心的文學團體的詩歌總集，在明清時期具有广泛的影響力，在文學史上當有其一席之地。思乡、思亲、思友是流寓诗人表达的重要主题，詩人將思念滲透到送别、宴飲、登高、題畫等活動中，寄託在月亮、秋風、白雲、鴻雁等意象上。孤寂與隱退是詩人的群體心態，除了表現在因處境、身份改變後的不適，還體現在對寓地自然、文化的隔膜上。陌生的自然、文化環境，强化了詩人們的流寓身份意識。而這一意識的强化，客觀上又讓他們的心靈感受到深沉的孤獨。雖然如此，他們對于明王朝完成天下一統後的昂揚氣象是深表认同的，並没有表現出任何的不满。從這個角度而言，楊一清評價《滄海遺珠》"雅則""和平"就有合理的一面。

關鍵詞 《滄海遺珠》；流寓身份意識；文人心態；孤寂與隱退

《滄海遺珠》是明初一部重要的文學總集，爲黔寧王沐英之子沐昂所輯，選録了明初流寓滇南的士、僧之作。從《滄海遺珠》所録詩歌來看，孤寂與隱退是該集所選詩人們的群體心態，除了表現在因處境、身份改變後的不適，還體現在對寓地自然、文化的隔膜上。于是，詩人們生出濃厚的思鄉、思親、思友之情，表達泯心忘世的情懷。

一、寓滇诗人群之总集编纂

《滄海遺珠》是明清時期具有相當影響力的一部總集。該集版本衆多，且爲

---

①作者簡介：何榮譽，黄岡師範學院文學院（蘇東坡書院）副教授，文學博士。主要從事明清文學研究。出版專著《王闓運與光宣詩壇研究》，發表《明代容美土司家族文人田九齡與后七子派的交游及影响》等論文。基金項目：國家社科基金項目"明代文人流寓西南研究"（編號2017XZW015）、國家社科基金項目"中國古代文學制度研究"（編號 17ZDA238）。

多家藏書目録著録。所録詩歌也被多部重要的總集轉録。

《滄海遺珠》初刻于正統三年(1438),楊士奇爲之序。楊序以爲該集所選皆劉仔肩《雅颂正音》、王偁《皇朝詩選》所遺。[①]據朱蕊《沐昂〈滄海遺珠〉注》序稱,該集現存有明成化十三年(1477)陳璨刻本、清雲穀山房抄本、四庫全書本、光緒三十四年(1908)鉛印本、民國三年(1914)雲南圖書館刻本。[②]今人朱蕊、周雪根也有註本。

《滄海遺珠》爲多部藏書目録著録。如明代高儒《百川書志》、黄虞稷《千頃堂書目》,清代《四庫全書總目提要》、嵇璜《欽定續文獻通考》、丁丙《善本書室藏書志》、黄丕烈《蕘圃藏書題識》等。

《滄海遺珠》共輯録了 21 位詩人的 274 首詩歌,其中日本詩僧 3 人共 30 首。集中詩歌多爲詩人們寓滇時所作,在流傳的過程中被其他總集轉録。如明代曹學佺《石倉十二代詩選》,清代錢謙益《列朝詩集》、張豫章《禦選宋金元明四朝詩》、朱彝尊《明詩綜》、陳田《明詩紀事》等。從時段來講,這些總集貫穿晚明至晚清,頗具代表性。具體情況如下表所示:

總集 數量 詩人	滄海遺珠	石倉十二代詩選	列朝詩集	禦選宋金元明四朝詩	明詩綜	明詩紀事
郝　經	17	17	1	1	3	5
方　行	33	31	16	11	3	0
朱　綝	17	16	16	2	0	3
曾　煊	12	11	3	2	2	1
周　昉	2	2	1	0	0	2
韓宜可	11	10	2	2	1	1
王　景	9	7	8	7	1	3
樓　璉	3	0	2	3	0	1
王汝玉	20	23	29	15	5	10
逯　昶	21	20	7	5	1	8
平　顯	19	20	2	2	2	18

①(明)楊士奇《序》,見朱蕊《沐昂〈滄海遺珠〉注》,雲南大學出版社 2018 年版,第 1 頁。
②朱蕊《沐昂〈滄海遺珠〉注》,雲南大學出版社 2018 年版,第 5—6 頁。

（續表）

總集 數量 詩人	滄海遺珠	石倉十二代詩選	列朝詩集	御選宋金元明四朝詩	明詩綜	明詩紀事
胡粹中	17	17	3	1	0	0（逯昶小傳中有 1 首）
楊宗彝	10	25	1	1	2	3
劉叔讓	4	3	0	1	1	0
楊子善	7	0	2	2	0	3
張　洪	4	5	1	0	1	0
范宗暉	15	15	0	0	2	2
施　敬	13	22	11	10	11	4
天　祥	11	11	13	9	3	0
機　先	18	5	10	9	2	0（逯昶小傳中有 1 首）
大　用	1	1	1	0	0	0

依據上表，從選録詩人情況來看，《石倉十二代詩選》未選樓璉、楊子善，《列朝詩集》未選劉叔讓、范宗暉，《御選宋金元明四朝詩》未選周昉、張洪、范宗暉、大用，《明詩綜》未選朱琳、周昉、樓璉、胡粹中、楊子善、大用，《明詩紀事》未選方行、劉叔讓、張洪、天祥、大用。從詩人入選詩歌數量來看，超過《滄海遺珠》的，有《石倉十二代詩選》王汝玉、平顯、楊宗彝、張洪、施敬 5 人，《列朝詩集》王汝玉、天祥 2 人。這也體現出了二集編者對《滄海遺珠》詩人群的高度關注。雖如此，從整體來看，上述各總集選録的詩人基本涵括了《滄海遺珠》詩人群，選録各詩人詩歌的數量也大體不超過《滄海遺珠》所選。因此可以説《滄海遺珠》是這些總集的來源之一。

《滄海遺珠》在明清時受到廣泛關注的原因是多方面的：一是其價值，二是其質量。就價值而言，主要有三点：

首先，《滄海遺珠》是明初流寓云南诗人的诗歌总集。詩人群有以下顯著特點：從籍貫來看，以江浙兩省爲主，有 17 人；河南 1 人；日本 3 人。從入滇時間來看，以洪武爲主，永樂次之。從入滇原因來看，以謫戍爲主，至少有 13 人；遷居、出使次之。詩人群相關情況如下表所示：

詩　人	原　籍	原　因	入滇時間	著　述
郟經，字仲宜，號玩齋。	杭州	徙居	洪武	《玩齋稿》
方行，字明敏。	浙江黄岩	戍邊	洪武十一年(1378)左右	《東軒集》
朱緋，字士林。	泰興	貶謫	洪武	
曾煊，字日章。	吴江	出使交趾	永樂	
周昉，字原亮，號草庭。	新城（今屬富陽）	不詳	洪武	《西崦稿》
韓宜可，字伯時。	山陰	謫戍	洪武十四年(1381)後	《正德雲南志》卷二十載其有《南雲稿》
王景，字景彰，又名奎，號括之。	松陽	貶謫	洪武十四年(1381)後	《南詔稿》《玉堂稿》《平雲南頌》《黔寧昭靖王碑》
樓璉，字士連。	金華	謫戍	洪武十九年(1387)	《居夷集》
王汝玉，名璲，以字行。	長洲	謫戍、出使交趾	永樂九年(1411)左右	《青城山人集》
逯昶，字光古，號車軒。	懷慶府修武縣（今屬河南焦作）	謫戍	洪武	《逯光古集》《方外集》
平顯，字仲微。	錢塘	謫戍	洪武	《松雨軒集》
胡粹中，名由，以字行。	浙江山陰	貶謫	洪武	《漢史筆紀》《思復齋稿》，有《元史續編》存世
楊宗彝，名彝。	餘姚	遷居普安（今屬貴州）	洪武二十五年(1392)	《鳳臺》《貴竹》《東屯》《南遊》等集，《萬松集》
劉叔讓，名欽，以字行。	廣陵	不詳	洪武	
楊子善，名善。	天臺	謫戍	洪武	
張洪，字宗海。	常熟	洪武謫戍、永樂出使緬甸	洪武、永樂兩次	《周易會通》《尚書補傳》《詩本補遺》《歷代詩選》《史記要語》《南夷書》等
范宗暉，以字行。	寧波四明	謫戍	建文初年	《訥菴集》
施敬，字孟莊。	錢塘	不詳	洪武、永樂間	
天祥	日本	不詳	洪武	
機先	日本	謫戍	洪武	
大用	日本	不詳	洪武	

其次,《滄海遺珠》是一部以沐氏家族爲中心的文學團體的詩歌總集。《滄海遺珠》詩人群雖非一時至滇,然而都得到了黔宁王沐英家族的禮遇。沐英鎮守雲南,禮賢興學。其子沐晟、沐昂等也都雅好文學。因此,詩人群也自然成爲了沐府的座上賓。这也爲《滄海遺珠》的编定創造了條件。平顯曾爲廣西藤縣令,降主簿,後謫戍雲南,然博學能文,被沐英聘至西墅。柯暹《松雨軒詩集序》曰:"定遠忠敬王時爲西平侯,總兵滇南,禮賢不苟。惟遇先生爲特隆,復請諸朝,延於西塾。"①沐府經常給予衆人物質上的幫助,不時惠衣惠酒。不僅如此,沐府還不時組織文會,題畫、唱和皆爲常事。特别是沐昂,尤爲活躍。其《素軒集》中與逯昶交往的詩歌就達42首,其次平顯11首,日僧大用5首,曾煊4首,范宗暉2首。此外,沐昂還爲逯昶、范宗暉的詩集作序。沐府文會的組織也帶動了詩人群内部的交流。《滄海遺珠》就有朱琳《拳毛騧歌次王汝玉韻》、韓宜可《和王太原中秋韻》、楊宗彝《次松雨平先生韻》、平顯《喜曾翰林奉使交趾回二首》等詩。另外,張洪還爲平顯詩集作序。可以説,沐府不僅爲詩人群提供了基本的生活保障,也爲他們的文學活動提供了空間。

第三,《滄海遺珠》是武人所選的善本,地位獨特。《四庫全書總目提要》就以爲該書去取精審,是明初選詩的善本,曰:"自古以來,武人能詩者代代有之,以武人司選録而其書不愧善本者,惟此一集而已。是固不可不傳也。"②

就質量而言,《滄海遺珠》所選詩歌藝術水准較高。楊士奇在《滄海遺珠》序中作了高度評價:"大抵清楚雅則,和平婉麗,極其趣韻,瑩然夜光明月之珍,可愛可玩而可傳也。"③選本價值根于選家的眼光,而質量保證則本于詩人的創作水平。

《滄海遺珠》詩人群在明初大多具有一定的影響,無論人品文品,還是學問,都不應被人遺忘。有以文名盛于時者,如郛經、王汝玉等。郛經爲元代進士,與楊維楨善。楊維楨爲之作《借巢記》④。方行在元至正間授江浙行中書省參知政事,宋濂評其詩曰:"古詩俊逸超群,如王子晉鶴背吹笙,隨風抑揚,聲在雲外。律詩清麗婉切,譬猶長安少年飲酒,百華場中,鶯歌蝶拍,春風煦然,撲人終日,傳杯而醉色不起。詩人之趣至是,亦可謂之不凡矣。"⑤王汝玉在永樂初進檢討,再進

①(明)柯暹《松雨軒詩集序》,见(明)平顯《松雨軒詩集》卷首,清嘉慶宛委别藏本。
②(清)紀昀《四庫總目提要》卷一百八十九"《滄海遺珠》"條,四庫全書本。
③(明)楊士奇《序》,見朱蕊《沐昂〈滄海遺珠〉注》,第1頁。
④文見(元)楊維楨撰《楊鐵崖先生文集》第十五卷,民國八年上海商務印書館四部叢刊景鳴野山房鈔本。
⑤文見(清)顧嗣立輯《元詩選》三集庚集方行卷别傳,清康熙三十三年至五十九年顧氏秀野草堂刻雍正印本。

春坊贊善，預修《永樂大典》，"嘗與學士解縉應制撰《神龜賦》，汝玉第一，名大振"①。胡粹中博通經史，尤長《春秋》，著述頗豐。②逯昶通經術，能詩賦。③沐昂贊曰："觀其氣度弘遠，聲律古淡，體製有漢魏之遺風，格調如盛唐之渾厚，鏗鏗鏘鏘，渢渢洋洋，豈可掩之哉？皎乎如白月流光於青天，藹乎如群花秀麗於名苑，可謂獨步者也。"④范宗暉也深得沐昂欣賞，稱其得李、杜之餘蘊，又曰："讀之氣概雄偉，音聲鏗鏘，律度渾厚，風流清曠。琅琅乎若清泉瀉練于長崖，巍巍乎若晴巒秀拔于天表。如芙蕖出水，不染泥滓。"⑤如此不勝枚舉。有以功名顯于時者，如曾煊、張洪。曾煊在朱棣即位後被擢翰林院侍讀，後兩使交趾。曾隨西平侯沐晟出征，卒于軍中。⑥張洪于洪武間謫戍雲南，後以明經被薦授靖江王府教授；永樂元年(1403)擢行人，奉使日本、緬甸。事成，入翰林，修《永樂大典》，充副總裁；洪熙元年(1424)，陞翰林院修撰。還有以氣節勝者，如韓宜可、樓璉。韓宜可洪武初年任御史時不畏權貴，敢于彈劾，早有直聲。樓璉嘗從宋濂學經，⑦後官至廣東道監察御史；成祖即位，命方孝孺草詔被拒而誅殺之，復命樓璉。樓璉被迫受命，回家愧死。張廷玉等撰《明史》列傳卷二十九有其傳。有興寓地文教者。《正德雲南志》對王景彰、韓宜可的貢獻做出了積極評價："初临安人不知学，自二公來，相与讲论赓唱，郡中子弟翕然从之。于是文教始兴，至今犹景仰焉。"⑧楊宗彝也是如此。

綜上所言，《滄海遺珠》地位獨特，流傳廣泛，是一部值得關注的總集。《滄海遺珠》詩人創作水準較高，大多品性學問也爲人稱頌。無論總集還是詩人，在文學史上當有其一席之地。

二、 诗歌主題：思鄉思親友

鄉思是羈旅行役、流寓他鄉的遊子普遍都會産生的情感，《滄海遺珠》詩人群

①(明)林世遠修(明)王鏊纂，《(正德)姑蘇志》卷五十二名臣"王汝玉傳"，明正德刻嘉靖續修本。
②見(明)蕭良幹修(明)張元忭纂《(萬曆)紹興府志》卷四十三人物志九，明萬曆十五年刻本。
③(民國)龙云、周钟岳纂修《民國新纂云南通志》卷二百五十七"寓賢传一·逯昶"，民國三十八年(1949)铅印本。
④(明)沐昂撰《素軒集》卷十一《題逯先生詩集序》，明刻本。
⑤(明)沐昂撰《素軒集》卷十一《題訥庵詩序》，明刻本。
⑥參見(明)張昶撰《吴中人物志》卷四"薦舉"，明隆慶刻本。
⑦(明)宋濂撰《宋學士文集》卷七《義烏樓氏家乘序》，清同治七年至光緒八年永康胡氏退補齋刻民國補刻金華叢書本。
⑧(明)周季凤纂修《正德云南志》卷二十"王景彰傳"，明正德刻本。

也不例外。對家鄉一草一木的眷戀，對親人的思戀，對故人舊友的牽掛，都是他們表達的主要内容。詩人們除了直接抒發鄉思外，還將情感滲透到送别、宴飲、登高、題畫等活動中，寄託在月亮、秋風、白雲、鴻雁等意象上。鄉思的背後，隱藏著詩人們内心深沉的孤獨。

詩人濃濃的鄉愁在赴滇途中就已經開始彌散。隻身萬里，跋山涉水，風餐露宿，自然辛苦萬分。加之一路風景變换，時節推移，無一不撩動詩人的情思。楊子善《江上秋懷》曰："水國風高木葉霜，滿舟山色入荒涼。小孤殘照收江左，大别寒煙鎖漢陽。新飯軟炊菰米白，濁醪香泛菊花黄。故鄉千里空回首，雲樹茫茫鬢髮蒼。"①在秋風蕭瑟之際，詩人由浙江舟行至漢陽。江面水霧繚繞，寒氣侵人。詩人遠望樹葉染霜，山色荒涼，不禁開始想念家鄉的食物和菊花。詩中現實之境與印象中的家鄉畫面交替，給人直觀地衝擊。聯想到自己的處境，詩人思鄉愁緒再也難以控制，滿腔淒涼湧上心頭。施敬《南行途中寄錢塘親友》："萬里移家入瘴煙，故鄉音耗若爲傳。衡陽自古無來雁，况去衡陽又八千。"②他衹囑託親友，頻傳家音，以慰鄉思，但難掩落寞。

鄉關萬里，鴻雁難渡，詩人們思親情緒尤其强烈。有對不能侍奉雙親的愧疚，有夫妻之間的相思纏綿，有兄弟姊妹之間的手足情深。情感熾烈真誠，讓人動容。

施敬《梁山白雲卷爲卞千户題》借題畫表達了對老母的深切思念與不能承歡膝下的自責，曰："梁山雲氣行如馬，親庭正在雲之下。十年遠宦隔天涯，日日瞻雲淚盈把。白雲可望親不逢，此心每與雲俱東。人生有親不能養，金章壓肘輕如蓬。白雲不定飛還止，堂上慈親念遊子。幾時路指梁山雲，萱草花前奉甘旨。"③詩人將自己的情思寄託于白雲，希望它能捎去對母親的牽掛。《詩經・小雅・棠棣》有云"鶺鴒在原，兄弟急難"④，就是表達對兄弟之間相互扶持的連枝之情地珍重。對于兄弟之間的相思，詩人們多淒切悲苦，仿佛内心的苦楚，祇能向兄弟毫無保留地袒露。一旦家書如期未至，或久無音訊，他們就會顯得焦躁不安、情緒低落。朱琳就是如此。其《題寄伯禮兄長》曰："春來見緑樹，日夜憶連枝。夢

①(明)楊子善《江上秋懷》，見朱蕊《沐昂〈滄海遺珠〉注》卷三，雲南大學出版社 2018 年版，第 132 頁。
②(明)施敬《南行途中寄錢塘親友》，見朱蕊《沐昂〈滄海遺珠〉注》卷四，第 163 頁。
③(明)施敬《梁山白雲卷爲卞千户題》，見朱蕊《沐昂〈滄海遺珠〉注》卷四，第 157 頁。
④程俊英《詩經譯注》，上海古籍出版社 2012 年版，第 169 頁。

斷一千里，愁連十二時。鶺鴒飛雨急，鴻雁度雲遲。無奈音書絶，其如鼓角悲。”①還有劉書讓的《憶弟》：“漂泊嗟吾老，羈棲見汝難。西風鴻雁急，落日鶺鴒寒。渭北書長絶，滇南淚不幹。朝思兼夜夢，懷抱幾時寬。”②這兩首詩都利用了鶺鴒、鴻雁的意象，呈現了詩人久無家訊後的心理狀態，表達了對兄弟的思念。

古人對于夫妻之間的感情一般表達得比較含蓄，但流寓滇南的詩人們多運用樂府體將感情表達得比較直接熱烈。曾烜《搗衣曲》曰：“搗衣復搗衣，空閨月冷風淒淒。風前高下聲淩亂，客中聽得偏腸斷。斷腸應折大刀頭，破鏡上天過一秋。更深力盡聞私語，夫戍邊城幾寒暑。新衣歲歲寄征人，寄到邊城衣不新。客行雖遠有歸日，久戍何時見家室。願令今古無别離，夫耕婦織常相隨。”③《搗衣曲》本言“搗素裁衣，緘封寄遠”④，爲唐時新樂府題，王建、劉禹錫等皆有作。曾烜此作基本上承襲了該題本旨，但是突出了戍邊時間之長、距離之遠，這就有了詩人自身的印記，所詠對象也就具體化了。還有樓璉的《采蓮曲》：“妾學采蓮蓮始花，花顔與妾争春華。妾有朱鉛爲郎飾，不學爾花徒弄色。秋霜一夜花無主，妾憶行郎淚如雨。暗蔔行郎何日歸，定是蓮房結子時。”⑤《采蓮曲》爲樂府舊題，起于梁武帝《江南弄》，一般用于表達年輕男女愛慕之情的心理萌動。而此詩主要通過思婦對年華逝去、容顔衰老的哀歎，來表達對遠戍之人的思念。這種思念似乎遥遥無期，儘管如此，但思婦仍充滿希望。所言爲思夫，實則爲思婦。當然，借夫婦以喻君臣也是古代文人常用的手段。于是，本詩也就隱含了待召復還的意思。

利用題畫詩來表達鄉思是該詩人群體的一個顯著特點。題畫詩與詠物詩同質，一般要對所畫之物進行描繪，然後再托物言志，或升華意境，或感興抒情。然不管是哪一種，都要圍繞著畫本身展開。《滄海遺珠》詩人多善題畫，如平顯、曾烜、韓宜可、王景、胡粹中就是其中的佼佼者。從他們題畫的對象看，多爲江南風景畫。平顯等人多隷江浙籍，所題畫家也多同籍，加之畫面是他們魂牽夢繞、朝思暮想的地方，這樣自然是能觸發鄉思的。

曾烜爲吴江人，其《題倪雲林畫》曰：“梁鴻溪上草堂幽，紅葉黄花幾度秋。回

①（明）朱琳《題寄伯禮兄長》，見朱蕊《沐昂〈滄海遺珠〉注》卷一，第 39 頁。
②（明）劉書讓《憶弟》，見朱蕊《沐昂〈滄海遺珠〉注》卷三，第 128 頁。
③（明）曾烜《搗衣曲》，見朱蕊《沐昂〈滄海遺珠〉注》卷一，第 46 頁。
④（宋）郭茂倩《樂府詩集》第四册卷九四，中華書局 1979 年版，第 1317 頁。
⑤（明）樓璉《采蓮曲》，見朱蕊《沐昂〈滄海遺珠〉注》卷一，第 67 頁。

首雲林人不見,西風落日思悠悠。”①倪雲林即倪瓚,元代畫家,今無錫人。梁鴻溪是指無錫西城河,又爲無錫别稱。由是可見,該畫所呈現的就是無錫的風景。當梁鴻溪上幽静的草堂和庭院的植物映入眼簾時,曾煊便已經心馳神往,深陷其中,開始了與倪雲林跨越時空的對話。待詩人回神之後,祇有不見倪雲林的悵惘。在西風、落日等意象的襯托下,思歸而不能歸的無奈就不自覺地流淌出來,綿延不絶。韓宜可爲浙江山陰人,王景彰爲杭州錢塘人,二人都有《題江南秋晚圖》詩。他們對鄉思的表達不似曾煊的含蓄綿長,顯得直白而激烈。韓宜可詩曰:“錢塘江頭潮正來,我時放棹胸次開。西風蕭蕭木葉脱,夕陽漸低沙鳥哀。劃然一嘯海天碧,吴越兩山雲盡白。圖中風景偶相同,嗟我胡爲久行役。”②王景彰詩曰:“十年不踏錢塘路,江上晴煙渺輕素。並刀誰剪秋半簾,夕陽正在西陵樹。對之便欲發浩歌,西風蕭蕭水增波。胥濤已入亂山去,木落臺空幽思多。”③熟悉的錢塘江秋景,激起了韓宜可對久戍不能歸鄉的憫怨,也讓王景心緒慌亂、思緒悠悠。

平顯是借題畫詩以表達鄉思較多的一位。他《題黄鶴山人王叔明畫》的題畫對象是元代的王蒙,曰:“我昔見之湖上居,當門萬朵翠芙蕖。……此圖定倚吴山閣,醉點南屏春雨餘。”④當畫面展開時,平顯頓時就出現了一種親切而熟悉的感覺,進而開始揣測作畫的地點和角度。如此,該題詩又生出了另一層畫面,即一個久羈他鄉的遊子看到故鄉風景畫時,如數家珍地指出畫面所在的地方,或是感到自豪,抑或傷感。雖然詩歌情感表現得相當含蓄,但是詩人内心的激動是難以掩飾的。類似的場景多次出現在他的詩作中。如《題丁野夫畫》尾聯:“長憶西湖舊遊處,畫船清雨白鷗飛。”⑤如《題畫》:“老來合筆慵題畫,見讀書圖眼自明。絶似當時耕隱處,洛山茅屋煮松苓。”⑥平顯同類型的詩歌風格多樣,含蓄有之,直白也有之。含蓄者如上,直白者則如《題唐子華畫》:“吴興意匠鵝溪絹,風景依稀夢中見。白頭未往神獨歸,洗研題詩淚如霰。”⑦還有《東皋耕讀卷》:“余亦浙人久爲客,舊家正在西湖坳。白頭未邁神獨往,欲剪愧乏並州刀。”⑧

①(明)曾煊《題倪雲林畫》,見朱蕊《沐昂〈滄海遺珠〉注》卷一,第 52 頁。
②(明)韓宜可《題江南秋晚圖》,見朱蕊《沐昂〈滄海遺珠〉注》卷一,第 55 頁。
③(明)王景彰《題江南秋晚圖》,見朱蕊《沐昂〈滄海遺珠〉注》卷一,第 61 頁。
④(明)平顯《題黄鶴山人王叔明畫》,見朱蕊《沐昂〈滄海遺珠〉注》卷二,第 103 頁。
⑤(明)平顯《題丁野夫畫》,見朱蕊《沐昂〈滄海遺珠〉注》卷二,第 104 頁。
⑥(明)平顯《松雨軒詩集》卷八《題畫》,清嘉慶宛委别藏本。
⑦(明)平顯《松雨軒詩集》卷三《題唐子華畫》,清嘉慶宛委别藏本。
⑧(明)平顯《松雨軒詩集》卷三《東皋耕讀卷》,清嘉慶宛委别藏本。

詩人們還善于利用送别題材來抒寫鄉思。送别詩是古代文人創作的一大類型。不管是送人升遷赴任、致仕還鄉,還是謫戍行役,也不論距離遠近、時間長短,送别時總會讓人黯然神傷。對于流寓滇南的詩人們來説,送别也特别能觸動他們敏感的神經,不禁會生出“世間萬事易,惟有離别難。……人生誰非客,何獨此哀嘆”[①]的感慨。除了表達對友人還鄉的欣慰,更有對自己前途命運的關切。楊宗彝《送人還鄉》曰:“五十離鄉七十歸,居民城郭是耶非?青山自喜田園在,白髮應憐故老稀。鄰舍定攜新釀酒,兒童不識舊戎衣。到家若有相思字,爲寄明年春雁飛。”[②]詩人站在送别對象的角度,化用賀知章《回鄉偶書二首》其一之意,真實地表現出了久戍邊疆之人老來還鄉的心境。還家有喜有悲,喜是因爲還能回鄉,哪怕物是人非;悲則爲年華已逝、垂垂老矣。這種强烈的對比,令人欷歔不已。詩人何嘗不是謫戍人?較之送别之人,詩人的處境似乎更加可憐,因爲自己並不知道今生是否還能歸鄉。施敬《送人還廣陵》也有相同的感受:“會晤情方洽,睽違意更長。天涯同是客,秋杪各還鄉。黄葉飛揚子,青山繞夜郎。分襟即萬里,相顧兩茫茫。”[③]還有張洪的《古東門行送别金彦楨》:“莫向秦東亭,唱此東門行。土中有死骨,聞之復心驚。”[④]曾煊的《秋夜》:“何處偏能斷客腸,西風吹雨到池塘。都將萬疊青山恨,散作離愁一夜長。”[⑤]

詩人們流寓他鄉,情感敏感而又脆弱,任何與家鄉相關的人、事都能引起他們内心的波瀾。他們因境生情、觸物傷情,道盡了人間鄉思離愁。

三、群体心態:落寞與隱世

《滄海遺珠》詩人群至滇後,内心難免落寞。這種落寞固然有身份落差的原因,但也有因文化隔膜所帶來的陌生感和孤獨感。與落寞相隨的,是詩人們入世激情的冷卻。他們有的表現出沉痛,而更多的是自省。他們自覺地强化流寓身份意識,反思對功名的追求,重新思考人生的意義。從整體來看,詩人們呈現出隱世的心態。

陌生的自然、文化環境,强化了詩人們的流寓意識。而這一意識的强化,客

①(明)張洪《古東門行送别金彦楨》,見朱蕊《沐昂〈滄海遺珠〉注》卷三,第137頁。
②(明)楊宗彝《送人還鄉》,見朱蕊《沐昂〈滄海遺珠〉注》卷三,第127頁。
③(明)施敬《送人還廣陵》,見朱蕊《沐昂〈滄海遺珠〉注》卷四,第159頁。
④(明)張洪《古東門行送别金彦楨》,見朱蕊《沐昂〈滄海遺珠〉注》卷三,第136—137頁。
⑤(明)曾煊《秋夜》,見朱蕊《沐昂〈滄海遺珠〉注》卷三,第52頁。

觀上又讓他們自己的心靈感受到深沉的孤獨。于是他們懷念自己的故友，寄託鄉思，更重要的是，以此表達來到滇南後的孤單與落寞。而這種落寞背後還隱藏著離開原生文化圈後的不適。

他鄉景物的差異最能刺激詩人的感官，使得他們自覺不自覺地去比較家鄉與他鄉的異同。而這種差異又無時不提醒着詩人身處在異鄉。劉書讓《題鎮南門城樓》："排空雉堞接層樓，薄暮登臨萬古愁。紅樹一村蒲甸晚，黄雲滿地㰠田秋。江通平緬蠻煙重，山聳高峰素霧收。極目鄉關何處是，西風衰草思悠悠。"①詩人登樓遠眺，極目所見，皆與故鄉不同。夕陽照耀，爲鄉村樹林披上紅色的晚裝，麥浪起伏，不可謂不美。城下江霧升騰，遠處薄霧藏山，不可謂不曼妙。然而當詩人清醒地感知到這是"㰠田""蠻煙"，頓時消解了這幅城郊秋暮圖的詩意。詩人置身于美景之外，生起的鄉思隔絶了他與眼前美景的融合，也阻礙了他與寓地文化的交流。

文化上的差異更讓人感到不適。朱經在《題顧定之墨竹》中表達了身邊無友的孤寂："虎頭諸孫總癡絶，老安不癡乃用拙。憶在吴中寫墨君，雪楮水縑每飄撇。妙處不減文湖州，同時更有柯丹丘。眼底衹今無此客，使我悒悒懷風流。蒼梧想見斑竹活，看畫忽焉憂思豁。安得二老從之遊，搔首涼風起天末。"②虎頭乃東晉著名畫家顧愷之的小名，爲人癡絶。顧定之即顧安，無錫人，爲元代畫家，善畫竹。"文湖州"即文同，蜀人，也善畫竹，南宋元豐年間曾任湖州太守。柯丹邱即柯九思，臺州人，元代畫家，善畫墨竹，乃文同弟子。朱經高度讚美了顧定之的墨竹妙處不讓文、柯師徒二人，同時也呈現出了家鄉群英薈萃的盛况，表現出對家鄉文化的高度認同和無比的自豪。而此時詩人身邊已無如顧定之等風雅之士，他的思緒中交織着沉浸于畫中的精神愉悦與此時流寓他鄉的遺恨。

詩人們的流寓身份意識也體現在對友人的傾訴當中。曾煊《答朱文粲》："寂寞經年别，淒涼萬里心。……誰識鄉關念，時時動越吟。"③戰國時期越國人莊舄仕楚，因思念故土而吟誦越國歌曲。後人便賦予"越吟"思鄉思國之意。曾煊爲浙江人，時吟越歌，也就流露出了其强烈的流寓身份意識。他的《寄友人》着重表

---

①（明）劉書讓《題鎮南門城樓》，見朱惢《沐昂〈滄海遺珠〉注》卷三，第 129 頁。
②（明）朱經《題顧定之墨竹》，見朱惢《沐昂〈滄海遺珠〉注》卷一，第 2 頁。
③（明）曾煊《答朱文粲》，見朱惢《沐昂〈滄海遺珠〉注》卷一，第49 頁。

現了自己孤苦無依的飄零感:"咫尺猶如千里别,飄零不寄一行書。"①周昉《寄楊子東》則表現出了不能歸鄉的無奈:"不是吾儕不歸去,六橋行處草茸茸。"②楊子善《憶鄉中諸故友》也是如此:"客床寥落情無賴,月滿空梁强自吟。"③當然,思友思鄉本爲人之恒有之情,但是流寓文人對此表現得比一般人更爲敏感而激烈。他們每興起鄉思一次,便將流寓身份意識强化一遍。如此,詩人們的思念之情也就具備了文化層面的意義。

詩人們寓滇後,便失去了原來的身份與地位,也暫時或永遠地喪失了施展抱負的機會。面對這種處境,他們顯得落寞與無助,于是有人顧影自憐、鬱鬱寡歡,有人清心遁世、自娱山林。這都是流寓意識作用的結果。

朱琳就曾表達英雄無用武之地的感慨。其《拳毛騧歌次王汝玉韻》感慨神駿寶馬的境遇:"解鞍滚罷起噴振,奚奴牽入垂楊堤。南陌觀花宜按轡,戲共王孫簇芳騎。烏衣朱雀足追遊,自古金陵説佳麗。皇風萬里清關河,尚方兵仗繡不磨。騧兮騧兮免負戈,日日朝天鳴貝珂。"④昔日馳騁沙場,屢立戰功的駿馬,而今衹能供人嬉戲賞玩但又無力改變。這樣的處境,與流寓文人多有相似。朱琳借物喻己,稍顯含蓄,而曾煊等悲苦自吟,情難自已,在《秋夜偶成》中表達了有才而不能召用的悲憤。詩曰:"隴上俄聞梁父吟,異鄉情緒獨難禁。寸錐未脱囊中穎,斷木誰修爨下琴。夜雨驚殘歸國夢,秋風催動搗衣砧。欲憑樽酒忘羈恨,酒後那知恨轉深。"⑤時人偶聞梁甫吟,客居異鄉的落寞就頓時湧上心頭。他借毛遂脱穎而出、蔡邕聞爨識琴的典故,來表達自己一身才華而無人知賞的痛楚。羈縻他鄉,知音難覓,復召難待,幽怨就顯得更爲綿長了。

詩人們的落寞與機心的消退往往是一體的。劉書讓《夜雨述懷》曰:"憶昔驅馳不自由,山林猿鶴笑無謀。十年世事渾如夢,一夜雨聲都是愁。南詔羈棲傷短鬢,東湖寥落憶扁舟。鈞幾别後知無恙,虚負同盟鷺與鷗。"⑥劉書讓,揚州人,謫戍大理。在雨夜,他開始回憶自己一生經歷,反思自己的選擇。十餘年仕宦生涯,盡心奔走效勞,連山林之猿、鶴都嗤其不智,而今應驗,所求皆成空。他棲身南詔,進取心退,欲歸鄉隱退,置身世事之外,但又回還無期。這種誤落塵網的悔

①(明)曾煊《寄友人》,見朱蕊《沐昂〈滄海遺珠〉注》卷一,第 52 頁。
②(明)周昉《寄楊子東》,見朱蕊《沐昂〈滄海遺珠〉注》卷一,第53 頁。
③(明)楊子善《憶鄉中諸故友》,見朱蕊《沐昂〈滄海遺珠〉注》卷三,第 133 頁。
④(明)朱琳《拳毛騧歌次王汝玉韻》,見朱蕊《沐昂〈滄海遺珠〉注》卷四,第 37 頁。
⑤(明)曾煊《秋夜偶成》,見朱蕊《沐昂〈滄海遺珠〉注》卷三,第49 頁。
⑥(明)劉書讓《夜雨述懷》,見朱蕊《沐昂〈滄海遺珠〉注》卷三,第 128 頁。

恨，成了此時戍滇文人的典型心理。

還有平顯、施敬，同樣表現出了功名心退的狀態。平顯在《釣絲風》中說："莫笑扁舟湖海窄，一竿吹盡利名塵。"①施敬《漁人》則曰："浪跡煙波薄利名，釣舟長傍酒家横。白魚青菜桃花飯，不識憂愁過一生。"②他們都對漁翁淡薄功名且無憂無慮的生活狀態表示了無比的羡慕和嚮往。

胡粹中也經歷了一個由沉痛悔恨到遁入山林、追求自適的過程。胡粹中《詠懷二首》之一曰："惠風扇微和，天宇亦澄霽。欣欣草木榮，歷歷江山麗。開渠泉脈動，入澗水聲細。交交飛桑扈，角角聞雊雉。閒居讀古書，俛仰唐虞際。聖賢吾所師，其人惜已逝。"之二曰："君子居高位，小人在草野。借問古來人，誰爲百歲者？爲樂當及時，芳春足遊冶。一生真大夢，萬事盡虚假。憂來對明鏡，清淚數行灑。獨有七弦琴，情性可陶寫。"③這兩首詩的情感有個轉折：第一首表達了對上古聖賢的景仰和太平盛世的嚮往；第二首則隱含身世之慨，惠風和暢與自己安置滇南的現實衝突，將第一首中欲有所作爲的衝動消解，轉爲年華易逝、萬事成空、當及時行樂的消極態度。這一轉變或有不甘，但是面對當今的處境，似乎又無可奈何。如此，祇能將自己的憂憤付于琴弦。在《次韻二首》中，他對追逐功名、人生價值作了重新評估。他通過感悟宇宙運化的規律，得出了"身外元無物，浮名真可輕"④的結論，將對人生的思考引向了哲理層面。這看上去似乎非常理性的思索，實則源于自己人生遭際的大徹大悟。在第二首中，他又表現出了濃濃的鄉思："昨夜霜初重，他方葉又黄。蛩聲悲月冷，客意怯風涼。孤嶼漁村外，荒陲野戍傍。因思舊遊處，魚稻滿江鄉。"⑤

但不論如何，胡粹中的人生觀念已由儒趨道，開始追求自適。其《春暮》曰："老眼看春得幾時，少陵從此典朝衣。煙籠芳苑迷蝴蝶，月落空山鬥子規。鄉國音書秋水闊，江湖親識曉星稀。沙邊白鳥能相近，應爲年來已息機。"⑥他逐漸放下心中掛礙，内心漸趨平静，自是能够與自然相親的。《次韻》又曰："暖風晴日正春和，老眼看花感興多。久悟宦情如蝶夢，已將心事付鷗波。門開野水新栽柳，

---

①（明）平顯《釣絲風》，見朱蕊《沐昂〈滄海遺珠〉注》卷二，第 105 頁。
②（明）施敬《漁人》，見朱蕊《沐昂〈滄海遺珠〉注》卷四，第 164 頁。
③（明）胡粹中《詠懷二首》，見朱蕊《沐昂〈滄海遺珠〉注》卷三，第 113—114 頁。
④（明）胡粹中《次韻二首》之一，見朱蕊《沐昂〈滄海遺珠〉注》卷三，第 118 頁。
⑤（明）胡粹中《次韻二首》，見朱蕊《沐昂〈滄海遺珠〉注》卷三，第 118—119 頁。
⑥（明）胡粹中《春暮》，見朱蕊《沐昂〈滄海遺珠〉注》卷三，第 121 頁。

身着宫衣舊賜羅。誰似山公習池上,春遊日日候鳴珂。”[①]他以輕鬆的筆調,平静地訴説著自己此時的心境。宦情退去,魚鳥自來,野水新柳也是勝景。他已不再羡慕所謂位居高位者的志滿意得。在《次韻坐法正寺》中,他説:“野殿深沉生夏涼,博山一炷水沉香。素琴彈徹梅花引,山自蒼蒼水自長。”[②]此時,胡粹中已經達到了與天地同化、物我合一的境界。

《滄海遺珠》詩人群强化流寓身份意識,突顯了原生文化圈與寓地的文化障礙,使得自己不能完全融入滇南,表現出各種不適。他們落寞,思鄉思親,懷念友人,固然是人之常情,但是背後潛在的文化因素實不可忽視。

詩人們雖貶或安置邊地,但對于明王朝天下一統後的昂揚氣象是深有體會的。王景彰對大行教育讚賞有加。他在《羅盤書屋》中有曰:“邇來文軌遍南服,構得書屋山之扃。中有牙籤三萬軸,隸古漆書聯汗竹。琬琰新收漢石經,簀序亦開唐白鹿。要將禮樂化殊方,夜深弦誦聲琅琅。……豈徒風氣開太樸,終看德化齊中州。”[③]羅盤書屋位于今雲南玉溪羅盤山上。從詩中描述來看,建築規整古雅,藏書豐富。詩人對書屋寄予厚望,希望它能起到德化邊地、開啓民智的作用。他的《劍閣圖》是由對大好河山的熱愛升華爲對升平之世的讚美,曰:“乃知世道有晦明,蜀山萬仞如砥平,聖人在位四海清。”[④]平顯《次韻春日京華》則稱讚王朝治理有序:“霽雪初融上苑花,蓬萊佳氣曉成霞。白頭擬獻河清頌,四海車書正一家。”[⑤]

對于沐氏父子治理雲南、守土開疆功勞的歌頌,實際上也是對明朝政權的高度認同。如王景彰《賀西平侯大人平越州》:“聖主萬年垂大統,海山無地不梯航。”[⑥]逯昶《喜總戎班師》:“大將征夷去,夷歸堂府中。……若論功第一,比者孰能同。”[⑦]還有張洪,他在《拜謁黔寧王廟》中,表達了對沐英的由衷感佩,不禁還生起壯心,曰:“曾聆玉帳肅徽音,俯仰清祠感慨深。客袂尚餘他日淚,羈懷不改舊時心。耳聞種德都成玉,眼看栽松盡作林。每歲騎箕滇海上,手分雲液散

①(明)胡粹中《次韻》,見朱蕊《沐昂〈滄海遺珠〉注》卷三,第121頁。
②(明)胡粹中《次韻坐法正寺》,見朱蕊《沐昂〈滄海遺珠〉注》卷三,第122頁。
③(明)王景彰《羅盤書屋》,見朱蕊《沐昂〈滄海遺珠〉注》卷一,第63頁。
④(明)王景彰《劍閣圖》,見朱蕊《沐昂〈滄海遺珠〉注》卷一,第64頁。
⑤(明)平顯《次韻春日京華》,見朱蕊《沐昂〈滄海遺珠〉注》卷二,第108頁。
⑥(明)王景彰《賀西平侯大人平越州》,見朱蕊《沐昂〈滄海遺珠〉注》卷一,第65頁。
⑦(明)逯昶《喜總戎班師》,見朱蕊《沐昂〈滄海遺珠〉注》卷二,第92頁。

甘霖。”①

雖然詩人們表達了對入仕的悔恨、被貶後的落寞，但這都僅限于對人生的一種感慨，對明王朝並没有表現出任何不滿。這裡當然有儒家温柔敦厚的教化影響，也有對明王朝的政治認同。從這個角度而言，楊一清評價《滄海遺珠》“雅則”“和平”就是合理的。

①（明）張洪《拜謁黔寧王廟》，見朱惢《沐昂〈滄海遺珠〉注》卷三，第137頁。

困頓與守望:明代中期江西寧藩文學的形成與表現①

何春根②

内容提要 明代嘉靖至萬曆年間,寧藩湧現出一批有才華的宗室文人,因爲"天潢貴胄"的特殊身份,他們一開始對政治持續抱有熱情和幻想,但在遭遇宸濠之亂後,其中多數的人把精力轉移到文藝創作,並形成了較爲顯著的寧藩文學現象,在當時引起了一定的關注。雖然受制于自身無法克服的文學困境,但受到以"後七子"爲代表的第一文學場域的全面影響,他們不甘心于籍籍無聞,頻繁地通過文學交誼躋身于以"後七子"爲主流的文人視野,最終取得了某種程度的成功。這些生活在豫章(今南昌)的宗室文人活躍的文學活動構成了第二或者第三文學場域,區别于主流文壇的第一文學場域,這顯示了明中期文學發展的一種生態鏈。

關鍵詞 後七子;寧藩;宗室文人;文學場域

明代立朝之初,朱元璋封太子之外的十七個兒子爲藩王,分别是秦王、晉王、燕王、周王、楚王、潭王、趙王、魯王、蜀王、湘王、代王、肅王、遼王、慶王、寧王、岷王。洪武年間,爲了對藩王及其後代宗支進行教育與管理,朝廷先後出臺了《昭鑒録》(洪武六年,1373)、《祖訓録》(洪武六年,1373)、《皇明祖訓》(洪武二十八年,1395)等宗藩政策。受政策影響,宗室的社交空間受到極大的限制,他們無法參與皇族的權力分享,失去仕進機會,不習四民之業。而隨著宗室的經濟狀況越來越無法保障,他們不僅對地方財政造成巨大的壓力,有的還直接淪爲庶民。但在這種政治背景下,宗室的文學、文化、藝術、科教衛生等方面卻取得了很大的成就。

---

①該文爲江西省高校人文社會科學研究規劃項目(ZGW18109)系列成果之一。

②作者簡介:何春根,九江學院文學院古代文學專業教師,主要從事明代文學研究。出版有專著《類書與中國古代小説研究》,發表《小説類書〈姬侍類偶〉考述》《類書史視域下明代小説類書編纂的新變》等論文。

寧藩是諸宗藩中較爲突出的一支，其文學成就足可引起後人注意，正如清代陳田《明詩紀事》所評："國朝宗藩之詩，寧府爲盛。"①寧藩一支最初從河北遷到江西南昌。當時的江西在經濟和文化上對全國的影響都不是很高，更缺乏引領文學風氣的中心。寧藩文人在諸藩中異軍突起，形成了讓王世貞等人爲之側目的貴族文人集團，與"後七子"們互爲聲勢，但兩者又存在密不可分的關聯。明代宗室的貴族文學是在"後七子"影響下生存的，而"後七子"又似乎特别希望借助皇室的力量擴展其文學圈子的影響範圍。從這個態勢看，"後七子"們活躍的時期，明代文學實際上存在第一場域和第二場域之别，王世貞等"七子"們自然處于文學的垓心，而地域文人、宗室文人則處于第二或第三場域。他們彼此之間相互牽連，相互成就，極大地豐富了地域文學的整體風貌。

一、 不以爵顯以文名：寧藩宗室文人的身份確定

宗室文人是一個非常特殊的群體。如以文人相論，其身份又高爲"天潢貴胄"；如果説地位顯赫，他們卻受制于各種藩禁政策不能越雷池一步，甚至明代後期泯爲庶人的大有人在。在既嚴苛又寬鬆這種看似矛盾的環境下，明代宗室朝着兩個方向演化：一部分人在高傲的皇族心理暗示下走向腐敗和没落；一部分人走進戲劇、詩文、繪畫、音樂等藝術世界中，最終對中國古代的文化藝術帶來了貢獻。

明代嘉隆之際，寧藩宗室文人的詩文一度引起較大反響。這種局面與寧藩的開藩親王朱權有很大的關係。朱權（1378—1448）是朱元璋第十七子，初封大寧（今河北省唐山市一帶），鎮守北境，"帶甲八萬，革車六千"②。朱權深有謀略，被朱棣半脅迫着參與靖難，成功之後于永樂元年（1403）改封南昌。朱權没有得到朱棣許諾的"中分天下"，反而被人以巫蠱誹謗之事告狀，便每天韜光養晦，"構精廬一區，鼓琴讀書其間"③。仁宗時，朱權請另封他地未遂，于是"日與文學士相往還，托志翀舉"④，不問時事，自號"臞仙"，以專心著述和提振地方文化爲生活興趣。據史料記載，朱權的文化貢獻較多，主要事略大致有三方面。其一，輯元明間詩人胡奎的詩文，序而傳之；其二，凡收書知有秘本，則刊佈國中，令民衆

①（清）陳田《明詩紀事》，上海古籍出版社 1993 年版，第 68 頁。
②（清）張廷玉等《明史》卷一百十七《諸王》，中華書局 1989 年版，第 3591 頁。
③④《明史》卷一百十七《諸王》，第 3592 頁。

受益；其三，著述幾十種。《明史》著録朱權的作品有《通鑒博論》二卷、《家訓》六篇、《寧國儀範》七十四章、《漢唐秘史》二卷、《史斷》一卷、《文譜》八卷、《詩譜》一卷，另有其他注纂數十種。清錢謙益贊其“古今著述之富，無逾王者”①。顯然，如此數量驚人的著述是集合衆多文人之力而成，非個人力量所能爲。朱彝尊稱：“江右俗故質樸，儉于文藻，士人不樂聲譽。王弘奬風流，增益標勝。”②因此，在朱權的宣導之下，江西形成了一種崇文風氣，後續江右詩壇的活躍都離不開他的文學推奬之遺響。

清董沛詩曰：“一門子弟王風盛，多少名流接踵來。”③朱權之後，寧藩宗室文學勃興的標誌是一批宗室文士的脱穎而出，其中大多數爲各郡王之後。和朱權相比，後世子孫的皇室遭遇絲毫没有得到改善，反而越來越受到朝廷的猜忌。從朱權到後代宗室子弟，他們逐漸地熄滅了心中的政治熱情，把更多的精力和興趣放在了文藝，變得越來越像純粹的文人了。如果説朱權這寧藩的第一代還可以感受到藩禁鬆散，甚至敢于向朝廷提出南昌非其原封地，希望得到重新調整，那麽到了第六代的時候，政治大門基本向他們關閉了。其分界點是宸濠之亂的爆發。

宸濠之亂把寧藩宗室的生活狀態劃分成了前後兩個階段，前一階段宗室還經常參與政治争鬥或抗争，後一階段則完全沉湎于藝術活動中了。朱權死于正統十三年（1448），有子五人，分别爲世子磐烒、臨川王磐熚、宜春王磐烑、新昌王磐炷、信豐王磐熿。世子磐烒早卒，其他四王中磐熚一支曆五世而被廢爲庶人，磐烑這一支因捲入宸濠之亂被除爵名，磐炷、磐熿因無子嗣而除爵。親王一脈磐烒子奠培嗣位爲靖王，他本善文辭，但性情忭急，功利心强盛，先與弟弟弋陽王奠壏等互相攻擊，後又與地方官員産生過節，最終被賜自盡。奠培死後，世子覲鈞嗣位爲康王，十年後卒，再由宸濠嗣位。朱宸濠（1476—1521）野心膨脹，在莫名的自信下舉兵叛亂，但也僅僅歷時四十餘日便告失敗了。宸濠之亂對寧藩宗室的影響巨大，甚至連寧藩封號都差點被廢除，嘉靖四年（1525）弋陽王拱樻請奏才得以保留。

從歷史文獻的描述可知，在宸濠之亂爆發之前，寧藩中並没有多少宗室留意

①（清）錢謙益《列朝詩集小傳》，上海古籍出版社 1983 年版，第 7 頁。
②（清）朱彝尊《静志居詩話》，人民文學出版社 1974 年版，第 10 頁。
③（清）董沛《六一山房詩續集》卷六，天津圖書館藏清光緒九年（1883）刻本，見中華古籍資源庫（線上）影印，第四册第 11 頁。

文學，他們實際上仍是幻想在政治上有所作爲。但當朱宸濠被誅，受牽連的宗族甚衆，僥倖逃脱死罪的人心存警惕。他們不得不退出政治，開始收斂自己的行爲，比以往更注重宗族教育，對宗族子弟也嚴加管束。如奉國將軍拱樤"父宸渠爲宸濠累，逮系中都。兄拱枘請以身代，拱樤佐之，卒得白。嘉靖九年，上書請建宗學，令宗室設壇墠，行耕桑禮，謹祀典，加意恤刑，皆得旨俞允。捐田白鹿洞，贍學者，其後以講禮稱旨。拱枘上《大禮頌》，並賜敕褒諭"①。又如多熘父拱樛也由于宸濠事被系入獄，當時衹有十來歲的多熘至王守仁軍中哭訴，儘管如此，直到嘉靖二年(1523)才被釋復爵。經過這一番變故，多熘應該心有餘悸，"乃益祭田，修飭家政，儼若朝典，四子皆莊謹嗜學"②。拱樤和多熘等似乎意識到了政治對宗族存在巨大的潛性危險，他們在皇族中的影響力則幾乎没有，如果要保存寧藩血祀，衹有政治上加倍謹慎，外加約束子弟，才能保全宗族于萬一。

因此，在幾無參政的機會下，寧藩的後代子弟從文學藝術中去尋覓樂趣就成爲最主要的混世方式了。幸運的是，至明代中期宸濠事發後，寧藩宗室中確實誕生了一批才穎之士，漸而形成了宗室文學盛況。

寧藩宗室自朱權以下，命名字序分别爲"盤、奠、覲、宸、拱、多、謀、統、議、中、總、添、支、庶、闊、作、哲、向、親、衷"，其中以"多、謀、統"等第七、第八、第九等輩最爲人稱道，較有名氣的如建昌王系的多㸅、多燉，瑞昌王系的多燦、多炘、多煴、多熕、多焀、多烇、多爙、多熲、多熲，石城王系的多爓、謀瑋，弋陽王系的多焜、多煌、多炡、多爆、多炤、謀𡐔、謀㙻、謀墻、謀墠，宜春王系的多熘、多㷉等。他們治學寫詩，能書善畫，如《明史》稱："多熕、多烇、多炘以善辭賦名。而多煴與從兄多㷉獨杜門卻掃，多購異書，校讐以爲樂。"③又稱："諸王子孫好學敦行，自周藩中尉睦㮮而外，莫及謀瑋者。典藩政三十年，宗人咸就約束。暇則閉户讀書，著《易象通》《詩故》《春秋戴記》《魯論箋》及他書，凡百十有二種，皆手自繕寫。"④朱謀瑋《藩獻記》記載："(弋陽奉國將軍多煌)與弟炡、爆、炤皆用文雅結友，遍遠近子弟群從，莫不解藝善書。一門之内，雝雝焉。多熕、多炘則用詞賦結客，並有赫然之譽。方伯陳玉叔采諸名宗詩爲《江國風雅》凡三十餘人，而石城居其半。"⑤胡應麟《報胡文父》曰："次公車騎已達龍沙，計日相與下上。德甫、用晦、宗良、貞

①③④《明史》卷一百十七《諸王》，第3597頁。
②《明史》卷一百十七《諸王》，第3598頁。
⑤(明)朱謀瑋《藩獻記》卷二，《北京圖書館古籍珍本叢刊》第19册，書目文獻出版社1987年版，第762頁。

吉、孔暘諸君子，鱗比裏中，一呼畢集。”[①]又《詩藪》續編二曰：“明宗室攻古文詞者，嘉、隆間惟灌父最博洽，饒著述。余髫歲即與交。豫章用晦先鳴，諸子勃起，貞吉、宗良與余酬復特久，一時競爽，名家未易屈指盡也。”[②]從這些描述中可知其盛，而寧藩數子中，多煃、多熿、多炡等最爲知名，是最核心的宗室詩人。朱多煃，字用晦，瑞昌王拱樹之子。年輕時豪侈傲慢，幸其父督責有方，多煃因此著意詩書，用工特勤，終因與李攀龍、王世貞、余曰德交遊而延譽海内。朱多熿，字宗良，博雅好修，辭賦典麗，與多煃齊名，年少亦有豪慢習氣，晚年折節謙遜，喜歡提攜後進，談論詩藝者往往以之爲宗。多煃尤其掀起了寧藩宗室文學活動的高潮。

寧藩宗室最終由政治群體轉變成爲了文學群體，其中還有更多的人直接被甩出了宗族的圈子而成爲了庶民，直至明王朝的解體。

二、寧藩宗室文人融入主流文壇的努力

明代自初期制定了關于藩禁的各類條款，代有論議，後代不惟不鬆懈，反而越來越拘禁嚴格，以至于宗室轉移精力付諸藝文。昌彼得先生曾論：“明懲燕王之變，因於藩府，心存猜忌，多所鉗制。既奪其兵政之權，復禁其私自交往，故藩王即雖雄傑之王，亦無不韜光養晦，自汙其志。於是下焉者以聲色狗馬自娛，上焉者則修學好古，右文刻書，致成一代之宏業，增光明室。”[③]“天潢貴胄”們教育程度高，才華豐茂，天生與來的責任感使其時時有爲國出力的欲望。然而，現實與想像的衝突帶來的是哀歎和苦悶。明謝肇淛《五雜俎》中“處宗藩之法”條曰：“今天下宗室之多莫如秦中、洛中、楚中，賢者賦詩能文，禮賢下士，而常鬱鬱有青雲無路之歎。”[④]寧藩何嘗不是如此。當他們在政治上陷入困境，文藝圈子實際上是他們覺得人生有意義的唯一突破口。但寧藩宗室並不喜歡隱逸唱和，也不甘于在小範圍的地方文人圈裏博取可有可無的名聲，而是希望融進主流文壇。

爲了在主流文壇博得一席之地，寧藩宗室可謂處心積慮。他們交往的對象比較集中，主要以“後七子”等主流文人爲目標，如胡應麟、王世貞、王世懋、徐中

---

①（明）胡應麟《少室山房集》，文淵閣四庫全書本，第1290册，第879頁。
②（明）胡應麟《詩藪》，上海古籍出版社1979年版，第359頁。
③昌彼得《版本目録學論叢（一）》，學海出版社1977年版，第39頁。
④（明）謝肇淛《五雜俎》歷代筆記小説大觀本，上海古籍出版社2012年版，第268頁。

行、余曰德、歐大任、湯顯祖等，並爲此積極營爲。

但要王世貞等主流文人真正注意他們，甚至把他們納入到自己文學圈子裏，這孰非易事。首先他們必須要有足够的文學吸引力和機緣才可能得到來自王世貞等人的關注，繼而在更大範圍被文壇認可。最後他們實際上不僅做到了，甚至由此而飲譽詩壇，這與一個江西籍詩人余曰德的引介有莫大的關係。余曰德是個關鍵人物，他之所以能成爲寧藩宗室文人與外界主流文人交往的紐帶，至少有三方面的原因：

首先，在寧藩宗室文人大規模成名之前，余曰德已經是主流文壇中的一員，具有較爲廣泛的知名度。余曰德（1514—1584），初名應舉，因名字關聯科舉考試被認爲不雅，更爲曰德，字德甫，别號午渠，豫章（今江西南昌）人。據王世貞《祭余德甫憲副文》稱："我之少君且週一紀。"可知余曰德比王世貞年長約十二歲，受到王世貞的敬重。嘉靖三十二年（1553），德甫初仕刑部郎中，與李攀龍、王世貞、宗臣、謝榛、梁有譽、吴國倫、張佳允等人稱爲"七子"或"八子"。王世貞還戲稱他與張佳胤、張九一爲"吾黨三甫"，因三人名號中都有一個"甫"字，後又並魏裳順甫爲"四甫"。又與汪道昆、魏裳、張佳胤、張九一號爲"後五子"。這些稱號固然與王世貞邀結同黨有關，但同時説明余德甫在京城的文人圈裏名聲不錯，他有資歷將江右後學推介出去。

其次，余曰德是江西人，寧藩宗室文人尊敬他，以他爲榮，使他在情感或心理上願意爲後學的出人頭地牽線搭橋。王世貞《瑞昌王府三輔國將軍龍沙公暨原配張夫人合葬志銘》記載，朱多煃之父龍沙公拱樹好讀書吟詠，他服膺曰德，説："德甫即吾與兒師友也。"時不時請余曰德教育兒子，甚至還希望兒子能够與曰德同振江右詩文之風。無論是真意還是諂譽，相信余曰德對家鄉的宗侯子弟是有好感的。朱多煃聰穎，自小崇拜曰德，將曰德視爲榜樣，曾説："銅山西傾，洛鐘不東應哉？彼且以我非夫也。"祇要一有新詩，便馬上郵寄給在京城的曰德。由于余曰德其時正與"後七子"相處甚熱，他多次借機將多煃詩送與這些名流巨公們傳閲，使之得到大家的賞睞。如汪道昆《用晦王孫工詩善余德甫德甫以王孫詩見寄且亟稱其爲人余從結王孫驪卻寄一首》詩説："當代王孫鄴下才，比鄰陶令早歸來。春華把臂乘三徑，時事關心賦七哀。風雨高齋常閉户，江湖落日幾登臺。淮南準擬扁舟去，坐上應逢桂樹開。"①可見汪道昆認識朱多煃，是來自余曰德的推

①沈乃文《明别集叢刊》，第3輯第31册，黄山書社2015年版，第613頁。

薦。曰德類似的推薦應該不在少數。所以,"熢因德延譽海内"之說確然可信。陳田《明詩紀事》謂:"用晦因南昌余曰德入七子之社。王元美作《續五子詩》,用晦與焉。宗良、貞吉得交元美,自用晦始。元美所謂'豫章諸王孫,賴足下先驅,異時風流,不減鄴下'也。"[①]道出了其中的因緣關係。

最後,寧藩宗室文人和余曰德之間相互需要,相互促成。也就是說,宗室需要余曰德的大力向外援引,爲他們融入主流文壇搭橋鋪路,而余曰德也需要獲得致仕後生活上的榮耀和保障。無疑,優渥的宗室能够滿足余曰德的要求,包括文學的相互欣賞、較爲優越的生活條件等等。

以上足見余曰德的引薦很重要,但朱多熢等宗室也主動地利用一切條件來籠絡、投合主流文人,比如園林詩會。宗室私家住宅内都營建了不少精美的園林,如朱多熢的芙蓉園、朱謀埠的枳園、朱多炡的幻景庵、朱多炤的誰園、朱多煌的逸園等。余曰德晚年罷職歸鄉,在緊靠芙蓉園的位置建東湖草堂,與朱多熢往來最爲便利。所有這些園林構成了寧藩宗室與余曰德或其他詩人遊玩唱和的重要場所。朱多熢善于發揮芙蓉園的作用,當有外地名流詩人做官或經過豫章時,多熢便通過余曰德之力把他們請到芙蓉園。兹舉數例。如某年,王世懋途經豫章,停船城外,余曰德帶了多熢、多炡等宗室子弟攜酒遠至舟中邀約,令王世懋心情大悦。本來他多病禁酒,這次卻酣飲甚歡,作詩《將抵南昌柬用晦宗侯》《德甫用晦貞吉攜榼章江舟中分韻賦》《舟中再别德甫用晦》等。由于宗室成員及德甫對他殷勤招待,他對寧藩宗室大爲讚賞,《芙蓉園詩爲用晦王孫作》贊曰:"昔在建安時,翩翩佳公子。飛蓋西園遊,芙蓉紛旖旎。世胄厭膏粱,風流日淪靡。王孫信大雅,抗情千載士。輪轂豈不殷,所志乃黄綺。爲園日以涉,俛仰得其理。衆芳委鶗鴂,芙蓉披獨始。方舟搴其英,將以貽萬里。美人杳難期,誰能久懷此。三歎騷人言,臨風獨延遲。"[②]不得不説,王世懋此詩對朱多熢及其芙蓉園具有非常好的向外推介效果。又,費元禄《全椒令宗漢佘先生傳》另舉一事道:"(佘翔)出豫章,王孫用晦延之芙蓉園。"[③]有佘翔《同周九逵遊振集用晦王孫芙蓉園得華字》詩爲證:"青藜高閣抱龍沙,客向王門校五車。玉樹舊傳桐葉地,天香秋散桂叢花。鄒枚授簡生春色,牛鬥開函鬥物華。對酒試論千載事,建安七子起誰

---

①(清)陳田《明詩紀事》,第 71 頁。
②(明)王世懋《王奉常集》卷一,天津圖書館藏明萬曆刻本,見中華古籍資源庫(線上)影印。
③(明)費元禄《甲秀園集》卷三十,明刻本,見中華古籍資源庫(線上)影印。

家。”①描述了其中一場高級别的芙蓉園詩會。

在宴賓期間，朱多煃作爲主人非常稱職好客，他不失時機地謙恭下士，顯示出足够的熱情與謙遜。歐大任寫他：“趨前拜客觴頻送，虚左迎人轡愈恭。”②正因爲如此，當時的主流文人都對朱多煃等宗室稱賞有加，湯顯祖直呼：“王孫良可遊。”③歐大任《幻景庵記》曰：“瀑泉朱君，今之弋陽王子侯也。以帝室之親，丁鼎盛之年。績學褆身，慷慨下士。文名在藝苑，義聲滿中原。士有隱于蒯緱，抱關以遊俠爲名者，幸而得君，以爲今之孟嘗、信陵也；有游于子墨翰林，以爾雅爲名者，幸而得君，以爲今之梁孝、陳思也。代舍多五陵之豪，授簡集四方之雋。無論齊魏，足稱梁鄴矣。”④鄴下代指魏曹丕及其身邊的若干才子所形成的文學盛況。歐大任把寧藩宗室比附梁孝、陳思，一方面是互相吹諛，一方面未嘗不是實寫。前文如王世懋、佘翔，甚至王世貞等人亦比之爲孟嘗、信陵、曹植、梁孝王等急信好義的古君子。

不僅如此，宗室文人也懂得利用自己獨特的身份爲王世貞等人發聲。李攀龍有一篇《報朱用晦》，在這篇文章裏，朱多煃對李攀龍極盡美譽，稱李攀龍具有“千古天授”之才。王世貞有《答用晦丈時有三詩極爲余致不平之感且訂後期》，文中提及自己政治上遭遇不公平，多煃知道後，立即寫下三首詩爲其鳴不平，引來了王世貞極大的好感。

多煃等宗室的努力没有白費，最終博得了主流文人的信任，至少以後他們的親朋好友如去豫章，必寫詩引薦。如徐中行赴江西之任，王世貞有詩《送子與方伯赴江右任兼懷德甫、用晦二君》：“雙旌宛宛向洪州，鬥色雖遥漸可求。定有徵君堪下榻，那無帝子共登樓。西山南浦來尊外，紫電清霜滿案頭。屈指三朝詞酒客，幾人方岳領諸侯。”⑤表示豫章有用晦和德甫兩人在，定然可以寬心爲懷，不必爲遠途憂慮。

明代以李攀龍、王世貞爲首的“後七子”相互呼應，派勢浩大。一般而言，衹

---

①(明)佘翔《薜荔園詩集》卷四，文淵閣四庫全書本，臺灣商務印書館1982—1986年版，集部第1288册，第114頁。

②(明)歐大任《歐虞部集十五種》之《遊梁集》卷五，四庫禁毁書叢刊本，北京出版社1997年版，集部第47册，第455頁。

③(明)湯顯祖《汤顯祖全集》，北京古籍出版社1999年版，第676頁。

④(明)歐大任《歐虞部集十五種》之《文集》卷十，四庫禁毁書叢刊本，北京出版社1997年版，集部第47册，第159頁。

⑤(明)王世貞《弇州續稿》卷十四，文淵閣四庫全書本，臺灣商務印書館1982—1986年版，集部第1282册，第178—179頁。

要能進入"後七子"的圈子,其文學的、政治的利益在一定程度上可以得到保證。朱多煃通過自己靈活的交際,有效地躋身于這個文學圈子,還引領了其他宗室文人持續得到主流文人的關注。清裘君弘《西江詩話》卷八曰:"(朱多煃)善詩,與弇州、於鱗、明卿輩詩簡往來,尺幅推獎,殆無虛日。"①王世貞把新進詩人如黎民表、石星、王道行、朱多煃、趙用賢等稱作"續五子",還爲朱多煃的芙蓉詩稿和朱多熕的《國香集》作序。

上述種種情況表明,朱多煃等寧藩宗室文人融入主流文壇的效果取得了初步的顯現,這是寧藩文學之所以形成的關鍵因素之一。

三、 寧藩宗室文學表現的第二場域特徵

寧藩宗室的文學表現得益于"後七子"的影響。明代嘉靖、隆慶時期"後七子"活躍,而正是這個時候,寧藩宗室通過各種途徑和自身的努力接近王世貞、李攀龍等主流文學圈子。如果説"後七子"是當時文學的第一場域,那麼諸藩文學則呈現出彼此關聯、相互印證的第二文學場域,寧藩是這種文學現象的突出典型。

當嘉隆之際,和前後七子一樣,寧藩宗室結社唱和風氣濃厚,寧藩宗室的文學繁盛多緣于此。《藩獻記》載:"奉國將軍多炡,字貞吉,弋陽多煌弟也。潁敏絶人,善詩歌,兼精繪事。見古名人墨蹟一再臨之,如出其手,赤牘小劄,日可百函,語語有致。始與宗人熕、磽、境等結詞社。久之,遊道益廣,海内譚藝者莫不知有貞吉。"②多炡才華頗高又兼努力,與同宗謀磽、謀境等結成詩社,其聲名之所及,甚至因來往賓客過多,"家居以精鐵冒門閾,賓客雜遝。未幾,鐵復鋊去。"③連包裹門檻的鐵片都慢慢地被踩没了。

他們以園林爲舞臺展開形式多樣的文學唱和。王府園林美麗精巧,題寫比較多的是芙蓉園和逸園。芙蓉園内另有"灌息軒""紫芝館"等場館,逸園更有所謂的"竹下草堂""委蛇處""紅蘭牖""又玄亭""清浄居""蕓室""一溉池""叢桂臺"等八景和"薜蘿洞""奇石館""衆芳徑""翛然廊""結秀閣""橘圃""鶴沼""鹿柴"等廣八景。這些園景得到過不少詩人的讚美,如歐大任詩贊芙蓉園:"彼美西園中,庶卉各有姿。芙蓉一何好,修莖擢金池。素波濯絳華,惠風時紛披。夕舒

①《四庫禁毀書叢刊》集部第138册,第178頁。
②③《北京圖書館古籍珍本叢刊》第19册,书目文献出版社1987年版,第763頁。

零露下，旭日照灼之。魚戲黿來遊，植根非澤陂。公子延貴客，清夜吹參差。高臺飛蓋來，進酒騰羽卮。徽音屬相和，濡翰奏雅詩。人生貴行樂，歲晏嗟留夷。芳草自本性，何必菉與葹。酬君千金壽，令德以爲貽。"①從描寫來看，芙蓉園大概得名于滿園的芙蓉，這些花在朝陽或夕陽的映射下，紛披參差，光影閃爍，特別的令人賞心悦目。主人多煃自稱芙蓉園詩會活動爲"芙蓉社"，主客們在園内盡情喝酒寫詩，極盡歡樂之趣事。他們的詩稿集爲《芙蓉社吟稿》，隆庆四年(1570)王世貞親爲撰序。

然而，寧藩宗室文人自身局限性也很明顯，決定了他們的文學上限並不會很高。主要表現在以下幾個方面。

首先，藩禁政策影響下的社會活動空間小。與寧藩宗室活躍的文學交遊形成鮮明對照的是，他們外出活動處處受到嚴格的限制。《明史·諸王傳》載："防閑過峻，法制日增。出城省墓，請而後許，二王不得相見。藩禁嚴密，一至於此。"②連外出省墓都得請示，諸王之間不能輕易會面，防範嚴密一至于此。這種"法網之繁，起自中葉"其實就在于嘉隆時期。在這種情勢之下，宗室文人要組織或參加府第之外的文學交遊是有困難的。他們主要以自己的府第爲活動空間，偶爾旁及王府周圍的藥湖、滕王閣等處，全國串聯性的文學交往所帶來的文學影響幾乎没有。

其次，自身性格缺陷或習氣不好導致不足以持續引領宗室文學的聲勢。宗室因其身份特顯，爲人本身都帶有一種豪慢之習。比如最爲有名的多煃，他雖然一意招攬文人，被比爲陳思王折節下士，但總體上還是個貴公子，"習爲豪侈貴倨"，"性簡貴矜莊，舉止多僻，族人莫不屬目而遠之。"③到晚年的時候，"益嗜黄冶，閉關絶慶吊禮，再舉宗正而毁者益衆，悒悒不樂卒。"④由于怪癖簡貴的性格，後來思想上清净慕道，越來越脱離群體，其他宗室衹好對他敬而遠之。多煃自然難以真正發揮寧藩文學的領銜作用，他年輕時立下的振興江右詩風的宏願，到最後衹是淪爲一種空想罷了。其他較爲知名的宗室詩人如多煌"性廉静寡欲"，夫人去世後獨處閣室二十六年，不願意在衆人面前追逐繁華之聲。多炡自由散漫，蹤跡不定，經常變换姓名出遊吴越之間，莫知所向。

其次，受當時復古思想影響，寧藩宗室的文學開拓性不足，總體成就難有真

①中山大學中國古文獻研究所編《全粤詩》第9册，嶺南美術出版社2009年版，第425頁。
②《明史》卷一百十七《諸王》，第3659頁。
③④《北京圖書館古籍珍本叢刊》第19册，書目文獻出版社1987年版，第762頁。

正的體現。由于寧藩宗室與後七子有密切的接觸,受後者影響,他們文學表現上總體没有脱離復古的窠臼,尤其偏好唐詩的思想較爲明顯。李維楨有一篇《朱宗良詩序》描述道:“嘉隆間,才人寖盛。海内三尺之童,知厭薄大曆,高譚六朝漢魏,而諸宗人專精殉業鑽厲篆刻日益衆,則大江之西斌斌矣。”①所以他們也跟隨着這種唯盛唐與漢魏是高的主流論調,從“斌斌矣”一詞反映出寧藩持這種觀點的不在少數,尤其宗唐成爲他們詩學的主要傾向。明代興起編選唐詩的風氣,出現過諸如高棅《唐詩品匯》和李攀龍《唐詩選》等經典選本,寧藩宗室也試圖通過編選唐詩集來顯示對這種風潮的應和,如朱謀瑋,鄭仲夔《耳新》説他“詩有集唐集古”,衹是可惜他的這個選本最終没有流傳下來。再如朱謀垔編選的《分韻唐詩》《唐雅同聲》等,當然作爲江西的封王,他同時也編過《江西宗派詩》。朱多炤有《五體集唐》五卷,該編是一部自擬新題的唐詩集句詩集,方式奇特,但是同樣反映出編者對唐詩的喜愛和熟悉程度。

寧藩宗室的復古亦步亦趨于“後七子”,可謂屋下架屋無所變局,本來才情不高,那麽在復古之路上衹好越來越陷進死胡同。實際上無論是李夢陽、何景明,還是李攀龍、王世貞,他們雖極力宣導“文必秦漢,詩必盛唐”,但由于才思雄鷙,其創作也不是真的一無是處,其中有相當多作品是值得肯定的。但是寧藩宗室文人在復古上不辨真僞,缺乏從本質上去學習盛唐乃至六朝和漢魏文學的創造精神,而迷信式地從前後七子那裏獲取藝術的養分,這明顯是遠遠不够的。所以王世貞爲朱宗良撰《國香集序》説他們:“不能盡舍曆下、信陽之筏而登彼岸。”李維楨更不無遺憾地表示:“夫嘉隆諸君子善學六朝漢魏與唐者也,舍六朝漢魏與唐而惟嘉隆諸君子之求,故宗門漸遠而蹊徑易窮。或以嘉隆諸君子取重,恭稱師,倨稱友,近稱同社,遠稱神交,故情賞不諧而梔蠟輒敗,此一時也。”②這種舍本求末的做法,甚至比復古還更没有價值。

最後,寧藩宗室的詩文創作境界狹窄,氣象纖弱。以朱多煃爲例。毋庸諱言,王世貞對他肯賞有加。當李維楨問王世貞江西宗室中誰爲賢者,王答以朱多煃;當朱多煃以《石蘭館稿》求序,王世貞將其稿名更爲《國香集》。“國香”,一國之香,意含對多煃很高的肯定和期望。陳田《明詩紀事》説:“王孫之工詩者,當以瑞昌中尉多煃爲稱首。”③固然,多煃詩寫景細膩,尤其是五言律精巧清新,如“檻

---

①沈乃文《明别集叢刊》,第 4 辑第 8 册,第 450 頁。
②沈乃文《明别集叢刊》,第 4 辑第 8 册,第 450—451 頁。
③(清)陳田《明詩紀事》,第 68 頁。

竹摇風細，池荷浥露香”（《夏曉》）、“野煙隨霧合，漁唱隔溪聞”（《郊行》）、“蛩聲和露泣，月影帶江流”（《悲秋》）。然長詩冗遝，詩語隨意。並因生活内容狹窄，吟詠身邊事物多，僅詠花就有《牡丹》《秋日牡丹》《冬日牡丹》《杜鵑花》《葵花》《水仙花》《黄蓮花》，身邊所見之花該寫的應該都寫遍了。寫雪、寫雨的作品較多，其中有看雪、聽雪、看雨、聽雨等。反復吟詠，重複寫作，情緒幽微，大多反映的是王侯的富貴與無聊。

但值得肯定的是，和早期如朱權、寧靖王朱奠培等相比，後期的宗室詩文人化了，如寫作遠遊、孤旅、思鄉之情，脱離了一開始分封親王的政治寫作話語，反倒是更有文學味了。如朱謀㙔《旅居獨夜》："吟苦竟忘寐，一燈孤影人。溪樓連夜雪，山縣隔年春。水碓響空澗，石床生薄塵。寒更過橋去，還向酒家親。"這首詩裏所出現的意象，與窮途坎坷的詩人如唐朝的賈島等，具有較大的相似性。

由上所述，寧藩宗室文人的文學活動受到“後七子”的深刻影響，自身的文學創作存在很大的局限性。他們的文學觀念、文學創作與“後七子”息息相關，呈現出明代當時的第二文學場域特色。

四、 餘論

“後七子”的文學影響初期主要是在北方，但後來流風所及往往也至于南方。寧藩宗室文人作爲南方宗室文人最具代表性的一支，在明代中後期顯然受到來自“後七子”文學的感染。對他們而言，“後七子”們是向外打開世界的一個支點，也是自我才華施展的高階舞臺。一般而言，任一文學現象都不會孤立存在，而是彼此相關聯，又彼此作用。當我們過分注意着主流文壇的時候，可能也暫時地忽視了處在這一文學鏈的邊緣地帶。以“前後七子”爲代表的主流文壇與其他地域文學之間的互動與生存實際構成了明代中期文學的真實生態。

就整個明代的宗室來説，他們的政治主體性和唐宋宗室相比大爲弱化，在政治上幾乎没有言事的機會，更無法參與皇族權力的分配，所以衹能在自己狹窄的王國裏悉心留意藝術，音樂、書法、繪畫和文學都呈現出獨特的個性。明末，科舉開始起用宗室，而隨着局勢動亂，宗室也參與到保家衛國的戰鬥中，這是文藝之外值得大書特書之處。

晚明尺牘的文體邊界、書寫形制與文學功能

車　禕[①]

内容提要　尺牘得名來自書寫材料的長度與質地，其制度性特徵決定了其用于日常、篇幅短小、叙事完整而簡潔等文體特點。晚明文人因好古心理而重視尺牘，同時有意識地擴大其文體範圍。對"尺牘"内涵、外延的理解差異，造成了晚明尺牘文體邊界的模糊。作爲應用文體，晚明尺牘有正副啓等特定格式，形成了有關身份的禮儀規矩，篇幅長短則不拘一格，一些文人尺牘尤其强調書法。尺牘與晚明文人的日常文學活动密切相關，其文學功能主要體現在三個方面：一是文學應酬的見證，二是詩文集傳播與閱讀的媒介，三是文學批評的載體。晚明尺牘以其獨特的文體形制和文學功能，爲觀察和理解晚明社會文化提供了有益視角。晚明文人對尺牘有意識地保存、編選、刊刻，體現了强烈的不朽意識。

關鍵詞　晚明尺牘；文體；形制；文學功能

尺牘文體經先秦到魏晋、兩宋的演變發展，逐漸形成體簡用繁、隨事賦形的書寫風格。時至晚明，伴隨着雕版印刷的興盛，私人領域的尺牘參與到文學公共領域的建構中。尺牘書寫的文人日常生活，與政教觀念指導下的社會活動，共同構成晚明文學獨特的話語空間。目前學界有關晚明尺牘的研究，集中于其與性靈文學的關係、總集編纂及商業出版等方面[②]，在其文體邊界、書寫形制和文學功能的討論上仍有待推進。通過探討這些問題，本研究嘗試重審晚明尺牘的内層制度[③]，進而更好地理解晚明文學的時代特徵。

---

①作者簡介：車禕，四川大學中國俗文化研究所助理研究員。
基金項目：國家社科基金青年項目"明代文人尺牘的日常生活書寫研究"（23CZW021）。

②相關研究可參考吴承學《晚明小品研究》第9章《尺牘隨筆》，北京大學出版社2017年版；陳晨《論明代書牘總集的類型及其他》，《山西師大學報（社會科學版）》2019年第5期；蔡燕梅《從〈尺牘新語〉編纂看明末清初尺牘選本的商業出版》，《文獻》2020年第4期；車禕《明代尺牘總集的編纂方式及其文體學意義》，《斯文》2021年第2期。

③關于"内層制度"及文學制度的結構層次理論，參考饒龍隼《中國古代文學制度論綱》，《學術研究》2019年第4期。

一、 晚明尺牘的淵源與邊界

尺牘從載體、形式、書法等不同角度命名，又有手簡、函札、刀筆、八行等異稱①，但晚明文人熱衷于稱其爲“尺牘”，而非其他名稱。究其原因，有尺牘概念的淵源及制度性特徵的影響，也與晚明文人心態和文化心理密切相關。

首先，尺牘產生、發展、演變的歷史過程，帶有明顯的制度性特徵。尺牘是中國古代較早產生並走向成熟的文體，其得名來自書寫材料的特性，即長度與質地。杜預《春秋左氏傳序》稱春秋史官記諸侯國史，“大事書之於策，小事簡牘而已”，孔穎達進一步區别“牘”與“簡”：“牘乃方版，版廣於簡，可以並容數行。”又辨析“簡”與“策”曰：“單執一札謂之爲簡，連編諸簡乃名爲策。”②説明春秋時“策”“簡”“牘”的書寫已有制度性規定，即按照事情“大小”即詳略與重要程度確定載體。同時，據學者考證，“木牘大多用於公文、律令、短簡及私人函柬”，“自漢以後，日用的木牘標準乃定爲一尺”，“一尺者爲信件”③。“尺牘”之名由此產生。“牘”的規制決定了尺牘的文體特徵：用于日常、篇幅短小、叙事完整而簡潔。晚明文人也是在這種文體特徵的意義上認識并確定尺牘文類。

其次，晚明人普遍好古，喜歡使用事物的古稱。于慎行《穀山筆塵》曾有描述：“自嘉、隆以來，士風文字雅好古風，官名稱謂亦多從古，如稱六卿爲大司徒、大司馬之類，此皆周官舊名，職任相合，稱之是也。”④然而，漢、唐、宋、元人皆好古，明人有何特别之處呢？其特别之處就在于，明代以前，好古大多局限于士大夫階層，而明代尤其是晚明印刷出版的發展，使好古形成了一股强大的社會熱潮。在這樣的背景下，對尺牘的重視和討論就不僅僅是士大夫階層的事業，而成爲整個社會中識文斷字者的普遍關切。晚明尺牘的盛行，有很大一部分來自社會各階層文人日常生活中對寫信的需要，即對典範的尺牘作品的模仿需求。“尺牘”這一來自遠古的名稱，加上由“一尺”之制所帶來的短小、簡潔的文體風格，構成了晚明“快餐式”閲讀絶佳的文本，也是射利書商的絶好商機。

在此，有必要討論晚明尺牘的文體邊界問題。在尺牘之名凝定的背後，是根

---

①據蔣竹蓀主編《書信用語詞典》(上海辭書出版社 2002 年版)，以内容、載體、長度、封裝、書寫工具、傳遞方式等不同，列出書信别稱 200 多種。
②李學勤主編《十三經注疏・春秋左傳正義》卷 1，北京大學出版社 1999 年版，第 9 頁。
③錢存訓《書于竹帛：中國古代的文字記録》，東方出版中心 2022 年版，第 130—131 頁。
④(明)于慎行撰，吕景琳點校《穀山筆塵》，中華書局 1984 年版，第 148 頁。

據風格對尺牘文體邊界的重新劃定。與“尺牘”高度重合、難以區分的一個文體概念是“書”。在文體分類相對簡單的先秦兩漢時期，私人通信和公文、外交辭令皆可稱爲“書”。書即以文字記録，劉勰總結道，“舒布其言，陳之簡牘”者，皆可謂之書，“書記廣大，衣被事體；筆札雜名，古今多品”①。可以説，書是尺牘的上位概念，尺牘是書中私人之書。學者總結説：“古代臣下向皇帝陳言進詞所寫的公文與親朋間往來的私人信件，均稱爲‘書’。因此，古代以‘書’名篇的文字，實包括兩種文體，爲了加以區别，一般把前者稱爲‘上書’或‘奏書’，屬公牘文的‘奏疏’（亦稱‘奏議’）類；後者則單稱‘書’，或稱爲‘書牘’‘書札’‘書簡’，屬應用文。”②然而，從宋代到明清文體分類的實踐中，“書”與“尺牘”不再是簡單的上下位關係，而是兩種不同風格的文體。

宋代以前，“尺牘”一詞有時指書，有時則區别于書，常混作一談。北宋蘇軾、黄庭堅等人善作兼具書法美與文學性的短小信札，可與魏晋法帖媲美，人稱“蘇黄尺牘”。其後，善作尺牘者大都祖述蘇、黄，尺牘與書遂在風格上産生分離。那些長篇的且偏重議論的書信，動輒千萬言，即使也是私人通信，卻很少稱“尺牘”。可見作爲長度單位的“尺”對尺牘文體風格的規約。

明前中期的總集、别集，其編纂思維深受《文心雕龍》之影響，大類統曰“書”，所收録私人信件皆歸入“書”或“啓”，而不見“尺牘”門類。吴訥《文章辨體》將“臣僚敷奏，朋舊往復”統稱“書”類③。徐師曾《文體明辨》徑沿劉勰“書記”説，將“簡”解爲“略”、“陳其大略”且“簡用散文”，“尺牘”則是一種“簡略之稱”④。晚明文人雅好尺牘，故總集、别集多設尺牘類，甚至專門刊刻尺牘總集、别集。賀復徵編《文章辨體彙選》，將書、尺牘和啓三體並列，且在“尺牘”類目下注曰：“尺牘者，約情愫于尺幅之中，亦簡略之稱也。劉勰所謂‘才冠鴻筆，多疏尺牘’是也。”⑤雖然賀復徵仍是在《文心雕龍·書記》的理論框架下討論尺牘，但相比于明前中期兩部文體學著作，突出了尺牘的獨立性，這也是對晚明文學現象恰如其實的總結。明萬曆前後，從王叔杲的《玉介園存稿》、陸光祖的《陸莊簡公遺稿》等别集起，始見“尺牘”類目。萬曆後期更幾乎人人如此，如王艮《心齋先生全集》有《尺牘》二卷，趙

①（南朝梁）劉勰《文心雕龍》，上海古籍出版社 2015 年版，第 159—160 頁。
②褚斌傑《中國古代文體概論》，北京大學版社 1990 年版，第 387 頁。
③（明）吴訥撰，凌郁之疏證《文章辨體序題疏證》，人民文學出版社 2016 年版，第 157 頁。
④（明）徐師曾撰，羅根澤校點《文體明辨序説》，人民文學出版社 1962 年版，第 128—129 頁。
⑤（明）賀復徵編《文章辨體彙選》卷 259，《景印文淵閣四庫全書》，臺灣商務印書館 1986 年版，第 1405 册，第 249 頁。

南星《趙忠毅公集》有《尺牘》三卷，袁宏道《袁中郎全集》有《尺牘》六卷，等等。

值得注意的是，晚明文人在重視尺牘文體的同時，有意識地將其範圍擴大。例如，如馮夢禎《快雪堂集》卷三十二至卷四十四"尺牘"類中就含有啓七首。湯顯祖《玉茗堂尺牘》、潘季馴《留餘堂尺牘》等，所收除尺牘外，也包括相當一部分書、啓。也有將"尺牘"與"書"並列，如史鑒《西村集》卷五有"書"七首，又有"尺牘"二十一首。專門的尺牘別集中也有類似現象，如王家屏《王文端公尺牘》中含"啓"三卷、"書"五卷。有的則雖冠以"尺牘"之名，卻包括公牘，如張銓《張忠烈公存》第十九至二十六卷所收"尺牘"分爲"朝事""遼事""西巡公事""西巡應酬""南巡應酬""桑梓""節令"，其中，除"桑梓""節令"兩類是私人尺牘，其餘皆屬公牘。晚明文人別集會收録寫給家人的尺牘，但"尺牘"與"家書"在一些別集中也有所區分，如陳子壯《陳文忠公遺集》卷十收録"尺牘"三十二首，卷十一又另收"家書"十九首。在楊慎、王世貞相繼編選的《尺牘清裁》刊刻後，題名"尺牘"的書籍大量湧現。這些書籍也擴大了"尺牘"的文體範圍，如《尺牘新鈔》《尺牘初徵》《尺牘新語》等，所選也包括議論説理的書與駢四儷六的啓。這説明"尺牘"的文體邊界在晚明逐漸擴張。這種擴張，還體現在尺牘周邊文體反方向的涵容。例如，黄宗羲《明文海》僅列"書"類，卻將袁宏道、屠隆、馮夢禎等人的尺牘作品列入其中。

晚明文人如此重視"尺牘"，一方面與尺牘文體的淵源及制度性特徵有關，另一方面，也與晚明文人心態、文化心理等因素有關。但由于不同文人對"尺牘"内涵、外延的理解差異，以及尺牘流行造成的良莠不齊的編刊現象，體現在明人別集、總集編纂中的"尺牘"，並無一定之規，從而造成了尺牘文體邊界的模糊。在理解晚明尺牘時，應對此有所辨析。

二、晚明尺牘的書寫形制

由于日常應用頻繁，加之精心保存、刊刻，今存晚明文人尺牘數量頗多，但真正稱得上"自出手眼"者卻並不多。究其原因，尺牘首先畢竟是一種應用性文體，用以傳遞資訊、交際應酬，很多文人根本不把它當作"文"，因而也就很少花心思在尺牘寫作上，甚至爲了提高應酬和辦事效率，會找人代寫。在晚明文人別集中，常見"代某答""代某啓""代某復書"一類尺牘。吴炳《緑牡丹》傳奇第二十四齣《叨倩》中，老儒范虚自白道："在人家抄得四六啓一兩套，就在門上寫個招牌，説代作詩文書啓，果然也有人來央。”①一種文體可以代寫，就説明它具有相對固定的形制規範，尺牘亦然。它首先是應用文體，其次才談得上藝術性或文學性。

尺牘文體從秦漢濫觴，到晚明定型，在長期的寫作與閲讀的歷史中，形成了相对稳定的形制和規範，可稱之爲尺牘禮儀，而記録尺牘禮儀規範的專書，稱之爲“書儀”。西晋有《月儀》，按月編排，爲朋友之間通信提供節候景致與問候套語，講究文辭優美，如《全晋文》收録的索靖《月儀帖》，《初學記》收録的王羲之《月儀書》，敦煌藏經洞出土的《朋友書儀》等，都是典型書儀。②除了這種月令書儀外，還有綜合性書儀，發展到明清時期，就是所謂的“日用類書”③。日用類書通常包括但不限于尺牘。此外，還有專門的尺牘範本。如晚明馮夢龍編纂的《折梅箋》，書前有“書柬活套體式”，即一通完整尺牘應包括的十一個部分：

> 凡發書，用全帖寫：“某生某姓名頓首拜”。又另用副啓寫書；書中體式，一叙别，二瞻仰，三稱頌，四神相，五起居，六自叙，七入事，八祈亮，九結尾，十“名具正肅”，或用“某名再頓首”，十一左沖。④

徐邦達認爲：“明代尺牘有的前有單帖‘名刺’，本文稱‘副啓’，所以不再具名，末後只書‘名正肅’三字。這種形式，大約要到萬曆間才出現，一直持續到清代。”⑤副啓是在正式信件之外的附加文字，主要是説一些較爲私密的事情，也可以看作是尺牘的核心部分。其實這在魏晋時期已有雛形⑥。副啓的寫作，頗有一些繁瑣的規矩。晚明朱之瑜曾答學生問“書柬式”曰：

> 副啓二板，爲一扣、二扣、三扣、四扣、六扣可用，惟五扣不用，乃殘紙耳。寸楮舊無其制，兵興以來方有之，亦仿副啓之例，稍闊則爲帖。二扣者爲古柬，六扣者爲全柬，三扣、四扣、五扣皆不可用，俱爲殘紙。副啓盡，而書不能盡，則復用一啓續之。其二、其三以至六、七俱可，粘連不粘連隨意。粘連者，用鈐縫印記，均不割去面葉，割去面葉則爲殘紙。所以謂之殘紙，總之慮

---

①王季思主編《重訂增注中國十大古典喜劇集(下)》，齊魯書社 2018 年版，第 727 頁。
②吴麗娱《唐禮摭遺——中古書儀研究》，商務印書館 2002 年版，第 4—32 頁。
③白謙慎《古代尺牘的社會功能和藝術性》，《歷史文獻》2014 年第 00 期，第 501 頁。
④(明)馮夢龍《折梅箋》卷首，《馮夢龍全集》，遠方出版社 2005 年版，第 3 頁。
⑤徐邦達《再談古書畫鑒别》，見《名家鑒畫探要(修訂本)》，中國青年出版社 2018 年版，第 90 頁。
⑥祁小春《魏晉尺牘中的“短箋”與“長疏”》，《文藝研究》2020 年第 1 期。

其不敬也。寒舍子往來，則不在此例。書面用拜帖、回帖，非也。上達者，用手奏、奏記、手啓、副啓之類；平行者，用副啓，如晤談、如晤言、代面等項；下交者，用札諭、剳諭帖等項。①

以上對明清之際尺牘禮儀的列舉，“上達”“平行”“下交”分别不同的注意事項，體現了尺牘的身份規定。關于晚明副啓的規定，清代桂馥跋《顔氏家藏尺牘》曰：

副啓肇於前明，古未有也。張氏翼鳳云：“正啓多莊語，或有機密，則具副啓。”謝氏肇淛云：“上而奏疏，下而簡牘，俱用毛邊紙，其制折簡夾刺，鈐以私印，封題格式，如金科玉律。”王觀國《學林》言：“足下、坐下、几下、席下、閣下，不宣、不具、不備、不次，頓首、稽首、叩首，其義本同，而世有尊卑吉凶之别，然則拘俗不踰，在昔然矣。”

由此可見晚明人日常通信規矩、禮儀之多。王世貞在《觚不觚録》中記載了晚明的“副啓”風氣：“尺牘之有副啓也，或有所指譏，或有所請托，不可雜他語，不敢具姓名，如宋疏之貼黄類耳。近年以來，必以此爲加厚，大抵比之正書稍簡其辭，而無他説。或無所忌諱，而必欲隱其名。甚至有稱副啓一、副二至三至四者。余甚厭之，一切都絶，即以我爲簡褻，亦任之而已。”②

在通行格式之外，尺牘還有一些不成文的禮儀規矩，例如只有朋輩才稱字。王世貞提到：

又有一種可怪者，往時于鱗與余頗厭惡之：與子與輩尺牘相聞以字，然不過知己十餘人，至於詩文，稱字稍廣，然亦僅施之年位輩行相若者耳。今貧士書生，不見録有司輸粟者，富家兒不識一丁，口尚乳臭，輒戴紫陽巾，衣忠静衣，挾行卷、詩題、尺牘，俱稱‘于鱗’‘伯玉’，而究之，尚未識面。③

再比如，尺牘的落款分爲具姓名和不具姓名兩種。對此，徐邦達説：“老年人給晚

①（明）朱之瑜《舜水先生文集》卷15《問書柬式》，日本享保五年（康熙五十九年）書林茨城多左衛門刻本，《清代詩文集彙編》，上海古籍出版社2010年版，第15册，第476—477頁。
②（明）王世貞《觚不觚録》，《叢書集成初編》第2811册，商務印書館1936年版，第18頁。
③（明）王世貞《觚不觚録》，《叢書集成初編》第2811册，第12頁。

輩偶有書字、書號或别號的。明末有雙名的人，如‘元璐’‘道周’等，在尺牘中有時只寫下一字如‘璐’‘周’等，但上面的一字，必是兄弟排行字。偶有少數排行字在下的，則少寫下一字，如戴本孝兄弟排行是‘某孝’，因此‘本孝’有時只書一‘本’字。有的人又在名字下面加一‘生’字，例如‘漣生’（楊漣）、‘周生’（黄道周）等。”①

晚明尺牘前通常有套啓。袁中道尺牘《答杜總戎》中有云：“偶病泄瀉，不及作套啓，惟原宥萬萬。”②套啓應是較爲正式的信函，它應該具備《折梅箋》所録的十一個部分，有一定的寫作規範。相比于尺牘，套啓繁瑣無趣，要想在其中書寫真情實感想必十分困難。也正因如此，晚明套啓受到很多批評。明末江天一在《與金函三惟日》中説：

> 近日雕飾爲工，如兒童屬對，如士大夫往來寒温套啓，如鬼語荒郊，囚氣鎖詞，貿貿然自詫其富麗浩博，而題目文境清明之氣俱不留一線，大約是無志氣人所爲，故不存骨體，止塗膚革，真實讀書人唯有歎息而已。③

尺牘的篇幅，也不一定都是短小簡潔的，從晚明文人稱爲“尺牘”的作品中看，尺牘的篇幅可長可短。如屠隆《答劉子威侍御》所言：“陸表侄至，自金昌奉先生尺牘來，累累千言，瑰麗閎肆，籠罩百氏，提挈陰陽，抽關啓鑰，椎破神理。”④累累千言的尺牘，很難説是“簡略”了，可見當時人們對尺牘文體的理解並不嚴格從篇幅上規定。不過，一些文人有自己的傾向和偏好，他們認爲尺牘往來，簡潔爲上，如馮夢禎《報李玄白》曰：“書牘往來，掌大紙足矣，不煩長箋也。”⑤與屠隆大異其趣。

在晚明尺牘寫作中，還有一種“字大非禮”的説法。張次仲（1589—1676）在給友人的尺牘中，不滿于一個高姓朋友的來信，稱“胡桃大字約千餘言，奴僕皆鮮衣怒馬”，令人生厭。那麽，尺牘用字應以多大爲宜呢？張次仲説：“昔吴初泉侍御寄書親友，署名函邊，字不過黄豆大。……不知起自何代，創自何人，以漸鋪

①徐邦達《再談古書畫鑒别》，見《名家鑒畫探要（修訂本）》，第 90 頁。
②（明）袁中道撰，錢伯城點校《珂雪齋集》，上海古籍出版社 2019 年版，第 1156 頁。
③（明）江天一《江止庵遺集》卷 4《與金函三惟日》，清康熙祭書草堂刻本，《四庫未收書輯刊》，北京出版社 2000 年版，6 輯第 28 册，第 291 頁。
④（明）屠隆《棲真館集》卷 17，《屠隆集》，浙江古籍出版社 2012 年版，第 6 册，第 355 頁。
⑤（明）馮夢禎《快雪堂集》卷 36，《四庫全書存目叢書・集部》，齊魯書社 1997 年版，第 164 册，第 461 頁。

張,大若胡桃。昔禰衡狂徒,俠刺到許下,眼中不見有操,其大應如斗矣。予謂胡桃大字不足暢懷,須横寫,每幅止可一字,方展驕蹇之志。或謂横寫無此體,不知世人心横,眼面皮横,何獨名刺横寫不得。"①將尺牘中字的大小與寫信者態度聯繫起來,未必合理,但可見尺牘能够體現文人的修養。

此外,尺牘形制也强調書法,這也是尺牘文體獨特的價值維度。晚明文人中,邢侗尤擅尺牘,其尺牘獲得王世貞、董其昌的高度評價。王世貞《邢子愿侍御》云:"尺牘俊語,使人醉心。至於結法,妙入《聖教》三昧。家弟所别得四紙,更焕若神明。即付兒子寶藏,不敢做换羊肉故事也。所覬多多益善耳。"②邢侗本人也重視尺牘書法,他經常與友人談論來信的字迹,如《答黄撫臺》:"節奉台下手牘,字衷天拔,法度丰姿,靡所不有。即今竟日臨池之輩,莫能蠡測其妙。"③

另有一點值得注意,即晚明文人尺牘中,有些並非親筆,而是起草後請人代爲抄寫,我們看到許多字迹工整的墨迹,實際上很多都出自抄書人之手。爲防止他人别有用心地僞造尺牘,通常要自己手書。袁宏道《與段青園憲副》云:"往來書札,皆手書,一者弟不善屬草,二者可以絶奸竇。弟雖惡札,亦自可觀。"④字迹工整者也不一定是代寫,因爲寫給不同的對象會呈現不同的書體。寫給長輩一般用楷書,寫給同輩或晚輩則以行書、草書爲多,不可一概而論。

三、 晚明尺牘的文學功能

尺牘與晚明文人的日常文學活动密切相關,其文學功能主要體現在三個方面:一是文學應酬的見證,二是詩文集傳播與閱讀的媒介,三是文學批評的重要載體。

(一) 尺牘是晚明文學應酬的見證

明人好著述,熱衷于刊刻詩文集。與前代相比,明人著述數量巨大,一代之中,又以晚明尤多。據學者統計,"明人有詩文作品存世者至少有 20000 人"⑤。還有學者從文學"創作者"和"閱讀者"的角度,提出"明代的文學人口超過了歷史

---

①上海圖書館編《上海圖書館藏明代尺牘》第 8 册,上海科學技術文獻出版社 2002 年版,第 21—27 頁。
②譚平國《邢侗年譜》,東方出版中心 2018 年版,第 104 頁。
③(明)邢侗《來禽館集》卷 28,《邢侗集》,齊魯書社 2017 年版,第 669 頁。
④(明)袁宏道撰,錢伯城箋校《袁宏道集箋校》,上海古籍出版社 2018 年版,第 1751 頁。
⑤李時人主編《中國文學家大辭典·明代卷·前言》,中華書局 2018 年版,第 6—8 頁。

上任何一個朝代”①。在浩如煙海的明代詩文別集中,應酬文章占了絶大多數。②“應酬”是明代文學的關鍵詞,晚明尤甚。

從晚明尺牘看,應酬令人身心交瘁。袁中道曾發誓不作應酬之文③,馮夢禎也曾多次提到不堪應酬而處處逃避④。黄汝亨在《與詢法師》中稱“文債詩魔”令其苦不堪言⑤。邢大道則在尺牘中稱應酬令他“精氣銷亡”⑥,他還與兄弟傾訴説自己“齒數墮,髮盡白,兩眸花甚,燭下蠅頭字不復辨”,卻仍“時時爲文債所迫”⑦。晚明文人以王世貞的應酬文字爲尤多。學者統計其《弇州山人四部稿》和《續稿》,共收録壽序 140 篇,墓誌、墓表、行狀等更是達到 340 篇之多,堪稱晚明應酬文章之最⑧。他在晚年自悔地表達了戒斷筆墨應酬的願望:

> 僕自殘歲來三改火,病羸惙惙。秋中參術始見功,肌體漸腴,神氣亦王,但苦筆劄役未已,一入新正,必於上真前作誓斷絶之矣,不然終爲一窩墨瀋淹殺,無了期也。⑨

他還去信張佳胤:“筆硯受役,無少息肩。以故於正月朔移入丈室,誓大士前,一切斷絶。”⑩不過誓言並未履行。不久後,當有人求墓誌銘,王世貞破例提筆,稱爲“絶筆”:“年來爲筆硯所役,忽忽成瘵,已於新正誓斷之,而黄解元者以明公之

①李玉寶《論明代的文學人口》,《文學制度》第 3 輯,上海大學出版社 2022 年版,第 4 頁。
②白壽彝總主編、王毓銓主編《中國通史 15》第 9 卷《中古時代·明時期上》,上海人民出版社 2015 年版,第 52 頁。
③(明)袁中道撰,錢伯城點校《珂雪齋集》卷 25《答王天根》,第 1129—1130 頁。
④如馮夢禎《快雪堂集》卷 37《與周申甫》:“過檇李止停一二日,已不勝内外酬應之苦,遂宵遁過吴江。”卷 35《與沈心唐先生》:“頃者出吊無錫,往返貴治,恐入城與衣冠酬應,或非薜荔裳所宜,以故不敢。”
⑤(明)黄汝亨《寓林集》卷 27《與詢法師》:“居京不著官,内給妻子,外酧賓朋,又多文債詩魔,以空疏應之,殊苦不給。窮於道之謂貧,我之謂也。”《明别集叢刊》(第 4 輯)第 59 册,黄山書社 2016 年版,第 692 頁。
⑥(明)邢大道《白雲巢集》卷 21《寄楊平津明府書》其二:“弟孱弱善病,仁兄素知之。十年以來,爲文債所苦,精氣銷亡,柴骨雪髮,頹然老態矣。”《明别集叢刊》(第 4 輯)第 55 册,黄山書社 2016 年版,第 666 頁。
⑦(明)邢大道《白雲巢集》卷 21《寄家弟書》,《明别集叢刊》(第 4 輯)第 55 册,黄山書社 2016 年版,第 669 頁。
⑧〔韓〕金愚政《王世貞壽序管見》,見《王世貞與明清文化國際學術交流會論文集》,上海三聯書店 2016 年版,第 265—288 頁。
⑨(明)王世貞《弇州山人續稿》卷 194《趙汝師》其六,《明别集叢刊》(第 3 輯)第 39 册,黄山書社 2016 年版,第 333—334 頁。
⑩(明)王世貞《弇州山人續稿》卷 184《答張肖甫司馬》其八,《明别集叢刊》(第 3 輯)第 39 册,第 233 頁。

教札來，爲渠王父憲副公不朽計，奈何？許之，是僕不免誑語慁也；不許，是二千里之匍匐與明公之命皆委之草莽也，殆將以此爲絶筆矣。”①“絶筆”之後還有“續筆”。王世貞還在繼續他的“筆硯之役”，以償還“文債”。他感歎：“邇來日了文債，形神不攝，終須于墨池中淹殺，無計回避，如何如何。”②

職是之故，王世貞的文集一度被當作“應酬寶典”，流行士林。明末艾南英嘗論曰：“後生小子，不必讀書，不必作文，但架上有前後《四部稿》，每遇應酬，頃刻裁割，便可成篇，驟讀之無不鮮華濃麗，絢爛奪目，細按之，一腐套耳。”③顧炎武甚至把寫作“應酬文字”的行爲與“文人”的身份聯繫起來：“《宋史》言劉忠肅每戒子弟曰：‘士當以器識爲先，一命爲文人，無足觀矣。’僕自一讀此言，便絶應酬文字，所以養其器識而不墮於文人也。懸牌在室，以拒來請，人所共見。”④以此拒絶他人索序。

（二）尺牘是晚明詩文集傳播與閱讀的媒介

在尺牘中索求詩文集，隨牘附贈詩文集，往來尺牘商議刊刻詩文集，索序以點綴詩文集等，是晚明文人日常文學活動的重要部分。

互相閱讀，是晚明文人尺牘交游的首要話題。江盈科第一次寫信給屠隆，首先提到曾閱讀其文集：“丙戌之春，旅食京華，從書肆中得購《由拳集》，歸而就旅邸展讀，津津乎有味其言哉！”⑤接着，他就屠隆所作《東門堤》《鮑叔祠》等文章，以及尺牘、七絶、七古、五七言律詩等作品恭維一番。讀其詩，識其人，以尺牘交流感想，是晚明文人間交往的重要方式。范守己給王世貞寫信，也首先自述曾在書肆購買王世貞的《豔異編》《尺牘清裁》《四部稿》等著作⑥。關係親近者，不必從書肆購買，可以直接向作者索要。如趙訥曾向王樵索要近著，王樵回信附以所編《四書紹文編》及詩文集：“承索所著餘書，敬以《紹文編》二册並拙集請教。”⑦馮夢禎也曾去信焦竑索要《焦氏筆乘》：“昨從楊止庵論議，渠甚留心經學及六書，因知門下《筆乘》中所論轉注義又在升庵太史之上。如架頭有副本，敢

---

①（明）王世貞《弇州山人續稿》卷186《答周鴻臚》其三，《明別集叢刊》（第3輯）第39册，第259頁。
②（明）王世貞《弇州山人續稿》卷205《王承父》其五，《明別集叢刊》（第3輯）第39册，第441頁。
③（明）艾南英撰，張符驤評《天傭子集》卷2《答夏彝仲論文書》，清康熙張符驤淳如堂刻本，《明別集叢刊》（第5輯）第39册，黄山書社2016年版，第32頁。
④（清）顧炎武《亭林文集》卷4《與人書十八》，《顧炎武全集》第21册，上海古籍出版社2011年版，第145頁。
⑤（明）江盈科《雪濤閣集》卷12《與屠赤水》，《江盈科集》，岳麓書社2008年版，第417頁。
⑥（明）范守己《御龍子集·吹劍草》卷46《與王元美先生》，《四庫全書存目叢書·集部》第163册，齊魯書社1997年版，第310頁。
⑦（明）王樵《方麓集》卷8《與趙陽溪》，《景印文淵閣四庫全書》第1285册，臺灣商務印書館1986年版，第270頁。

乞一部。”①

尺牘在詩文集的刊刻中發揮着重要作用。沈一貫曾把詩集《吹劍集》的書稿寄給族叔沈明臣，請他幫助删削，以備刊刻。沈明臣蕆事回信道：“《吹劍集》二册還記室，愧非法眼，銓擇未精。”②然今見沈一貫著作中並無《吹劍集》，或是刊刻時更换了名稱。在付梓前，文人之間常相互借閲書稿。臧懋循擅弈，曾藏有秘本《棋勢》十卷。他在制版刊刻，把此書借給謝肇淛，可謝肇淛久假不歸。臧懋循只好直言索要：“曩有《棋勢》十册，久在記室，幸便間檢擲，將並付梓人，以廣其傳，亦千金敝帚意也。千萬勿忘！”③可如今並不見此書傳世，或是謝肇淛没有歸還，或臧懋循還没來得及刊刻就已去世④。臧懋循尺牘還透露了其刻書背後的艱辛。臧懋循曾編《唐詩所》，今見各版本只有初盛唐部分。實際上，他還選定了中晚唐部分，只可惜被人竊取。臧懋循曾向謝肇淛痛陳：“向集中晚唐人詩，已得十之八九，而庚戌冬爲亡賴子盜取大半。搜羅校訂之勤，一旦盡廢。每顧及，未嘗不怒恨幾裂腹也。”⑤

晚明文人還常寄送詩文集給朋友索序，以借重其文名，增著作之分量。晚明文人尤其是有影響力的文人，書序文在其别集中都佔據大量篇幅。這些書序文的創作緣由，都能從尺牘中覓得蹤迹。例如，上海圖書館藏凌濛初尺牘真迹一通，其内容涉及向吴夢暘索序之事：

> 拙詞聊寄牢騷，恐金石非宫商中聲，徒供覆瓿。不經高明之士，何以重於世？請得一言弁其端，已蒙俞允，不識曾一揮毫否？蔚宗《書纂》，亦得雄文，俾足金口木舌，要當有買櫝而還珠者，然不可謂非賣珠者用心也。門下亦不惜掬管否？⑥

凌濛初爲哪部詞曲集向吴夢暘索序，已難考證。但他提到的“蔚宗《書纂》”即凌氏所著《後漢書纂》，從現存《後漢書纂》來看，已得“雄文”乃王穉登序，序中極贊

①（明）馮夢禎《快雪堂集》卷37《與焦弱侯太史》，《四庫全書存目叢書·集部》第164册，第529頁。
②（明）沈明臣《與肩吾》二首其一，《豐對樓文集》不分卷，清沈光寧抄本，南京圖書館藏本（國圖縮微膠片）。
③（明）臧懋循《負苞堂文選》卷4《寄謝在杭書》，《臧懋循集》，浙江古籍出版社2012年版，第151頁。
④據徐朔方考證，《棋勢》十册曾準備翻刻而未成。見徐朔方《古代戲曲小説研究》，浙江大學出版社2008年版，第108頁。
⑤（明）臧懋循《負苞堂文選》卷4《寄謝在杭書》，《臧懋循集》，第150頁。
⑥潘建國《明凌濛初尺牘真跡考釋》，《文學遺產》2001年第5期，第133—136頁。

凌氏《書纂》之成就，因而凌濛初有"買櫝還珠"之語，喜悦之情溢于言表。由此可見，借重名人作序爲著作增彩，以獲得暢銷，是當時文人索序的動機，尺牘生動地記録下這一歷史現場。

晚明文人熱衷于互贈文集，將其看作與同道切磋詩文、交流思想的機會，也看作互相推舉、弘揚文名的途徑，以期取得生前身後的令譽。如袁中道所言"不能忘情于過雁一聲，欲有所編纂，以垂後世"①。李贄曾將《藏書》贈予焦竑，並總結平生著述，詳細地爲已完成的和正在撰寫的著作作了一番"解題"。《藏書》尚未打算付梓，故而謹慎地抄録副本，專人寄送給焦竑披覽，只因書中所論事關"千百年是非"，觀點驚世駭俗，"但可自怡，不可示人"②，最好藏之名山，傳諸後世。但同時，他還是積極地尋求當世同道的理解，"欲與知音者一談"③。在寫給焦竑的信中，李贄將自己的著述分爲"可傳"和"不可傳"兩種類型："近作一册四篇奉正。其二篇論心隱者不可傳。《類林》妙甚，當與《世説》並傳無疑。"④所謂"不可傳"，當有三層含義：一是著作所涉話題敏感，易引起麻煩，故不可輕易傳播；二因没有知音，無法流傳，這是"不可傳"的第二層意思；留待異代知音的叩鳴，或許是李贄的言外之意。正如其《初潭集序》所言，"神者不傳，爲日已久"，而傳神才是著作的真正價值，即"與其不可傳而傳之"⑤。焦竑作爲李贄的知己，深度介入李贄著作的寫定、刊行與傳播活動中。對于李贄的著作，焦竑往往是"第一讀者"，也是修訂者與傳播者。李贄的許多著作在與焦竑的尺牘往還中完善、定稿。⑥

重視文學作品的傳播，是晚明文人的共通心理。袁宏道、袁中道兄弟與蘇州書坊"書種堂"主人袁無涯關係密切，袁宏道的《瀟碧堂集》《瓶花齋集》《解脱集》《錦帆集》等，都由書種堂刊行。袁宏道與袁無涯之間的尺牘往來也都是關于刻書之事。如：

> 不肖詩文多信腕信口，自以爲海内無復賞音者，兄丈爲之梓行，此何異瘡痂之嗜。幸謹藏之奥，爲不肖護醜，勿廣示人也。至囑，至囑。戊戌以後，稍有

①（明）袁中道撰，錢伯城點校《珂雪齋集》卷25《寄汪大司馬静峰》其三，第1159頁。
②（明）李贄《李温陵集》卷14《藏書紀傳總論》，（明）潘曾紘輯，鄭國權、張建業整理《李贄全集續編·李温陵集》，首都師範大學出版社2019年版，第222頁。
③（明）李贄《焚書》卷1《答焦漪園》，《李贄全集注》第1册，社會科學文獻出版社2010年版，第17頁。
④（明）李贄《續焚書》卷1《與焦漪園太史》，《李贄全集注》第3册，第86頁。
⑤（明）李贄《初潭集又叙》，《李贄全集注》第12册，第4頁。
⑥（明）李贄《續焚書》卷1《與耿子健》、卷2《與焦弱侯》，《李贄全集注》第3册，第42、135頁。

> 著述，去僧忙不及録寄，附去《廣莊》及《瓶花集》各一册，餘俟怡山還致之。[①]
>
> 《瓶花》《瀟碧》二集寄覽。又《觴政》一編，唐人舊有之，略爲增減耳，並上。[②]

文集刻好後，袁宏道寄給各位友人共同欣賞，並時常向同道索序，闡揚文學理念。如與潘之恒："《觴政》一册寄覽。近刻二種稍多，不及印來，來客篋中有之，間時取閱一過。"[③]又如與黄平倩："寄去集二種：《瓶花》是京師作，詩文俱有痕迹；《瀟碧》乃山中數年所得，似覺勝之。仁兄不可不一叙也。……《觴政》一册附上，大可爲酒場歡具也。"[④]袁宏道每成一集，都寄送江盈科索序："近日作文如兄者絶少，《敝篋》之叙，謹嚴真實；《錦帆》之叙，流麗標緻。大都以審單家書之筆，發以真切不浮之意，比今之抵掌秦、漢者，自然不同，所以可貴。《解脱》更乞一叙。"[⑤]江盈科還曾幫助袁宏道刊刻文集："《解脱》爲江令索刻，計當完矣。"[⑥]又《江進之》曰："《解脱》詩已刻完，末後二卷謹録上，幸早録成之。"[⑦]其中，刊刻《瓶花齋集》和《瀟碧堂集》花費甚多："近日刻《瓶花》《瀟碧》二集，幾賣卻柳湖莊。計月内可成帙，然不能寄遠，以大費楮墨也。"[⑧]

袁宏道去世後，作爲書商的袁無涯希望挖掘袁宏道不輕易示人的"秘本"以牟利，因乏甄别，竟把僞作《狂言》歸入袁集。在《珂雪齋集》中，收録了袁中道與袁無涯關于袁宏道著作權争論的尺牘。如袁無涯詢問："聞中郎先生尚有談性命之書五十餘卷，不知何在？"袁中道回信澄清道："先兄諸集，止是後來少許未入梓矣。至於與人札子，草草附去，或不存稿者有之，未可據以爲尚有藏書未出也。"[⑨]晚明文人刊刻、傳播詩文集的細節通過尺牘保留下來。

除了重視刊刻自己的文集，袁宏道對已故朋友的著述流传也頗爲留心。曹以新去世後，袁宏道與錢希言商討爲其刊刻遺文事：

> 曹以新後事，諸皆可略，但其遺文不可不爲刊行。不然，亦當輯而藏之，

---

①（明）袁宏道《瀟碧堂集》卷 18《袁無涯》，《袁宏道集箋校》，第 1357 頁。
②（明）袁宏道《瀟碧堂集》卷 19《袁無涯》，《袁宏道集箋校》，第 1390 頁。
③（明）袁宏道《未編稿》卷 3《與潘景升》，《袁宏道集箋校》，第 1740 頁。
④（明）袁宏道《未編稿》卷 3《與黄平倩》，《袁宏道集箋校》，第 1744 頁。
⑤（明）袁宏道《解脱集》卷 4《江進之》，《袁宏道集箋校》，第 546 頁。
⑥（明）袁宏道《解脱集》卷 4《錢象先》，《袁宏道集箋校》，第 549 頁。
⑦（明）袁宏道《解脱集》卷 4《江進之》，《袁宏道集箋校》，第 552 頁。
⑧（明）袁宏道《瀟碧堂集》卷 19《蘇潛夫》，《袁宏道集箋校》，第 1380 頁。
⑨（明）袁中道撰，錢伯城點校《珂雪齋集》卷 24《與袁無涯》，第 1107 頁。

免爲酒瓿酸甕所苦,是在百穀與吾兄耳。①

曹以新名昌先,字子念,改字以新,以字行,太倉人,從王世貞遊。世貞殁後,移居吴門,窮困而終。生平具《列朝詩集小傳》。曹以新生前没有詩文集刊行,其文名得以流傳,袁宏道功不可没。

在重視自己和時人著作的同時,晚明文人也熱衷整理、刊刻前人著述。例如,王象乾曾去信親家邢侗,囑託他重新編次楊慎文集。邢侗回信曰:

> 楊集書肆八寶,錯落並陳,一時損重,下里驚奇。真所謂施者無倦,而受者靦顔矣。……《升庵集》不知剜殘至此。此老博綜沉典,當朝不第二。有屬弟暇中爲更一銓次,親家募吴匠鏤之,此文獻大舉止也。代尊序,弟力爲之,以傾悉此老平生。②

在另一通尺牘中,邢侗又説:"楊用修文集,板漸漫滅,倘能還復舊觀,是漏天界中一大文獻事。此老風流博奥,亦堪稱領本朝狀頭。暇與伯俊督學兄商之,當有處分耳。"③可見其强烈的文獻保存意識。

此外,晚明尺牘還揭示了文學門派同氣相求的需要。例如,馮夢禎擅長時文,名聲顯著,任南國子監祭酒期間學生衆多。他曾募資刊刻《馮開之門人稿》,專收門下學生李日華、戴灝等人的文章,不遺餘力地獎掖後進。書稿刻成後,他分發給好友,請他們參與品鑒。如《與趙少虹》:"近刻《聽雨草》,謹奉二帙,又《門人稿》一部,請正大雅,且以爲候。"④又如《與何士抑》:"新刻《聽雨草》及《門人稿》各寄一帙,夙業所牽,復有此等伎倆,知可發足下一鼓掌耳。"⑤再如《報來夢得》:"《聽雨草》江都新刻益十首,並楊貞復、袁、許爲《四先生稿》,今奉一帙。"⑥這些也是晚明尺牘中呈現出的詩文集傳播景象。

(三)晚明尺牘是文學批評的重要載體

吴承學指出:"晚明尺牘既多是文人之間的文字交往,其中便有不少值得注

---

①(明)袁宏道《解脱集》卷4《錢象先》,《袁宏道集箋校》,第549頁。
②(明)邢侗《來禽館集》卷28《與蜀撫王霽宇》,《邢侗集》,第664—665頁。
③(明)邢侗《來禽館集》卷29《上蜀撫霽宇王姻家》,《邢侗集》,第703頁。
④(明)馮夢禎《快雪堂集》卷32《與趙少虹》,《四庫全書存目叢書·集部》第164册,第456頁。
⑤(明)馮夢禎《快雪堂集》卷32《與何士抑》,《四庫全書存目叢書·集部》第164册,第460頁。
⑥(明)馮夢禎《快雪堂集》卷32《與來夢得》,《四庫全書存目叢書·集部》第164册,第462頁。

意的文學批評的寶貴材料。”[①]在尺牘中,文人往往能够直抒己見,異于正襟危坐的公開言説。不同時期的尺牘,反映晚明文人文學思想變化的軌迹。

例如,王世貞論詩主復古、主格調,在其《藝苑卮言》中有所體現。然而,在復古與格調之外,他的性靈色彩與矛盾心態要從尺牘中才看得真切。他在《答周俎書》中批評前輩名家“巧於用寡而拙於用衆”的不足,自言“曲盡變風變雅之致”[②],又在《與徐子與書》中反思“時名易襲,身後可念”[③],晚年《答曹子真》《李仲吉》《光先輩》《吴明卿》《李本寧參政》等數十通尺牘中,王世貞頻繁地表達“自悔”之意,如“僕老矣,不自惜,受役筆墨餘三十年,而今且自悔”[④],甚至感慨“所讀書,一字不得用,所撰述文業,一字無可傳”[⑤],這樣的話非尺牘不能寫出[⑥]。王世貞留下的文集卷帙浩繁,欲把握其思想,不僅需要釐清其發論之場合,也需要考慮其對話者之身份。如果機械地理解,認爲其文學思想一以貫之,就會産生誤解。王世貞不同時期的尺牘,對準確把握其文學思想的動態變化具有重要的文獻價值。

再如,徐渭的文學批評思想也體現在其尺牘中。他在《答許北口書》提出,要發掘“興、觀、群、怨”的嶄新内涵,才能達到讓人“冷水澆背,陡然一驚”的效果[⑦]。在《與季友》中,他又提倡李杜之外可學韓愈、孟郊、盧仝、李賀詩,“眼界始寬闊”,不拘于一格[⑧]。《奉師季先生書》更是别開生面:

> 詩之興體,起句絶無意味,自古樂府亦已然。樂府蓋取民俗之謡,正與古《國風》一類,今之南北東西雖殊方,而婦女兒童、耕夫舟子、塞曲征吟、市歌巷引、若所謂竹枝詞,無不皆然。此真天機自動,觸物發聲,以啓其下段欲寫之情,默會亦自有妙處,决不可以意義説者。不知夫子以爲何如?[⑨]

徐渭敏鋭地注意到詩學中“興”的民間資源,進而在古今雅俗文學之間找到了貫

①吴承學《晚明小品研究(修訂本)》,北京大學出版社 2017 年版,第 326 頁。
②(明)王世貞《弇州山人四部稿》卷 128《答周俎》,《明别集叢刊》(第 3 輯)第 35 册,第 140 頁。
③(明)王世貞《弇州山人四部稿》卷 118《徐子與》其十四,《明别集叢刊》(第 3 輯)第 35 册,第 31 頁。
④(明)王世貞《弇州山人續稿》卷 183《黄山人》,《明别集叢刊》(第 3 輯)第 39 册,第 222 頁。
⑤(明)王世貞《弇州山人續稿》卷 183《答曹子真》,《明别集叢刊》(第 3 輯)第 39 册,第 225 頁。
⑥有關王世貞“晚年自悔”問題,詳見魏宏遠《王世貞文學與文獻研究》,上海古籍出版社 2017 年版,第 200—254 頁。
⑦(明)徐渭《徐文長三集》卷 16《答許口北書》,《徐渭集》,中華書局 1983 年版,第 482 頁。
⑧(明)徐渭《徐文長三集》卷 16《與季友》,《徐渭集》,第 461 頁。
⑨(明)徐渭《徐文長三集》卷 16《奉師季先生書》其三,《徐渭集》,第 458 頁。

通的關鍵——“天機”。這種標新立異的文學觀點，在尺牘中以一種商量、討論的口吻隨意講出，成就了經典的文學批評。

再如，湯顯祖有關詩文、戲曲的獨到批評，也多見于《玉茗堂尺牘》。在詩文的創作上，湯顯祖認爲才情重于聲律，《答吕姜山》說“文以意趣神色爲主”①，《答凌初成》說“歌詩者自然而然”②。在曲學上，湯顯祖也提倡“使然而自然”，他堅持認爲“曲意”優先于“曲律”。在寫給孫如法的尺牘中，他直言“正不妨拗折天下人嗓子”③。對于有人改竄《牡丹亭》以便于“吴歌”的做法，湯顯祖不以爲然，他在寫給凌濛初的尺牘中譬喻道：“昔有人嫌摩詰之冬景芭蕉，割蕉加梅，冬則冬矣，然非王摩詰冬景也。”④尺牘中的湯顯祖，與其他文字建構出的形象大不一樣。其文學批評的精妙之處，正藴藏其中。

再如袁宏道，其詩文主張前後變化纖毫畢現于尺牘中。其文學思想分爲前後兩個時期：萬曆二十六年(1598)之前結集的《錦帆集》《解脱集》《瓶花齋集》爲同一風格，《瀟碧堂集》以及未編稿，則是另一副模樣。在前期尺牘中，袁宏道提出了很多驚世駭俗的文學觀點，對當時詩文中高古卑今、蹈襲模擬之風氣大膽提出批評，而提倡新奇變化。如在《丘長孺》尺牘中，袁宏道借着對其《北遊稿》的評價發表新論：

> 唐自有詩也，不必《選》體也；初、盛、中、晚自有詩也，不必初、盛也。李、杜、王、岑、錢、劉，下迨元、白、盧、鄭，各自有詩也，不必李、杜也。趙宋亦然。陳、歐、蘇、黄諸人，有一字襲唐者乎？又有一字相襲者乎？至其不能爲唐，殆是氣運使然，猶唐之不能爲《選》，《選》之不能爲漢、魏耳。今之君子，乃欲概天下而唐之，又且以不唐病宋。夫既以不唐病宋矣，何不以不《選》病唐。不漢、魏病《選》，不《三百篇》病漢，不結繩鳥迹病《三百篇》耶？夫詩之氣，一代減一代，故古也厚今也薄。詩之奇之妙之工之無所不極，一代盛一代，故古有不盡之情，今無不寫之景。然則古何必高，今何必卑哉？⑤

袁宏道尚“變”的詩學思想淋漓盡致地體現在這議論中，他通過追問復古文學所

---

①(明)湯顯祖《玉茗堂尺牘》卷1《答吕姜山》，《湯顯祖集全編》，上海古籍出版社2016年版，第1735—1736頁。
②④(明)湯顯祖《玉茗堂尺牘》卷4《答凌初成》，《湯顯祖集全編》，第1914頁。
③(明)湯顯祖《玉茗堂尺牘》卷3《答孫俟居》，《湯顯祖集全編》，第1849頁。
⑤(明)袁宏道《錦帆集》卷4《丘長孺》，《袁宏道集箋校》，第304頁。

尊奉的"古"的來源,從根本上否定了"摹古"的必要性。近人王國維"一代有一代之文學"説[①],與之異代而同音。28歲的袁宏道,有着打破既有規則、挑戰復古思潮的鋭氣。他在寫給李贄的尺牘中,贊譽爲世俗所不容的《焚書》:"愁可以破顔,病可以健脾,昏可以醒眼,甚得力。"[②]

爲了强調"真",袁宏道在尺牘中嚴厲地批評"假"。《答陶石簣》中,他申説孔子所謂"道不遠人",是不遠于"人情"。在《徐漢明》中,他批評了"浮泛不切,依憑古人之式樣,取潤聖賢之餘沫,妄自尊大,欺己欺人"的虚僞之人,斥其爲"孔門之優孟,衣冠之盗賊"[③]。在《答李元善》中,袁宏道説:"文章新奇,無定格式,只要發人所不能發,句法、字法、調法,一一從自己胸中流出,此真新奇也。"在此基礎上,袁宏道認爲詩文不須有"法",《答張東阿》言:"唐人妙處,正在無法耳。如六朝、漢、魏者,唐人既以爲不必法,沈、宋、李、杜者,唐之人雖慕之,亦决不肯法,此李唐所以度越千古也。"[④]他甚至將這種"真"推到極致,"决不肯從人脚跟轉","寧今寧俗,不肯拾人一字"[⑤]。對自己的詩作,他説:"其中非驚人語,則嗔人語。嗔人語者,爲人所嗔也。"[⑥]

在時人的詩文中,袁宏道推崇徐渭。《吴敦之》云:"所可喜者,過越,於亂文集中識出徐渭,殆是我朝第一詩人,王、李爲之短氣。"[⑦]《答梅客生開府》説:"今代知詩者,徐渭稍不愧古人。"《馮侍郎座主》曰:"宏於近代得一詩人曰徐渭,其詩盡翻窠臼,自出手眼。有長吉之奇,而暢其語;奪工部之骨,而脱其膚;挾子瞻之辨,而逸其氣。無論七子,即何、李當在下風。"[⑧]儼然把徐渭樹立爲一代榜樣。

然而,相較于《解脱集》《瓶花齋集》時期大力褒揚徐渭,袁宏道在《瀟碧堂集》中開始對徐渭有所微詞。其與徐時進尺牘曰:

> 于鱗有遠體,元美有遠韻;然以摹擬損其骨,辟則王之學《華》。會稽徐文長稍自振脱,而體格位置,小似羊欣書。[⑨]

---

①王國維《宋元戲曲史·自序》,上海古籍出版社2008年版,第1頁。
②(明)袁宏道《錦帆集》卷3《李宏甫》,《袁宏道集箋校》,第238頁。
③(明)袁宏道《錦帆集》卷3《徐漢明》,《袁宏道集箋校》,第234—235頁。
④(明)袁宏道《瓶花齋集》卷9《答張東阿》,《袁宏道集箋校》,第813頁。
⑤(明)袁宏道《瓶花齋集》卷10《馮琢庵師》其二,《袁宏道集箋校》,第843頁。
⑥⑦(明)袁宏道《解脱集》卷4《吴敦之》,《袁宏道集箋校》,第541頁。
⑧(明)袁宏道《瓶花齋集》卷10《馮侍郎座主》,《袁宏道集箋校》,第830頁。
⑨(明)袁宏道《瀟碧堂集》卷18《答徐見可太府》其二,《袁宏道集箋校》,第1354頁。

袁宏道以書法喻詩法，把李、王比作王獻之摹《華山碑》，而把徐渭比作王獻之的學生羊欣。袁宏道筆下的三者地位迥然變化。《瀟碧堂集》及《未編稿》中的袁宏道，鋭氣大不如前。不同于此前的急迫勇猛，此時他開始强調“水到渠成”“參究學問”，把净土宗的修行之法引入詩文創作中。他在與黄輝的尺牘中説學問“以闇然日章爲主”①，並自言：“近造想益卓，參禪到平實，便是最上乘。弟自入德山後，學問乃穩妥，不復往來胸臆間也。”②可見袁宏道此時已偏于中正平和。他自認爲《瀟碧堂集》勝于《瓶花齋集》，這與後人的評價十分不同③。袁宏道晚年“自悔”之意由此可見。其“自悔”還體現在他對“草率”“信手”的批評與反思。他勸誡黄輝説：“詩文之工，决非以草率得者，望兄勿以信手爲近道也。”④反觀他從前寫給張獻翼的尺牘：

至於詩，則不肖聊戲筆耳。信心而出，信口而談。……見從己出，不曾依傍半個古人，所以他頂天立地。今人雖譏訕得，卻是廢他不得。不然，糞裏嚼查，順口接屁，倚勢欺良，如今蘇州投靠家人一般。⑤

令人咋舌，何前倨而后卑也？晚年的袁宏道不再提倡“信心而出”“信口而談”，而是更加“穩重”。除了對早年文學觀念的修正之外，袁宏道産生了虚無之感，他在給座師馮琦的信中説：“過此欲焚卻筆研，人生精力幾何，若爲以有限之精神，事此無益之伎倆也！”⑥隨着袁宏道的自悔，“公安派”文學批評也從鋒芒畢露走向了收斂含蘊。宏道去世後，袁中道在《答須水部日華》中反思道：

不肖謬謂本朝修詞，歷下諸公力救後來凡近之習，故於詩字字取則盛唐。然愈嚴愈隘，迫脅情境，使不得暢。窮而必變，亦其勢然。先兄中郎矯之，多抒其意中之所欲言，而刊去套語，間入俚易。惟自秦中歸，始云：“我近來稍悟詩道。”今《華嵩遊草》是也，緊嚴深厚，較往作又一格矣。天假以年，

①（明）袁宏道《未編稿》卷3《與黄平倩》，《袁宏道集箋校》，第1755頁。
②（明）袁宏道《未編稿》卷3《與黄平倩》，《袁宏道集箋校》，第1744頁。
③如袁震宇、劉明今認爲，袁宏道《錦帆集》《解脱集》《瓶花齋集》中收録的作品，“代表了他一生中創作的主要成就”。見王運熙、顧易生主編《中國文學批評通史·明代卷》，上海古籍出版社2011年版，第443頁。
④（明）袁宏道《瀟碧堂集》卷19《黄平倩》，《袁宏道集箋校》，第1366頁。
⑤（明）袁宏道《解脱集》卷4《張幼于》，《袁宏道集箋校》，第537頁。
⑥（明）袁宏道《瀟碧堂集》卷18《馮尚書座主》，《袁宏道集箋校》，第1347頁。

進未可量。前此諸撰,原非稅駕之所。①

此時的袁中道能够心平氣和地評價前後七子在文學上的地位與貢獻,也能够公允地看待袁宏道的前後變化,將袁宏道的詩文創作看作一個遞進過程。

尺牘既是交流訊息的文體工具,也是抒寫性情的文學形式。晚明尺牘以其獨特的文體形制和文學功能,爲觀察和理解晚明社會文化提供了有益視角。尺牘文體的私語性,使它最有可能成爲文人内心真實、細膩的寫照,在與其他言説的對比中形成巨大張力,展現出晚明複雜的社會人生。在應用的動機之外,晚明文人創作並無實際用途的尺牘小品,甚至有意識地保存、編選、刊刻尺牘,使尺牘掙脱了"用世"的束縛,而得以"傳世",成爲晚明文學中一種特色鮮明的文類。

縱觀整個中國古代,尺牘都被視爲一種應用文類,少有人將其與詩詞文章等量齊觀,遑論其"傳世"價值。萬曆十年(1582),王世貞開始意識到尺牘的傳世價值:"生平於故人竿尺殊鹵莽,前歲始曉令侍筆者録得數紙。"②從不以爲意,到抄録副本,正是尺牘觀念轉變的體現。後來王世貞編選《尺牘清裁》,其目的就是以尺牘傳世,闡揚文學觀。從《尺牘清裁》開始,晚明尺牘總集的編選成爲一時風氣,尺牘的傳世價值進一步得到確認。編纂《古今翰苑瓊琚》的孫鑛曾説:"正大之文,古雅之詞,情趣之語,俱堪不朽。"③袁中道曾説:"垂世之業,亦必置其身於世間毁譽稱譏之外,而後一段精光不可磨滅。而有意於不朽者,其勢且速之朽。故往往衝口信筆,不復删汰。以爲果出雅士之口,即俗亦雅也;果出俗士之口,即雅亦俗也。姑賅而存焉,聽後之人愛我者留,不愛我者去。"④尺牘之獲得傳世價值,正體現了晚明文人强烈的不朽意識。

①(明)袁中道撰,錢伯城點校《珂雪齋集》卷24《答須水部日華》,第1113頁。
②(明)王世貞《弇州山人續稿》卷204《凌郡丞》其一,《明别集叢刊》(第三輯)第39册,第430頁。
③(明)孫鑛輯《古今翰苑瓊琚·凡例》,《四庫全書存目叢書補編》第4册,齊魯書社2001年版,第360頁。
④(明)袁中道撰,錢伯城點校《珂雪齋集》卷25《答蔡觀察元履》,第1131—1132頁。

晚明循吏兼文人茅瑞徵研究

趙紅娟[1]

内容提要 茅瑞徵爲官清廉，政績卓著，有幹吏、廉吏之目。他出爲循吏，入爲純儒，所撰所刊之書有21種，且多有經世救國之意。其《燕槎碎録》不僅以官員身份發現了運河沿線諸多社會問題，而且以文人的敏感記録了運河城鎮風貌，足以見出其幹吏形象和文人氣質。

關鍵詞 茅瑞徵；生平事蹟；著述刻書；《燕槎碎録》

茅瑞徵爲官清廉，政績卓著，有幹吏、廉吏之目。他時文、古文俱佳，曾擔任鄉試、會試工作，慧眼識人，門人衆多。無論家居，還是在官，衹要有閒暇，他就以讀書自娱，所撰所刊之書有21種，多有經世救國之意，是明末知名文人、學者。然其《澹樸齋初集》《澹樸齋外集》僅存孤本，深藏日本尊經閣文庫，至今未被學界發現與關注[2]，故其生平事蹟未顯，學界有關其生平介紹訛誤頗多[3]。在《茅瑞徵集》整理的基礎上，筆者對其生平事蹟、著述刻書，特别是對運河新史料《燕槎碎録》進行了較深入研究。

一、茅瑞徵生平事蹟

茅瑞徵，字伯符，號五芝，又號澹樸居士、清遠居士[4]、苕上愚公等。生于萬曆三年乙亥(1575)，卒于崇禎十年丁丑(1637)。曾祖茅遷(1488—1540)善于治

---

①作者簡介：趙紅娟，浙江外國語學院浙江文化"走出去"協同創新中心教授，主要從事明清文學與文化研究，出版專著《晚明望族編刊活動研究》等。本文爲國家社科基金重點項目"明代茅坤家族文學文獻整理與研究"(18AZW016)階段性成果。

②如肇雅琦以爲茅瑞徵《澹樸齋集》已佚，見《明末茅瑞徵行實與著作考略》，《古籍整理研究學刊》2021年第3期，第70頁。

③如富路特、房兆楹、李小林、馮金朋主編《明代名人傳·哥倫比亞大學》(4)"茅瑞徵"條，北京時代華文書局，2015年，第1411—1413頁。

④按：上圖藏天啓刻本《萬曆三大征考》有天啓辛酉清遠居士序，鈐"拙庵""方外司馬"二印，而序内容即茅瑞徵《澹樸齋初集》卷三所收天啓辛酉作《三大征考序》。據此可知，"清遠居士""拙庵""方外司馬"均爲茅瑞徵别號，這與茅瑞徵以"苕上愚公""澹樸居士"自許的個性一致。

生，在明中葉蠶絲業繁榮、桑葉需求旺盛的背景下，以種桑致富，積財至萬金[①]，田産達 1600 畝[②]。茅遷生三子：乾、坤、艮。三人天賦不一，乾從商，坤習文，艮業農。乾（1506—1584）爲瑞徵伯祖，經商致富後，入貲爲郎，深諳兵事，官至廣西南寧府通判，著有《晚汀吟草》六卷。坤（1512—1601）爲瑞徵仲祖，作爲茅家第一個進士，在軍事與文學上並負盛名，編輯評點的《唐宋八大家文鈔》盛行于世。艮（1515—1584）乃瑞徵之祖，精于稼穡。承繼父業，大而昌之，擴種桑樹數十萬株，面積達到數百畝，家財累積至數萬金[③]。後以例爲河南布政司經歷，作《農桑譜》六卷，頒示中州。艮生一夔、一龍、一皋，並能世父業而饒里中。一皋即瑞徵之父，生于嘉靖三十四年（1555），卒于崇禎三年（1630）。字明卿，號星海，萬曆恩貢生，謁選爲光禄寺丞。勇于好義，萬曆間大水，輸穀五千石賑濟，得旨建敦義坊。光緒《歸安縣志》卷三十九《孝義》有傳。

茅氏家族豪富、善文、知兵這三點，對茅瑞徵一生有重要影響。他自小穎異，承茅坤家學，科舉考試主攻《尚書》，十四歲成秀才。經歷兩次杭州鄉試敗北後，萬曆丁酉（1597）赴京應試，終成舉人。這次順天鄉試，茅瑞徵深得明州全天叙賞識，"初余丁酉試卷，房師置第二，師閱論表，亟拔冠本房。及五策，厚期余經濟。比撤棘，每向人咄咄，以應首舉見賞"[④]。萬曆十七年乙丑科狀元焦竑是這次鄉試主考，茅瑞徵後來與他交往密切，曾請其爲母親做墓誌銘[⑤]。爲官南京時，又常借書、抄書于焦氏澹園[⑥]。萬曆辛丑（1601），二十七歲的茅瑞徵成進士。主考官爲馮琦，茅瑞徵得其獎掖揄揚。《澹樸齋初集自叙》："既成進士，受知北海馮宗伯先生。先生每加獎許，且曰：'吾榜中擅場古文辭者，指不多屈，子其一也。'"

萬曆壬寅（1602）冬，茅瑞徵出任泗水縣令。受事三日，即有治河之役——大挑李吉口，疏浚河道。茅瑞徵募役二千餘人，參與河道挑淤工程。因錢糧不足，役者空腹待哺，苦不堪言。至次年暮春事告成，茅瑞徵才回到縣衙[⑦]。理政之

---

①見《茅鹿門先生文集》卷二三《伯兄少溪公墓志銘》，張夢新、張大芝點校《茅坤集》第 3 册，浙江古籍出版社 2012 年版，第 668 頁。
②（明）茅坤《耄年録》卷七《年譜》："父於臨没時，張目顧謂弟艮曰：'吾遺田止一千六百畝。'"《茅坤集》第 5 册，第 1234 頁。
③見《茅鹿門先生文集》卷二三《亡弟雙泉墓誌銘》，《茅坤集》第 3 册，第 671—672 頁。
④（明）茅瑞徵《澹樸齋初集》卷一二《祭全玄洲老師文》日本尊經閣文庫藏明刻本，下同。
⑤（明）茅瑞徵《澹樸齋初集》卷一〇《答焦漪園老師》。
⑥（明）茅瑞徵《芝園秘録初刻序》："往在白門多暇，每借漪園焦師藏書，手抄送日，陸沉忘倦。"
⑦見（明）茅瑞徵《澹樸齋初集》卷九《候胡心澤老師》、卷一《謝沈順庵侍御啓》《候濟南陳司理啓》、卷一五《過家水部夏鎮官舍有感河事》"荷鍤憶曹南"句小注。

暇，他展謁仲子廟，見神宇半圮，爲之修葺，並請子路裔孫以奉祀事[①]。泗水縣西連尼丘山，東枕陪尾山，泉石幽邃，茅瑞徵每一遊賞，則爲之擊節[②]。

萬曆甲辰(1604)，調任湖北黄岡。在任期間，置辦學田，致力文教。親授諸生茅坤作文法訣，指導訓練八股制藝文[③]；與諸生才俊者六十人結西陵社，分月試及遥課，並擔任評點工作[④]；考黄岡諸生制藝文，刻《西陵試草》[⑤]；搜集歷代吟詠黄岡赤壁詩文，編刊《赤壁集》[⑥]。萬曆戊申(1608)，主修完成《黄岡縣志》十卷，三易其稿，"其折衷總志及郡志者十之三，而博稽文獻及出之蠹簡斷碣者十之七"[⑦]，于《建置》《錢穀》特詳。又將歷任明代黄岡縣令姓名、到任與離任時間等刻石，作《國朝黄岡令題名記》。

萬曆己酉(1609)，茅瑞徵以卓異第一，行取兵部職方主事，赴京候缺。[⑧]因萬曆不上朝理政，導致官吏任滿遲遲不得升遷，茅瑞徵淹留京城，次年始得補選原秩。[⑨]萬曆癸丑(1613)，起補職方郎。[⑩]萬曆乙卯(1615)，轉武庫郎。頃之，又調職方。[⑪]時疆事方殷，茅瑞徵于"夷虜"之情形，山川之阨塞，九塞之虚實，將吏之勇怯，無不了然胸中，諸所陳奏擘畫，多切當機宜。[⑫]他鋭意改革，查摘虚冒兵餉者萬餘人，且擬爲清覈，與當權者意見相左。[⑬]後來又欲黜一副將不成，反爲其所構陷。加上御史姚永濟、韓浚皆有所請托，而瑞徵不從，遂被兩人合力排擠。[⑭]萬曆丁巳(1617)，韓浚掌管京察，因坐瑞徵以浮躁。[⑮]而茅瑞徵因婦喪兒幼，早倦宦

---

①(明)茅瑞徵《澹樸齋初集》卷四《仲子廟記》。

②(明)茅瑞徵《澹樸齋初集》卷九《柬魏二方》。

③(明)茅瑞徵《澹樸齋初集》卷九《與黄岡劉、杜二生》。

④(明)茅瑞徵《澹樸齋初集》卷一三《西陵盟略》。

⑤(明)茅瑞徵《澹樸齋初集》卷三《西陵試草小序》："黄有士如林，奇文蔚起。予三試盡其技，而最後得士逾衆，高者可建旗鼓，下亦不失爲後勁，狎主詞盟，豈異人哉！余幸馮軾寓目，乃柬勝技如干首，授梓以紀其盛，摩厲以須，是皆楚所號鋭師也。"

⑥(明)茅瑞徵《澹樸齋初集》卷三《刻赤壁集序》："爰伐棗梨，以當金石，庶問名山之藏，永作琬琰之秘。"

⑦(明)茅瑞徵《澹樸齋初集》卷三《黄岡縣志序》。

⑧(明)茅瑞徵《塵談》(下)："余自戊申奉檄考選，己酉需次都門。"卷一一《祭周兩峰太翁文》(己酉)："曾孫婿行取兵部主事某，需次京邸。"

⑨(明)茅瑞徵《塵談》(下)："庚戌仍補原秩。"

⑩(明)茅瑞徵《塵談》(下)："癸丑，借差歸里，起補職方郎。"

⑪(明)茅瑞徵《澹樸齋初集》卷六《辰巳紀事》："(萬曆乙卯)會轉武庫郎，余私喜庫部閒適，可從容就道也。頃之，調職方，本部遣官趣者再。不得已，以初秋戒行，從京口就陸，八月望日始受事。"

⑫見(明)葉向高《蒼霞餘草》卷七《五芝茅公晉總楚臬序》，明萬曆刻本。

⑬(明)茅瑞徵《澹樸齋初集》卷一〇《與唐存憶侍御》："往不佞承乏造册，嘗查摘虚冒可萬餘，另籍記，擬爲清覈，而在事者意頗相拂。其後因有專練選鋒之議，罪廢以來，當亦屬一重公案矣。"

⑭見(明)茅瑞徵《澹樸齋初集》卷六《辰巳紀事》、永瑢《四庫全書總目》卷一四"《虞書箋》二卷"條。

⑮(明)茅瑞徵《澹樸齋初集》卷六《辰巳紀事》："柱史君(韓浚)掌河南道事，管理京察，遂始終以發私書一事文致，坐余浮躁矣。"

遊,遂託病辭官。萬曆己未(1619),茅瑞徵作《辰巳紀事》,詳細叙述自己丙辰、丁巳獲罪、落職經過。

天啓辛酉(1621),茅瑞徵恢復職位,但仍奉旨家居。閒居時,他嗜好著書,且多雜以兵事。《東夷考略》《東事問答》諸作揭示遼東戰場形勢,並提出自己的解决辦法,"皆鑿鑿可見施行"[①],而且當時遼陽、廣寧尚存,可惜不爲所用。天啓癸亥(1623),閒居七年的茅瑞徵補武選郎添注,由水路北上赴任。沿途觸事摭聞,作《燕槎碎録》。七月,茅瑞徵抵京就任,任上代理印務,因得罪巨璫,沉淪選司八個月。天啓甲子(1624),茅瑞徵始量移閩藩[②],出任福建左參政[③]。不久,遷湖廣按察使[④],轉湖廣右布政[⑤],與蔡善繼同拒修魏忠賢祠。崇禎初,晉南光禄寺卿。崇禎三年,因丁父艱歸,盡以遺貲散鄉里之貧者。崇禎十年卒,贈大理寺正卿,奉旨諭祭三壇,造墳賜葬,蔭一子知州。

綜觀茅瑞徵一生,有兩點值得特别關注:

一是茅瑞徵有幹吏、廉吏之目[⑥],個性贛直,自稱苕上愚公。他兩次爲令,皆以治行特異稱。初令泗水,邑多逋賦,特請蠲免。黄岡任上,凡保甲、賦役、水利、郵傳,備極經畫。官職方時,講畫周詳,見諸行事,天下拭目,上司倚以爲重。[⑦]他稟性清廉,有請謁問遺至,輒面赤反走。[⑧]他家世饒裕,亦有清廉的底氣。就任職方郎中時,聞武將賄賂成風,遂謝絶一切私謁,門上張貼"黄金無權,青錢入選"之句,人爲之側目。[⑨]他個性贛直,易得罪當權者。職方郎中任上,因不從御史姚永濟、韓浚請托而被罷官;武選郎添注任上,對巨璫蔭襲一事,堅持不具覆,以此開罪當權者,而不被升遷。他自號苕上愚公,作《苕上愚公傳》以見志,曰:"炙手不知炎,下石不知險,脂膏不知潤,軒冕不知榮,胸無機械,意無好醜,殆天下之至愚

①(明)葉向高《蒼霞餘草》卷七《五芝茅公晉總楚臬序》,明萬曆刻本。
②(明)茅瑞徵《武部雜誌》:"余抵任,會有巨璫蔭襲一事,殊費推敲,遂以印務相屬。余堅持不具覆,主爵以此藉口,復浮湛選司八閲月,始得量移閩藩。"
③(清)魯曾煜修《(乾隆)福州府志》卷二九《職官二》。
④(明)葉向高《蒼霞餘草》卷七《五芝茅公晉總楚臬序》:"天子脩塞上功,還公官,且以卿秩秩公。公固辭,願得藩方自效,而吾閩適有天幸,得借公建節上游,清風瀸澤,沾被於山海之間,八郡士民,莫不拜公之賜,而公遽遷長楚臬以去。"
⑤(清)曾國荃《(光緒)湖南通志》卷一二〇《職官志十一》載茅瑞徵爲天啓朝"右參政,分守上湖南道"。又(清)陸心源《(光緒)歸安縣志》卷三六《文苑》載茅瑞徵"歷福建參政、湖廣右布政"。
⑥(明)茅瑞徵《澹樸齋初集》卷六《辰巳紀事》亦自稱:"五年劇令,每馳循卓之聲;六載職方,獨屏黄白之饋。"
⑦參見(明)葉向高《蒼霞餘草》卷七《五芝茅公晉總楚臬序》、張園真《(康熙)烏青文獻》卷一〇。
⑧(明)茅瑞徵《澹樸齋初集》卷六《苕上愚公傳》。
⑨(明)茅瑞徵《澹樸齋初集》卷六《辰巳紀事》。

人也。”[①]

二是茅瑞徵時文、古文俱佳,慧眼識人,門人衆多。他自小好學,漁獵經史,旁弋諸子百家之書。成進士後,受知于座師馮琦,益肆力古文辭。任職時,善于施行文教,並曾擔任鄉試、會試工作。萬曆丙午(1606),他分較楚闈,得士澧州戴君恩、孝感沈斗仲、黄梅石伯常等五人[②],後均成進士。萬曆丙辰(1616),復校禮闈,得申紹芳、袁中道、黄承昊、佟卜年諸人。其中申紹芳爲相國申時行之孫,官至户部左侍郎;袁中道爲公安三袁之一,官至南京吏部郎中;黄承昊官至廣東按察使,出自嘉興望族,祖、父、叔、兄等皆進士出身。

二、茅瑞徵著述刻書

茅瑞徵無論家居,還是在官,閒暇時即以讀書自娱,所撰所刊之書,多有經世救國之意,是明末知名文人、學者、軍事家、地理學家。在文學上[③],他善屬文,尤擅遊記。雅好山水的他,“無春不遊,無遊不以浹旬”[④],遊後則必有記。僅《澹樸齋初集》就收有其《初入廬山尋天池諸勝記》《遊洞庭西山記》等遊記 18 篇,還有不少散見于各地方志,如《零陵縣志》所收《遊澹巖記》等。這些遊記敘境宛然,詳略有致,結構巧妙,不僅藝術性高,而且十分有助于地方文化挖掘。他耽情吟詠,詩歌真率自喜,朱彝尊《静志居詩話》卷一六、陶元藻《全浙詩話》卷三四有傳。其《彭城懷古》詩云:“望彭城,彭城面面水,環匝與城平。君不見,馬中赤兔人中布,引水灌城走無路。”[⑤]學術上,有解經之作《虞書箋》《禹貢匯疏》,均有鑒于明季内憂外患,希望效法堯舜禹,以弘濟時難。所撰《職方存草》《象胥録》《萬曆三大征考》《東夷考略》等,則是有關晚明邊境史、交通史、軍事史、民族史的重要史料。讀其著述,滿腔濟世報國之志流露其中,一位忠直而富有才幹的晚明官吏形象躍然紙上。略考其著述、編刊之作如下。

1.《澹樸齋初集》十七卷,存。前十三卷爲文,後四卷爲詩。文分類編年,詩

---

①轉引自(清)朱彝尊《静志居詩話》,人民文學出版社,1998 年,第 492 頁。

②(明)茅瑞徵《澹樸齋初集》卷三《戴忠甫松露齋藝序》:“往丙午,余分較楚闈,得士五人,而澧州戴忠甫與焉。”卷三《沈斗仲稿序》:“孝感沈君斗仲,爲余丙午楚闈所舉士。”卷三《石伯常蓮峰草序》:“乃楚之役,長君竟以秋試出余門下,則伯常也。”

③(清)陸心源《(光緒)歸安縣志》等將其列入《文苑傳》。

④(明)茅瑞徵《澹樸齋初集》卷五《湖上看桃花記》。

⑤轉引自(清)朱彝尊《静志居詩話》,第 492 頁。

按體分卷。爲茅瑞徵五十歲前所作詩文，有崇禎七年（1634）自序，曰：“《澹樸齋初集》者，兒輩輯余五十以前存稿，稍爲詮次，因系以所居齋以志。余少壯時論著，且謂繼此將有待也。”按：董斯張《（崇禎）吴興備志》卷二二《經籍徵》著録。黄虞稷《千頃堂書目》卷二六、《浙江通志》卷二五一亦著録，但均無卷數。鄭元慶《湖録經籍考》卷三（以下簡稱《經籍考》）、同治《湖州府志》（以下簡稱《府志》）卷五九、光緒《歸安縣志》（以下簡稱《縣志》）卷二一均著録爲“十五卷”，誤。

2—4.《澹樸齋外集》三種四卷，存。即《愚公麈談》上下卷、《燕槎碎録》一卷、《武部雜誌》一卷。《愚公麈談》大概作于萬曆四十五年（1617）茅瑞徵職方郎中任上罷歸時[①]，多爲讀書雜記，亦雜録近事。《燕槎碎録》是茅瑞徵天啓三年起補爲兵部武選郎添注，取水程從湖州到達北京的沿途記録。《武部雜誌》是武選郎添注任上見聞，完成于崇禎六年（1633）茅瑞徵歸隱苕上時，是年七月跋曰：“偶因退食，漫次所聞，聊録存之，以當野獲。”

以上四種皆存明刊本，藏日本尊經閣文庫[②]，爲海内外孤本。

5—7.《楚遊稿》《金陵稿》《閩遊稿》各一卷，佚。按：《經籍考》卷三、《府志》卷五九、《縣志》卷二一均著録。

8.《淡樸齋遊稿》一卷，佚。祁承㸁《澹生堂藏書目》著録，一卷一册。按：《澹樸齋初集》卷三載《序遊》一篇，是茅瑞徵給自己遊記稿所作序[③]，當即此書。

9.《職方存草》，佚。《經籍考》卷一、《府志》卷五九、《縣志》卷二一著録。《浙江通志》卷二五一作“《職方存稿》”。此乃茅瑞徵兵部職方任上章奏、文移，萬曆丁巳（1617）罷歸後所輯。自序曰：“嘗考六曹，職守衡重，本兵獨號機務，意若有所深秘，而職方劇冗，爲他曹最。每入署，諸邊白上副封，廳事爲滿。余以寡才承乏，兼之五年，軍政湊集，而是年又適當秋防多儆，日從左右兩司馬後，筆墨裁牘，自謂心力殫竭，而竟以十月之拮据供人彈射。歸來偶啓敝簏，題識宛然，因遂輯存其略，以志官守。”[④]

10.《皇明象胥録》八卷，存。一作《象胥録》。萬斯同《明史》卷一三四、張廷玉《明史》卷九七、《傳是樓書目》、《清代禁毁書目四種》、《府志》卷五九、《縣志》卷

---

①（明）茅瑞徵《愚公麈談跋》：“余自戊申奉檄考選，己酉需次都門，庚戌仍補原秩，已而浮湛長安者四歲。癸丑，借差歸里，起補職方郎。予告來歸，彈指忽十年餘。”

②浙江計量大學趙素文老師將日本尊經閣文庫本複印件慨然相贈，謹此致謝。

③（明）茅瑞徵《澹樸齋初集》卷三《序遊》：“爾後遇有登臨，輒爲標次，語不必工，要以寫吾情境所歷……閑日，偶簡敝簏，寫成此帙。”

④（清）鄭元慶《湖録經籍考》卷一，《叢書集成續編》史部第71册，上海書店出版社2014年版，第26—27頁。

二一著録。現存崇禎二年刊本，有吴光義、鄒維璉序及自序，收入《國立北平圖書館善本叢書》第一集、《四庫禁毁書叢刊》史部第10册。是書乃茅瑞徵官兵部職方郎中時，據歷代史牒及耳目聞見所撰，是對嘉靖鄭曉《皇明四夷考》的增補和修訂，對明代邊境和通使梯航諸國均有記載。崇禎二年自序曰："鄭端簡公《吾學編》所次《四夷考》，精核簡嚴，而根據多略，編纂亦止於世廟。余往在職方，間按歷代史牒及耳目近事，稍爲增定，以訖萬曆紀年。如佛郎機、魯迷諸國，前考所缺者，並捃擴訂入，庶幾展卷可晳本末，蠻陬夷落如指諸掌"[①]，"因搜録成書，貂續端簡，題曰《象胥》，以志國家賓師之略。"[②]又吴光義序曰："年友茅伯符往郎職方，最留意邊防扼塞，兹以勛卿領大鴻臚，局閑務簡，乃出其向所搜次《四夷考》，更加訂定，間手以示余。"[③]可知，是書修訂與刊刻時間是崇禎二年茅瑞徵任職南光禄寺卿時。

11.《萬曆三大征考》五卷，存。萬斯同《明史》卷一三四、張廷玉《明史》卷九七、《府志》卷五九、《縣志》卷二一均著録爲五卷。錢謙益《絳雲樓書目》卷三、《傳是樓書目》、《清代禁毁書目四種》著録爲《三大征考》，無卷數。《澹生堂藏書目》著録爲七卷二册，蓋加上附録《東夷考略》《東事答問》各一卷。丁仁《八千卷樓書目》卷八著録《三大征考》舊抄本一卷[④]。

是書現存兩種版本：一爲上圖藏天啓刻本，收入《續修四庫全書》史部第436册：《哱氏》一卷、《倭上》《倭下》各一卷、《播州》一卷，據目録附有《寧夏圖》《日本圖》《島夷入犯圖》《朝鮮圖》《播州圖》[⑤]，有眉批；二爲北大圖書館藏舊鈔本，收入《四庫禁毁書叢刊》史部第70册，卷數、目録、眉批均與刻本同[⑥]，可知底本即爲天啓刻本。按：若附録五圖作一卷，加起來則爲五卷。《縣志》卷二一所録五卷爲：《圖説》一卷、《哱氏》一卷、《關白》兩卷、《楊應龍》一卷。其中《圖説》一卷對應的當即五圖，而《關白》兩卷對應的是《倭上》《倭下》，《楊應龍》一卷對應的是《播州》一卷。

《萬曆三大征考》是一部紀事本末體史書，成書于萬曆丁巳(1617)茅瑞徵兵

---

①《四庫禁毁書叢刊》史部第10册，第558頁。
②《四庫禁毁書叢刊》史部第10册，第559頁。
③《四庫禁毁書叢刊》史部第10册，第552—553頁。
④丁氏曰不著撰人名氏，但此書與《東夷考略》一起著録，故知是茅瑞徵所撰。
⑤按：附録中所標圖名與目録中圖名微有差異，依次爲：《寧夏總圖》《日本總圖》《島夷入寇之圖》《遼東連朝鮮圖》《播州總圖》。
⑥兩書均有天啓辛酉清遠居士序，上圖藏刊本還鈐有"拙庵""方外司馬"二印，而序内容即茅瑞徵《澹樸齋初集》卷三所收天啓辛酉作《三大征考序》。

部職方郎中任上罷歸時，修訂、刊刻于天啓元年辛酉（1621）家居時[①]。自序略曰："嘗閲《兩朝平攘録》，摭拾多不雅馴，已得瞿待詔《武功録》，所述哱、播情事，似屬詳盡而鋪張，間涉卮蔓，朝鮮一案缺焉不備。往歲歸舟，挈有《本兵稿略》，因出次第參訂，僭爲删輯。天啓辛酉夏日。"[②]主要記述萬曆朝的三次大規模用兵：一是萬曆二十年出兵寧夏，歷時九個月，平定寧夏致仕副總兵哱拜叛亂；二是萬曆二十年出兵援朝，與日本相持八年，最終取勝；三是萬曆二十五年出兵播州，歷時三年，平定播州宣慰使楊應龍叛亂。在記叙三大征後，茅瑞徵還以"外史氏曰"的方式，表明自己觀點。再加上附圖，可以説是一部紀事翔實、圖文兼備的晚明重要的軍事書籍。

12—13.《東夷考略》三卷、《東事答問》一卷（附《苕上愚公傳》），存。《府志》《縣志》均未著録。《傳是樓書目》、《絳雲樓書目》卷三、《清代禁毁書目四種》著録，或不題撰者，或曰苕上愚公著。《四庫禁毁書叢刊補編》第 17 册收入《東夷考略》，署北京圖書館藏明末刻本。扉頁有"浣花居藏板"字樣，書前有茅瑞徵《考原》，署浣花主人書，曰："自有東寇，主憂臣瘁，而議同築舍，局等弈棋。爰鑒往以察來，庶懲噎而改轍，故考東夷。"上海圖書館藏該書天啓刻本，收入《續修四庫全書》史部第 436 册，除無扉頁與《考原》外，版式與内容均同，當爲同一刻本。内容包括女直通考、海西女直考、建州女直考三個部分[③]，並附遼東全圖、開鐵圖、開原控帶外夷圖、瀋陽圖、遼陽圖、海運餉道圖，是有關明代女真族的重要史料[④]。三部分内容，版心分别爲"女直""海西""建州"，且各自計頁，故實爲三卷，而《續修四庫全書》等均署一卷。《東事答問》與《苕上愚公傳》兩者版心頁碼相連[⑤]，但後者僅一頁。《東事答問》爲主客問答形式，末尾識曰："偶聞遼警，起步彷徨，矢紓芹曝之衷，懼賈躍冶之誚。聊仿《七發》，漫展一籌，雖考槃自放，詎不敢忘國恤也。時辛酉四月苕上愚公識。"[⑥]

14.《虞書箋》二卷，存。萬斯同《明史》卷一三三、張廷玉《明史》卷九六、朱彝尊《經義考》卷九三、陳昌圖《南屏山房集》卷一八《兩浙經解考》、《千頃堂書目》卷

①（明）茅瑞徵《澹樸齋初集》卷三《三大征考序》（辛酉）："頃龍馭上賓，方開史局編摹……聊復點竄前帙，奉揚先帝鴻猷萬一。"
②同治《湖州府志》卷五九《藝文略四》。
③按：女直是女真族的别稱。
④正文末還附有茅瑞徵萬曆四十三年時對遼東軍事形勢的分析，末尾小字跋曰："此歲在乙卯臆語也，今局稍異，因並綴焉。"
⑤據《東夷考略目》，《東事答問》《苕上愚公傳》均爲《東夷考略》附録。
⑥按：《苕上愚公傳》落款時間亦爲天啓辛酉（1621）。

一、《續文獻通考》卷一四七、《四庫全書總目》卷一四、《文選樓藏書記》卷二、《浙江通志》卷二四一、《府志》卷五九、《縣志》卷二一等均著録。現存崇禎五年其子茅胤京、茅胤武刻本，中國人民大學圖書館等有藏，收入《四庫全書存目叢書》經部第52册。茅瑞徵官南京光禄寺卿時所作。崇禎五年自序曰："南局多暇日，取唐虞論治之書，再四讀之，意有所會，輒次數語簡端，久便成帙，兒子偶發廢簏，請付副墨，因漫題曰《虞書箋》。"[①]明季内憂外患，茅瑞徵作此書，希望崇禎帝能效法堯舜，諸臣能以稷、契爲榜様事君，以弘濟時難。《四庫全書總目》卷一四對茅瑞徵所箋評價很低，曰："此書所箋大抵敷衍舊説，無所發明。……殆閑曹無事，姑以遣日，本無意於著書，而其子漫付剞劂耳。"[②]撇開箋注質量不論，四庫館臣"無意於著書"的評價與茅瑞徵著書的用世之心明顯不符。

15.《禹貢匯疏》十五卷[③]，存。《四庫全書總目》卷一四、《千頃堂書目》卷一、《續文獻通考》卷一四七、《八千卷樓書目》卷一、《府志》卷五九、《縣志》卷二一均著録。《吴興備志》卷二三、萬斯同《明史》卷一三三作"十三卷"，《經義考》卷九四、《浙江通志》卷二四一、張廷玉《明史》卷九六、《南屏山房集》卷一八《兩浙經解考》則作"十二卷"。現存崇禎五年刻本，北大圖書館等有藏，收入《四庫全書存目叢書》經部第52册、《續修四庫全書》經部第54册。包括《禹貢匯疏》十二卷《圖經》二卷《别録》一卷，可知作"十二卷"者是僅計主書卷數，作"十三卷"者當是再加上《别録》一卷。有崇禎五年自序、閩觀察使申紹芳序及檇李門人黄承昊跋。自序曰："間考蘇端明《書傳》，意解各殊，及參以《大全》，諸儒論著，問難鋒(蜂)起。因從誦讀之餘，凡關《禹貢》疑義，信手摘録，爰采群碎，匯爲全書。"[④]

《四庫全書總目》卷十四曰："其書前冠《圖經》二卷，上卷二十四圖，皆鄭曉原本；下卷二十四圖，則瑞徵所補輯也。次以九州爲九卷，《導山》《導水》各一卷，而'九州攸同至末'自爲一卷。又采摭大禹神怪之事爲《附録》一卷。"[⑤]如同《虞書箋》，四庫館臣對其匯疏評價亦低，曰："徵引浩繁而無所斷制，動引及天文分野，未免氾濫。至其《附録》一卷，盡摭雜家之言，侈談靈異，則非惟無與於經義，亦並

①(明)茅瑞徵《虞書箋自序》，《四庫全書存目叢書》經部第52册，第489頁。
②(清)永瑢《四庫全書總目》，中華書局1965年版，第112頁。
③按：光緒《姚氏家乘》卷二〇《藝文》收(明)姚舜牧《虞書箋》二卷、《禹貢匯疏》，且所引姚氏兩書自序，除個别文字外，均與茅瑞徵著作同，不知何據。
④(明)茅瑞徵《禹貢匯疏序》，《四庫全書存目叢書》經部第52册，第545頁。
⑤按：據該書目録及正文版心，"附録"應作"别録"。

無關於時事矣，豈説經之體哉？”然四庫館臣明確指出該書志在用世，“多藉以抒寫時事”，“蓋其志不在於解經也”，①正如茅瑞徵自序曰：“讀《禹貢》者，詳九州之山川，則可供聚米之畫；習漕渠之岐路，則可商飛挽之宜；察東南之物力，則當念杼軸之空；考甸服之遺制，則當興樹藝之利，而挈要於底慎財賦一語。疏解浩繁，可一言以蔽之。如必句櫛字比，執今圖志，疑古山川……此不離經生之耳食，亦何益孔蔡之舊聞？”②

16.《五芝紀事》，佚。無書目著録，然有關莊廷鑨明史案文獻，在談到《明史輯略》的來源時，除朱國禎《明史》，還會提到茅瑞徵是書。如《費恭庵日記》曰：“又以史中未備者，采鄉先達茅瑞徵《五芝紀事》及明末啓禎遺事。”③據此可知，茅瑞徵撰有《五芝紀事》。學界還據此認爲茅瑞徵撰有《明末啓禎遺事》④，誤。按：茅瑞徵是明末人，卒于崇禎十年，命名自己撰寫的書籍，當不會作“明末啓禎遺事”。“明末啓禎遺事”衹能理解爲他人撰寫的書籍，或莊氏清初修史時所能聞見的明末啓、禎兩朝遺事。

17. 編刊《赤壁集》十二卷，佚。萬曆《黄岡縣志》卷九、《澹生堂藏書目》著録。前者著録曰：“《赤壁集》，邑令西吴茅瑞徵輯，凡十二卷，板藏署中。”《府志》卷五九、《縣志》卷二一亦著録，但無卷數。是書輯録歷代吟詠赤壁詩文，刊于萬曆三十四年（1606）。茅瑞徵是年所作刻書序曰：“王子號讀父書，吕生時推國步，爾乃同事編摩，博采成帙。勝國而上，誇得遺珠；本朝以還，争傳連璧。……余於兹山，既以一日叨主者，而殘文蠹簡，散佚罔紀，是亦有責焉。爰伐棗梨，以當金石。”⑤據此，主持編刊工作的是茅瑞徵，但黄岡王同軌、吕毋音亦參與該書編集工作⑥。

18. 主修《黄岡縣志》十卷，存。《四庫全書總目》、《傳是樓書目》、《府志》卷五九、《縣志》卷二一著録。茅瑞徵修，吕毋音、王同軌等纂，萬曆三十六年（1608）刊。國家圖書館有藏，缺第五、第六卷。茅瑞徵“萬曆戊申夏六月既望”之序置于

①（清）永瑢《四庫全書總目》，第 112 頁。
②（明）茅瑞徵《禹貢匯疏序》，《四庫全書存目叢書》經部第 52 册，第 546—547 頁。
③轉引自周慶雲《南潯志》卷四二《大事記一》。
④參見沈慧《湖州古代史稿》，方志出版社 2005 年版，第 379 頁；肇雅琦《明末茅瑞徵行實與著作考略》，《古籍整理研究學刊》2021 年第 3 期，第 69 頁；方建新、徐永明、童正倫編《浙江文獻要目》，浙江古籍出版社 2016 年版，第 245 頁。
⑤（明）茅瑞徵《澹樸齋初集》卷三《刻赤壁集序》（丙午）。此序亦收入萬曆《黄岡縣志》卷九《藝文》。
⑥學界多僅題茅瑞徵編，如《黄州赤壁志》，武漢大學出版社 2018 年版，第 556 頁。

志後[①],曰:"《志》凡十卷,其折衷總志及郡志者十之三,而博稽文獻及出之蠹簡斷碣者十之七。稿經三易,而於《建制》《錢穀》特詳。"[②]據序,此志屬于創修,但參酌棄取,繁而不蕪,簡而不略,後世稱善本。

19.《華夷譯語》,存。《華夷譯語》是若干民族語言(中國少數民族語或外國語)和漢語對譯的辭典的總稱,學界把它們分爲甲、乙、丙、丁四個種類,其中丙種本是指明代晚期會同館編纂的譯語,其具體編輯者一般認爲是茅瑞徵[③]。該書對有關民族語言研究具有重要價值。《中國歷史大辭典》收"《華夷譯語》"條目,曰:"正德間,四夷館增設八百館,萬曆間又增暹羅館,各種譯語不斷擴充更新。茅氏此輯衹注漢字讀音,專供會同館使用,故稱《會同館華夷譯語》,日本稱爲《華夷譯語》丙種本。有抄本傳世。"[④]楊守敬《日本訪書志》卷六著録該書抄本十三册,包含十三館譯語,曰:"明茅伯符輯,首有朱之蕃《序》","首朝鮮,次琉球,次日本,次安南,次占城,次暹羅,次韃靼,次畏兀兒,次西蕃,次回回,次滿剌加,次女真,次百夷。分天地、時令,花木、鳥獸,宫室、器用,人物、人事,身體、衣服,聲色、珍寶,飲饌、文史、數目、干支、卦名、通用諸類,或有合併,則各國詳略不一也,大抵皆日用習語。"[⑤]國内現僅存清袁壽皆貞節堂抄本,已影印收入《北京圖書館古籍珍本叢刊》經部第6册,包括5種譯語,其中韃靼譯語、委兀兒譯語、河西譯語、回回譯語被學界認爲出自丙種本《華夷譯語》,但因其中"河西譯語"被認爲成書于十四世紀中葉,學界由此更懷疑丙種本《華夷譯語》非茅瑞徵編輯。[⑥]按:茅瑞徵擔任南京禮部鴻臚寺卿,其職責涉及外交工作,包括語言翻譯,正如其所言"鴻臚昔號典客,掌諸歸義蠻夷,寄象鞮譯,自關職守"[⑦]。加上他作爲一個學者,編撰的不少書籍是在前人著作基礎上[⑧],故丙種本《華夷譯語》有抄録自前人的資料可以理解,其抄録、編輯貢獻不應被抹殺。[⑨]

①按:據(明)茅瑞徵《澹樸齋初集》卷九《寄王岵雲學憲》,學政王在晉賜序;又據卷十三《黄岡志凡六條》,茅瑞徵作有凡例六條,然現存國圖藏刊本無王氏序、茅氏凡例。
②按:此序亦收入茅瑞徵《澹樸齋初集》卷三。
③也有學者對此有異議,如馮蒸認爲"丙種本絶非茅瑞徵所纂輯",見《〈河西譯語〉初探》,收入黄盛璋主編《亞洲文明》第一集,安徽教育出版社1992年版,第138頁。
④中國歷史大辭典編纂委員會編《中國歷史大辭典》(上),上海辭書出版社2000年版,第1086頁。
⑤(清)楊守敬撰、張雷校點《日本訪書志》卷六,遼寧教育出版社2003年版,第99—100頁。
⑥參見馮蒸《"華夷譯語"調查記》,《文物》1981年第2期,第64—65頁。
⑦(明)茅瑞徵《象胥録序》,《四庫禁毁書叢刊》史部第10册,第559頁。
⑧如他在兵部職方任上編撰《皇明象胥録》,是在嘉靖鄭曉《皇明四夷考》的基礎上。
⑨按:楊守敬認爲此書底本來自明四夷館,茅瑞徵衹是一個抄者。(清)楊守敬撰、張雷校點《日本訪書志》卷六,遼寧教育出版社2003年版,第100頁。

20. 編刊《芝園秘録初刻》十四卷，存。《府志》卷五九、《縣志》卷二一著録爲十三卷。徐乾學《傳是樓書目》亦著録，無卷數。按：這是茅瑞徵崇禎間編刊的宋人著作，國家圖書館、湖北省圖書館有藏，《原國立北平圖書館甲庫善本叢書》第573冊影印收入，乃七種十四卷，而非十三卷，包括吕祖謙《易説》二卷、程大昌《詩論》一卷、周必大《二老堂雜誌》五卷、陳克、吴若、吕祉《東南防守利便》三卷[①]、楊彦齡《楊公筆録》一卷、釋祖秀《華陽宫記事》一卷、侍其良器《續千字文》一卷。茅瑞徵崇禎九年秋日自序曰："往在白門多暇，每借漪園焦師藏書，手抄送日，陸沉忘倦。歸來憩之小園，絶無浮榮，惟此誦讀夙緣未了。偶發兒京遺篋，得所抄《楊公筆録》等書，欲付殺青，以志悲况，而踟躇不果。頃刻《東南防守》一編，客有説余並出鈔本，公諸副墨，而簡帙浩繁，乃先掇《易説》數種合刻行世，題曰《秘録初刻》。"叢書刊刻完成于崇禎九年，其中《東南防守利便》刻于崇禎八年，有單獨刻書序，作于是年冬，曰："往余在職方，旁搜異聞，以佐籌畫，門人石伯常因進《東南防守利便》三卷，蓋尊甫楚陽先生前守蘇州所得抄本，留爲帳中秘者也。……頃者流寇飆發，所在騷動。偶取其書，再四繙閲，沿江一帶，防戍道里，剖如列眉，因亟以授副墨，聊資當事千慮之一。"據上述兩序可知，除《東南防守利便》底本來自石楚陽抄本，其餘當爲茅瑞徵抄自焦竑藏書。茅瑞徵刊刻這些南宋人作品，有感于崇禎間國勢日下，特别是刻《東南防守利便》一書，意在提醒統治者保住東南財富之地，以支援中原用兵。[②]

21.《宋史抄》，佚。僅見《(雍正)浙江通志》卷二四三著録，曰源自《歸安縣志》。查光緒《歸安縣志》卷二一，茅瑞徵名下無此書。按：梁玉繩《瞥記・瞥記四》記載："許周生云，潘中丞昭度曾欲重修宋史，先爲《宋史抄》，摭拾最富。"[③]又楊鳳苞《秋室集》卷四曰："吾鄉潘公昭度曾欲重修宋史，采宋人之載記爲《宋史抄》，其書不知凡幾千百册。亡友董君取藏，衹三十餘册，嘗借閲之。"[④]故疑爲潘曾纮所撰，然查同治《湖州府志》卷一九、《烏程縣志》卷一三，潘曾纮名下著録的是《宋史外志》而非《宋史抄》。存疑，俟考。

綜上，茅瑞徵著述豐富，編撰與刊刻的作品有21種之多，其中《華夷譯語》

---

①按：據該書序，爲三人共成此書，但該書卷首著録爲陳克、吴若撰，而《芝園秘録初刻》正文前目録標爲吕祉撰，導致各書目著録不一。

②(明)茅瑞徵《刻〈東南防守利便〉序》："天下方多事，儻略仿遺意，嚴戍江上，蚤爲綢繆之計，保全東南，惠此中土，釜底遊魂，自當應時剪滅。"《四庫全書存目叢書》史部第225册，第556頁。

③(清)梁玉繩《瞥記》，清嘉慶間刻《清白士集》本。

④(清)楊鳳苞《秋室集》卷四，清光緒十一年陸心源刻本。

《宋史抄》有疑。

三、運河新史料《燕槎碎録》

《燕槎碎録》爲日本尊經閣文庫所藏海内外孤本茅瑞徵《澹樸齋外集》所收雜著三種之一。它是茅瑞徵天啓三年(1623)取水程從湖州到達北京的沿途記録，有非常珍貴的史料價值，且足以見出茅瑞徵幹吏形象和文人氣質。其跋曰：

> 余自丙辰得請家食七年，幸遇賜環北上。以今年夏四月十一日啓行入苕，十七日始登舟解維。時方水涸，行六日抵金閶，舟人遷延幾半月。午日飲蒲觴，始發。迨抵張灣，則七月望矣。詘指舟行，凡七十日。風景遞易，江河如昨。長夏多暇，觸事摭聞，以擬輶軒之志。昔人有《吴船》《驂鸞》諸録，亦其意也。天啓癸亥秋日澹樸居士書。

茅瑞徵因在兵部職方郎中任上改革得罪人，萬曆四十五年(1617)京察被坐以浮躁而罷官。七年後，始起補爲兵部武選郎添注，走水路北上赴任，此即跋中所言“余自丙辰得請家食七年，幸遇賜環北上”。

此次行程，始于農曆四月十一日，茅瑞徵從湖州家中啓行，十七日湖州開船，二十三日到達蘇州。停留一段時間後，于端午日出發，到達北京通州張灣是七月望日，舟行共七十日。所述及的地點依次是：湖州—蘇州—鎮江金山、焦山、北固山—界首—寶應—淮安—清江浦—桃源縣—宿遷—直河口—泇河—夾溝—夏鎮—南陽—濟寧—南旺—安山廢驛—阿城二閘—臨清—德州—滄州—天津—河西務—張灣。《燕槎碎録》仿范成大《吴船録》《驂鸞録》而作，茅瑞徵既以一個官員的身份，發現了運河沿線諸多社會問題，也以一個文人的敏感記録了運河沿線的風光名勝和城鎮風貌。

1. 運河與晚明社會問題

運河是明王朝商品經濟運行的大動脈和政治統治賴以維繫的交通生命線，一旦出現問題與漏洞，就會如蟻穴潰堤，覆亡國家。作爲一名赴任京城的實幹派官員，茅瑞徵一路上不斷發現社會問題，並提出解決方法。

首先是驛遞問題。明中後期，驛遞使用出現了諸多問題，如符驗的冒濫造假、驛客過度需索、貢船之害等。經桃源縣時，茅瑞徵就遇到了馬快船進冰鮮，數量近五十艘，櫛次河瀕。他憤怒地指出："驛遞騷擾，無如此輩，動以上供藉口，其實舟中所載進御幾何，而夾帶私貨不啻倍蓰千萬矣。斗大荒邑，折乾金錢無算，民力奈何不耗匱也？"這班人打著上貢的旗號，但並不運輸實際物資，而是夾帶私貨，賺得盆滿缽滿。他們不僅偷逃了國税，而且經過驛站時，動用大量民力，對國家、地方造成雙重危害。成化時順天府治中李肅就曾説："天下貨物南北往來，多爲漕運船及馬快船裝載，故民船皆空歸，而國税無人輸納。"①驛客騷擾驛站問題衆所周知，但茅瑞徵還關注到驛官使計吞没補貼、驛子與扛頭刁挾委罪驛客的情況。如德州南梁家莊驛、北良店驛，驛官多以往州領錢糧爲名，故意躲避驛客，而驛客久候驛官不至，最後索半值而去，就喜出望外。爲防止驛官貪污和各方推諉，茅瑞徵建議驛官止發小票給驛客，由驛客憑票直接去州裏領取："查各處夫價，多有領之有司者，不若改從州給，驛官止發小票，報州查給，尤勝於彼此推調也。"爲杜絶驛子與扛頭等作奸，茅瑞徵建議仿效淮揚，由負責人設印信和登記簿，親自送給驛客，當場填寫實用人數，隨即將圖書鈐蓋，以防止這班人上下其手："安山廢驛去東平州二十五里，往索夫馬大不易。余每詢驛遞之苦，其間過客騷擾，不謂盡無，然稍屬自好，即知戢下，多有驛子與扛頭公肆刁挾輒委罪過客者。嘗經淮揚，見當事置印信，循環簿徑送過客，請親填實用夫數，即將圖書鈐蓋。此最可絶宵小作奸，及一切折乾重複宿蠹也。"

其次是漕運問題。范承謨《請改折漕糧疏》云："漕糧爲軍國重務，白糧系天庾玉粒。"②明清時期漕糧主要供應軍餉支付和民食調劑，多由民衆運至就近碼頭，然後轉交官軍專門運輸。白糧則是向江南五府徵收的供宫廷和京師官員用的額外漕糧，由糧長解運京師，屬于民運。《明史・食貨志三》："蘇、松、常、嘉、湖五府，輸運内府白熟粳糯米十七萬四千餘石，内折色八千餘石；各府部糙粳米四萬四千餘石，内折色八千八百餘石。令民運，謂之白糧船。"③過宿遷三十里，茅瑞徵遇到漕船與白糧船争衡情況。漕船仗著軍方優勢，不令白糧船越幫前行。雙方僵持了一個多月，白糧船甚至賄賂對方七百兩銀子，仍相持如故。各級官吏均指揮不動，即使主管全國漕運的"總督漕運部院"屢次差官理諭，也被漕船公然蔑視：

---

①李國祥、楊昶主編《明實録類纂》（北京史料卷），武漢大學出版社 1992 年版，第 55 頁。
②（清）賀長齡《清經世文編》卷四六，中華書局 1992 年版，第 1110 頁。
③（清）張廷玉《明史》，吉林人民出版社 2005 年版，第 1232 頁。

> 宿遷上三十里，漕艘與白糧船分列兩岸，檣立如堵。或云漕艘勢挾白糧，不令越幫前行。候至月餘，頃湊白鏹七百餘賂漕艘，而相持如故。會邳州守來謁余，叩之曰："近日漕、白争衡，郡縣諭之不聽，部司諭之不聽，即總漕部院屢差官理諭，公然蔑視，可奈何？"余謂："白糧須趁漕艘未集時趲幫前進，而當事又諭令陸續挨行，可無守候之苦。"

爲避免白糧船守候之苦，鑒于軍强民弱，茅瑞徵建議白糧船趁漕船未集時趲幫前進，並由主管部門諭令陸續挨行。又因漕船至夏月始回南發兑，茅瑞徵建議白糧船于初春北上，以避免與之相遇，自己招來過錯。茅瑞徵認爲長久方便之計，是讓巡漕御史帶管白糧船，允許其先期越幫，不數月抵京完納。將抵河西務鎮，茅瑞徵又發現三個問題，並提出相應對策。一是"激勸之當議"。茅瑞徵看到頭幫糧船已至，而湖州糧船尚杳然，感歎白糧船遲速懸絶，遂建議根據糧船到京先後，重示賞罰，以爲鼓勵。二是"船制之當議"。東南糧船希冀南還時裝貨漁利，故打造得很高大，但船不堅固，釘稀板薄。茅瑞徵認爲這不僅導致船行速度變慢，而且沿途多湫陋不堪處，難免困于波濤，建議頒佈糧船樣式與品質標準，"折衷頒式，驗修堅固，以便轉運"。三是"搭配之當議"。茅瑞徵看到江北糧船要到江南發兑，沿塗趁空代民船駁運，賺取厚酬，而越江發兑常州、潤州之糧，又多費一番跋涉，遂建議備查南北道里，就近發兑漕糧。自張灣抵天津，茅瑞徵看到沿河所在米囤于路，原來漕船怕回空過期，不得已先卸米而發船回。茅瑞徵認爲這是旦暮苟且之術，萬一遇雨，這些米鮮不霉爛。

三是運河治理問題。因黄河奪淮等原因，運河河道經常淤塞，嚴重影響漕運交通，而負責水利的官員常做表面文章。如在隸屬于揚州府的界首，茅瑞徵看到夫役撈塗泥，以助運糧船經過，覺得這是治標不治本，建議乘水落時並工大挑，以求一勞永逸："經界首，夾岸小舟鱗次，每遇糧座過，則荷鍤從之，撈塗泥數斗載船頭，曰：'此淺夫聊効一臂。'然第以救標可耳。鄙意不若乘水落時，並工大挑，可爲一勞永逸計也。"運河中不乏湍流激蕩處，原因之一是廢閘亂石碁置，致使觸水震盪如鼎沸。茅瑞徵建議行河使者，以時相度，拓其下流，除其障塞，使水勢徐緩。他説："頃見官舟每打一溜，用縴夫數百人。一日之間，計官民船過溜二十餘，所用夫力且無算。何不于平時早爲料理，去此畏塗，永爲利涉也？"夏季水位低，河北境内運河多淺梗，當地百姓名曰隍子，亦謂之套。這些河套多爲沙流沖蕩、日久壅積而成，妨礙行舟，茅瑞徵建議行河使者時督淺夫滌之。舟次阿城二閘,以閘底系石砌,而夏季水淺,舟膠不能前。茅瑞徵訪知荆門一帶,閘旁多石,建議募善泅者徙之;爲濁泥所閼的閘口,則申飭官員,以時疏濬,以便行舟。舟行泇河,茅瑞徵見其水勢南注,容易乾涸,建議入口處建一閘,以阻去水時其宣洩:“舟行泇河,勢如處囊,絶無風波之險。自開此河,前避吕梁,有功運渠非細,獨水勢南注,苦易涸耳。入口處似應特建一閘,以阻去水時其宣洩,更爲什全。”過夾溝,荒疇彌望,茅瑞徵建議仿效東南,開濬支流,按時蓄洪和放水,使其成爲膏腴良田,不要專望東南諸省以飽枵然之腹。

四是糧餉問題。天啓時,明王朝已内外交困,因兵餉問題而導致軍隊嘩變潰散的事件屢見不鮮。舟抵張灣,茅瑞徵聽聞通州前天晚上幾乎發生缺糧兵變。結合京營亦有缺糧之變,茅瑞徵建議通州不必增添募兵,宜酌量選拔京營兵萬餘,更番調赴通州團練。聽聞山海關屯兵號十萬八千,但半多殘疾羸弱之輩,近亦以缺糧多逃,茅瑞徵建議嚴行清汰,即以通州募强壯補之,止留精兵八萬以備戰守,亦不必虚增名額,以致兵多餉寡。面對王朝困境,茅瑞徵公忠謀國,深懷憂慮,正如其跋所言:“余因河漕,旁觸杞憂,不覺喟焉三歎。”其仿范成大著《吴船録》《驂鸞録》之意“以擬輶軒之志”的創作目的十分明顯。

2. 運河名勝與城鎮風貌

除了發現問題,茅瑞徵也以一個文人的敏感記録了運河沿線風光名勝、城鎮風貌等。鎮江的金山、焦山與北固山是運河沿線自然風光與人文景觀交相輝映的旅遊勝地。五月十四日,茅瑞徵江上遇黄岡舉人吕節之,遂同遊金山、焦山。論起兩山情境,茅瑞徵認爲金山地處扼要,有當軸氣魄,而焦山偏枕寂寞之濱,近隱居本色。兩山雖有動静之分,但若論奇石高聳、曲折幽邃,則焦山要更勝一籌。唐代名士劉伯芻曾分天下名泉爲七等,其中金山中泠泉爲第一,無錫惠山泉水第二,茅瑞徵並試兩水後,認爲金山泉味道稍鹹,遠不及惠山泉之沖澹。在焦山,茅瑞徵尋訪《瘞鶴銘》,因石久爲雷轟,銘文當時已不可識讀;摩崖石刻中,有陸遊大字數行,尚可摹畫一二;亭及絶頂並有時人楊繼盛手書刻石。遊北固山時,茅瑞徵記起曾有書記載甘露寺有人皮鼓,乃用嘉靖海盗王良人皮所制,遂問寺僧,結果寺僧啞然失笑,但這個已被明代茅瑞徵證僞的“人皮鼓”,卻被清代袁枚載入《子不語》卷四。遊甘露寺,縱觀古鐘、鐵塔之後,茅瑞徵又尋訪了北固山下的米元章海嶽庵。據茅瑞徵所記,該庵原來併入僧舍,十年前慈溪趙昌期任丹徒縣令,始訪舊址復之。有房屋數間,刻蘇、米二公像于壁,松竹翠滴,風韻宛然。其左爲研山閣,而總題扉曰米家山。北上懷南,過江之後,給茅瑞徵留下深刻印象的是景色如江南的南陽、南旺和濟寧南池。南陽一帶，遠山橫黛，流水四環，民有魚莢之利。月色下，夾岸柳色離披，令茅瑞徵作蘇州之想。南旺東會泗、沂兩水，分流南北，公署一帶，林木翳然。沿州而上，夾岸荷花，漁人多售賣鯿魚、鯽魚，儼然又一片水雲鄉。濟寧南池是茅瑞徵心心念念之地，乘著月夜，雇轎前往，荷香撲人，被贊爲是北地最佳境。北地景象讓茅瑞徵開眼的是，抵達直河口時，有一股清流忽來湊接黄河濁水，形成清濁分明的奇特景觀。

運河可以促進商品流通，從而帶動區域經濟發展，故就城鎮風貌而言，在人們印象中，它們都是繁榮富庶的。然從茅瑞徵眼中來看，這些城市在明末有繁華亮麗的，也有灰暗蕭條的。江北大郡維揚，自高郵以南，煙火萬家，仿佛江南繁榮景象，但一涉寶應界上，便令人眼底無聊，居民柴門圭洞，景物蕭然。淮安雖號重鎮，但城中廬舍頗蕭條。至清江浦一帶，層樓畫棟，綿延數里，始有繁富氣象。夾溝傍山臨水，民居稠密，但田地荒蕪。夏鎮因新經白蓮教起義兵火，頹垣瓦礫，殘破滿目。十六年前的夏天，擔任工部都水司郎中的從父茅國縉，因治河勞瘁，卒于夏鎮官署。老百姓爲紀念他而建造的祠堂，在這次兵火中幸免于難。談及茅國縉，老百姓尚有爲誦佛者。濟寧控引曹濮，接近梁山泊，原爲盗區，晚明尤爲運道咽喉，近閘肩摩轂擊，居然雄鎮，然城内蕭索自如。臨清爲齊東一大都會，踰閘而北，城牆連雲，飛閣雕欄。茅瑞徵説，天津原先很冷清，但此來舳艫如雲，市肆棋布，忽成雄鎮。然天津僅三里之城，卻有一撫院、兩兵憲、兩户曹，且以一侍郎專督遼餉，茅瑞徵感歎這近乎十人輿瓢！

茅瑞徵《燕槎碎録》足以見出茅瑞徵幹吏形象和文人氣質，對研究晚明社會問題和深化運河文化史研究均有重要意義。

材料與新見

Cailiao yu xinjian

閔遇五"會真六幻"《西厢記》評點本的文本特色與理論價值①

楊緒容

内容提要 明末閔遇五刊刻評點的"會真六幻"本《西厢記》雜劇，其正文和尾批主要借鑒了徐渭批點畫意本、王驥德本、凌濛初本等此前影響最大成就最高的一批《西厢記》評點本，從中寄寓了閔氏的主觀選擇與歷史評價。閔氏對前人評點既明敏善斷，又能在語言注釋和版本校勘等方面推陳出新，賦予了其書在明清戲曲傳播與批評史上不容忽視的文本特色和理論價值。在理論上，閔遇五提出了具有個人特色的本色論，彰顯了"上下文"的文本批評法，又首揭《西厢記》"西來意"之旨，開啓以佛喻《西厢記》之法門，爲潘廷章説《西來意》奠定了理論與方法的基礎。

關鍵詞 會真六幻；《西厢記》；閔遇五評點；特色；價值

王實父（同"甫"）《西厢記》四本、關漢卿《續西厢記》一本，現藏中國國家圖書館、中國藝術研究院等。崇禎十三年（1640），烏程閔遇五將六種崔張故事合刻，具體包含：元稹《鶯鶯傳》（幻因）、董解元《西厢記諸宫調》（搊幻）、王實父《西厢記》（劇幻）、關漢卿《續西厢記》（庚幻）、李日華《南西厢記》（更幻）、陸天池《南西厢記》（幻往），合稱《會真六幻》，或曰《六幻西厢》。其中把《西厢記》雜劇一分爲二：王實父《西厢記》四本十六折，每本四折，至《草橋驚夢》而止；關漢卿《續西厢記》一本四折，以《衣錦還鄉》結束。日本學者傳田章依據日本天理大學圖書館藏"會真六幻"《西厢記》雜劇抄本在第一册卷首所貼兩張原本插圖照片，其中"四之三"的插圖上有"庚辰秋日遇五"的款識，故而認定其原本刻于明崇禎十三年。② 閔本正文中無旁批、眉批、夾批，而在"賡幻"關漢卿《續西厢記》正文後附有《西厢

---

①本文爲國家社科基金重大專案《明清戲曲評點整理與研究》（編號 18ZDA252）的階段性成果。

②［日本］傳田章《增訂明刊元雜劇西厢記目録》，汲古書院 1979 年版，第 85 頁。另據趙紅娟描述，德國科隆東方藝術博物館藏"會真六幻"本《西厢記》原版插圖，其"第一幅題'寓五筆授'，第十五幅題'庚辰秋日遇五'"。參見趙紅娟《著名刻書家閔齊伋的家世與生平活動考》，《杭州學刊》2017 年第 2 期，第 215 頁。

五劇箋疑》(簡稱《箋疑》),乃是閔遇五的尾批。閔氏在"識語"中稱"疑者不箋,箋者不疑",大有爲《西厢記》釋疑定讞的抱負。該閔刻本《西厢記》雜劇的正文和批語主要借鑒了明萬曆三十九年徐渭《重刻訂正元本批點畫意北西厢》(簡稱"批點畫意本"或"徐渭本")、明萬曆四十六年王驥德《新校注古本西厢記》(簡稱"王驥德本"或"王本")、啓禎間凌濛初論釋《西厢記》五卷(簡稱"凌濛初本"或"凌本")等之前影響最大成就最高的一批《西厢記》評點本。閔氏對前人評點既明敏善斷,又能在版本校勘、語言注釋和戲曲理論與方法批評等方面推陳出新,賦予了其書在明清戲曲傳播與批評史上不容忽視的文本特色和理論價值。閔氏在取捨之間或隱或顯地表達了對之前《西厢記》評點本的主觀選擇和歷史評價,這也是值得特别關注的問題。

一、 正文的取捨與歷史評價

閔刻《西厢記》五本是一個雜取諸本而成的整理本。閔遇五《箋疑》在卷一之首[楔子]"夫人鶯紅歡郎上"條批云:

> 舊本相沿,稱謂各異。有外扮老夫人,旦倈扮紅娘,正旦扮鶯鶯,正末扮張生者;有生、旦、丑、浄、老旦、末、外者;有狚孤、靚鴇、捷譏、引戲者;有如上云者。家誇善本,户信真傳,亦安所適從哉?既非經世之典,何煩議禮之訟?意者取其長而已矣。記中異同,悉從此例。①

閔氏申明,自己不虚誇什麽"古本""善本""真本",衹是在"舊本"中自由裁量,但"取其長而已"。這就是説,閔本並没有選用某個相對固定的底本,而是另闢蹊徑,採用了一種整合通行諸本的成書方式。在筆者看來,閔本這種做法在明刊本中顯得很特别。如徐渭批點畫意本和王驥德本都號稱以"碧筠齋古本"爲底本,凌濛初本號稱以"周憲王本"爲底本,而一般的坊本也都紛紛宣稱出于某個"元本"或"古本"。

閔刻《西厢記》正文具有很强的整合性。據筆者詳細考查,其淵源情况大致如下:

---

①本文所引"王實父《西厢記》四本、關漢卿《續西厢記》一本"的正文和批語,均出自明崇禎十三年閔遇五刻本,中國國家圖書館藏本。如無特殊情况,下文不再一一説明。

（一）閔本在體制上與凌濛初本更爲接近

閔遇五刻《西厢記》正文分五本，前四本各題一之一二三四、二之一二三四、三之一二三四、四之一二三四，第五本各題續之一二三四。如閔本第一本首折題作“一之一佛殿奇逢”，閔遇五在《箋疑》中批云：“一作第一折，一作第一套，一作第一出，一無‘佛殿奇逢’字。”在其相關諸本中，凌濛初本稱“折”，徐渭批點畫意本、王驥德本稱“套”，繼志齋本等稱“出”，一一對應了閔氏批語所指涉對象。

各種明刊《西厢記》對于“題目正名”、【絡絲娘煞尾】的有無及其放置的位置不盡相同，大致體現出以下幾種路數：繼志齋本、徐渭批點畫意本在各本卷首有“正名”，王驥德本和凌濛初本在各本卷末有“題目正名”；凌濛初本每本末有【絡絲娘煞尾】，繼志齋本、徐渭批點畫意本、王驥德本均無【絡絲娘煞尾】。閔本與凌濛初本最爲接近，在各本卷末有【絡絲娘煞尾】；其書後還附有“老夫人閑春院”一詩，但不題“題目正名”字樣。閔遇五《箋疑》在一之四末批曰：

> 【絡絲娘煞尾】：此因四折已完，故爲引起下文之詞以結之。盡而不盡，見有第二本在也。非復扮色人口中語，乃自爲衆伶人打散語。猶演義小説，每回説盡，有“有分教”云云之類。是宋元院本家數。或删去者，非矣。

該條批語也出自凌濛初本眉批，原文曰：

> 此有【絡絲娘尾】者，因四折之體已完，故復爲引下之詞結之，見尚有第二本也。此非復扮色人口中語，乃自爲衆伶人打散語。猶説詞家“有分交”以下之類，是其打院本家數。王謂是搊彈引帶之詞而削去，太無識矣！

閔本特地删除了第四本的【絡絲娘煞尾】，閔氏批云：

> 【絡絲娘煞尾】都則爲一官半職，阻隔得千山萬水：前三本俱有【絡絲娘煞尾】二句，爲結上起下之辭是也。至此，實父之文情已完，故云“除紙筆代喉舌，千種相思對誰説”。是了語也。復作不了語，可乎？明屬後人妄增，不復録。

閔氏説明删除該支【絡絲娘煞尾】的原因，是爲了支持“王作關續”説，意謂王實甫原作已完成，第五本爲關漢卿所作。該條批語之語意也出自凌濛初本。凌濛初本雖保留該支【絡絲娘煞尾】，但不承認它是王實甫手筆，眉批云："蓋此乃王實甫之筆已完，故以'除紙筆'二句結之。'千種風流'，總言《西厢》一記而寓自譽也。要知下本爲續筆，無疑矣。"又云："此【煞尾】必是欲續者所增，應非實甫筆。"凌氏意在説明，該曲乃出于《西厢記》第五本作者關漢卿之增補。

各種明刊《西厢記》對于第二本惠明唱【正宫・端正好】全套的處理也有差異。繼志齋本併入第五出，徐渭批點畫意本、王驥德本併入第二折第一套，凌濛初本題作"楔子"，閔本也題作"楔子"。各種明刊《西厢記》在第二本惠明唱【正宫】全套之後，對【賞花時】"那廝擄掠黎民德行短"、【么】"便是你坐視朝廷將帝主瞞"兩曲的删存也有差異，繼志齋本、徐渭批點畫意本存之，而王驥德本、凌濛初本删之。閔本正文存這兩曲，批曰："【賞花時】：二曲古本無，云是後人增入。"閔本正文與繼志齋本和徐渭批點畫意本相近，其批語則借鑒了凌濛初本批語"古本無"之意。凌氏眉批云："此處俗本有惠明唱【賞花時】二段。金白嶼謂周憲王增《西厢》【賞花時】，其意似謂不止此；臧晉叔謂止此是其筆。然憲王所撰，盡可逼元，不學究庸俗乃爾！其本原無，故不載，聊附之《解證》中。"凌氏在該本末《解證》中又説："此亦'楔子'也。'楔子'無重見，且一人之口必無再唱'楔子'之體。周憲王故是當家手，必不出此，定系俗筆。徐以前後白多，去之覺冷淡，而姑存之。不知劇體正套前後，原不妨白多者。王伯良去之爲是。"凌氏明確表達了"俗筆增入"之見以及删此兩曲之理由。總之看來，凌濛初本對閔本的體制産生了非常深刻的影響。

（二）閔本的總目文字、卷首長下場順序與繼志齋本更爲接近

閔刻《西厢記》五本，本各四折，各以四字標目。其卷首《王實父西厢記目次》：第一本四折各題"佛殿奇逢、僧寮假館、花陰唱和、清醮目成"，第二本四折各題"白馬解圍、東閣邀賓、杯酒違盟、琴心挑引"，第三本四折各題"錦字傳情、妝台窺簡、乘夜踰牆、倩紅問病"，第四本四折各題"月下佳期、堂前巧辯、長亭送别、草橋驚夢"，第五本《關漢卿續西厢記目次》各題"泥金報捷、尺素緘愁、詭謀求配、衣錦還鄉"。閔本總目文字與明萬曆二十六年繼志齋陳邦泰刊《重校北西厢記》（簡稱"繼志齋本"）完全相同，而與其他各種明刊《西厢記》均存在或大或小的差異。閔本第一本"楔子"作"夫人鶯紅歡郎上"，夫人唱【賞花時】"夫主京師禄命終"、鶯唱【么】"可正是人值殘春蒲郡東"後，衆人"並下"。這樣的上下場安排與繼志齋本接近（王驥德本亦大致如此），而批點畫意本和凌濛初本則作夫人先唱先下、鶯後唱後下。

（三）閔本正文文字與徐渭批點畫意本更爲接近

閔本正文的文字也是對諸本“取其長”的産物，所取對象主要包括徐渭批點畫意本、王驥德本、凌濛初本等。

今存“徐渭本”主要有批點畫意本與《田水月山房北西厢》（簡稱“田水月山房本”），兩書正文爲同版，故可以批點畫意本代表“徐渭本”。據筆者考察，閔本正文與徐渭批點畫意本的關係當是最爲密切的。例如，各種明刊《西厢記》在“長亭送别”一折末對張生先下場或鶯紅先下場的處理也有差異。繼志齋本和凌濛初本都敍鶯鶯唱【一煞】“青山隔送行”、【收尾】“四維山色中”兩曲後與紅娘先下場，接敍“[生云]琴童，趕早行一程兒，早尋個宿處。淚隨流水急，愁逐野雲飛。[下]”批點畫意本敍張生説白“再有誰似小姐的，敢生此念？小姐放心，小生就此拜别……”鶯鶯説白“不知魂已斷，空有夢相隨”後，張生便先下場；鶯鶯接唱【一煞】“青山隔送行”、【收尾】“四維山色中”兩曲後再與紅娘下場。閔本正文與批點畫意本大致相同，閔氏在《箋疑》中批註云：

> 【二煞】【收尾】二曲：文長評解，多有得失，不謂盡然。至其所評之本，實古善本也。如餞行祖道，行者登程，居者旋返，古今通禮。所以此詞“再有誰似小姐”之後，生即上馬而去，鶯徘徊目送，不忍遽歸。“青山隔送行”，言生已轉過上坡也；“疏林不做美”，言生出疏林之外也；“淡煙暮靄相遮蔽”，在煙靄中也；“夕陽古道無人語”，悲己獨立也；“禾黍秋風聽馬嘶”，不見所歡，但聞馬嘶也；“爲甚麽懶上車兒内”，言己宜歸而不歸也；“四圍山色中，一鞭殘照裡”，生已過前山，適因殘照而見其揚鞭也。賓白填詞，的的無爽。而諸本俱作生、鶯同在之詞，豈復成文理耶！且俟曲終，鶯、紅並下而後，生方上馬，何其悖也！王實父斷不如此不通。徐本於禮則合，于文則順耳。食者競吹其疵，獨不于此原之乎？

閔遇五雖對徐渭批語有所保留，對徐渭批點畫意本正文則甚爲推崇。他肯定“徐本於禮則合，于文則順”，既敍事合理又文字順暢，譽爲“實古善本”。

據筆者考察，閔本在批語中明確提及徐本及其批語十六次。其中論及其正文者列舉如下：閔本一之三【調笑令】“甫能見娉婷”，批云：“徐本‘甫能勾’，今從之。”表示認同並採用徐本。閔本三之二【鬥鵪鶉】“暢好是奸”，批云：“滿情滿意的奸詐也。徐本‘奸’作‘乾’，亦趣，言乾乾受這番艾焙。但下文説不去。”表示否定徐本的“乾”。閔本一之二【小梁州】“胡伶渌老”，批云：“‘胡伶’，即‘鶻鴒’。徐文長本作‘鶻憐’，鶻鳥眼最令俐。董詞有‘這一雙鶻鴒眼’。”閔本二之三【么】“没查没利謊僂科”，批云：“‘利’，徐本作‘立’。徐本‘没查’上有‘你看這個’四字。”閔本四之三【滚繡球】“馬兒迍迍行，車兒快快隨”，批云：“馬是張騎，故欲其遲；車是崔坐，故欲其快。‘迍’，徐本作‘運’，音允。”閔本續之三【收尾】“我待不嗑來”，批云：“‘嗑’，煩稱也。‘嗑來’，徐本作‘喝采’。‘嗑’，音課。”這四例對徐本表示並存。

還有的閔本批語没有提及“徐渭本”之名，但明顯引述了其正文。有的閔本正文獨同于徐渭批點畫意本。如閔本一之二【四煞】“郎才女貌合相訪”，批云：“‘訪’，尋訪；‘合’，合該也。言如此女貌，正合訪配才郎也。”徐渭批點畫意本【四煞】“郎才女貌合相訪”，眉批云：“‘訪’，即尋訪，言如此女貌，正宜訪配如此之才郎也。”兩書正文相同而批語相近。王驥德本作“郎才女貌當合相仿”，凌濛初本作“郎才女貌合相仿”，都與閔本正文有别。閔本二之一【滚繡球】“有勇無憨”，批云：“‘憨’，音酣，愚也，癡也。一作‘慚’。”繼志齋本作“有勇無慚”，無批語。徐渭批點畫意本、王驥德本作“有勇波無憨”，其中“波”是小寫的襯詞。批點畫意本眉批云：“‘憨’，愚也，音酣，言杜帥既勇又智也。”凌濛初本作“有勇無漸”。王驥德本夾批：“‘憨’，音酣。”尾注云：“‘憨’，癡也；‘波’，語詞。”首誇已之勇，即笑僧伴之無用，未又謔張生：言你所仗者杜將軍，不知還仗我寄書之人要緊耳，你莫道我徒勇而癡，我非癡者也。”閔本批語“愚也”等語顯然出于批點畫意本眉批，可推知其正文當是直接受到徐渭批點畫意本而非王驥德本的影響。有的閔本正文没有沿襲徐渭批點畫意本，卻在批語中將批點畫意本正文並存。如閔本一之二【上小樓】“你若有主張”，批云：“‘你’，一作‘您’。‘有主張’，一作‘把小張’。”起鳳館本作“有主張”，眉批云：“‘有主張’，一作‘把小張’，亦有意見。”徐渭在批點畫意本中自言將起鳳館等本存疑的“把小張”定爲正文，作“您若是把小張”，眉批云：“一本‘有主張’作‘把小張’，蓋是央及法聰之詞，故以‘小’自謙也。甚通，今從之。”王驥德本沿襲了徐渭批點畫意本，作“你若是把小張”，尾注云：“‘把小張、對豔妝，着言詞説上’是央及和尚之詞，故曰‘小張’。俗本改作‘有主張’，謬。”閔本批語用“您”字，明顯與徐渭批點畫意本更符。又如，閔本一之四【沉醉東風】“犬兒休惡”，批云：“一本上有‘崔家的’三字。”徐渭批點畫意本作“崔家的犬兒休惡”，眉批云：“有‘崔家的’三字方妥。”王驥德本並無“崔家的”三字。該例閔本批語所引“一本”顯然是徐渭的批點畫意本。總之，閔本中没有提及徐渭批點畫意本之名而借鑒其正文和批語的數量應該更多。

王驥德在"徐渭本"的基礎上編刊《新校注古本西厢記》，打造出了一部校注性戲曲評點的典範之作。閔本正文與王驥德本也有明顯的關聯。閔本批語明確提及王驥德（"王伯良"）本五次，並論及其正文。其中如閔本三之二【普天樂】"烏雲散"，批云："'散'，上聲。舊本作'𩊚'，今從王伯良本作'散'。然'𩊚'亦有'殫'音也。"該例閔氏批語表達了對王驥德本正文的採信之意。閔本一之一【節節高】批云："王伯良本作【村裹迓鼓】，云：'【節節高】系【黄鐘宫】曲，字句亦稍不同。'"徐渭批點畫意本作"【節節高】"，無批語。王驥德本作【村裹迓鼓】，尾注云："此調舊作【節節高】，誤。【節節高】系【黄鐘宫】曲，字句亦稍不同。"凌濛初本亦作【村裹迓鼓】。該例閔本正文沿襲了徐渭批點畫意本，而在批語中將王驥德本的正文和批語加以並存。

因爲徐渭批點畫意本和王驥德本的正文都宣稱以碧筠齋本爲底本，兩者差别不大，導致有的閔本正文難以分辨來自徐渭批點畫意本還是王驥德本。如閔本三之一【後庭花】"忒煞思"，批云："太甚曰'煞'。白樂天詩'西日憑輕照，東風莫殺吹'，自注：'殺'，去聲。俗書作'傻'。按'殺''煞'二字，古通用。一本作'忒三思'。"繼志齋本、凌濛初本作"忒煞思"，批點畫意本、王驥德本作"忒三思"。閔本認同凌濛初本的正文，而在批語中將徐渭批點畫意本和王驥德本的"忒三思"加以並存。有時則可以據閔本批語探究其正文究竟出于徐渭批點畫意本還是王驥德本。如閔本一之二【朝天子】"硬抵着頭皮撞"，批云："一本'皮'下有'兒'字。'撞'，一作'强'，重上韻。"批點畫意本作"硬抵着頭皮兒强"，眉批云："'硬抵着頭皮强'，不過重上句，俗改作'撞'，惡俗之甚！"王驥德本作"硬抵着頭皮强"，夾批云："上'强'字，平聲；下'强'字，去聲。"凌濛初本作"硬抵着頭皮撞"，無批語。閔本正文同于凌濛初本，在批語中又將徐渭批點畫意本的"'皮'下有'兒'字"和王驥德本的正文"强"字並存。筆者通過比較三書異文，發現閔本正文對徐渭批點畫意本的承襲更多一些，兩者間的密切程度要高于王驥德本。

閔本在批語中雖不曾提及凌濛初本之名，但兩者間關係十分密切。其密切程度雖不能超越徐渭批點畫意本，卻明顯超過王驥德本。閔本的正文借鑒凌濛初本的情况較爲普遍。如閔本一之一【賺煞】"空着我透骨髓相思病染"，批云："'空着我'，一作'怎不教'，'染'，或作'纏'。"凌濛初本正文相同，凌氏眉批云："'病染'，'染'字犯廉纖韻，必有誤。朱石津本作'蹇'，金白嶼本作'怎遣'，王伯良改爲'病纏'，以爲獨得。蓋此字原可平聲，三字皆可，未知誰爲本字耳。"王本正文作"怎不叫透骨髓相思病纏"，與王本同出于碧筠齋本而更早出版的徐渭批點畫意本正文作“空着我透骨髓相思病纏”。閔本正文沿襲凌濛初本，其批語則將徐渭批點畫意本、王驥德本並存。閔本一之三【調笑令】“比着那月殿裡嫦娥也不恁般撐”，批云：“羿得不死之藥於西王母，其妻嫦娥竊以奔月。將往，枚筮之于有黄。有黄占之曰：‘吉！翩翩歸妹，獨將西行。逢天晦芒，毋恐毋驚。後且大昌。’嫦娥遂托身於月，是爲蟾蜍。‘撐’，音崢，方言美也。言嫦娥未必如此撐達。一本無‘比着那’三字，一本無‘裡’字，一無‘也’字。‘恁般撐’，一作‘您般爭’。”徐渭批點畫意本作“月殿裡姮娥不您般爭”，無“比着那”；王驥德本作“月殿嫦娥不恁撐”，無“也”字；凌濛初本作“比着那月殿嫦娥也不恁般撐”，無“裡”字；正是閔遇五批語的指涉对象。這些情況也透露出閔遇五總把徐渭批點畫意本、王驥德本、凌濛初本放置手邊，時刻參酌而用之的事實。閔氏批語中“言姮娥亦未必如此撐達”之意出自凌濛初本《解證》：

> 不恁般撐：言姮娥亦未必如此撐達也。元本時有此語，《兩世姻緣》雜劇云“看了他容顏兒實是撐”。此句蓋用董解元“便是月殿嫦娥，也没恁地撐也”。徐本改爲“不恁般爭”，注曰：“不爭差也”；又曰“您爭”，言不與你爭，如云“不我欺也”。謬其義而强爲之解，自相支離。

該例閔本沿襲了凌濛初本的正文和批語，而在批語中又將徐渭批點畫意本、王驥德本予以並存。然而，閔本與凌濛初本的關係如此密切，卻從未明確提及凌本之名，這也令人不解。

綜上所言，閔本正文與徐渭批點畫意本的關係最爲密切，凌濛初本次之，王驥德本又次之。閔本在取捨之間，潛含了對以上諸本的價值判斷與歷史評價。這是值得深思的問題。筆者注意到，足以標誌徐渭批點畫意本特色的“病纏”、“把小張”、“硬抵着頭皮强”、“不您般爭”、在“犬兒”上加“崔家的”三字、“忒三思”等語，均未被閔本正文採用。這説明閔遇五在整合《西廂記》正文的過程中，專注于文字穩妥，而非保留前人的特色。這也可視爲不直接標署徐渭批點畫意本爲底本的一大緣由。

二、批語繼承前人的内容和特點

跟閔本正文的情況一樣，其大多數批語也是對諸本“取其長而已”的產物，所取對象也主要是徐渭批點畫意本、凌濛初本、王驥德本。

(一) 徐渭批點畫意本

閔本批語與徐渭批點畫意本有着重要而密切的關聯。如前所述,徐渭批點畫意本與田水月山房本正文同版,但後者比前者新增約三分之一的評語條目[①]。經筆者檢索,祇偶有閔本批語與田水月山房本多出來的那部分批語相關。如閔本續之二【賀聖朝】"少甚宰相人家,招甚的嬌姿。其間縱有個人兒似你,那裡取那温柔,這般才思?鶯鶯意兒,怎不教人夢想眠思?"批云:"王伯良以此調語句不倫,删去。"徐渭批點畫意本正文有【賀聖朝】一曲,無批語。徐渭田水月山房本眉批云:"此曲非真實,調不協,前後重復,工拙天淵,便爲删去。"但該條閔本批語並非來自田水月山房本,而明言是出自王驥德尾注。王驥德本正文無【賀聖朝】一曲,尾注云:

> 舊本【朝天子】後,又有【賀聖朝】一調。【賀聖朝】系【黄鐘宫】曲,此曲於本調復句字不叶。金在衡以宫調不倫,疑爲竄入。不知"少甚宰相人家,招甚嬌姿",語既不通;"其間或有個人兒似你","你"字入齊微韻,不叶。"那裡取温柔這般才思",又與前"彼一時,此一時,佳人才思"語重。"鶯鶯意兒,怎不教人夢想眠思",是窮乞兒湊插作句,全不成語。首"宰相人家"二語,又與末套【雁兒落】"若説起絲鞭士女圖"二語,前後重復,且工拙不啻天淵。其爲小人竄入無疑,非直宫調之不協已也。今直删去。

閔本"此調語句不倫"與王驥德本"宫調不倫"等語直接相關。通觀全書,筆者基本没有發現閔本批語直接沿襲田水月山房本多出來的那部分批語的情況,故斷定閔本借鑒的"徐渭本"是指批點畫意本而非田水月山房本。

有不少閔本批語直接出自徐渭批點畫意本。有的還直接標爲"徐文長云""徐云"。如閔本三之一【油葫蘆】"帶圍寬減了瘦腰肢",批云:"俗本'帶圍'上有'一個'二字。徐文長云:'鬢絲、腰瘦'二句,長短錯對,不得添'一個'二字;下文六句'一個',方是對。"閔本三之一【天下樂】"方通道才子佳人信有之,紅娘看時,倒有些乖性兒,則怕有情人不遂心也似此。他害的有些抹媚,我遭着没三思,一納頭安排着憔悴死。"批云:"徐云:此詞解者盡昧。言别人相思,無甚奇異;崔張

---

①詳情參見楊緒容《徐渭〈西厢記〉評點本系統考述》,《華中師範大學學報》2013年第2期,第89—95頁。

二人，一個如此，一個如彼，其害相思，害得喬樣也。佳人才子，雖是害相思，與庸人不同，故曰‘信有之’。或者有一種有情人，不遂心時，容亦有如此者。但設使我遭着，决没許多喬樣，衹一納頭準備憔悴死而已。‘抹媚’，方言，喬樣也。‘乖性’，亦即喬樣意。凡紅言崔張，必將已插入，否則冷淡無味。一本無‘方通道’三字，一本無‘倒’字。”上列閔本批語與徐渭批點畫意本大致相同。有的閔本批語没有標注“徐云”卻也出自徐渭的批點畫意本。如閔本四之三【滚繡球】“馬兒迍迍行，車兒快快隨”，批云：“馬是張騎，故欲其遲；車是崔坐，故欲其快。”閔本續之四【太平令】“好意也當時題目”，批云：“舉將除賊，許以鶯妻。當時題目，原是好意。今日夫婦完美，正以酬之也。俗本作‘得意也當時題柱’。詳上下文意，與‘題柱’事無涉。‘目’，音暮。一作‘嘗記得當時題目’。”相關諸本中，上兩例閔本批語僅與徐渭批點畫意本相近。

（二）凌濛初本

閔本批語與凌濛初本也存在着重要而密切的關聯。有的閔本批語直接沿襲了凌濛初本。如閔本三之四對開篇說白“雙鬥醫”批云：“元劇名，見《太和正音譜》。必有科諢可仿，猶他劇‘考試照嘗’之類。故不備載。”凌濛初本眉批云：“《雙鬥醫》，元劇名，見《太和正音譜》。必有科諢可仿，故古本如此。猶今南戲中所謂‘考試照常’之類。”閔本批語文字與凌本基本相同，衹把“常”字抄成了“嘗”字。閔本續之四【錦上花】“四海無虞，皆稱臣庶；諸國來朝，萬歲山呼……鳳凰來儀，麒麟屢出。”批云：“此曲一作‘使臣上唱’，一作‘使臣上科，生唱’。使臣科範，必有舊套，如‘考試、鬥醫’之類，即下‘勑賜爲夫婦’是也。以俗套，故不録。非以下皆使臣唱也。”凌濛初本眉批云：“舊本有‘使臣上科’四字，此必有勑賜常套科分，故後【清江引】云。然以常套，故止言科而不詳耳。猶前云‘發科了’‘《雙鬥醫》科範了’之類。俗本以‘四海無虞’爲使臣上唱，大非。”相關評點本中，該例閔本批語僅與凌濛初本相近。

有更多的閔本批語對凌濛初本加以修改和提煉。如閔本一之二【朝天子】“煩惱怎麽耶唐三藏”，批云：“‘怎麽耶’：一作‘則麽耶’，是不必煩惱之意。或以爲僧名，不知何據？”批點畫意本正文作“則麽耶”，眉批云：“‘則麽耶’，亦是僧名；今誤作‘怎麽’，笑殺，笑殺！此言大師非則麽耶、唐三藏之比，淫欲或所不免，何用嗔已之戲謔也。”王驥德本正文亦作“則麽耶”，並在尾注中將其解作“什麽”，稱徐文長先生“則麽耶是古僧名”之説“無考”“不敢從”。凌濛初本正文作“煩惱則麽耶唐三藏”，在《解證》中云：

舊本元自如此。蓋元人“則麽”、“子麽”、“怎麽”皆一樣解。今本不知其解,而改爲“怎麽”,固不必。爲徐解者,偶見舊爲“則麽耶”,遂妄謂亦是僧名,而曰言大師非“則麽耶”、“唐三藏”之比,淫欲在所不免,何用嗔己之戲謔,更可笑!“煩惱則麽耶”,正言何用煩惱?“唐三藏”,即調稱法本,“煩惱則麽耶唐三藏”?猶“息怒波卓文君、學去波漢司馬”,與别本“免禮波雙通叔”,“熱忙也沈東陽”之類,一樣句法也。今如徐解,則“煩惱”二字如何連接?且云“何用嗔己之戲謔”,仍是“煩惱則麽”之解矣。或果有僧名“則麽耶”,亦决不如是用也,况無考者乎?皆好爲異説而不通者;王伯良不從,有見。

閔本批語中“怎麽”“是不必煩惱之意”等語意,皆出自凌濛初本。

再如,閔本二之二【醉春風】“今日個東閣玳筵開”,批云:“朱本作‘帶煙開’,釋以帶煙早早開閣待客。”閔遇五在批語中所引“朱本”云云,原話出自凌濛初本。凌本正文作“今日個東閣玳筵開”,眉批云:“‘玳筵’,朱石津本改爲‘帶煙’,與‘和月’對;徐解云‘早開閣以待客也’,亦有致。然恐不如‘玳筵’之自然。作者正未必如是字字比對耳。”該例閔本批語中“開閣”等語與凌濛初本更爲接近,而徐渭批點畫意本和王驥德本批語都作“開門”。甚至有的閔本批語雖標榜“王伯良解”,也非直接出自王驥德本,而是出自凌濛初本的轉述。如閔本二之三【甜水令】“俺可甚相見話偏多”,批云:“‘相見話偏多’,是成語。今反言要話不得話也,故云‘俺可甚’。王伯良解作夫人話多,非。”徐渭本無該條批語。王驥德本尾注云:“都甚‘相見話偏多’,怪夫人之悔親,徒多其辭説,猶言有甚許多説話也。”凌濛初本眉批云:“‘相見話偏多’,成語,今反言之,故曰‘俺可甚’。王解爲夫人之多辭説,便與上下文何干。”據“成語”“反言”“王伯良解”等詞語可知,該例中閔遇五反駁的王驥德批語,乃是出自凌濛初本的引述。

(三)王驥德本

閔本批語與王驥德本也有一定關聯。如閔本二之四【小桃紅】“則似我羅幃數重,衹恐嫦娥心動,因此上圍住了廣寒宫”,批云:

唐明皇與申天師,八月十五夜遊於月宫,有榜曰:“廣寒清虚之府”。見素娥皆乘白鸞,舞于桂樹之下,極寒,不可久留也。此曲是因月闌生出,言人間玉容女子,着繡幃深瑣,爲怕人撥弄也。嫦娥在天上,又無裴航遊仙之夢升騰而犯之,天公何必怕其心動,而用月闌以圍住耶?以嫦娥比興,作怨母拘禁之辭。一本無“了”字。

王驥德本在該條尾注中云:“此曲從前白‘月闌’二字生來,言人間玉容,怕有人搬弄,故深鎖繡幃之中。嫦娥卻有誰共?不過自怨天宫,縱有裴航,亦不能作遊仙之夢以搬弄之也,何必慮其心動,而以月暈遮之。亦似我之羅幃數重,而圍住廣寒宫耶?此以嫦娥比説,實怨其母拘束之辭。”該例閔遇五批語增加了唐明皇與申天師八月十五夜遊月宫的典故,其中“以嫦娥比興”等語意乃直接出自王驥德本“以嫦娥比説”云云。如閔本二之四【拙魯速】“緊摩弄,索將他攔縱,則恐怕夫人行把我厮葬送”,批云:“‘摩弄’,猶云搏弄,亦制縛之意。‘攔縱’,徐云:‘搓挼也。意紅雖可恨,衹得搓挼曲從,不敢譴怒之者,恐在夫人處葬送我耳。’一云:‘因其響喉嚨,故將他攔縱,恐使夫人覺而怒也。’”該例閔本批語中“徐云‘搓挼’”等語不見于徐渭批點畫意本,而見于王驥德本。

有時,閔遇五在一條批語中,對兩種以上《西厢記》評點本的批語加以綜合利用。例如,閔本二之三【幺】“没查没利謊僂科”,批云:“‘没查利’,方言,無準繩也。古注:‘僂科’,猶云小輩。宋時謂幹辦者曰‘僂科’。‘利’,徐本作‘立’。徐本‘没查’上有‘你看這個’四字。‘科’,一作‘羅’。”該例中,閔本正文與凌濛初本相同,批語文字則淵源非一:“方言,無準誠也……古注:‘僂科’,猶云小輩”近于王驥德本;“宋時謂幹辦者曰‘僂科’”云云出自批點畫意本;“‘科’,一作‘羅’”之語意近于凌濛初本。又如,閔本三之二【幺】“你也赸,我也赸”,批云:“北方謂走曰‘赸’,未知何據。徐文長謂冷淡之義。一本‘赸’作‘訕’;下句同。”該例閔遇五批語乃綜合兩種批點本而成,其中“冷淡”直接沿襲自徐渭批點畫意本,“北方謂走曰‘赸’”之語意直接沿襲自王驥德本。

總之,跟正文的關聯性一致,閔本批語與批點畫意本最渭密切,其次是凌濛初本,與王驥德本相對疏遠一些。閔本雜取諸本的特徵固然最爲顯著,因其正文和批語都與徐渭批點畫意本最爲接近,故筆者認爲,徐渭批點畫意本在一定程度上仍可視作是閔本的工作底本。

閔氏在吸收、引述、借鑒前人批語時,一般不全文照搬,而是在增改潤飾中熔鑄了自己的特色。這表現爲:其一,閔本批語多會概括性地提煉其意。如閔本一之三《花陰倡和》開頭,叙紅娘向鶯鶯學舌張生之言:“小生姓張,名珙,字君瑞,本貫西洛人也,年方二十三歲,正月十七日子時建生,並不曾娶妻”云云,並笑稱“世上有這等傻角!”批云:“乃傻角之遺音也,直是駡詞”,並反駁了徐文長“宋人謂風流蘊藉爲角"之説。閔本二之一【混江龍】"香消了六朝金粉,清減了三楚精神",批語總概爲"皆借文辭以喻其瘦損也",批評王驥德尾注"六朝三楚多麗人"拘泥可笑。閔本二之二【粉蝶兒】"舒心的列山靈、陳水陸",批云:"山靈之物,水陸之珍,是張筵席也",指出徐渭"以水陸爲道場"之錯誤。閔本三之二【鬥鵪鶉】"暢好是奸",批云:"滿情滿意的奸詐也",指出徐渭批點畫意本正文作"乾"、批語釋爲"乾乾受這一番艾焙也"不通。其二,閔本批語在文字表達上也有可稱道之處。如閔本三之一【元和令】"我是個散相思的氤氲使",批云:"俗本作'五瘟使'。恐散相思的差使,用不着這位尊神也。"其語言幽默而風趣。

三、 批語的創新

閔遇五在"識語"中宣稱"疑者不箋,箋者不疑",幾乎曲曲有疑,句句有注,處處針對前人《西厢記》評點的疏誤,其批評密度較高。閔氏在"箋疑"中,一面承襲前人的批語,一面也發表了一些新批評意見。其新增内容主要包含詞語的"音義"、正文的"辨訛"、版本的校勘、戲曲批評理論與方法的探討。

(一) 增補版本異文與字詞釋義

閔遇五在批語中增加了一些語言文字的校勘與音釋。如閔本一之一【天下樂】"只疑是銀河落九天",批云:"陳江總詩:'織女今夕渡銀河,當見清秋停玉梭。'言天河也。《孫子》:'善攻者動於九天之上。'此但形容其高。俗本引'東西南北中央等',無謂。'只',音子;一本無'只'字。"其中包含版本異文、音釋,引用古人詩書典故解釋詞義,並以"但形容其高"簡要概括該曲大意。閔本一之二【小梁州】"眼挫裡抹張郎",批云:"'抹',上聲,塗抹也。亂曰塗,長曰抹。謂作一長圈也。楊億在翰林,日草制,爲宰相勾抹,如鞋底樣。楊不平之。因就缺處補足,書其上曰:'舊業楊家,鞋底是也。'今人以布轉桌亦曰抹,謂紅娘偷睛在張郎身上抹一轉也。"閔氏詳細解釋"抹"字的音義、典故出處,生動而形象。閔氏有時也會對某些無法確解的詞語加以推測。如閔本一之一【天下樂】"潤梁園萬頃田",批云:"《西京雜記》:漢梁王好士,有兔園。相如、枚生等,悉延居其中。'萬頃田',不可解,多士不可以無食耶?"對"萬頃田"的推測性釋義顯得活潑而有個性。

閔遇五尤其喜歡運用典故來解釋詞語。閔本一之一【混江龍】"把鐵硯磨穿",批云:"桑維翰讀書不第,人或勸其改業。維翰鑄鐵硯示之,曰:'硯穿則易他業。'卒進士及第。'鐵',上聲。"該批語解釋字音,並增釋了桑維翰"鐵硯"典故。

閔本一之一【么】“行一步可人憐”，批云：“‘憐’，愛也。‘可’，猶言恰恰也。生公虎丘講經，宋文帝大會沙門，親禦地筵。食至良久，衆疑過中，以僧律日過中即不食也。帝曰：‘始可中耳。’生公曰：‘白日麗天，天言‘可中’，何得非中？’即舉箸食。劉禹錫詩曰：‘一輪明月可中庭。’皆言恰恰正好。此云：不但容貌聲音，色色堪愛，便走一步兒，也可可爲人憐愛也。下四句，正是‘可人憐’處。”該批語增入生公“虎丘講經”典故、劉禹錫詩來解釋“可”的含義，分析細緻而富有趣味。閔本一之二【粉蝶兒】“且將這盼行雲眼睛打當”，批云：“自古言，楚襄王夢與神女遇。以《楚辭》考之，殊不然。《高唐賦》云：昔者先王嘗游高唐，怠而晝寢，夢一婦人曰：‘妾巫山之女，朝爲行雲，暮爲行雨，朝朝暮暮，陽臺之下。’先王，懷王也。又《神女賦》云：‘宋玉賦高唐之事，其夜，玉寢，夢與神女遇。’是前之夢懷王也，後之夢宋玉也。襄王無與焉，從來虚受其名耳。”該批語澄清巫山神女典故與楚襄王無涉，甚至超越了一般語言批評的内容。

（二）强調“王作關續”説

與閔本相關的《西廂記》評點本都持“王（實甫）作關（漢卿）續”説。繼志齋本刊刻家陳邦泰上承徐士範《重刻元本題評音釋西廂記》的“王作關續”説，並强調關漢卿所補【雙調・集賢賓】“雖離了這眼前悶”及“【掛金索】裙染榴花”等曲“俊語亦不減前”①。徐渭《重刻訂正元本批點畫意北西廂》卷首諸葛元聲《序》云：“王實甫亦擅聲其間，《西廂》傳奇乃其手筆，而漢卿續成之者也。”②也對“王作關續”説表示了肯定。凌濛初《西廂記凡例十則》甚至對“關作王續”説進行了深入辨析：

> 《北西廂》相沿以爲王實甫撰，《太和正音譜》于王實甫名下首載之。王元美《卮言》則云：“《西廂》久傳爲關漢卿撰，邇來乃有以爲王實甫者，謂至‘郵亭夢’而止，又云至‘碧雲天’而止，此後乃關漢卿所補也。”徐士範《重刻西廂》則云：“人皆以爲關漢卿，而不知有實甫。蓋自《草橋夢》以前作于實甫，而其後則漢卿續成之者也。”俱不知何據。元人詠《西廂》詞【煞尾】云：“董解元古詞章，關漢卿新腔韻，參訂《西廂》的本。晚進王生多議論，把《圍棋》增。”則似謂漢卿翻董彈詞而爲此記，實甫止《圍棋》一折耳，于五本無涉

---

①陳邦泰《重校北西廂記總評》，載陳邦泰刊《重校北西廂記》卷首，明萬曆二十六年繼志齋刊本，日本内閣文庫藏本。

②諸葛元聲《序》，載徐渭《重刻訂正元本批點畫意北西廂》卷首，明萬曆三十九年刻本，中國國家圖書館藏本。

也。又【滿庭芳】云:"王家好忙,沽名釣譽,續短添長,別人肉貼在你腮頰上。"又似乎王續關者。蓋當時關之名盛于王也,亦無從考定矣。但細味實甫別本,如《麗春堂》《芙蓉亭》,頗與前四本氣韻相似,大約都冶纖麗。至漢卿諸本,則老筆紛披,時見本色。此第五本亦然,與前自是二手。俗眸見其稍質,便謂續本不及前,此不知觀曲者也。兹從周本,以前四本屬王,後一本屬關。①

凌濛初從王關戲曲藝術風格的關聯性立説,肯定了"王作關續"説。但與所述各評點本"揚王抑關"不同,凌氏持"揚關抑王"的態度,認爲王實甫前四本"都冶纖麗",不如關漢卿第五本"老筆紛披,時見本色"。這個意見在明代《西廂記》評點中顯得比較特别。凌濛初還梳理了"王作關續"説、"關作王續"説的緣起,轉而提出王實甫增《圍棋》一折之説。

閔遇五也堅持强調"王作關續"説。閔本卷末附閔氏《圍棋闖局》識語云:

前四爲王實父,後一爲關漢卿,《太和正音譜》明載,王弇洲、徐士範諸公已有論矣。乃元人詠《西厢》詞有云:"董解元古詞章,關漢卿新腔韻,參訂《西厢》的本,晚進王生多議論,把《圍棋》增。"豈實父之後,又出一晚進王(生)耶? 抑其人意在左關右王而爲是也,耳食者因此便有"關前王續"之説。然《圍棋》之詞,板直淡澀,不唯遠遜實父,亦大不逮漢卿,其爲另一晚進無疑。姑附諸此,用博詞家彈射。②

閔氏指出,"把《圍棋》增"的"王生""爲另一晚進無疑",並非《西廂記》前四本作者王實甫。這就否定了凌濛初提出的王實甫作《圍棋闖局》的可能性,其論述相對于凌氏又有所發展,也是很中肯的意見。閔遇五説《圍棋》"不唯遠遜實父,亦大不逮漢卿",又繞過凌濛初,回歸到"揚王抑關"的主流認識。

(三) 探討戲曲批評理論與方法

閔遇五提出了頗具特色的戲曲批評"本色"論。閔本二之三【得勝令】"誰承

①凌濛初《西厢記凡例十則》,載凌濛初批解《西厢記》卷首,明天啓間凌濛初批解朱墨套印本,上海圖書館藏本。
②"王實父《西厢記》四本、關漢卿《續西厢記》一本"卷末,明崇禎十三年烏程閔遇五校刻,中國國家圖書館藏本。

望這即即世世老婆婆，着鶯鶯做妹妹拜哥哥。白茫茫溢起藍橋水，赤藤藤點着袄廟火。碧澄澄清波，撲剌剌將比目魚分破；急穰穰因何，扢搭地把雙眉鎖納合。”批云：“鶯雖怨母，不應有如此語。是以有作生唱之説。然《記》中從無生鶯雜唱者。此語出董詞。董詞是旁人不平語，可用狠詈。此處用之，不免累卻全璧。”指出語言要符合人物口吻和個性。閔本三之一【後庭花】“元來是染霜毫不構思”，批云：“一作‘不勾思’，云：才有餘，不勾他思量也；又云：‘不勾思’三字，可登詞場神品。此解非不佳，但可作文士鉤深尖巧之語，以加紅娘，或未稱。”明確反對將“文士鉤深尖巧之語”加諸紅娘。閔本三之三【折桂令】“指頭兒告了消乏”，批云：“即後折‘手勢指頭恁’之意。董詞《彈琴》云：‘十個指頭兒，自來不孤你，這一回看你把戲。孤眠了半世，不閑了一日。今夜裡彈琴，不同恁地，還彈到斷腸聲，得姐姐學連理。指頭兒，我也有福囉，你也須得替。’此語本董詞，原非求雅。古注謂：‘指頭預辦偷春，翦落指甲，乃是消乏。’過爲文語，非作者本色。”閔遇五提倡《西厢記》語言批評要以董解元《西厢記諸宫調》（簡稱“董詞”）爲準的，不能“過爲文語”。總之，閔氏所謂“本色”，主要指戲曲語言的創作要貼切人物口吻，適合人物個性，不能過爲文雅，同時在批評注釋方面也要順應“作者本色”，不能作“文士鉤深尖巧之語”。閔氏着重于批評的“本色”，對明代“本色論”有所發展。

閔遇五提出對于方言“不必下解”。如閔本二之三【雁兒落】“則見他荊棘列怎動那！死没藤無回和！措支剌不對答！軟兀剌難存坐！”批云：“皆方言也。總是唬得木篤、氣得軟攤之貌，不必下解。甚有逐字體認者，以江南耳目作燕趙訓詁，徒爲識者笑。”意在諷刺徐渭、王驥德等“江南耳目”在評點《西厢記》過程中對北方方言“逐字體認”的失誤。

閔遇五强調通過“觀文脈”來梳通上下文意的重要性。閔本三之三【攪筝琶】“因小姐閉月羞花，真假，這其間性兒難按納，一地裡胡拿”，批云：“言生因小姐閉月羞花，如此其美，而其留情處，真假猝難猜料。衹恐未必全假，所以性難按納而胡做也。一本‘因小姐’作‘想小姐’，言小姐平日閉月羞花，深自珍重，繇今觀之，真耶假耶？不意今日，一旦性難按納，而胡做至此！觀上文脈，此解不爲無見。”該條批語前半指出“閉月羞花”指“美貌”，其意貼合批點畫意本眉批：

> “真假”二字極難解，古本解亦未及此。愚意顔色既閉月羞花矣，如此其美而又獨留情于生，一時非假，一時非真，猝難猜料，然未必不真也，因此惑人，故“色性難按，一地胡拿”耳。

該條批語後半指出“閉月羞花”指“不易令人見”，其意貼合王驥德本尾注：

下又言：我想小姐平日閉月羞花，深自珍重，由今日觀之，果真耶假耶？不意今日其風流之性，一旦難自按納，而遂一地裡胡爲亂做至此也。“閉月羞花”，借言其深藏密護，不易令人見之意，不得泥平常稱人之美説。此曲頗難解。

閔遇五認可王驥德“此解不爲無見”，其依據乃是“觀上文脈”，即通過貫通上下文來理解文意。閔氏對“上下文”的重視，不僅在明清戲曲批評中具有特別意義，甚至可相通于現代西方文學“文本批評”的理念。

總之，閔遇五對《西厢記》批評標準與方法的探討，雖還不够系統全面，但都是立足于自身批評實踐而得出的有益經驗。他宣導的這些批評方法，上承王驥德、凌濛初而表達更爲明晰，對毛奇齡評點《西厢記》的“詞例”論啓發很大①。

（四）首揭“西來意”之旨，開啓佛喻《西厢記》之法門

閔遇五《〈會真六幻〉總序》曰：

云何是一切世出世法？曰真曰幻。云何是一切非法非非法？曰即真即幻，非真非幻。元才子“記”得千“真”萬“真”，可可“會”在幻境。董、王、關、李、陸，窮描極寫，攧翻簸弄，洵幻矣！那知個中倒真在耶？曰：微之記“真”得“幻”。即不問，且道個中落在甚地？昔有老禪，篤愛斯劇。人問“佳境安在？”曰：“怎當他臨去秋波那一轉。”此老可謂善入戲場者矣，第猶是句中玄，尚隔玄中玄也。我則曰：“及至相逢一句也無。”舉似“西來意”，有無差别。古德有言：“頻呼小玉元無事，只要檀郎認得聲”，“不數德山歌，壓倒雲門曲”。會得此意，逢場作戲可也，袖手旁觀可也。黄童白叟，朝夕把玩，都無不可也。不然，鶯鶯老去矣，詩人安在哉？眈眈熱眼，呆矣！與汝説《會真六幻》竟。②

閔氏此文，借用臨濟宗“三玄”來比附元稹《會真記》與董解元《西厢記諸宫調》、王實甫《西厢記》前四本、關漢卿《西厢記》第五本、李日華《南西厢》、陸天池《南西

①詳情參見楊緒容《毛奇齡〈西厢記〉評點的“詞例”論——元雜劇批評範式的奠定》，《文藝理論研究》2021年第2期，第167—178頁。
②王實文《西厢記》四本，關漢卿《續西厢記》一本卷首，明崇禎十三年烏程閔遇五校刻，中國國家圖書館藏本。該序原題“《會真六幻》”，“總序”二字爲作者所加。

厢》等“西厢六幻”，分别對應真、真中幻、幻之境界，以總攬一切世法出世法。據禪宗教義，體中玄指全無修飾，乃依據所有事物之真相與道理而表現之語句；句中玄指不涉及分别情識之實語，即不拘泥于言語而能悟其玄奥；玄中玄又名作用中玄，指離于一切相待之論理與語句桎梏之玄妙句。在閔氏看來，元稹《會真記》“得千真萬真”而“可可會在幻境”是體中玄，王實甫《西厢記》中“怎當他臨去秋波那一轉”是“句中玄”，“及至相逢一句也無”是“玄中玄”。閔氏又借禪宗“西來意”公案不打妄想之精義，進一步喻示《西厢記》“玄中玄”之空幻性質。在《五燈會元》中，僧徒們問“祖師西來意”多達三百多次。發問的人十分真誠，被問的禪師們卻答非所問，或者直接動手去打問話者。用一聲棒喝，直指人心，叫人豁然開悟，知道問什麽達摩祖師西來意根本就是妄想。閔氏借“西來意”爲説，儘管尚没有將“西來意”貫徹到《西厢記》正文的批評中，但不能掩蓋其如下價值：其一揭示《西厢六幻》（王實甫《西厢記》乃其中翹楚）的本旨即空；其二揭示要透徹理解《西厢記》，千萬不要着語言文字相；其三首揭《西厢記》“西來意”之旨，開啓以佛喻《西厢記》之法門，爲潘廷章説《西來意》奠定了理論與方法的基礎。

綜上所言，閔遇五編刊的《西厢記》雜劇及其《西厢記五劇箋疑》，在傳播、批評等方面都獲得了特别的價值和意義。民國八年（1919）貴池劉世珩刊《暖紅室匯刻傳劇》，收録《西厢記五劇箋疑》，正是對閔遇五《西厢記》評點本的大力肯定。

晚明笑話中的科舉生活

——以《笑府》《廣笑府》《古今笑》爲中心

江俊偉①

内容提要 《笑府》《廣笑府》《古今笑》是晚明較具代表性的三部笑話集，特殊的時代背景使其納入了較多反映科舉生活的内容：在描繪科舉人群方面，對生員以下階層的言行舉止、精神面貌注入較多筆墨，藉由"群嘲"與"自嘲"製造的笑點達成傳神寫照之效；在叙述科舉事件方面，對考官失正、權力干預、考生舞弊等危及科舉公平的事例予以較多關注，于史家記載與坊間傳聞的交雜中達成"存史""補史"之功；在呈現科舉情境方面，對因"功名心"而扭曲的"世情"與"人情"給予較多觀照，留存了一些與科舉民俗、科舉人際交往相關的歷史記憶。這三部笑話集，直觀而典型地體現了晚明笑話中科舉書寫的基本面貌及其社會生活史研究價值。

關鍵詞 晚明笑話；科舉生活；《笑府》；《廣笑府》；《古今笑》

晚明笑話雖輯纂了一些前代科舉軼聞，②但其對科舉生活的呈現主要還是聚焦于明代科舉制度、考試及其相關話題。馮夢龍《笑府》《廣笑府》《古今笑》，是晚明較具代表性的三部笑話集，③其文化品格、虛實比例雖各有不同，④但無論是標

---

①作者簡介：江俊偉，湖北美術學院藝術人文學院副教授，主要研究方向爲明清文學與科舉文化。本文为國家社會科學基金教育學一般課題"科舉視閾下的明代官學研究"（BOA190044）階段性成果。

②如《古今笑》中，有涉及唐代科舉的《首冠》《瘋漢及第》《詆詩》《肥》《試官 舉子》《魏扶》，涉及宋代科舉的《董公遮》《堯舜疑事》《富貴癖》《敖上舍》《王中父》《劉貢父》《宋太宗語》《縮字詩》《榜後詩》《度宗榜》《投牒自禍》《晚達》《賭官》《科舉弊》等篇，其中既有韓愈、黄公度等名流應試傳聞，又有歐陽修、王介等名臣任試官軼事，也有一些關于唐宋科考風習、舊俗的載述。

③按《笑府》《廣笑府》《古今笑》三書的編纂者、成書時間、版本流傳等問題，前輩時賢多有考證，因非本文核心議題，故從略。又《古今笑》與《古今譚概》乃一書二題，孰先孰後，學界存在不同意見。李漁《古今笑史序》考其"初名爲《譚概》……以《古今笑》易名，從時好也"，可備一説。本文以《古今笑》相稱，蓋因行文之便，兼取《題古今笑》"不分古今，笑同也"之意。（參見韻社第五人《題古今笑》，（明）馮夢龍編著、欒保群點校《古今譚概》，中華書局 2007 年版，《前言》第 5 頁。）

④按《笑府》《廣笑府》《古今笑》虛實有異，如陳文新《古代笑話的風格類型與社會功能》云："與《古今譚概》多記實人實事不同，馮夢龍《笑府》《廣笑府》中的人物、故事多屬虛擬。"（參見陳文新《古代笑話的風格類型與社會功能》，《名作欣賞》2024 年第 1 期。）

舉“不笑不話不世界”[①]的《笑府》《廣笑府》，還是“疏所睹記，錯綜成帙”[②]的《古今笑》，皆于歷史記載、市井奇談與文人諧謔相交雜的“小説家言”[③]中，保存了關于明代科舉生活的歷史記憶，隱藏了包括笑話創作者、編撰者、傳播者乃至整個時代輿論對科舉及其周邊話題的“價值觀和倫理判斷”[④]。本文即以這三部笑話集爲例，從科舉人群、科舉事件、科舉情境三個方面探究晚明笑話所呈現的科舉生活。

一、“群嘲”與“自嘲”：晚明笑話對科舉人群的描繪

科舉生活，以科舉人群及其日常活動爲中心。晚明笑話對科舉人群的描繪，涵蓋了科舉功名體系内的各個階層。[⑤]以《笑府》《廣笑府》《古今笑》爲計，所涉篇目大致有：

科名	笑話集	篇　　目
童生	《笑府》	《老童生》《(老童生)又》《未冠》《包巾》《得頭》
	《古今笑》	《今老童》《童生府試》
生員	《笑府》	《監生打釘》《酸臭》《鑽刺》《四等親家》《趁船》《老陪賓》 《窮秀才》《頌屁》《謁孔廟》《書手吟詩》《求籤》
	《廣笑府》	《秀才搶胙》《作詩複語》《産喻》《賦詩》
	《古今笑》	《縛詩人》《增廣、檢討》《吕擴、謝暉》《三甲進士》 《周秀才》《題何吉陽軸》《世事相反》
舉人	《古今笑》	《問歐陽修》《鬼對》《陸孝廉》《重字對》《舉人大帽》

①墨憨齋主人《笑府・序》，魏同賢主編《馮夢龍全集》第22册《笑府》，上海古籍出版社1993年影印，第4頁。(按此句又見于《廣笑府序》，參見《馮夢龍全集》第10册《廣笑府》，鳳凰出版社2007年版，第2頁。)

②韻社第五人《題古今笑》，(明)馮夢龍編著、欒保群點校《古今譚概》，中華書局2007年版，《前言》第5頁。

③今多有以笑話歸入小説之列者，如陳清俊稱其爲“以對白爲主的軼事體筆記小説”(參見陳清俊《中國古代笑話研究》，花木蘭文化出版社2010年版，第38頁。)寧稼雨則謂《古今譚概》“是文言與白話小説交流融合的紐帶橋樑”。(參見寧稼雨《中國文言小説總目提要》，齊魯書社1996年版，第284頁。)

④董上德《從〈古今譚概〉的成書看“大小傳統”的互補關係》，《文化遺産》2014年第5期。

⑤以人物身份對科舉笑話進行分類歸納，時賢已有嘗試。如《槐花黄　舉子忙：科舉熟語的文化鏡像》第七章《笑話編》即列“秀才笑話”“考官笑話”“塾師笑話”三類。(參見李樹新《槐花黄　舉子忙：科舉熟語的文化鏡像》，商務印書館2021年版，第284—325頁。)

（續表）

科名	笑話集	篇　　目
進士	《廣笑府》	《毳飯》《牙牌排銜》
	《古今笑》	《王劉莊卧》《異服》《解語神柩》《包賀》 《冒族》《三甲進士》
會元	《古今笑》	《題僧壁》
狀元	《古今笑》	《馬狀元刺》《鍛工 屠宰》《三百甕鹽齏》《政和、景泰二榜》 《錢鶴灘》《羅狀元令》《唐狀元對》《辛未狀元謎》《敖上舍》

以上諸篇，或明確標示主人公的科名身份，或以出場人物的科名身份爲調侃、戲謔對象。此中自然不乏少年顯達、青雲直上的得意者，但更引人注目的則是蹭蹬歲月、屢戰屢敗的失意人。一方面，生員階層以下的科舉人群，構成了科舉人口分佈的金字塔基座。明代科舉考試的篩選性極强，今人對其録取率的統計足可爲證。①科舉人群中的絶大多數，即使能順利由童生考取生員資格，但終其一生，"衹是保持一個'知識所有者'的身份，亦即'士'，或明代典籍所謂的'衣巾終身'"②。既然社會生活史"是以人的生活爲核心連接社會各部分的歷史，生活史研究的最大價值應當是建立以人爲中心的歷史學"③，那麽關于科舉生活的觀察，自然無法忽略占科舉人口大多數的這些小人物。另一方面，對科舉人群來説，一朝科場得志，名載鄉、會試録、登科録自是順理成章；步入仕途以後，其人生履歷、文行出處也多有官私資料可考；與科名、官身相伴隨的經濟、政治、文化等資源優勢，也在相當程度上增加了其個人詩文創作、結集、傳世的可能性。换而言之，舉人以上階層的科舉人群及其日常生活，在史家著述、詩文别集中有較爲豐富的載述；而對生員、童生階層及其日常生活的考索與還原，則可能需要面對更爲複雜的文獻來源，晚明笑話即是其中一種。其相關篇目對科場小人物的描繪，大多圍繞他們窮酸迂腐的形象或知識、道德層面的欠缺做文章，以生動鮮活的人物對白，演繹社會對科舉人群的"群嘲"或科舉人物的"自嘲"。

①按明代科舉考試録取率，不同學者的統計資料略有出入。其中，郭培貴的統計，常爲研究者所引證："鄉試録取率，明初一般在10%上下，成、弘間定爲5.9%；嘉靖末年又降爲3.3%；而實際録取率又低于此。會試録取率，自洪武至萬曆中平均爲8.6%；其中，洪武至永樂二年平均爲21.7%，永樂四年至萬曆中期平均爲8.4%。"（參見郭培貴《明代科舉各級考試的規模及其録取率》，《史學月刊》2006年第12期。）

②陳寶良《明代儒學生員與地方社會・導論》，中國社會科學出版社2005年版，第55頁。

③常建華《中國日常生活史研究的回顧與展望》，科學出版社2020年版，《前言》第2頁。

所謂“群嘲”，主要表現爲社會輿論對科舉人群之“德”與“才”的評價。如《古今笑·文胖》：

> 茂苑文氏皆聰穎，尤工書；獨一人號文胖者，亦諸生，文與書並拙。遇歲試，俞華麓力勸勿往。驚問何故，乃曰：“如子之文，雖有衡山之書，亦無用。即王守溪文，而子書之，人亦懶看矣。恐黜不盡辜，是以憂之。”①

在科舉考試的衡才標準裏，“文與書並拙”確實構成被嘲笑的充分理由。除了生員，監生的無才，也常被輿論所嘲笑：

> 監生方出場，遇一故人。故人揖之，並揖路旁豬糞。生問：“此臭物，揖之何爲？”答曰：“他臭便臭，也是腸[場]裏出來的。”②

科舉人群在道德層面的瑕疵亦頗受關注，如《笑府·德行》諷“士有好飲宿娼，而賄得德行者”，以《論語》“簞食瓢飲”（諧音“單是嫖飲”）相嘲③；《古今笑·父子相謔》李東陽惡其子“好遊狎邪”，以“今日柳巷，明日花街。誦讀詩書，秀才秀才”④相譏。又有《笑府·求籤》，載述時人調侃“秀才惡習”：“隨你兩個人考，也要擠一擠；隨你十頓飯，也要搶一搶；隨你一個題目，也要結燭；隨你一名不取，也要説不公道。”⑤凡此種種，很可能基于一個簡單的邏輯或者説美好的願望：既然明代科舉考試以“四書五經”等儒家經典爲考察範圍，以“代聖賢立言”的八股制義爲主要的考試文體之一，那麽科舉中人理應耳濡目染，將儒家之道德觀念内化爲其自身的信仰與操守。當科舉中人的言行與這種社會期待形成較大落差時，自然會激起科舉場域内外的輿論反應。在科舉時代，這種輿論自有其無形的力量。如《古今笑·僧題壁》中，明嘉靖年間禮部尚書霍韜“嘗欲營寺基爲宅，浼縣令逐僧”，卻因寺僧“學士家移和尚寺，會元妻卧老僧房”譏語“愧而止”。⑥對于科舉人群而言，無論人生際遇如何，曾經的科舉功名既是一生的榮譽，亦是無形的激勵

①魏同賢主編《馮夢龍全集》第 21 册《古今譚概》“矜嫚部第十二”，上海古籍出版社 1993 年影印，第 504—505 頁。
②魏同賢主編《馮夢龍全集》第 22 册《笑府》卷一“古豔部”，第 8 頁。
③魏同賢主編《馮夢龍全集》第 22 册《笑府》卷二“腐流部”，第 26—27 頁。
④魏同賢主編《馮夢龍全集》第 21 册《古今譚概》“矜嫚部第十二”，第 535 頁。
⑤魏同賢主編《馮夢龍全集》第 22 册《笑府》卷二“腐流部”，第 32 頁。
⑥魏同賢主編《馮夢龍全集》第 21 册《古今譚概》“顔甲部第十八”，第 742 頁。

與約束。

與此類調侃相映成趣的，是科舉人群的“自嘲”。如《古今笑·俗譏》記明末歲考前，常有生員在闢聖前祝禱：“伏願瞌睡瞭高，犯規矩而不捉；糊塗宗主，屁文章而亂圈”①，所求愈可笑，愈見其自知之明。又如《笑府》之《產喻》《求籤》二篇：

> 一士屢科不利，其妻素患難産，謂夫曰：“中這一節，與生産一般艱難？”士曰：“你卻是有在肚裏。”②
>
> 一士歲考求籤，通陳考六等上上，四等下下。廟祝曰：“相公差矣，四等止杖責，如何反是下下？”曰：“此非你所知。六等黜退，極是乾净；若在四等，看了我文字，决被打殺。”③

“屢科不利”的丈夫，有腹中無物的自知之明；歲考求籤的生員，有“看了我文字，決被打殺”的自知之明。此類略帶自我調侃意味的對話，以科舉時代的日常生活爲背景，以科舉人群的“自嘲”製造笑點，與社會輿論對科舉人群的“群嘲”形成對照，爲後世觀察明代科舉人群的行爲方式、精神面貌及社會形象提供了有趣的樣本。

二、“歷史”與“傳説”：晚明笑話對科舉事件的載述

科舉生活的主人公是科舉人群，科舉生活的主軸是圍繞科舉制度、科舉考試展開的各類科舉事件。晚明笑話對科舉事件的叙述，大體介于“歷史”與“傳説”之間。一方面，晚明笑話保存了大量科舉軼聞瑣事，既涵蓋了科舉考試的全部流程，如涉及童生試之《笑府·得頭》《古今笑·童生府試》，涉及生員歲考之《笑府·老陪賓》，涉及鄉試之《古今笑·末名柬》，涉及會試之《古今笑·徐相國善答》；又對某些科考慣例有所呈現，如《古今笑·補唇先生》述唐人因外形缺陷招致“有司以爲不可與科名”④事，《古今笑·科試郊餞》記“郊餞”舊例事⑤，等等。

---

①魏同賢主編《馮夢龍全集》第 21 册《古今譚概》“不韻部第八”，第 352 頁。
②魏同賢主編《馮夢龍全集》第 22 册《笑府》卷二“腐流部”，第 31 頁。
③魏同賢主編《馮夢龍全集》第 22 册《笑府》卷二“腐流部”，第 31—32 頁。
④魏同賢主編《馮夢龍全集》第 21 册《古今譚概》“酬嘲部第二十四”，第 987 頁。
⑤魏同賢主編《馮夢龍全集》第 21 册《古今譚概》“譎知部第二十一”，第 860—861 頁。

另一方面，其對明代科舉史上的一些重大事件也有所載述，如《古今笑·勳臣讒語》述“洪武甲子開科取士，諸勳臣不平”[①]事，與《明太祖實録》等史料對洪武十七年甲子頒佈《科舉成式》、九月鄉試的記載形成參照。概而言之，晚明笑話對科舉事件的敘述，多以官私記載爲主，以傳説、戲擬等藝術加工爲輔，並尤其關注涉及科舉公平的事件，較爲典型的有以下三類：

一是考官失正引發的爭議。如《古今笑·五經題》：

> 孝宗時，程學士敏政主試，鬻題。優人持雞出，曰：“此雞價直千金。”問曰：“何雞而價高如此？”對曰：“程學士家名爲‘五更啼’也。”[②]

此即明弘治十二年（1499）會試科場舞弊案。據載[③]，是年二月，命李東陽、程敏政爲會試考官。丁巳日，户科給事中華昶奏以“翰林學士程敏政假手文場，甘心市井，士子初場未入，而《論語》題已傳誦於外，二場未入，而表題又傳誦於外，三場未入，而策之第三、四問又傳誦於外。江陰縣舉人徐經、蘇州府舉人唐寅等，狂童孺子，天奪其魄，或先以此題驕於衆，或先以此題問於人”，請求“場中朱卷，凡經程敏政看者，許主考大學士李東陽與五經同考官重加翻閲，公爲去取”。[④]後雖查無實據，但“敏政、昶、經、寅俱下獄，坐經嘗贄見敏政，寅嘗從敏政乞文，黜爲吏。敏政勒致仕”[⑤]。案中情由，説法不一[⑥]：“或言敏政之獄，傅瀚欲奪其位，令昶奏之。”[⑦]無論是非曲直如何，涉案之人皆命途陡轉：考官程敏政“憤恚發癰”[⑧]而卒，考生唐寅、徐經科考路斷，舉報人華昶亦以“風聞言事”坐罪。他究竟“風聞”了什麽？《古今笑·五經題》所載傳聞，或可備一説。又如萬曆丙午年（1606）

---

①魏同賢主編《馮夢龍全集》第21册《古今譚概》“雜誌部第三十六”，第1591頁。

②魏同賢主編《馮夢龍全集》第21册《古今譚概》“微詞部第三十”，第1282頁。

③據陳文新等《明代科舉與文學編年》考，此案《明孝宗實録》、《明史·程敏政傳》、《明史·選舉志》、（明）王世貞《弇山堂别集》、（明）謝肇淛《五雜俎》及民國《梧塍徐氏家譜》卷五十四薛章憲《鄉進士徐君衡父行狀》、卷五十三《舊傳輯略·春元西塢公傳》等均有見載。（參見陳文新等《明代科舉與文學編年》，武漢大學出版社2009年版，第1305—1306頁。）

④《明孝宗實録》卷一百四十七，臺灣“中研院”史語所1962年影印本，第2592頁。

⑤（清）張廷玉等撰《明史》卷二百八十六·列傳第一百七十四《程敏政傳》，中華書局1974年版，第7344頁。

⑥據《明代科舉與文學編年》考：《明史·程敏政傳》、（明）周璽《垂光集·論釋無辜事》、（明）閻秀卿《唐伯虎傳》（《文章辨體匯選》卷五三七）、《禮部右侍郎兼翰林院學士程敏政傳》（《國朝獻徵録》卷三十五）、《廿二史劄記》卷三六《明代科場之弊》等對此案多有辨核。（參見陳文新等《明代科舉與文學編年》，武漢大學出版社2009年版，第1308—1309頁。）

⑦⑧（清）張廷玉等撰《明史》卷二百八十六·列傳第一百七十四《程敏政傳》，中華書局1974年版，第7344頁。

鄉試，各地多有弊案見載①，而《古今笑·頭場題》即述此年浙江鄉試："一有力者以錢神買初場題，中式"，有知情官員令優人于宴席間伺機嘲諷。優人演至《荆釵記》之《承局寄書》時，遂借"關白内款"所貢"一豬"即興發揮②：

> 曰："大不可言。且無論其全體，衹豬頭、豬腸、豬蹄，你道易價幾何？"
> 成曰："多少？"
> 曰："衹頭腸蹄亦賣千金。"
> 成曰："何人買得起？"
> 曰："一收古董人家。"

以"頭腸蹄"喻"頭場題"，以"古董人家"喻買題者姓氏，直白如此，無怪乎主試者因之"赤頬，不歡而罷"。③據載，此年浙江鄉試主試當爲翰林院檢討蔣孟育、户科左給事中蕭近高。④其事雖未必"保真"，但着實有趣，確爲觀察當時同類事件所掀起的輿論風波提供了一些生動的材料。此外，還有一些諷刺考官失正的段子，如《廣笑府·傳奇戲語》"試官必定帶長枷"⑤云云，亦側面反映了社會輿論對考官失正話題的關注與判斷。

二是權力對科舉公平的干預。如《古今笑·丁丑庚辰榜》⑥：

> 萬曆丁丑，張太岳子嗣修榜眼及第；庚辰懋修復登鼎元。有無名子揭《口占》於朝門曰："狀元榜眼姓俱張，未必文星照楚邦。若是相公堅不去，六郎還作探花郎。"後俱削籍，故當時語曰："丁丑無眼，庚辰無頭。"⑦

此即張居正三子及第事件，其中次子張嗣修，萬曆五年(1577)丁丑科第一甲第二名進士；三子張懋修，萬曆八年(1580)庚辰科第一甲第一名進士。二人科名所引

---

①如是年順天府中式第四名舉人鄭汝鐄"目不識丁，棄父母爲富家養子，據其雄貲，入北雍，大賄闈役，割截取中貢生馬顯忠首二場文字，獲列魁選"。(參見《明神宗實録》卷四百二十五，臺灣"中研院"史語所 1962 年影印本，第 8018 頁。)
②③魏同賢主編《馮夢龍全集》第 21 册《古今譚概》"微詞部第三十"，第 1283—1284 頁。
④參見(明)張弘道、張凝道《皇明三元考》"萬曆三十四年丙午科解元"條(1606)，魯小俊、江俊偉校注《貢舉志五種》，武漢大學出版社 2009 年版，第 923 頁。
⑤魏同賢主編《馮夢龍全集》第 10 册《廣笑府》卷十"嘲謔"，鳳凰出版社 2007 年版，第 6 頁。
⑥又見于(清)李調元《制義科瑣記》卷二，題爲《無眼無頭》。(參見李調元《制義科瑣記》卷二《無眼無頭》，王雲五主編《叢書集成初編》本，商務印書館 1935 年版，第 64 頁。)
⑦魏同賢主編《馮夢龍全集》第 21 册《古今譚概》"微詞部第三十一"，第 1345—1346 頁。

發的争議，多見于明人記述。如張嗣修殿試事，王世貞《弇山堂别集》卷八十三《科試考三》云："讀卷官擬宋希堯爲第一，而嗣修在第二甲第二，上拆卷得之，擢置嗣修第二，且謂居正曰：'朕無以報先生功，當看先生子孫。'後始知慈壽及大璫馮保意也。"①李調元《制義科瑣記》所叙相類，文字略簡。②至于張懋修中狀元事，查繼佐《罪惟録》志卷十八《科舉志》，王世貞《弇山堂别集》卷二《皇明盛事述二》及卷十六《皇明奇事述一》、卷八十三《科試考三》均有記載，其中《弇山堂别集》卷十六《皇明奇事述一》之《二相公子科第》云："叔子懋修復登第，進呈，上復啓封，特擢爲第一人。"③問題的關鍵不在張氏兄弟之才是否與所獲科名相稱，而是科舉考試的公正性受到了最高權力的干預。象徵着科名至高榮譽的"狀元"頭銜，成爲君主對權臣的酬賞。縱然後來張氏兄弟的科名被追回，但造成的影響卻無法消除。所謂"進一權門，妨一寒士"，"科舉天下之公，大臣庶僚之表，科舉而私，何事爲公？大臣而私，何人能公？其流之弊，至今未已。"④萬曆十一年三月，山西道御史魏允貞疏言救弊四事，之所以特于"嚴科舉之防"條强調此事令"海内人士無不憤歎，以爲二百年科考之制壞自今日"，⑤正是基于這樣的顧慮。

三是懷挾、冒籍等科舉舞弊案例。如《古今笑・科舉弊》以宋代科舉舞弊"紙球"⑥爲引，述萬曆辛卯(1591)鄉試懷挾奇聞：

> 萬曆辛卯，南場搜出某監生懷挾，乃用油紙捲緊，束以細線，藏糞門中。搜者牽線頭出之。某推前一生所棄擲，前一生辯云："即我所擲，豈其不上不下，剛中糞門？彼亦何爲高聳其臀，以待擲耶？"監試者俱大笑。⑦

其事亦被李漁化用于傳奇《憐香伴》中，"不讀書居然中了"的周公夢，也生出這樣

①(明)王世貞撰，魏連科點校《弇山堂别集》卷八十三《科試考三》，中華書局1985年版，第1585頁。
②參見(清)李調元《制義科瑣記》卷二《報先生》，王雲五主編《叢書集成初編》本，商務印書館1935年版，第70頁。
③(明)王世貞撰，魏連科點校《弇山堂别集》卷十六《皇明奇事述一》，中華書局1985年版，第300頁。
④(明)張萱《西園聞見録》卷四十四《禮部》三《科場・前言》，《明代傳記叢刊》第120册，明文書局1991年影印，第307—308頁。
⑤(明)文秉《定陵注略》卷一《科場賫緣》，北京大學出版社1986年影印，第626頁。
⑥⑦魏同賢主編《馮夢龍全集》第21册《古今譚概》"雜誌部第三十六"，第1592頁。

“神仙也搜檢不出”的奇想。①這樁公案的是非真假其實並不重要，重要的是笑話、戲曲等不同文本對它的一再演繹，足以提醒後人留意：此類段子的流傳範圍很可能超出士林，而擴散成爲社會大衆嘖嘖稱奇的“時聞”。“懷挾”作爲一種舞弊方法，風行于明代各層級的科舉考試，甚至出現“有田吉者，會試取中，殿試懷挾，罰三科”的怪事。②又如《古今笑・小試冒籍》云：“華亭人冒籍上海小試，憤其不容，大書通衢曰：‘我之大賢與，於人何所不容？我之不賢與，如之何其拒人也！’上海人答云：‘我之大賢與，何必去父母之邦？我之不賢與，焉往而不三黜？’”③篇中所謂“冒籍”，又被戲稱爲古代版本的“高考移民”，在明清科舉考試中亦屢禁不止。晚明笑話中，對“懷挾”“冒籍”之類事件的載述，雖多以簡短對話、生活剪影的方式呈現，卻自有其存史之功。

科舉考試的公平與公正，是科舉人群的核心關切；任何危及科舉公平的事件，都有可能成爲科舉社會的輿論熱點。晚明笑話對此類科舉事件的呈現，雖雜有載述、轉引、戲擬、虛造等不同形式，然或補官私記載之不足，或爲粗略的記載添上豐富的細節，皆爲還原事件全貌、豐富後人對科舉生活的認識增添了材料。

三、“世情”與“人情”：晚明笑話對科舉情境的呈現

科舉人群的悲歡苦樂、科舉事件的是是非非，歸根結底是科舉社會環境的產物，同時也反作用于環境。我們之所以關注晚明笑話所呈現的科舉情境，意在“從瑣碎的材料中發現能够影響到人生存方式和行爲選擇的普遍性命題”。④具體説來，就是在人與科舉考試的博弈中，人的價值如何爲科名所“物化”；在科舉名利場中，從家庭、鄉里延展至整個社會的人際關係如何因科名而“異化”。較爲典型的情境有三：

一是與讖語、夢兆、吉兆相關的科舉民俗情境。考前圖吉利，是人之常情。

---

①（清）李漁《憐香伴》，《李漁全集》第四卷《笠翁傳奇十種（上册）》，浙江古籍出版社 1991 年版，第 87 頁。
②（清）李調元《制義科瑣記》卷三《殿試懷挾》，王雲五主編《叢書集成初編》本，商務印書館 1935 年版，第 87 頁。
③魏同賢主編《馮夢龍全集》第 21 册《古今譚概》“酬嘲部第二十四”，第 1004—1005 頁。
④張劍《日常生活史與中國古典文學研究》，《蘇州大學學報（哲學社會科學版）》2018 年第 1 期。

如《古今笑·俗讖》:"今南都鄉試前一日,居亭主必煮蹄爲餉,取'熟蹄'之讖也。又錫邑呼'中'字如'粽'音,凡大試,則親友贈筆及定勝糕、米粽各一盒,祝曰:'筆定糕粽。'"①這與今世考場外,送考親友着旗袍求"旗開得勝"、穿紫褲寓"指定(紫腚)能贏"的舉動,堪稱古今同調。更有甚者,如《廣笑府·一躍龍門》裏,失足溺水的儒生僥倖生還之時,也不忘默念"一躍龍門便轉來"②求個吉兆。科舉人群對種種夢兆、神兆的崇信,大體基于這種心態,並由此衍生出了不同的故事。有求吉兆而被戲弄者,如《笑府·四字齋匾》:

> 有士好諛者,或謂之曰:"昨夜夢天帝命音樂導齋匾至宅,兄必中矣。"其人喜甚,問匾上幾字,曰:"四個字。須作柬請我,方可言之。"士因具酒相款。款畢,問何四字,答曰:"豈有此理。"③

也有因誤信神兆而交好運者,如《古今笑·誤而不誤》的主人公,因"禮奎神甚虔"而被同伴戲弄,將神前所貢"經書文七首"視作神賜,"稽首受而讀之",考試時"命題一如所讀,竟登第"。④又有夢得考題仍不得中者,如《古今笑·造化弄人》述萬曆癸未(1583)科會試事,管九皋因考前"夢神人屬以七題"而預先準備,"及入試,七題果符所夢,因信筆以所熟文寫就,不暇構思,自喜得神助,必中矣",孰料"是年主考厭薄舊文,盡括坊間文入内磨對,凡同者擲之。管以是下第"。⑤此類段子的生産與傳播,以科舉人群普遍存在的"功名心"爲心理動因,同時也反映了這種"功名心"對時代風尚的影響。

二是由科考成敗觸發的科舉悲喜情境。科考成敗,悲喜相生,是科舉人生的常有之境。晚明笑話中也積累了一些前代科舉悲喜劇,如《古今笑》之《張鷟　董萬舉》《晚娶》《晚達》等,既有社會輿論對"早捷"者的豔羨,也有人們對"晚達"者的戲謔。⑥

---

①魏同賢主編《馮夢龍全集》第21册《古今譚概》"不韻部第八",第351—352頁。
②魏同賢主編《馮夢龍全集》第10册《廣笑府》卷十三"雜記",鳳凰出版社2007年版,第115頁。
③魏同賢主編《馮夢龍全集》第22册《笑府》卷二"腐流部",第30頁。
④魏同賢主編《馮夢龍全集》第21册《古今譚概》"謬誤部第五",第232—233頁。
⑤魏同賢主編《馮夢龍全集》第21册《古今譚概》"雜誌部第三十六",第1564—1565頁。
⑥如《晚達》篇述南宋"黄公度榜第三名陳修",因年過七旬未娶獲高宗賜婚,時有"新人若問郎年幾,五十年前二十三"之謔,篇末又引《清暇録》《清波雜誌》,將其事歸于詹義、韓楠等人名下。編者以"未知孰是"作結,恰好説明此類情境在科舉時代可能反復上演,並由此獲得跨時代的情感共鳴。(參見魏同賢主編《馮夢龍全集》第21册《古今譚概》"雜誌部第三十六",上海古籍出版社1993年影印,第1577—1578頁。)

到了明代這樣的"後科舉時代"①,此類情境的文學演繹似乎有了更爲豐厚的現實土壤:馮夢龍《警世通言·老門生三世報恩》中"五十七歲登科,六十一歲登甲"②的鮮于同是一例,《古今笑·戴探花》所述明代著名"少年進士"戴大賓(1489—1509)又是一例:

莆田戴大賓[字寅仲]八歲遊泮,十三中鄉試,十四以探花登第,亡何卒。其家以喪歸,父母悲甚,必欲發柩省視。及發,乃一白須叟。大駭異之,棄屍於地,詰責其奴,奴無以自明。其夜大賓曰:"叟,吾前身也。上帝憫其苦學,白首不第,托生汝家,暫享榮名,以酬吾志。變形者,不忘其初也。"父母由是止哀。③

文中戴氏登科的年歲較史載更早④,不管是有意誇張還是無意訛傳,事實上都加重了對"早捷"之喜與"早夭"之悲的渲染。然而這一切悲喜,又于"白首不第"的前世奇聞中戛然而止。細心的讀者在黯然神傷之餘,或許會想起蒲松齡《聊齋志異·葉生》裏那位以鬼身"入北闈""領鄉薦"的悲情主人公。⑤

在此類故事中,一家骨肉、同科應試、悲喜交錯的戲劇化情境更令人欷歔:

董尚書潯陽公,三世四進士。庚辰科,公之長孫青芝先父釋褐。報至,公攜杖往視子舍。時隆山夫人以夫不獲第,方按几大慟。公慰之曰:"汝子幸已貴,何哭爲?吾子不第,是吾痛耳。"不覺涕淚交下。⑥

是篇《富貴癖》,亦見于李調元《制義科瑣記》,題爲《夫人大慟》。主人公是嘉靖年

---

①此説出自錢穆:"唐以下之中國社會爲'科舉社會',但劃分宋以下特稱之爲'白衣舉子之社會',即'進士社會',則更爲貼切。我們亦可稱唐代社會爲'前期科舉社會',宋以後爲'後期科舉社會'。"(參見錢穆《中國歷史研究法》,三聯書店 2001 年版,第 46 頁。)

②魏同賢主編《馮夢龍全集》第 2 册《警世通言》第十八卷,鳳凰出版社 2007 年版,第 252 頁。

③魏同賢主編《馮夢龍全集》第 21 册《古今譚概》"雜誌部第三十六",第 1576—1577 頁。

④按《皇明三元考·正德三年(1508)戊辰科大魁》"探花"條:"戴大賓,福建莆田人,字寅仲,治《書》,年二十,未娶。丁卯鄉試第三名,會試第二名。給假歸娶,尋丁憂,在途卒。"(參見(明)張弘道、張凝道《皇明三元考》,魯小俊、江俊偉校注《貢舉志五種》,武漢大學出版社 2009 年版,第 859 頁。)

⑤(清)蒲松齡著,張友鶴輯校《聊齋志異會校會注會評本》卷一,上海古籍出版社 2011 年版,第 83 頁。

⑥魏同賢主編《馮夢龍全集》第 21 册《古今譚概》"癖嗜部第九",第 418—419 頁。

間名宦董份(1510—1595)，始由鄉薦登進士，由進士選庶吉士，授翰林編修，位及尚書，屢任鄉、會試主考或同考，可以説是標準的科場得意者。以他的身份和立場，科考戰績很可能是評價子弟的至高衡尺。于是，當其孫董嗣成先于其子董道淳考中進士時，就有了這一幕翁媳相對、悲喜交錯的奇情奇境。此類奇聞，明代科舉文獻雖多有記載，但所記極簡：如張朝瑞輯《貢舉紀略》録“父後子登”三組，記董氏父子事爲：“萬曆庚辰科董嗣成，父道醇，癸未科。”①王世貞《弇山堂别集》記“子先父登進士”五組，董氏父子雖在其列②，所記亦僅限于姓名、登科時間等。晚明笑話對此類情境的呈現，于簡練而克制的史筆之外，增添了豐富的細節與骨肉。

三是因以科名衡人、或貪慕科名而誘發的科舉人際交往情境。科舉功名不僅帶來現實的政治、經濟利益，也象徵着無尚的榮耀，所謂“狀元登第，雖將兵十萬，恢復幽薊，逐强虜於窮漠，凱歌勞還，獻捷太廟，其榮亦不可及也”③。在此背景下，非科舉出身的官員常受歧視，如《古今笑・王清》：

> 王清係掾吏，初授卑官。有異才，累遷嘉興府同知。以督責海塘有功，擢兩淮僉憲。逾半年，請告歸。在嘉時，偕太守行香文廟。太守戲指先師謂公曰：“認得此位老先生否?”清曰：“認得。這老先生人品極高，祇是不曾發科。”太守默然。④

因同僚非科舉出身而嘲其不識聖賢，“祇誇科第，不論人品”⑤的太守固然品格不高，但在科舉名利場上也恐非個例。所謂“封公便請鄉飲，富家便舉善人，中解元、會元便推文脈。末世通弊，賢者不免，悲夫!”⑥當科名成爲衡量士人的唯一衡尺時，不止科場中人汲汲于此，其身處的社交圈也很難不受影響。如《笑府・呵》所述趨附于科考顯達者有之，因親友科名而自矜者更是常見：

> 一進士之弟頗横，怨家罵曰：“汝兄自登黄甲，初何關汝?”答曰：“不見牌

①(明)張朝瑞輯《皇明貢舉考九卷附貢舉紀略一卷》，魯小俊、江俊偉校注《貢舉志五種》，武漢大學出版社 2009 年版，第 19 頁。
②參見(明)王世貞撰，魏連科點校《弇山堂别集》卷二，中華書局 1985 年版，第 24 頁。
③(宋)田况撰《儒林公議》，《四庫全書子部精要》(下册)，天津古籍出版社 1998 年版，第 660 頁。
④⑤魏同賢主編《馮夢龍全集》第 21 册《古今譚概》“酬嘲部第二十四”，第 973—974 頁。
⑥魏同賢主編《馮夢龍全集》第 21 册《古今譚概》“微詞部第三十”，第 1288 頁。

額上寫'進士弟[第]'耶?"①

陸楚生遠係進士陸大成從堂叔。大成發解南畿,頗有聲望。遠每對人呼"大成舍侄",人多厭之。時弇州在座,謔云:"當不得他還一句'遠阿叔也'。"衆爲捧腹。②

所謂"一人得道,雞犬升天",後篇中王世貞那句"當不得他還一句'遠阿叔也'"③,與其説是辛辣譏諷,不如説是從容調侃。對科舉的豔羨,不僅是科舉時代的社會風氣使然,更基于對科名所帶來的政治、經濟特權的由衷嚮往。晚明笑話中一些冒稱功名的公案,反映的就是這種情形,如《廣笑府·假儒》:

富家村子弟詐爲秀才,狀訴追債。官見其粗鄙可疑,乃問曰:"汝是秀才?且道'桓公殺公子紀'一章如何説。"其人不知是書句,衹恐是一件人命,便連聲大叫曰:"小人實不知情。"官命左右撻二十。既出,謂其僕曰:"這縣官太無道理,説我阿公打殺翁小九,將我打二十。"其僕曰:"這是書句,汝便權應'略知'也罷。"其人曰:"我連叫'不知情',尚打二十下,若説得知,豈不拿我償命!"④

類似的情境,還有《廣笑府》之《不識書禮》《熱狂謔語》,一個是"因訴家事,冒名儒生見官"的"海濱俗士",因將"不識禮"之斥誤解爲"不識鯉"而遭笞打;⑤一個是"詐稱儒士,訐愬於官"的"醫士",因用"金絲萬應膏"⑥之類醫藥術語答題而現了原形。三者身份各異,情境各别,但冒認科名的初衷皆爲"冀得訟勝"⑦,可笑,可憐,亦誠可憫!凡此,皆可與明人所記科舉"國家恩典"互爲參證,所謂"鄉鄰敬重,不敢欺凌;官府優崇,不肯辱賤;差徭概州縣包當,詞訟各衙門存體"⑧。有此"榮名榮利"⑨爲誘,無論怎樣的功名心與濁世情皆不足爲奇。

以文學作品觀照社會生活,勢必要承擔相應的風險:"中國古代文學,以至所有的文字書寫,都有粉飾、僞飾的習慣,不太直接、準確地揭示生活和心靈的真

---

①魏同賢主編《馮夢龍全集》第22册《笑府》卷十一"謬誤部",第363—364頁。
②③魏同賢主編《馮夢龍全集》第21册《古今譚概》"巧言部第二十八",第1178—1179頁。
④魏同賢主編《馮夢龍全集》第10册《廣笑府》卷一"儒箴",鳳凰出版社2007年版,第2頁。
⑤魏同賢主編《馮夢龍全集》第10册《廣笑府》卷一"儒箴",鳳凰出版社2007年版,第3頁。
⑥⑦魏同賢主編《馮夢龍全集》第10册《廣笑府》卷三"九流",鳳凰出版社2007年版,第27頁。
⑧⑨(明)吕坤撰,王國軒、王秀梅整理《吕坤全集》(中册),中華書局2008年版,第914頁。

相。研究者必須分析、揭示這種僞飾下的真相,這即是一種挑戰,也正是這種研究的魅力和價值所在。"[①]笑話雖常被歸爲出自"街談巷語、道聽塗説"[②]的小説家流,但若據胡適"大要以'無意於僞造史料'一語爲標準"來衡量,其價值雖未必"遠勝於官書",[③]亦足可爲相關領域的制度史、社會生活史研究提供一些鮮活的歷史標本。本文之所以冒險嘗試,其意正在于此。

---

①廖可斌《回歸生活史和心靈史的古代文學研究》,《文學遺産》2014 年第 2 期。

②(汉)班固《漢書・藝文志・諸子略》,中華書局 1962 年版,第 1745 頁。

③胡適《與陳世棻書》,歐陽哲生編《胡適文集》第 4 册《胡適文存三集》卷七,北京大學出版社 1998 年版,第 541 頁。

明末清初遼東戰事小説叙事干預探賾

萬晴川①

内容提要 遼東戰役關係明王朝的生死存亡，引起了時人極大的關注，以此爲題材的小説頗多。這些小説的叙事，分别受到朝臣党争、文武矛盾和地域衝突等多重因素的干預，因而對史料的選擇、處理和事件的還原、人物形象的塑造等，在不同的作家創作的小説中呈現出較大的差異，甚至截然相反。爲支持自己的觀點，作者有意選擇對自己有利的文獻記載，過濾或歪曲對自己不利的材料；對歷史人物，或故意抹黑，混淆視聽；或偏愛有加，精心粉飾。總之，都帶有各自的政治目的，試圖通過小説創作左右輿論，影響史書編撰。這類小説，體現出明末清初時事小説工具化的鮮明特徵。

關鍵詞 明末；遼東戰役；小説；叙事

朱元璋廢除宰相制，獨攬大權，但一人精力有限，日常處理朝政，主要依賴内閣和宦官協助。内閣負責爲皇帝票擬，屬于顧問、秘書性質，不是最高行政長官，具體權力掌握在六部尚書手上。但隨着時代變化，閣臣越來越重要，至世宗時嚴嵩用事，儼然宰相，權壓六卿，“朝位班次，俱列六部之上”②。然而，内閣大學士畢竟無宰相之名，明制“六部分涖天下事，内閣不得侵”③，六部直接向皇帝負責，與内閣無統屬關係。這樣就造成了閣、部關係緊張，迄明末更是勢同水火，紛争不已，朝廷遂淪爲朋黨傾軋之戰場。

内閣爲把持朝政，壓制部院，或勾結閹宦；或利用對官吏的考察任選制度，任用私黨，排斥異己；因爲科道有言事、彈劾之權，内閣選授給事中、御史時用鄉人、親友、師門、黨羽等，科道遂成其鷹犬，遇有異己便“群起而逐之”。明代文人結社也黨派化，政治屬性增强，文學活動滲入朝廷政争之中。文人士大夫將“同時”

---

①作者簡介：萬晴川，原名萬潤保，揚州大學文學院教授、博士生導師，主要從事古代小説戲曲研究，出版專著《中國古代小説與方術文化》等。

②（清）張廷玉《明史》卷七十二《誌》第四十八《職官一》，中華書局 1974 年版，第 1734 頁。

③（清）張廷玉《明史》卷二百二十五《楊巍傳》，第 5917 頁。

"同鄉""同朝""同志""同道"這"五同"扭結在一起，形成"五同會"①，加上姻緣、師承、同年、文社聲氣等各種複雜因素，構成一個龐大的關係網絡，從而影響朝政。明代黨争與結社的關係先後經歷了"黨社相分、黨社並興、党社融合"的三個階段②，萬曆以後，黨社之間逐漸融合，互爲依憑，"朝之黨，援社爲重；下之社，丏党爲榮"③。黨争日劇，社局日盛，"社局原與朝局相表裡"④。

明太祖先是以史爲鑒，嚴禁宦官干政，違者斬首。成祖朱棣在奪嫡過程中，内官做出了很大貢獻，朱棣視宦官爲親信，派出他們去鎮守邊關，還設立了由太監主持的東廠，以監控百官，"明世宦官出使、專征、監軍、分鎮、刺臣民隱事諸大權，皆自永樂間始"⑤。宦官的地位越來越高，權勢越來越大。宣宗時期，在宫中設立"内書堂"，由翰林院學士教授宦官，爲宦官登上政治舞臺打下了文化基礎。英宗時期，宦官擁有了典兵權。更重要的是，内閣雖有票擬之權，但起决定作用的是皇帝的批朱，明代中後期許多皇帝都昏庸懶政，常叫司禮太監代筆批朱，明中期後，司禮太監在一定程度上成了皇帝的代言人。這就爲宦官假藉皇權，操縱政務提供了方便。内閣要想在朝政中有所作爲，就必須先取媚于近侍内監，方可取信于皇帝。有的閣臣淪爲閹黨，或靠閹宦援引才得以入閣。反之，閹宦亦需利用内閣，才能掌控外廷。至明代中後期，無行士大夫者紛紛投靠宦官，形成閹黨，以浙党爲代表。崇禎帝初即位，鑒于魏忠賢禍政，盡撤鎮守中官，委任大臣，"繼而廷臣競門户，兵敗糧絀，不能贊一策，乃思復用近侍"⑥。黄宗羲在《明夷待訪録》中道："漢、唐、宋有干預朝政之奄宦，無奉行奄宦之朝政。今夫宰相、六部，朝政之所出也。而本章之批答，先有口傳，後有票擬。天下之財賦，先内庫而後太倉。天下之刑獄，先東廠而後法司，其他無不皆然。則是宰相、六部，爲奄宦奉行之員而已。"⑦可見，明代宦官權力觸角已伸及各個方面。當然，也有抗争者，明末東林黨人與閹黨的鬥争貫穿始終，非常慘烈。

明代南北地主階級之間也存在尖鋭的矛盾衝突。談遷説："地有南北，人亦

---

①參見陳寶良《明代士大夫的精神世界》，北京師範大學出版社 2017 年版，第 49 頁。
②何宗美《明末清初文人結社研究》，南開大學出版社 2003 年版，第 91 頁。
③謝國楨《明清之際黨社運動考》，遼寧教育出版社 1998 年版，第 172 頁。
④(清)杜登春《社事始末》，《東林始末復社紀事社事始末》，叢書集成初編，中華書局 1991 年版，第 465 頁。
⑤(清)張廷玉《明史》卷三百四《宦官一》，第 7766 頁。
⑥(清)張廷玉《明史》卷三百五《宦官傳二・張彝憲傳》，第 7827 頁。
⑦(清)黄宗羲《明夷待訪録譯著》，岳麓書社 2008 年版，第 184 頁。

因之……此矛彼盾，大抵議論政事，俱視相臣爲轉移。"①朱元璋建國之初，對元末張士誠、方國珍、陳友諒佔據的南方地區採取徵收重賦，遷走富户等打擊策略。建文重用南方文人，減少江南地區尤其是蘇松兩府的土地重税，但隨著他的失敗而曇花一現。朱棣依靠北方勢力上臺後，對江南地主階級進行殘酷打擊，同時扶植北方地主階級，造成南北文人嚴重不和。英宗後來依靠北方將領重新奪回了政權，因而更喜歡北人，對南人則抱有戒心。廷臣黨分南北，進退任情，相争互鬥。萬曆以後，南方籍將領到北方統軍都遭到反對和排擠，代表北方地主階級的閹党和代表江南地區利益的東林黨展開生死較量。在明朝滅亡時，李自成和後金勢力都得到過北方地主階級的大力支持，清代相當多的"貳臣"都是北方籍，而爲國殉身或進行激烈抵抗的則以南方地主階級爲主。另外，東林黨、浙党、宣党、楚党和齊黨、閹黨等，也有鮮明的地域性，從而使黨争更加繁複。

明王朝存在的另一嚴重問題是文武之争。洪武時期，開國武將地位崇高，最高軍事領導機構大都督府不僅掌管全國兵權，還可節制諸如六部尚書之類的文官。《大明律》規定："六部、都察院、按察司並分司及有司，見問公事，但有牽連軍官，及承告軍官不法不公等事，須實封奏聞，不許擅自拘問。"②與軍人有關的所有犯罪案件，各級司法機關均無權過問。但隨着國家政權穩固，皇帝爲防範武將擁兵自重，亟待提高文官的地位以制衡武官。建文帝推行新政，企圖依賴文官集團，削弱武官的部分權力，因而導致文官與武官嚴重對立，但最終武人集團取勝。正統十四年(1449)發生"土木之變"，大批在"靖難之役"中立下赫赫戰功的宿將陣亡，兵部尚書于謙爲便宜行事，將原先由五軍都督府管理和指揮軍隊的權力都劃歸兵部，自此，五軍都督府的權力被大大削弱。明中期以後，社會基本穩定，朝廷開始實行崇文黜武的政策，到後期，五軍都督府徹底淪爲一個徒有虛名的機構。而且，隨着科舉制度的實施，文官憑藉師生、同年關係結成强大的政治勢力，對武官形成壓制作用，明初形成的文武制衡結構逐漸被打破，"以文統武"的軍政機制逐步確立，軍事指揮、銓選、糾察之權漸漸掌控在各級文臣手中，③總兵官的權力受到極大牽制和削弱，不僅喪失對地方官吏的賞罰之權，而且"出師之期"一類的用兵事宜，總兵也没有决定權，祇能"請命而行"，依次受制于經略、巡撫、總

①(明)談遷《國榷》卷七九，中華書局 1958 年版，第 4913 頁。
②(明)戴金編次《皇明條法事類纂》，日本東京古典研究會 1966 年版，第 78 頁。
③參見(明)張萱《西園聞見録》卷 69《兵部・將權》，周駿富輯《明代傳記叢刊》第 121 册，中國臺北明文書局 1991 年版，第 827 頁。

督。武官地位卑微,須仰仗文臣的垂青與庇佑方能在軍中立足。萬曆十八年(1590)神宗召見申時行于皇極門,對申時行尖鋭指出:"近時督撫等官,平日把將官輕賤淩虐,牽制掣肘,不得展布,有事卻才用他。且如今各邊但有些功勞,督撫官有升有賞,都認做自己的功。及至失實,便推與將官及些小武官,虛文搪塞。"[①]他臨死前又對方從哲説:"遼東的事,衹因文武不和,以致如此。"[②]從明中期後,總兵、副總兵職位,不再通過戰功獲得,而是襲蔭。由于命運掌握在文官手上,武官不得不巴結兵部文官,上手本卑稱"門下小的",在送禮帖中謙稱"沐恩晚生",毫無尊嚴可言。[③]後來從世襲軍官中選拔能力突出者,授予總兵、參將等職銜,充任營鎮系統的指揮官,在一定程度上彌補了武官世襲制度的缺陷,但薦舉權掌握在總督、巡撫、巡按手中,以致"武弁升除,一以督、撫薦剡爲準"[④],"不由撫、按推薦,鮮得升遷"[⑤]。武職爲了升遷而肆意行賄,"將官除送禮别無本領",常"假軍情以藏禮單","積習之難破"。[⑥]其次,武將不得不投文官所好,附庸風雅,與文官交好,藉助文化活動希求督撫公卿的賞識和庇佑。

要之,明代政治體制的變革,導致朝臣甚至民間的政治鬥争異常激烈和複雜,"平日相知之人,皆爲戈戟;平日號爲君子之人,皆不相容"[⑦]。士大夫以"勢""情""利"相結,"諸司不問職業,而言門户;朝廷不重法紀,而顧私交"[⑧]。内閣大學士葉向高無奈哀歎:"年來士大夫議論異同,各立門户。甲乙互争,邪正相混,株連蔓引,無有紀推。雖以至公至平之心處之,未易消弭。"[⑨]其結果是"故明諸臣,各立黨羽,連章陳奏,陷害忠良。無辜被罰,無功濫用,釀成禍患,以致明亡"[⑩]。建文改革、靖難之役、成祖遷都、大禮議、援朝戰争、平播之役、遼東戰役

①佚名《萬曆邸鈔》萬曆十八年庚寅卷,江蘇廣陵古籍刻印社 1991 年版,第 524 頁。
②《明神宗實録》卷 593,萬曆四十八年四月戊午,北平圖書館藏"紅格本",臺灣"中研院"歷史語言所 1962 年校印,第 11376 頁。
③(清)姚廷遴《歷年記一拾遺》,上海人民出版社 1982 年版,第 162 頁。
④(清)錢謙益《牧齋初學集》卷 65《資政大夫兵部尚書贈太子少保申公神道碑銘》,上海古籍出版社 2009 年版,第 1510 頁。
⑤(明)楊一清《爲應制陳言修省以回天意疏》,《楊一清集》卷 3《宸翰類》,中華書局 2001 年版,第 808 頁。
⑥(明)鹿善繼《鹿忠節公集》卷 14《示諸將》,《續修四庫全書・集部》第 1373 册,上海古籍出版社 2002 年版,第 259 頁。
⑦(明)葉向高《答劉雲嶠》,《明經世文編》卷四百六十二,中華書局 1962 年版,第 5049 頁。
⑧(明)丁元薦《尊拙堂文集》卷之二《士風》,《明别集叢刊第四輯》第 79 册,黄山書社 2013 年版,第 438 頁。
⑨(明)葉向高《銓臣去國時事日艱疏》,《綸扉奏草》卷之十五,《明别集叢刊第四輯》第 64 册,第 367 頁。
⑩清代實録館纂修《清實録三・世祖章皇帝實録》,中華書局 1985 年版,第 177 頁。

等幾乎所有重大歷史事件，都與黨政等因素有着或深或淺的關係，並進而影響到文學創作，本文即聚焦黨争等因素對遼東戰役題材小説書寫的滲透。

明政權建立後，在東北地區設置三百多個衛所進行管理，建州衛就是其中一。自宣宗起，明朝對女真的政策趨緊，引起了女真諸部的不滿。正統十四年(1448)土木堡之變後，明王朝元氣大傷，進一步削減對女真的封賞，于是女真諸部開始劫掠邊境。隨着雙方實力的變化，明廷對女真的軍事策略經歷了不同的階段。景泰、天順年間以羈縻爲主，打擊爲輔。成化至正德年間以打擊爲主，招撫爲輔。嘉靖、隆慶年間開始採取守勢。由于成化之役女真諸部遭到毀滅性的打擊，明廷認爲其威脅已不大，防衛重點轉向西北蒙古，萬曆至崇禎年間，女真始上升爲明廷主要威脅。明萬曆十一年(1583)，明將李成梁征討建州右衛首領阿台，誤殺建州左衛首領、努爾哈赤祖父覺昌安和父親塔克世，爲安撫努爾哈赤，由他繼任左衛首領。努爾哈赤上任後，開始統一建州女真諸部，萬曆四十四年(1616)在赫圖阿拉建國，國號大金，史稱後金。兩年後努爾哈赤發佈對明"七大恨"，痛斥明軍侵侮、寡信等罪，徹底與明廷爲敵，同年攻陷撫順。萬曆四十六年(1618)四月，明廷任命楊鎬爲第一任遼東經略，楊乃庸才，金軍在薩爾滸大敗明四路大軍，殲滅明軍四十七萬精鋭，自此明廷在遼東陷入被動，轉攻爲守。金軍先後攻陷鐵峰、開原、瀋陽等重鎮。天啓六年(1626)，袁崇焕堅守寧遠，遏制了後金的擴張，局勢稍稍穩定。這年，努爾哈赤遠征蒙古，蒙古科爾沁部倒向後金，標誌明廷利用蒙古制衡女真的策略徹底失敗。天啓七年(1627)，皇太極南下征討朝鮮，切斷明軍後援。崇禎二年(1629)，皇太極繞過關寧錦防線，取道蒙古，越過長城進擊北京，先後佔據遵化、深州、永平、遷安四城，直逼京畿，史稱"己巳之變"。明廷緊急調集大軍增援，奮力抵抗。事後，袁崇焕被處死，崇禎四年(1631)，皇太極再次攻克大淩河城。崇禎九年(1636)，皇太極在瀋陽稱帝，改國號爲清，隨後再征朝鮮，迫使其稱臣。同年，皇太極繞過關寧錦防線直入中原，最遠進軍至河南、山東一帶。遼東邊患已成爲了明朝生死攸關的大事，但崇禎此時仍不能正確評估形勢，對邊防問題缺乏通盤考量，又舉措失常，"忽焉而行，忽焉而罷；忽焉而罷，又忽焉而行"①。遼東防務十分薄弱，"人非其人，器非其器，且無將無馬"②。朝内又黨争激烈，互相構陷，先後主持遼東軍務的總督熊廷弼、孫承宗、袁崇焕、洪承疇等，皆有傑出的軍事才能，然或被逐走，或被處死，或被迫投

①(明)翁萬達《易州議罷抽民兵疏》，陳子龍《明經世文編》卷二百二十三，第2342頁。
②(明)徐光啓《復熊芝崗經略二》，陳子龍《明經世文編》卷四百九十二，第5448頁。

降。崇禎十五年(1644),松山失守,總督洪承疇被俘降清。崇禎十七年(1646),李自成攻取北京,崇禎于景山自盡,明朝滅亡。

可見,遼東戰役關係明王朝興亡,因而成爲當時大家關注的焦點,以之爲題材的長篇小説就有陸人龍的《遼海丹忠録》、吴門嘯客的《鎮海春秋》、吟嘯主人的《近報叢譚平虜傳》(一名《平虜傳》)、江左樵子編輯的《通俗樵史演義》,前三部皆寫于崇禎年間,後一部大約作于明末清初。以這些小説爲代表的遼東戰役題材小説,在人物塑造、歷史呈現等方面都受到黨争等種種因素的深刻影響。

一、 毛文龍與袁崇焕的形象

遼東戰事小説由于成書匆忙,人物形象大多面目模糊,藝術上較爲粗疏,其中塑造得比較成功的當屬毛文龍和袁崇焕。

毛文龍祖籍山西,後因生意需要舉家遷往杭州。其父毛偉開始棄商從儒,納捐爲監生,娶妻沈氏。沈家乃杭州望族,當時有"杭州甲族,以沈爲最"之説。毛偉與沈氏共育四子,長子文龍、次子仲龍、四子雲龍,三子夭折。毛文龍在九歲時,父親病故,母親攜子依弟沈光祚居住。沈光祚中萬曆乙未(1605)科進士,後曆仕開封府推官、山東布政使、順天府尹等職。

毛文龍少時不喜括帖之學,而酷嗜兵書,萬曆三十三年(1605),毛文龍過繼給在遼東鞍山的伯父毛得春爲嗣子,襲職爲百户。因沈光祚之薦,投于寧遠伯李成梁帳下,不久遷千總,萬曆三十六年(1608)升靉陽守備。天啓元年(1621),因破鎮江功陞級副總兵,鎮江淪陷後入朝鮮,復移駐位于鴨緑江口東南的皮島。明廷認爲皮島可威脅後金都城瀋陽,加授平遼總兵官,封左都督。崇禎二年(1629)六月,袁崇焕藉閲兵爲名,渡海來到皮島,將毛文龍斬首。"己巳之變"後,袁崇焕也被崇禎帝磔殺。

毛文龍是晚明遼東戰争中的重要將領,由于他跌宕起伏和富于争議的一生,成爲遼東戰事小説重點書寫的對象,而又由于這些小説成書的背景及作者的政治觀點不同,作者在選擇、解讀和處理有關毛文龍的史料時,表現出很大的差異,有的甚至截然相反。

鎮江爲朝鮮王朝入貢必經之路,又爲登萊之咽喉,鎮江一失,朝鮮王朝必亡,海道必危,因而有着極爲重要的戰略地位,當時被後金佔領。《遼海丹忠録》第九回寫道,天啓元年(1621),遊擊毛文龍因事進見王化貞,因熊廷弼薦舉毛氏"有機謀，有膽量，有作爲”，因而命他收復鎮江。毛遊擊令各兵出戰，恰遇從朝鮮借兵回來的遼東左衛秀才王一寧，就聘他做參謀。毛文龍招撫各島人馬二千多人，厚結從東山逃來的礦徒。又聽得鎮江逃來的百姓説，後金遊擊佟養真在鎮江奸淫婦女，索詐財物，民不聊生，部下離心離德。毛遊擊于是派人招安鎮江千總陳良策和徐景柏兄弟做内應，雞鳴時率兵攻入城内，俘獲佟養真。後金得知消息後大爲震驚，調重兵前往奪回，“把城中不分老少，殺個罄盡，城中房屋，盡行燒毁”。毛文龍自知不敵，衹帶領得家丁三十餘人逃到朝鮮避難。

在當時朝臣中，對鎮江之役的評價就存在分歧，以巡撫王化貞爲首的肯定派視爲奇捷。自清河、撫順失陷以來，明朝費金錢無數，出兵數十萬，卻不能擒其一賊，而“毛文龍以二百人奪鎮江，擒逆賊，獻之闕下，不費國家一把鐵、一束草、一斗糧，立此奇功，真奇俠絶倫，可以寄邊事者。如此膽略，夫豈易得？使今有三文龍，奴可擄，遼可復，永芳、養性可坐縛而釁之鼓下矣”①。王化貞的座師、内閣首輔葉向高給予了高度評價，駁斥否定派道：“臣竊謂國家費數十萬金錢，招十萬餘士卒，未嘗損奴酋分毫，而文龍以二百人，擒斬數十，功雖難言，罪於何有？以爲亂三方佈置之局，則此局何時而定？以爲貽遼人殺戮之禍，則前此遼人殺戮已不勝其慘，豈盡系文龍？故文龍功罪，可勿談也。”②指出鎮江之勝得來不易，足以鼓舞軍心，提振民氣。督理遼東軍務大學士孫承宗也稱鎮江之捷“真足以激發天下英雄之義膽，頓令縮項斂足者慚死無地”③。王化貞更是深受鼓舞，欲趁機在遼東用兵，“亟命登、萊、天津發水師二萬應文龍，化貞督廣寧兵四萬進據河上，合蒙古軍乘機進取，而廷弼居中節制。命既下，經、撫、各鎮互觀望，兵不果進”④。陸人龍無疑也是肯定派，小説第十四回，作者駁斥有人批評“毛文龍貪功生事，貽害一城”，質問道：“經略、巡撫兩個大臣，徵召竭天下之兵，征輸盡天下之餉，營造備天下之器械，不能爲聖上固廣寧；那不費天子斗糧，不折天子粒粟，更不曾閒役天子之一人一騎，折天子之片矢只弓，直探龍穴，奪驪珠於夢中，難道這功還不奇，這人不足取？”小説引内閣葉向高和翰林董其昌奏疏，肯定鎮江之捷的戰果，並爲毛文龍後來失陷鎮江辯解：“毛遊擊終是勢孤，況又有妒功的人，不肯發兵救援。”

①（明）王在晉《三朝遼事實録》卷六，《續修四庫全書・史部》第437册，第148頁。
②（明）葉向高《續綸扉奏草》卷二《論經撫事情疏》，《明别集叢刊第四輯》第64册，第711頁。
③梁本《明熹宗實録》卷三十九，天啓三年二月甲寅，臺灣“中研院”歷史語言所1962年校印，第2295頁。
④（清）張廷玉《明史》卷二百五十九《熊廷弼傳》，第6693頁。

經略熊廷弼則是反對派，他遺書朝廷云："三方兵力未集，而文龍發之太早，致奴恨遼人，焚戮幾盡，灰東山之心，厚南衛之毒，寒朝鮮之膽，奪西河之氣，亂三方並進之本謀，誤專遣聯絡之成算，目爲奇捷，乃奇禍耳。"①熊廷弼原計劃聯合朝鮮、蒙古，對後金發動攻擊，但毛文龍在三方兵力未集時，輕率發動鎮江之役，不但引來敵人的瘋狂報復，而且暴露了明軍的戰略意圖，以致引起後金的警覺，破壞了三方並進的戰略部署。兵科給事中李遇知、登萊巡撫陶朗先都支持熊廷弼，發表過類似看法。努爾哈赤在發覺了明軍的戰略意圖後，派貝勒代善、莽古爾泰率兵三千前往金州，將城樓垛口拆平，衙門房屋、民居、鄉屯俱行燒毀，將沿海的黄骨島、石嘴堡、望海堝、歸化堡等處及其屯民，"悉退居距海六十里之外"。②代善等人又乘船至旅順口，"將遼民老幼盡行殺戮，少壯者驅逐出牆，其各處糧米、房屋盡行燒毀"③。自此，遼人再不敢輕易反正，正如天啓二年(1622)秋前往聯絡朝鮮的遼東南路行監軍道梁之垣所説："奴騎拽憒於屯民，屠戮甚慘，而遼民心懈矣"④，未敢輕動以速禍。南衛和鎮江丟失後，已不可能發揮牽制作用，後金幾乎可以毫無顧忌地西向進攻，在一定意義上爲廣寧之敗埋下了伏筆。《樵史通俗演義》就代表這種觀點，小説第一回指責王化貞"不曉邊事"，問部下有能出海探聽島中消息的，"有個杭州人毛文龍，平日好爲大言，没甚本事"。在同伴的慫恿下，提出願領兵一二百人，前往海中打聽。但心上終有些害怕，衹在海口屯紮。恰好後金鎮江守將佟養真的中軍陳良策素有反正的念頭，望見毛旗幟，遂遣王一寧説要歸順中國。"文龍不言。陳良策自入文龍船裡，因請合軍。文龍疑他是計，又再三不肯。"王一寧于是衹求給予旗號，自己獨自率軍乘夜入鎮江，待破了城，然後來迎毛將軍。毛文龍才許了他。于是陳良策夜縛佟養真，豎起毛文龍旗幟，迎接毛文龍來鎮江。"文龍鋪張其事，申文與巡撫王化貞，化貞上本，就説是鎮江奇捷。魏忠賢正想要立邊功，兵部尚書張鶴鳴，又是化貞一路的人，就攛掇天啓封毛文龍參將，鎮守鎮江。這是六月裡的事，到了九月，東兵因擊長山島，遂到鎮江。毛文個遊手好閒的人，幹得甚事，自得鎮江欽命，遽自尊大，手下兵將，也都失望。其時有勸戚城力戰的，他先膽喪，遁走朝鮮。東兵把鎮江城屠焚一空。"

---

①紅格本《明熹宗實録》卷十四，天啓元年九月癸丑，第 708—709 頁。
②《滿文老檔》太祖天命六年八門初十，中華書局 1990 年版，第 227 頁。
③(明)王在晉《三朝遼事實録》卷五，《續修四庫全書・史部》第 437 册，第 146 頁。
④紅格本《明熹宗實録》卷二十七，天啓二年七月甲寅，第 1342 頁。

《遼海丹忠録》中寫鎮江之役是毛文龍策劃和指揮的，而《樵史通俗演義》則説毛文龍衹是坐享其成，膽怯昏聵。得到鎮江後，又掠奪戰功，不爲防備，待後金兵復來，先自膽喪，不敢接戰，遁走朝鮮，造成鎮江城屠焚一空。而王一寧"原是個有膽氣的人"，後來在皮島見胡作非爲，再三勸他，遭到毛文龍訓斥。王一寧又見文龍"勾引杭州棍徒，買違禁貨物"，忿忿不平，進帥府和他争論。毛文龍叱他爲腐儒，不思報恩，王一寧反唇相譏，説："不是我慫恿陳中軍來歸中國，你衹怕在邊一千年，也不得出頭日子！"毛文龍大怒，次日上一本，説王一寧私通外國，請旨定奪，一面又關節與魏閹，校尉即下海，把王一寧鎖到京師。問成死罪，梟首西市。

《遼海丹忠録》第十至十一回寫道：毛文龍帶領家丁從鎮江堡突圍，"無不一以當百，殺死奴兵數百，殺出重圍"。面對數倍于他的追兵，毛文龍毫無畏懼，兩次返身砍殺，砍死金兵數百，金兵衹得退去。而據《滿文老檔》記載，後金兵一路長驅，猝至龍川，"逢漢人則無論老幼皆斬之"，"斬吕遊擊及千總和把總、軍士共五百餘人，復於外圍剿殺男丁千餘人"①，但没抓到毛文龍，後偵知毛文龍在離龍川九十里的林畔，追殺而來，毛文龍在龍川府使李尚吉的"極力藏護"下僅以身免，而毛文龍在塘報中稱：

> 復引虜賊一千餘騎，直犯林畔。官兵皆散遠村尋米豆。卑職率領中軍丁文禮等官兵拒敵，一日七戰，勝敗相當。虜矢如雨，中軍丁文禮、號頭李國保、劄委千總韓世卿、毛承儒等力戰身死，旗鼓劉印科馬蹶被擒。實授守備陳忠、劄委守備尤景和、千總毛有、把總王進美裹創突戰，劄委守備張大捷、千總許佐亮、池奉黑等率領步□□勇接戰，斬獲虜級二顆，達馬二匹，虜乃退。□□□廣寧家丁馬成功、常住、李舉等九名，被重傷劄委守備趙翼隆、把總何友直、劉文舉等官兵五名。②

《毛大將軍海上情形》中云："是役也，將軍以數千人卻奴二萬衆，殺其頭目，射中奴子，奴衆始斂兵結陣而退，將軍仍率衆追殺十餘里。"③《遼海丹忠録》中的

①《滿文老檔》太祖天命六年十二月十八日，第 275—276 頁。
②毛承斗輯《東江疏揭塘報節抄》卷 1《天啓元、二兩年塘報》，賈乃謙點校《明末清初史料選刊》，浙江古籍出版社 1986 年版，第 10—11 頁。
③汪汝淳《毛大將軍海上情形》，李尚英點校，載《清史研究通訊》1990 年第 2 期。

描寫正是襲自毛文龍的塘報和《毛大將軍海上情形》一文。而朝鮮人記載“林畔之役”云:“十五日,奴賊數千騎由義州暗渡,猝襲毛總兵,義州之人未及報知。賊兵如彪至風過,奄至林畔,文龍脱冠服,混士兵僅免,接伴官李馨遠逾牆逃竄。賊亂斫文龍手下,漢人皆延頸待戮。轉掠龍川,府使李尚吉時在衙軒染不知所出,走入僕隸中,以亂之。賊求之不得,開倉作食,俄而回軍。時賊自義州,深入至嘉山,回轉龍川以還,一日所過,幾二百餘里云。”①朝鮮備邊司議此役曰:“毛將所爲,不思甚矣。賊沖宣川,不過數百騎,曾不能發一支箭,駢首就戮,有同群羊之見猛虎,其無膽勇,據此可想。”②可見,毛文龍掩敗爲功的可能性很大,但當時資訊閉塞,估計陸人龍也並非有意爲毛文龍掩飾,而是只能接收到毛文龍一方提供的資訊。

毛文龍僥倖逃脱後,率二十騎馳往定州城。後金搜捕不獲,致書朝鮮國王,要求交出毛文龍及後金逃人。天啓二年(1622)二月庚子,朝鮮王朝在後金的强大壓力之下,派遣官員拜訪毛文龍,希望他能率衆撤入海島,在壓力之下,毛文龍不得不避入皮島據守。在陸人龍的筆下,毛文龍招撫遼民,經營海上,使皮島成爲一個世外桃源“雄鎮”,《遼海丹忠録》第十六回寫道:

> 各島之内建有倉廒,徵收之時,將來屯積,以備糧運一時不到,可以接濟軍士,或是遼民歸附,飲食不敷的,亦行賑給。把當日這些荒榛敗棘,野草寒煙,一派冷落的窮島,都已變做一個殷陳富庶的世界了。

爲解决經濟困難,毛文龍允許通商,商人紛紛前來,島中百貨湊集,既補充了軍餉,士兵又富裕了,全島衣食皆足。“凡到島的,毛將軍念他遠涉風濤,爲身亦爲國,極其體恤。米麥草料軍糧,細絹可備旌旗,布匹可備衣甲,都是軍需,既已驗收,即便給批,著赴登萊關領對支,仍加犒賞。凡是交易的,都爲他平價,不許軍民用强貨買,又禁島民詎騙拖賴。那些客商,哪一個不願來的。”結果“把個皮島做了商賈鱗集、百貨輻輳的所在。這番糧餉也稍足,軍費也稍足,雖不能不藉中國的資糧器械,然已緩急可備,不純靠定中國”。皮島實現了自給自足,不依靠朝廷,節省了國家開支。但這種美好的局面,不久就被袁崇煥破壞了。小説第三十七回寫道:由于袁崇煥禁海,商賈不敢私自下海,士卒遼民所有參貂委之無用,

①吴晗輯《朝鮮李朝實録中的中國史料》上編卷五十一,中華書局 1980 年版,第 3159 頁。
②吴晗輯《朝鮮李朝實録中的中國史料》上編卷五十一,第 3164 頁。

布帛米粟價格騰湧，兵餉不敷，遼民、遼兵饑寒窮困，填于溝壑，有些强悍的則叛歸奴酋。《鎮海春秋》寫道："皮島連年荒歉、内薄收，加上袁崇焕削減軍餉糧草，致使糧飽供不應求，衆將忍饑挨餓人人面有饑色。"當時朝鮮政府禁止國民經商貿易，但毛文龍擅自設市徵税，擾亂了朝鮮的社會經濟秩序，明朝軍官、使節、官差、翻譯都從事商業活動，給朝鮮人民生活造成了巨大苦難。從朝鮮人的記載看來，毛文龍坑騙殺害商人、肆意拘禁抄没部屬、殺降冒功等。崇禎元年(1628)十二月，趙希逸入皮島探查毛營情形，回去後向鮮王彙報説："(毛文龍)掠奪我國貨物，中原買人牙恰錢姓人亦爲拿回，累月監禁，待明春責懲十萬兩銀子，聽諾然後保放。"①工科右給事中潘士聞的彈章也如是説。因此，朝鮮屢次向毛文龍要求禁商，但毛文龍不理。天啓二年(1622)三月，朝鮮宗室李倧殺國王李琿自立，上表請明廷册封。當時朝論意見不一，毛文龍上疏請封以固後方，朝廷採納了他的建議。就當時形勢而言，這是明智的，自此朝鮮不再首鼠兩端，一意助明。《遼海丹忠録》第二十二回對此高度讚揚，"自此朝鮮感毛帥爲他請封之恩，自然有急相顧，再無攜二三心，可得安處鐵山，可以安心滅奴了。"但毛文龍動輒以册封之功要脅，經常向朝鮮王朝索要錢糧，"少或阻搪，輒加毆打"②，即使朝鮮因天災而連年歉收，毛文龍仍索討無度，百姓不堪重負，他甚至常揚言征服朝鮮。當然，也並不是説朝鮮文獻的記載都可靠，但説明毛文龍與朝鮮的關係，並非如小説所寫的那麽美好，當然，這也有可能是由于資訊不暢造成的。

《遼海丹忠録》和《鎮海春秋》都大肆宣揚毛文龍的戰功。《遼海丹忠録》第六回寫道："當日遼左有事，人見將星照在杭州，所以要募浙兵，取浙將，不知這應將星的，早已在遼東了。"稱他是應時而生的將星，年少時即"有志功名，博習百家"，後棄文從武，習騎射，讀武經，文武雙全。入遼東後，揮金如土，結交英雄豪傑，考察邊疆地形。經略熊廷弼十分賞識，命他在水草之處撒放毒藥，毒斃不少後金士兵。在鎮江之捷後，又在皮島接連取得櫻桃渦、湯站大捷。第二十回，毛文龍收復金州，"又用計在滿湧、昌城殺了許多奴兵，跑死了許多韃馬，軍聲大振了"。第二十四回寫毛文龍三戰奏捷，受到聖旨嘉奬。努爾哈赤本在寧遠大戰中受炮傷而死，小説卻歸之于毛文龍，第二十九回寫道：努爾哈赤背上生了一個大癰疽，聽説毛文龍拿了他兩個將官，折了許多兵馬，"大惱，癰疽越凶了"。毛文龍從降人

---

①[朝鮮]趙慶男《續雜録》，見潘喆等編《清入關前史料選輯》第二輯，中國人民大學出版社 1991 年版，第 350 頁。

②吴晗輯《朝鮮李朝實録中的中國史料》上編卷五十三，第 3234—3235 頁。

中獲知消息，更是頻繁派兵去騷擾，將他活活氣死。《鎮海春秋》中則寫努爾哈赤因寧遠大敗而十分焦躁，正在這時，又報毛文龍用火炮把調往蓋州的人馬盡數打死。“奴酋聽了目瞪口呆，大叫脊背疼痛難忍。不數日而死，安葬于瀋陽城西。”

《遼海丹忠録》與《樵史通俗演義》均肯定毛文龍在皮島牽制後金的作用。《遼海丹忠録》第二十八回寫後金準備集大兵攻打寧遠城，毛帥聞知，便調各島將官，大發戰船，大張聲勢，在麻羊、雙島、南北汛口，聲言扼他歸路，不許稽遲。自己帶陳繼盛統一支兵，由鐵山陸路前往鎮江；毛承禄統一支兵，由水路到鎮江會合。然後又分兵自湯站、鳳凰城一路，沿邊由威寧海取遼陽，一路自腹裡向甜水站取遼陽。兩路齊發，所過鎮江、鎮夷、新佃堡、草河口，無不望風逃避，直至威寧海。有金兵合各處屯堡的來敵，毛帥單馬直冲上前，兵士無不奮勇隨後，將這支韃賊殺去十分二三，擒有百數。接著又進兵到青石嶺，扼險下寨，分兵剽掠遼陽附近地方，招撫順民，征討逆黨。又差林茂春、王甫，直至海州地面，大張聲勢，使人傳入河西。消息飛報到寧遠，奴酋也不勝驚駭，欲退兵去，又怕寧遠有兵追襲。作者最後總結道：“東江一師，真可爲寧錦犄角之用，豈是有名無實之兵！”充分説明東江對敵人是有牽制作用的。作者對朝臣要求毛文龍移鎮持批評態度，第三十三回寫道：“毛帥當日威名既重，謗誹自生”，要他移鎮，毛帥具疏備言利害，謂有皮島，“如是寧遠可以安堵，山海可以無虞，神京奠，陵寢寧，天下可以完固”。《樵史通俗演義》第二十七回寫袁崇焕因要和議，殺了毛文龍，文龍雖不比岳飛忠勇，“卻也等他在島上屯紮，北兵還怕從後掩襲，未能深入，文龍一死，和議不成，怎怪得京城百姓生啖崇焕的肉”。《毛大將軍海上情形》更是大肆誇大毛文龍的軍力及其對後金的威脅，説努爾哈赤“只畏懼一毛文龍耳”。同時，又詆毀山海關正面戰場“騙官騙餉，終無實用”，認爲“此時當以海上爲正兵，以山海爲防守”，優先接濟毛文龍部。①天啓五年（1625）正月，朝廷下旨嘉獎毛文龍“多方牽制，使奴狼顧而不敢西向，惟爾是賴”②。但據一些親自到過皮島的人觀察，毛文龍的兵力極其單弱，天啓二年（1622）至朝鮮聯絡戰守的監軍道梁之垣稱“毛文龍新舊遼兵雖號四千，多赤身徒手之殘疲”③。該年十一月後金的奸細也稱“江東毛總兵兵馬不多，器械全無”④。朝鮮人説毛文龍“所率兵士不滿數百，其餘皆剃頭歸附之人”⑤。

---

①參見汪汝淳《毛大將軍海上情形》，李尚英點校，載《清史研究通訊》1990 年第 2 期，第 44—51 頁。
②紅格本《明熹宗實録》卷五十五，天啓五年正月丁丑，第 2525 頁。
③紅格本《明熹宗實録》卷二十七，天啓二年十月丙寅，第 1342 頁。
④毛承斗輯《東江疏揭塘報節抄》卷 3，《天啓二年三月二十四日塘報》，第 32 頁。
⑤吴晗輯《朝鮮李朝實録中的中國史料》上編卷五十三，第 3151—3152 頁。

天啓三年(1623)六月六日,自毛營回來的鮮臣柳公亮稱"軍皆疲劣"①。由于毛文龍與朝鮮的關係緊張,他們的記載未必可靠,但至少從"他者"視角呈現了歷史的一個横斷面。但天啓六年(1626),後金發動寧遠之戰,朝臣們始對皮島的牽制作用産生了懷疑。他們紛紛上書,稱毛文龍自顧不暇,怎有能力牽制後金?天啓六年四月己卯,兵科右給事中薛國觀指出"文龍一似不知有牽制者"。天啓也肯定道:"這本説的是,……至奴犯寧遠,已經三月,毛文龍竟不知覺,何云牽制?"②天啓六年(1626)五月,兵部尚書王永光稱"文龍伎倆已窮"③。崇禎元年(1628)二月十九日,工科右給事中潘士聞彈劾毛文龍、山東總兵楊國棟列舉文龍十大罪,其中都否定毛文龍的牽制作用。袁崇焕曾在天啓六年(1626)二月上奏説皮島没有實際戰略價值,崇禎元年(1628)他再申此説,明廷同意他的觀點,袁崇焕便差練兵遊擊趙佑、車前營參將徐敷奏前去皮島商議,毛文龍不但斷然拒絶,而且竟將趙佑擅自斬殺。

《遼海丹忠録》《鎮海春秋》都大肆神化毛文龍。《遼海丹忠録》第十八回寫毛文龍坐船往皮島時,遭遇大風,許多大冰凌湧進船内,把船割損,水向船内直滚,十分危急,毛文龍取香來向天祈祝,"祝罷,只見異香滿空,隱隱雲中似有人形,此時潮已過了,忽然又蹴起潮來。"終于平安到達。第二十五回,寫奸細欲縱火謀殺毛帥,這時温元帥現形,將奸細打倒在地。第三十一回寫毛帥左右臂、身上中了三箭,猶拼死力戰,正在危急間,"只聽得一聲響處,風雨大作,西南洋裏飛起一條黑龍來。"《鎮海春秋》中描寫更爲誇張,如第十一回兵船放銃驚動了龍宫,海水波濤洶湧,毛文龍宣讀祭文,馬上風平浪静。第十二回,當遭到敵人埋伏,毛文龍軍船在海灘擱淺,危急時刻,毛文龍祈禱蒼天,頓時海潮湧起,毛文龍化險爲夷。作者還藉用努爾哈赤來襯托毛文龍,如第十五回努爾哈赤在夢中被金甲將軍毛文龍追趕,嚇得魂飛魄散,夢醒後下令:"如今有人斬得毛文龍首級的,以全遼王之。"賞格之高令人咋舌。《鎮海春秋》不但誇耀毛文龍的戰功,而且讚美他孝敬父母,愛護兄弟,不戀女色,因夫人在老家,在她的强烈要求下,毛文龍不得不娶一妾。在第十七回,作者感嘆道:"遼左興師十年,任東事者屈指可數,如經略楊鎬則喪師,熊廷弼則敗逃,如巡撫袁應泰則陷城,王化貞則失機;如總兵劉綎則陣亡,馬林則挫鋒,其他碌碌不足數者尚無數,而投虜者亦不知幾許。未嘗有如毛

①吴晗輯《朝鮮李朝實録中的中國史料》上編卷五十三,第3209頁。
②紅格本《明熹宗實録》卷七十,天啓六年四月己卯,第3345—3346頁。
③紅格本《明熹宗實録》卷七十一,天啓六年五月丙午,第3415頁。

帥開鎮九年護持兩國、復城幾處、獻俘數千者……”

但《樵史通俗演義》中的描寫完全不同，書中多次指責毛文龍冒功，且早就引起了朝臣的懷疑，“九卿會議，也道毛文龍殺兵二千，未有的據；或謂毛能殺彼兵二千，不能以一卒河西通消息，殊有可疑，而撫臣絶不疑。京師哄然”。第三回寫道：“且説毛文龍獻俘報捷，不止二十次，魏忠賢藉假報，每叙軍功。朝裏如阮大鋮、傅櫆、霍惟華、楊維垣、倪文焕等，動輒歸功廠臣，或道指縱有功，或道神機妙算，不一而足。每文龍報功一次，定有温旨慰勉，甚且賞賚不貲。”其弟毛雲龍是個書生，見哥哥妄報出海，梟斬遼民冒功，甚是不樂，勸道懸崖勒馬，“只怕一時敗露，反取殺身大禍”。招致毛文龍怒駡，雲龍不服，文龍頓時將他拿下，上一本説他不遵兄令，藐法造謗，揺惑軍心，請旨定奪。旨意下來，道他内舉不避親，就地正法。第四回作者總結道：“莫説毛文龍在海島裏誑天子，誆錢糧，殺戮無辜，陷害兄弟，這些歹事勝似强盗幾分，弄得天下民窮財盡，處處荒亂。山東連年亢旱，民不聊生，幾載饑荒，竟是人吃人了。”

皮島孤懸海外，明廷難以及時準確瞭解情況，毛文龍的報告和宣傳幾乎成爲消息來源的唯一管道，因而毛文龍敢于放肆屢屢捏報戰功。《東江疏揭塘報節抄》所記戰績與《滿文老檔》往往截然相反，朝鮮相關文獻記載則與後金的記載較爲一致。毛文龍授意門客汪汝淳撰寫的《毛大將軍海上情形》，吹捧毛文龍“孤軍控敵，業有撑天拄地之實功，種種必成之偉略，智、信、仁、勇、嚴全備之矣”①。爲了渲染毛文龍的孤忠，又編造神跡，不惜掩敗爲功。《遼海丹忠録》《鎮海春秋》中的描寫多本于以上兩書。但史載“毛文龍藥遼人舌，獻俘，昌言廉得之，密與解毒，旬日舌清，乞命，皆遼人也，言其實編爲農”②。御史黄尊素在《説略》中稱：“（毛文龍）每遇秋深輒報邊功，其誇大不情，至雲馬走死數萬匹，所獻之俘老弱而已。毛衛通内使，至必攜紹參若干兩，盡走帝側，余及要人。故所求輒應，兵餉之外，發帑數萬爲軍前犒賞者再。其功罪絶無可稽，但張呈不遜，請釋王化貞，逮登州同知，不然解劍歸朝鮮矣。無忌憚如此。此國家之癰疽也。”③太學生許重熙論曰：“按文龍海中佈置，紙上若有可觀。歲費金錢幾萬萬，究竟金、復、海、蓋、鎮江、寬、淩，長爲奴有。文龍不能争尺寸地，而無歲無季不報捷。捷疏朝上，而賞

①李光濤《明清檔案論文集》，中國臺北出版事業公司 1986 年版，第 252 頁。
②梁本《明熹宗實録》卷 42，天啓四年五月丁巳，第 2360 頁。
③（明）黄尊素《説略》卷六，《余姚黄忠端公集六卷附集五種》，沈乃文主編《明别集叢刊》第 5 輯第 41 册，第 549 頁。

賜夕下，舉朝明知其欺僞，而莫敢綜核之。其故誠不可解。且所奏捷者，不言深入千餘里，則言擒斬數千人，師進不聞饋糧假道，戰勝則安歸海島，豈奴衆盡堅壁不出者乎？以此語常法，實難信矣。軍政禁領兵官不得自報功，豈預料是與？”①曾充督師孫承宗幕僚、後又在崇禎二年(1629)後金騎兵逼京時，以副總兵署大將軍印，隨孫承宗出師的茅元儀、户科給事中瞿式耜等都曾指出毛文龍“誑欺君父”冒功，以致引起天啓帝的懷疑。天啓六年(1626)，翰林院編修姜曰廣和兵科給事中王夢尹到朝鮮頒詔，便道閱視皮島，報曰毛文龍“所報十五萬，大要即遼民也”②。崇禎元年(1628)十一月，山東道臣王廷試前去皮島核實，東江額兵僅二萬八千，而不是毛文龍申報的十五萬之數。③此事在當時朝鮮文獻中也多有記載，如天啓五年(1625)五月十二日，知事李廷龜説“毛都督欲使我國，稱頌其功，虚張軍兵之數。……都督不修兵器，不煉軍士，少無討虜之意，一不交戰，而謂之十八大捷；僅獲六胡，而謂之六萬級，其所奏聞天朝無非欺罔之言也”。④當然，明中葉以後，殺良冒功和虚報軍餉是明軍的頑疾。由此可見，《樵史通俗演義》中的描寫更符合事實，這主要是這部小説後出，有關毛文龍的很多史實都已清晰。

毛文龍膽大妄爲，也爲被殺埋下了禍根，當時甚至連極詆袁崇焕的張仿也預言：“文龍僻處海島，去女真遠甚，搶襲戰功，以罔當寧，恐羽書不合，故急邸報耳。掩飾支吾，久當自敗。”⑤關于毛文龍被殺之事，《遼海丹忠録》認爲是“由于毛帥功業大，見嫉于袁崇焕，被他設計斬殺于雙島。不久，後金部隊分三路入圍遵化，危及京師，袁崇焕失機壞事，自毁長城，革職拿禁，最後以東江之師繼承遺命、搗巢獲勝”。第三十五回，作者又説，按當時的地理條件，加上國内又有蓮教、水藺之亂，毛文龍完全可以獨霸一方，但他並没有這樣做，可見那些猜忌者是“以小人之腹，度君子之心”。針對兩衙門官對毛文龍的攻擊，作者辯解道：

> 這幾節事，若説個不該差人徵調，有司便視爲緩務，如何得餉得兵。若説不驛騷，毛帥不能使人人如自己，怎免得這幹人藉差生事，詞氣要脅。外困極之地，不得不争聲大呼以望救，説道争不擇音，然告君之體宜慎。負固

①(清)許重熙《憲章外史續編》卷13，《續修四庫全書・史部》第153册，上海古籍出版社2002年版，第268頁。
②《明熹宗實録》卷七十六，天啓六年七月甲戌，第3667頁。
③《崇禎長編》卷十五，崇禎元年十一月戊寅，第874頁。
④春秋館《朝鮮王朝實録・仁祖實録》卷三十四。
⑤(明)張岱《石匱書後》卷10《毛文龍列傳》，《續修四庫全書・史部》第320册，第493頁。

海隅，不在海中，何由牽制；不足兵食，在海中也難施牽制之功，但在防微慮漸的，不得不憂他。至説剿零星之虜冒功，這也是邊上常態，多發撥夜，一掩殺，因報大舉進犯，臨陣叫殺，卻零星也是虜，有首級便是功。説到尾大不掉，卻只在毛帥之心，不受節制，雖孤軍也不爲用；若乃心本朝，勢大更可效力。

作者最後質問道："他秉性忠貞的，怎做這樣事，但懷忠見疑，以貞得謗，此心怎甘忍，怎肯置之不辯。"毛帥死後，後金即聯合蒙古，勾引他從喜峰、大安各口入犯，作者評論道："如毛帥在東江，或者究竟不能收牽制之功，或者不能止奴酋入犯，也未可知。到了奴酋入犯，不以爲功，必以爲罪，即殺之也没人爲他解。不料海上之血未干，奴酋之兵已到。已見關寧之備禦是假，東江之牽制是真。況且袁兵在先，奴兵在後，這樣看來，卻不是禦他，是個導他。這時城中人無不怨恨督師，道他通虜，有識的又道他枉殺毛帥，以致奴虜入寇。各官也有道聖上禮遇太隆的，也有道他這樣失機壞事，聖上還誤道他是個好人，有道虜方逼京，聖上權使過以收後效，有道他屯有兵馬，聖上也没奈何容他。"而當後金圍攻京師時，"塘報東江之師已盡搗奴巢，斬獲奴賊首級不計其數。死諸葛還能走生仲達，若使不亡，或者絶奴南牧，亦未可料也"。"己巳之變"時，後金部隊敢于千里奔襲，恰好證明了東江有牽制作用。《鎮海春秋》不但進一步坐實袁崇焕中了反間計，甚至用大量篇幅寫袁崇焕爲實現自己的計劃争功而不惜與後金勾結。小説寫後金四王子用李永芳之計，寫信給袁崇焕，稱毛文龍殺了他無數的人馬，使父王爲此焦勞成疾而死，此仇莫大，此恨莫深。若袁崇焕殺了毛文龍，就將遼東地土奉還，永不敢再犯。袁崇焕到寧遠上任時，在皇上面前許諾五年内恢復全遼，于是答應四王子的要求，將毛文龍誘殺，"星夜遣人報與四奴子，並要討還講和書劄。但四奴子節外生枝，要一百萬兩銀子作撫賞費方可還遼地土。袁崇焕無力支付這筆銀兩，唆使奴酋起兵犯寧遠，聲言要賞銀一百萬兩方可退兵"。後金兵直進喜峰口，又徑往遵化而去。袁崇焕聞報點八千人馬，帶著總兵祖大壽星夜趕到喜峰，但卻不與奴兵交戰，自帶了兵馬來到薊州，與總督劉策商議上本請賞以撫其歸。正在這時，忽報遵化城已陷。皇上差申甫和侯世禄兩總兵前來禦敵，袁崇焕反將他們兩人打發了回去。申、侯的人馬剛回去，奴兵人馬就到了薊州，圍住薊州城。劉總督幾次欲出戰，但袁崇焕堅執不肯。奴兵大肆劫掠金帛、婦女。一路經過通州，直至北京城齊華門下。袁崇焕領兵在城上炮擊，但打壞的卻是明軍兵馬，金兵未曾傷損一個。又見袁軍混在金兵隊裏，並將糧草和熟食送到金營。金兵一連圍城數日，聖旨召見袁崇煥，袁要求必得有近身太監金、王兩人爲質，方來進見，皇上只得依從。皇上賜袁貂裘一領，銀盔甲一副，一切竟不提起，就退朝而去。袁崇煥又出城，數日不與奴兵交戰。一日滿總兵與金兵交戰，難以抵敵，只得逃走，從袁營經過，袁兵也不出來救援，突然滿總兵身中六矢，拔出箭來卻是袁兵字形大小。次日，皇上再召袁崇煥進見，質問袁崇煥爲何殺毛文龍？後金爲何犯闕？滿桂爲何中袁軍之箭？袁崇煥半個字也答不上來。聖上傳旨錦衣衛把袁崇煥拿下，押出西長安門外南鎮撫司監候。

兩書都没有寫到處死袁崇煥，估計都是在崇禎三年(1630)八月之前成書。《遼海丹忠録》除認爲袁崇煥中了敵人的反間計外，還將毛文龍之死歸之于文武不和，"廣寧敗於不和，而東江又蹈之"，但並非袁崇煥個人道德上的缺陷。所以第四十回末評對有些人爲逮捕袁崇煥而歡呼雀躍持反對態度："譖督師就逮，以快忠魂，猶是世俗報復之見；及東江搗巢之事，以抒忠志，真得泉下之心，而東江真有結局矣。"而《鎮海春秋》對袁崇煥則大肆誣衊，捕風捉影，隨意構陷，對袁崇煥的人格進行不遺餘力的詆毀，完全把他塑造成賣國賊的形象。

毛文龍被殺後，"議者皆以爲功"①，當時傑出的軍事家孫承宗、茅元儀也給予了高度評價。不過崇禎二年(1629)七月，巡關御史方大任就擔心："蓋文龍未死，無牽制之實，而有牽制之名。今恐我未前，而敵先來，人將議其後矣。文龍未死，無死敵之功，而有制敵之任。今恐我前呼，而敵後應，人又將議其後矣。袁崇煥之益宜竭力也，如曰五年不結，即以誅文龍之劍自誅，豈忍言哉！伏乞皇上益勵崇煥，毋以擅誅文龍而引嫌，誅一文龍，而崇煥之局更宜早結。毋以已誅文龍而自滿，誅一文龍而崇煥之任更益重大。"②這些話爲《遼海丹忠録》第三十八回所引用。不幸的是，此年十月就發生了"己巳之變"，朝野震驚，證明皮島確有牽制作用，進而滋生對袁崇煥的憤恨，對毛文龍的看法也迅即發生逆轉。《平虜傳》卷2第2則中寫道："當時百姓遭此大難，無可怨懟，只怨不合殺毛文龍，一路失守，弄得韃子犯境。於是廿九日遂風聞傳進奴書與袁督師。一時謡言，幾如鼎沸。"同卷第4則中寫道："二年十二月間，都城内外百姓，謡言袁崇煥不合殺了毛文龍，致一路失守，不然，奴酋怎能從涿塵馹、琉璃河來，攻打我良鄉、固安各城？

---

①(清)陳鼎《東林列傳》卷17《韓爌傳》，周駿富《明代傳記叢刊·學林類》，中國臺北明文書局1991年版，第006—148頁。

②(清)吴騫《東江遺事》卷上《援遼功績》，賈乃謙點校，浙江古籍出版社1986年版，第172頁。

道路之口，悠悠莫止。"輿論一時竟反轉，出現了"爲文龍訟冤者有之矣，複官者、請恤者紛紛"的狀况。崇禎三年(1630)，毛文龍之子毛承禄爲父訴冤，也以"己巳之變"與皮島牽制作用之間的關係這一敏感話題來打動朝臣："禄不知當如何爲父伸理，而唯此逆料假道窺京一案，諒爲廟堂所扼腕而傷神者。"①當時罕有人能看出毛文龍之死根本與"己巳之變"無關，楊士聰在《玉堂薈記》中稱："毛文龍之死，何所關於成敗之數，自袁敗，而議者執以爲辭。"②程本直後來爲袁崇焕訴冤時稱，後金入關與毛文龍被殺相距不久是"時之遇也，數合也。而謂毛文龍之故也，非也。敵固曾攻寧遠於丙寅也；敵固曾圍錦州於丁卯也。藉非崇焕死戰死守，敵不逮己巳而始縱横於神京之下也。而文龍當固居，然島上帥也，未聞其提一旅、渡一騎以牽制之使之不來也，島在今必其能牽制之而使不來也？"③

雪上加霜的是，毛文龍死後，皮島又發生了劉興治兵變，劉興治是袁崇焕所任用的攝領皮島西協的參將。有些人認爲島兵作亂是因爲思念故帥的緣故，建議用毛文龍子毛承禄鎮定戡亂，如崇禎三年(1630)五月，兵科給事中陶崇道稱"臣謂島師以思故帥而起，則文龍之子承禄現在都門，可使以片語定之，但宜速不宜緩耳"④。毛文龍之死損害了一些人的利益，他們結成反袁聯盟，到處散播謡言，中傷袁崇焕，欲爲毛文龍平反。崇禎三年(1630)八月，江西道御史毛九華上疏稱：毛文龍"餘孽亡命走京師，蔭翳造不根之言，貼匿名之帖。此輩亦何能爲，恐一等神奸陰主，其間乃設機關，思以動摇國是，倒翻邊計"⑤。後金入關後，爲他們復仇創造了良機。毛文龍黨羽屢屢揚言"文龍不殺，建虜未敢深入。崇焕欲與和，反受其間"⑥。袁崇焕中了反間計，自毁長城。當袁崇焕趕在後金之前抵達北京城下時，他們又説"袁兵在前，奴兵在後"，是袁崇焕"將引敵脅和，以爲城下之盟"。⑦説袁崇焕是帶路黨。在毛文龍黨羽的煽動下，一些不明真相的正人善類也受其蠱惑。夏允彝《倖存録》卷上《東夷大略》袁崇焕與後金議和，擔心毛文龍泄秘，故誘而斬之。⑧文秉《烈皇小識》、清初編撰的一些史著《國榷》《明史紀事本末補遺》《石匱書後集》等皆主此説。計六奇的《明季北略》卷之四《袁崇焕陛

①(清)谷應泰《明史紀事本末補遺》卷四，中華書局2015年版，第1465頁。
②(明)楊士聰《玉堂薈記》，燕山出版社2013年版，第98頁。
③(明)程本直《漩聲記》，見閻崇年等編《袁崇焕資料集録》上册，廣西民族出版社1984年版，第118—126頁。
④《崇禎長編》卷三十四，崇禎三年五月乙巳，第2043—2044頁。
⑤(清)吴騫《東江遺事》卷上，毛奇齡《毛總戎墓誌銘》，第176頁。
⑥(明)談遷《國榷》卷九十，中華書局1958年版，第5508頁。
⑦(明)夏燮《吴次尾先生年譜》，《續修四庫全書·史部》第540册，第454頁。
⑧參見(清)夏允彝《倖存録》卷上《東夷大略》，《續修四庫全書·史部》第440册，第526頁。

見》則載李永芳獻策于大清主，使崇焕殺文龍歸還遼東餌之，崇焕中計。①

總之，謠言洶洶，衆口鑠金，其中荒謬不可信之處，論者早已糾出。②其實毛文龍之死原因很複雜，他囂張跋扈，已種下殺身之禍，這一點連朝鮮人都看明白了："文龍恣虐日甚，時稱'海外天子'，部下諸凶，肆害尤甚。"③《亂中雜録》載崇禎元年(1628)十一月，毛文龍公然對朝鮮譯官説："我是天朝都督，便宜行事，一人之下，萬人之上，是何怕人!"④李景稷"常言毛必不得其死"⑤。更嚴重的是，毛文龍竟然違禁擅離駐地，兵至登萊，造成"人心皇皇"，江西道御史毛九華疏稱"文龍之心可誅，而肉足食乎!"⑥對于文龍無人臣禮，崇禎也頗爲憂慮，崇禎元年(1628)七月，袁崇焕進京面聖，當時"朝議憂毛文龍難馭"，崇禎曾"歷數東江拒命"⑦。又曾多次召問閣部密談東江事，《東林列傳》卷17《韓爌傳》記載：崇禎二年正月，"時廷臣頗憂毛文龍跋扈，袁崇焕鋭欲除之。上因與爌等造膝密語，左右莫得而聞也"⑧。輔臣錢龍錫與兵部尚書王洽就毛文龍事修書"往復商榷"⑨，又親自來到袁崇焕寓所洽談方略，其中談及如何處置毛文龍，"屏去左右，低徊再四"⑩。可以説，除掉毛文龍的計謀早在袁崇焕心中形成，與後金密約的謠言是站不住脚的。其次，袁崇焕前往後金軍中吊努爾哈赤之死，乃是接受魏忠賢的指令，⑪他自己也想藉機"欲往覘虚實，且離間其種心"⑫。最後也有個人恩怨，毛文龍曾擅自斬殺袁崇焕派往東江商量移鎮的趙佑，一起同往的徐敷奏逃回，事後毛文龍又誣奏徐敷奏引誘遼兵二萬西逃，並得聖旨處斬徐敷奏，賴袁崇焕力保得免。旅順參將李鑛因與毛文龍有矛盾，毛遣人緝拿，李鑛畏懼，率兵民四千逃往

---

①參見(清)計六奇《明季北略》卷之四《袁崇焕陛見》，中華書局1984年版，第92頁。
②參閲闞文發《袁崇焕誅毛文龍辨析》(《袁崇焕研究論文集》，廣西民族出版社1984年版，第114—133頁)；鄧柯《袁崇焕誅毛文此辨》(載《袁崇焕研究論文集》，第146—156頁)等文。
③潘喆、李鴻彬、孫方明編《清入關前史料選輯》第一輯，第462頁。
④[朝鮮]趙慶男《亂中雜録》，見潘喆等編《清入關前史料選輯》第三輯，中國人民大學出版社1991年版，第347頁。
⑤[朝鮮]李景奭《白軒集先伯户曹判書贈右參議政孝敏公墓誌銘》，見杜宏剛等主編《韓國文集中的明代史料》第13册，廣西師範大學出版社2006年版，第183頁。
⑥(清)吴騫《東江遺事》卷上《援遼功績》，毛奇齡《毛總戎墓誌銘》，賈乃謙點校，第175頁。
⑦《崇禎實録》卷一，崇禎元年七月癸酉，第32頁。
⑧(清)陳鼎《東林列傳》卷17《韓爌傳》，第006—138頁。
⑨(清)張廷玉《明史》卷二百五十一《錢龍錫傳》，第6485頁。
⑩(清)柏起宗《東江始末》，《中國野史集成續編》第21册，第604頁。
⑪參見《東莞五忠傳》卷上《袁崇焕》，載《明清史料彙編》第8集第7册，臺灣文海出版社1973年影印，第46頁。
⑫(明)吴應箕《兩朝剥復録》卷四，載《明清史料彙編》第2集第7册，臺灣文海出版社1967年影印，第526頁。

寧遠。袁崇焕上疏爲李鎮説情，建議革去李鑛官職，免死立功。[①]天啓七年(1627)二月，毛文龍又上疏請誅殺李鑛、徐敷奏等人以正軍法，最終旨下將李鎮等人斬首示衆。導致兩人關係破裂則是丁卯之役中關寧兵搗巢問題，毛文龍要求關寧兵速速搗巢，但袁崇焕認爲不能爲了東江而壞了關寧全域，没不積極救援東江，也不搗巢，毛文龍對此極爲憤恨。

實事求是講，袁崇焕在崇禎面前宣誓五年之期復遼，這是不可能完成的任務，這就給袁崇焕的悲劇命運埋下了隱患，當時袁崇焕的部屬何可綱就對他説："生文龍，天不幸；用文龍，朝廷不幸；殺文龍，公不幸。"[②]毛文龍未公開反叛，袁崇焕擅殺大帥的理由不足，而且，毛文龍在遼東抗金鬥争中有功有過，就連袁崇焕的部將周文郁在爲袁鳴冤時，也稱毛文龍"其人不學無術，且不置一正人於左右，雄視海外，夜郎自大，信口而談，罔識忌諱，其跡固有可誅者，惟是赤手創東島，不二、三年間，有衆數萬，招摇偷劫，亦自成其一種伎倆。設當日姑且置之，未輒有害"。他認爲"顧丙寅(天啓六年)以前，則功浮於過也"，自丁卯燈節前，後金攻鐵山，文龍倖免，自是意氣盡滅，凡諸情事，不無虚飾。"自丁卯以後，則其過浮於功也。"[③]《朝鮮王朝實録》中也説："毛文龍始以孤軍，遠涉海外，聲言滅胡，招撫遼民，數年之間，遼民之歸者，以萬計。虜亦疑其議後不敢專意西向。其與中原，聲勢相倚，爲掎角之形，其功亦不淺，而今則徒享富貴，無意進取。識者皆憂其終不利於中原，而爲我國之深患。"[④]就是説毛文龍前後是不同的，這些評論都比較客觀，毛文龍罪不至死，皮島畢竟在敵後方，如芒在背，後金多少會有些顧忌，但作用不應誇大。《遼海丹忠録》《鎮海春秋》受到鄉誼、黨派等各種感情的干擾，對毛文龍過于偏愛；《平虜傳》《樵史通俗演義》雖力求還原歷史面貌，但受制于材料、資訊等各種條件的限制，也難免有不實之處。

《遼海丹忠録》對袁崇焕的才能是肯定的，第二十八回寫後金侵犯旅順，邊關震動，當時袁崇焕分巡寧遠道時，上疏請守一片石山隘，由知縣躐升僉事，再升副使，作者稱讚他"是個有膽力的人"。他知努爾哈赤渡河，必定垂涎寧遠。錦州雖在寧遠之前，城小不堪守，不足爲寧遠犄角，反而分散兵力，故此盡斂錦州兵馬，

---

①(明)王在晉《二朝遼事實録》卷16，《續修四庫全書・史部》第437册，第406頁。

②(明)王世德《崇禎遺録》，《四庫禁毁書從刊・史部》第72册，北京出版社1997年版，第10頁。

③(明)周文鬱《邊事小記》卷四《毛大將軍紀略》，《歷代邊事資料輯刊》第一册，北京圖書館出版社2005年版，第597頁。

④春秋館《朝鮮王朝實録・光海君日記》卷三十三，太白山史庫本(影印本)，韓國果川國史編纂委員會2005年版。

與同總兵滿桂等一干將官，商議合力堅守寧遠。果然不出所料，努爾哈赤經過錦州，直指寧遠。各將聽説後金人馬衆多，兵勢甚鋭，有些慌張。袁兵備大聲道："朝廷養士數年，有警正立功報主之時，豈得望風先逃！崇煥出城一走，諸君斬我；諸君出城一步，我斬諸君，務須與城同存亡！"滿桂、趙率教等武將看到文官尚且不怕死，于是助力崇煥守城，取得寧遠大捷。小説大致還是把袁崇煥當做正面人物塑造的，認爲他殺毛文龍主要出于嫉妒，雖是貶損，但還是合乎一般常理的推論。因爲作者寫作時袁崇煥還未處死，尚無定論，所以評論比較謹慎。不過，陸人龍畢竟是有家國情懷的底層知識份子，並不爲袁崇煥的被逮而幸災樂禍，他也肯定熊廷弼有穩定遼東之功。《平虜傳》則以"己巳之變"爲背景，這時輿論對袁崇煥不利，小説載録兵部職方司署郎中周夢尹奏本，指出袁崇煥"其失算四"，不過書中多次斥袁崇煥與後金合謀殺毛文龍爲謡言。《鎮海春秋》則對袁崇煥進行毫不留情的抨擊甚至污衊，第十七回中，作者藉軍士們的口説袁崇煥"一味剛愎、全無仁慈，三軍如坐針氈"，甚至逼得大家要"同心勠力殺了此人，以安軍伍"，最後衆軍士在經略衙門前貼了無名榜文警告袁崇煥。因袁崇煥削減軍餉糧草，致使皮島糧餉不繼，爲解决困難，劉愛塔獻計攻打撤視湖城，衆將同心合力，後金損兵折將，死傷無數，糧草盡失。後金震怒，遂以退還佔領的土地、殺毛文龍爲條件與袁崇煥達成和議。袁崇煥斬殺毛文龍後，後金四王子皇太極入侵關内，圍薊州，袁兵不敢交鋒，反箭傷山海關總兵滿桂，事泄被逮。《鎮海春秋》用了很長的篇幅敘述袁崇煥與後金合謀殺害毛文龍的全部過程，言之鑿鑿，而且把細節描繪得活靈活現，明顯指認爲事實。毛文龍遇害後，爲了平息毛文龍手下士兵的怨氣，袁崇煥先是虚情假意祭奠一番，然後又用銀兩收買軍心，字裡行間流露出對袁崇煥個人品德的詬病，並藉後金將領的口稱袁崇煥是"輕諾寡謀的人"。不止于此，作者還對袁崇煥做了更進一步的醜化，寫後金提出要賞銀一百萬兩後，袁崇煥引狼入室，鼓動後金攻打寧遠，當後金逼近京城的時候，袁崇煥按兵不動，還乘亂打劫老百姓，私下裡向敵人提供糧草。在山海關總兵滿桂與後金對陣失敗後，袁崇煥不僅不救援而且發暗箭射傷滿桂。這些純系作者的編造，與事實不符，但是在當時朝野普遍對袁崇煥產生誤解的情況下，這種謡言有其滋生的土壤和傳播空間。據夏允彝《倖存録》記載，袁崇煥與王滿桂不和①，可見造謡者是抓住兩人的矛盾進行中傷。《遼海丹忠録》對這些傳聞的採取比較謹慎的態度，並

①（清）夏允彝《倖存録》，《續修四庫全書・史部》第 440 册，第 526 頁。

没有爲了貶低袁崇焕而肆意構陷罪名,《鎮海春秋》則添油加醋,隨意想象發揮,極力誣衊袁崇焕。《樵史通俗演義》主要指出袁崇焕兩條罪責:一是對情報不够重視,做事疏忽,臨變"束手無策",所以京城百姓恨他"失軍機";二是急于與後金達成和議,殺了島帥毛文龍,使後金無後顧之憂,敢于長驅直入,深入内地,而且文龍一死,與後金的和議也無法達成。明末清初很多人對謠言深信不疑,如夏允彝《倖存録》云"都中人又喧言崇焕導東夷入犯"①。張岱《石匱書後集》云:"上猶未信,有二内官被擄,囚營中逃歸,言親見崇焕差官往來,語言甚密者。又言城上望,有見敵兵與我兵嬉笑偶語,往來遊戲者,又言滿桂戰不利,差人往崇焕營,速其放炮。及放炮,皆無錢糧者。"②計六奇《明季北略》卷五"袁崇焕通敵射桂滿"與《鎮海春秋》中的描寫基本相同:"清兵攻南城,桂不支而走,經袁營,竟不出救。俄桂中流矢五,三中體,二中甲,撥視,乃袁兵字形大小。桂初疑清將反間,僞爲袁號耳。及敵騎稍遠,細審,果爲袁兵所射……十二月辛亥,上召袁崇焕議餉,密敕滿桂、黑雲龍、祖大壽同入。崇焕進闕不數武,一内監趨出曰:'萬歲爺在平臺,速入!'崇焕趨進,見桂等在上所,驚沮。上問殺毛文龍、致敵兵犯闕及射滿桂三事,崇焕不能對。"③這完全不符合事實,當時身在山海關的朝鮮使者李忔目睹了"己巳之變"的全過程,他在《雪汀先生朝天日記》一書裡記道:"近日訛言盛行,人多惶恐,不能無動於心,而鬱鬱久滯,中心欲狂也。"在袁崇焕下獄時,其部將祖大壽下的牢子官"亦來訛傳紛紛,令人不忍聽聞"④。乾隆時期史學家趙翼總結道:"袁崇焕之死,今日固共知其冤,而在當時,不惟崇禎帝恨其引我朝兵脅和,即舉朝之臣,及京城内外,無不訾其賣國者。"⑤由此可知,有關袁崇焕賣國的謠言在社會上流傳很久很廣,有的編成謠歌,張怡《玉光劍氣集》中就載有一首:"遼南垂,麗北際,中央不和大如礪,惟有東江可牽制。何一短老公,自言五年能蕩平,奇功先殺毛將軍,殺毛將軍款可成;散島軍,奪島餉,島軍不肯歸,殺掠渤海上。驅我抓牙爲仇讎,彎弓内向使我奔命不得休。遼無東顧憂,麗無北顧憂,兩國醴酒喜相賀。潰牆直薄都城下,始知謀國真大誤。毛公死,世所冤,袁公死,人不憐。山中宰相何多智,一言竟能殺兩賢。"⑥但在現存的史料裡無法找到袁崇焕

①(清)夏允彝《倖存録》,《續修四庫全書·史部》第440册,第526頁。
②(明)張岱《石匱書後集》,《續修四庫全書·史部》第320册,第497頁。
③(清)計六奇《明季北略》卷之五,第118頁。
④[朝鮮]李忔《雪汀先生朝天日記》,邱瑞中《燕行録全編》第一編第九册,廣西師範大學出版社2010年版,第303頁。
⑤(清)趙翼《廿二史劄記》,中華書局2010年版,第728頁。
⑥(清)張怡《玉光劍氣集》,魏連科點校,中華書局2003年版,第838頁。

勾結皇太極入侵京城的確鑿證據，談遷就對此表示異議："當滿桂戰敗時，謂督師對壘不發一矢，非也，桂戰城北，崇煥戰都城南，頗有殺傷。"①楊士聰也説："己巳之變，自嘉靖而後僅再見焉，但士馬物力，仍足相當。袁督師初至一戰，人心始定。迨後鈐制諸將，不爲無見，而袁爲人疏直，於大璫少所結好，毁言日至，竟罹極刑。厥後滿桂總督一戰而敗，安見鈐制諸將爲非宜哉！乃京城小民，亦群然以爲奸臣賣國；此等事，人多不敢言之。"②兩人都是當事人，真實描述了當時的情勢。後經清廷公佈檔案，才知是崇禎皇帝中了後金的反間計。

二、鄉誼與黨爭

遼東戰事題材小説由于成書的背景、作者的身份和價值觀等不同，導致他們以實録的名義夾帶地域和黨爭的私貨。作者都想利用小説製造輿論，傳播輿論，影響人們的價值判斷甚至史書編撰。

首先是地域和鄉誼對小説叙事的影響。《遼海丹忠録》的作者陸人龍是杭州人，早年與毛文龍一樣，是屢試不第的秀才，顧克勇還推斷陸雲龍、陸人龍兄弟與毛文龍之弟毛季龍可能認識，而且陸氏兄弟與毛文龍的部屬或許也有瓜葛。③由于這些關係，陸人龍對毛文龍不吝讚美之詞，以與毛文龍同鄉爲榮，"一門大節，俱足上達聖明，感天地，真亦武林盛事也"。其創作意圖就是要爲毛文龍白冤，如第十八回回末説："賀蘭山下之俠骨，猶蒙後訾之聲；錢塘江上之鴟夷，只快忌嫉之口。此忠臣飲恨九泉，旁睹者亦爲之憤懣也。""顧鑠金之口，能死豪傑于舌端；而如椽之筆，亦能生忠貞於毫下。"④所以《遼海丹忠録》《鎮海春秋》的作者選擇相信毛文龍生前授意門客汪汝淳編寫的《毛大將軍海上情形》和毛文龍之子毛承斗彙輯的《東江疏揭塘報節抄》。而這些材料多不實虚妄之詞，因而影響了小説的歷史價值。正如學者指出的那樣，"皮島孤懸海外，資訊不易通，對所爲不法事毛文龍又多掩飾，其爲忠臣，不但小説作者深信不疑，朝臣也有堅持此議者，就當時看，也可以説是一種真實。當是明廷對後金的戰爭多爲敗績，毛文龍上疏言其屢有小勝，足以鼓舞人心，又因袁崇煥當時正被認作通敵要犯，朝野欲信毛文龍

①(明)談遷《國榷》卷九十，中華書局1958年版，第5505—5506頁。
②(明)楊士聰《玉堂薈記》，燕山出版社2013年版，第98頁。
③顧克勇《陸雲龍、陸人龍兄弟文學研究》。浙江大學博士論文，2004年，第114頁。
④朱一玄《明清小説資料選編》(上)，南開大學出版社2006年版，第203頁。

爲忠直之人，兩書作者（指《遼海丹忠録》和《鎮海春秋》，引者注）在這種背景下歌頌毛文龍便不足爲怪了”①。

毛文龍母弟沈光祚乃熹宗朝名臣，沈家爲杭州望族，在當地很有影響力，毛文龍的部屬又以浙兵爲主，文龍被殺後，“杭人莫不憐之”②。毛文龍死之初，其黨羽、族親、部屬等積極爲他鳴冤，四處活動，“廣布流言”③。“己巳之變”後，袁崇焕被逮捕，輿論開始反轉，朝野都把這事件與毛文龍之死聯繫起來。毛文龍黨羽、族親鳴冤造勢，毛承斗彙輯毛文龍自天啓二年至崇禎二年的疏揭塘報，加以删節，編爲八卷，其意在爲乃父辯冤。書成後，有署名東海鶴放道人的眉批，大力誇讚毛文龍之功，如卷一《天啓元、二兩年塘報》批稱毛文龍“真千古奇人”，卷二《天啓三年九月初一日塘報》涼馬佃捷批贊毛文龍“真大將才”，並且神化毛文龍，如卷四《天啓五年九月初四日具奏》批云：“先生嘗授遁甲法于黄山人，久而忘其要領。遽買一驢，入中南山訪遇山人，遂盡其傳。其母夫人妊將軍時，嘗夜夢天上有軒冕而騎者五人，馳行如飛，其後一人忽墜地，一嫗舉而授之母夫人，遂娩將軍云。”毛文龍之孫毛有韓也致力宣揚乃祖之功，松江華亭人朱溶與毛有韓友好，毛有韓出示毛文龍的家書手稿十餘封並家傳，朱溶據此作《表忠録》。在《表忠録》引中，朱氏稱表忠命題之由“將軍之心，本與諸君子同，然今世人言及諸君子皆知敬慕之，將軍之忠精，鑒之者惟獨青天耳！不可不表而出之也。故曰表忠也”。推崇毛文龍與嶽飛並列：“文龍才略蓋世，其忠實心殆與宋鄂王無以異。輔臣不能知，用袁崇焕爲督師，矯詔殺之，遼陽壞而國事去矣。嗚呼，悲夫！”《毛都督軼事狀》渲染毛文龍死時神秘氣氛：“時有大星自北至南墮於海，有光耀，聲非雷若雷，久乃止。清聞文龍死，宰牛馬以祠天地”，又説：“文龍被害，頭落而血不出。崇焕左右皆異之。海怒吼聲四夜不絶。島中昏夜輒聞炮聲鼓吹云”，“後文龍死，將士立廟皮島、鐵山，每祭皆慟哭失聲，有自經者。”這一説法與《毛太保公傳》類似，當同源于家傳行狀，其目的不過在于突出毛死之冤。朱溶又爲毛文龍欺罔冒功、軍中蓄養爪牙、開馬市、跋扈不臣、諂附魏忠賢等種種不法和不光彩行爲進行辯解。④

---

①參見張平仁《遼海丹忠録與鎮海春秋的真實性及文體歸屬》，《齊齊哈爾大學學報》2003 年第 6 期；井玉貴《歷史上的毛文龍及其在時事小説中的反映——以頌毛小説之問世爲考察之中心》，《明清小説研究》2008 年第 3 期。

②（清）計六奇《明季北略》卷之五，第 117 頁。

③（清）孫承澤《畿輔人物誌》卷十三，《續修四庫全書》第 540 册，第 707 頁。

④（明）朱溶《忠義録》卷 7《表忠録》，載《袁崇焕資料集録》下册，第 312—313 頁。

除鄞縣全祖望和湖州茅元儀外，浙籍官員幾乎都站在毛文龍一邊，王思任對茅元儀的行爲很不理解，在給他信中質問："頃見袁督師賺殺毛帥，此朱亥伎倆也，誰爲畫此策者？毛帥在諸島中，不知海外情形，不審牽制果否得力。但以私臆度之，帥即無功，亦似無罪。貪悍二字，乃將官本等。况招商屯種，亦是著數利之所在，精神血氣往焉。何以忌爲鋤之？"[①]説毛文龍即便無功，也罪不至死，並肯定其通商屯田之功。崇禎元年（1628），户科給事中瞿式耜彈劾慈溪人孫國楨"至以同鄉故暱比毛文龍"[②]，孫國楨遂罷官，後名列逆案。崇禎二年（1629）九月，曾經上疏爲毛文龍訴苦的上虞人、工部主事徐爾一奏袁崇焕"矯詔斬文龍，罪大不道"[③]。特别是明亡後，毛文龍的價值似得到彰顯，因而浙江的抗清義士和易代遺民極力推崇毛文龍，爲他鳴冤。浙江紹興人張岱的《石匱書》、浙江仁和人、明末舉人沈長卿所作《沈氏日旦》、浙江仁和人、明末諸生毛先舒所作《毛太保公傳》、浙江蕭山人毛奇齡所作《毛總戎墓誌銘》等，還有浙江東陽人張國維、浙江仁和人孫治、浙江錢塘陸次雲，等等，無不爲毛文龍鳴冤。甚至《明史》對毛文龍的評價也讓江浙文人頗感不平，如任安就責怪同鄉萬斯同不爲毛文龍説話，這種感情一直貫穿有清一代，如嘉慶時進士、浙江仁和錢林人的《文獻征存録》、嘉慶年間、浙江海寧人吴騫輯録《東江遺事》，皆意在爲毛文龍喊冤。直至近現代，浙江上虞人羅振玉和其孫羅繼祖，皆指責袁崇焕矯詔擅殺大帥，自壞長城。全祖望在《題東江事蹟》中就批評道："凡杭人無不訴毛文龍之冤者，其昧於鄉里之私，而所見爲傖父，可一哂也。文龍絶無可以牽制遼事者，而但以鞭長不及，自大跋扈恣睢，有取死之道，此了然者。"[④]當然，袒護毛文龍者也並非全出于同鄉之情，在謠言傳播已經以假亂真的情况下，斬帥誤國在當時已成一時公論，所謂"袁斬毛文龍，一時無不謂其冤者，即後世猶盛訾之"[⑤]。即便後來滿文檔案已公開，毛文龍仍是浙江人心目中的抗清英雄。

但袁崇焕的情况卻相反，他的同鄉好友未能結成一股維護他的勢力，只有他的門客程本直在袁崇焕被逮下獄後，作《磯聲紀》《漩聲記》爲其白冤，並爲袁鳴冤奔走，一再上疏崇禎爲袁申辯，"甘同誅之罪"[⑥]。

---

①（明）王思任《謔庵文飯小品》卷1《簡茅止生》，《續修四庫全書·集部》第1368册，第15頁。
②（明）瞿式耜《瞿忠宣公集》卷2《先别遺奸疏》，《續修四庫全書·集部》第1375册，第190頁。
③（清）孫治《孫宇台集》卷14《徐工部善伯先生傳》，《四庫禁毀書叢刊·集部》第149册，第10頁。
④朱鑄禹《全祖望集匯校集注》，上海古籍出版社2000年版，第1318頁。
⑤（清）陳其元《庸閑齋筆記》卷7《辨何桂珍之冤》，《續修四庫全書》子部第1142册，第106頁。
⑥（明）程本直《磯聲紀》，收録于無名氏撰《袁督師事蹟》，選自四川大學圖書館編《中國野史集成續編》第21册，巴蜀書社2000年版，第451頁。

昭槤在《嘯亭雜録》卷 10《毛文龍之殺》中説過一番比較公允的話："袁崇焕之殺毛文龍，其事甚冤。世儒以崇焕後死可憫，故爾掩飾其過，至謂毛文龍果有謀叛諸狀，非深知當日之事者也。文龍守皮島多年，雖有冒餉抗據諸狀，然其兵馬强盛，將士多出其門，本朝佟、張二將盡爲彼害，使留之以拒大兵，不無少補。崇焕乃不計其大事，冒昧誅之，自失其助，遂使孔定南諸將陰懷二心，反爲本朝所用。此明代亡國之大機，豈可因其後之死，乃遂掩其過也。"①毛文龍雖有交横跋扈等罪狀，但並無叛變之跡，多少爲抗金做出了一些貢獻，除之弊大于利，不但加劇了朝臣之間的矛盾，而且造成了毛文龍舊部分崩離析，一些傑出的部將如耿仲明、孔有德、尚可喜等投奔大清，加速了明朝的滅亡。

在遼東戰事題材小説的書寫中，不但受到地域、鄉誼等因素干擾，黨争因素更是滲入其叙事肌理中。

《遼海丹忠録》的作者對閹党態度曖昧，既説"宦官監軍，古以爲恨"，又贊成宦官監軍，對于毛文龍與閹黨的親密關係選擇失語，當實在難以掩蓋的時候，就爲毛文龍辯解，表現出作者既鄙視閹黨而又欲歌頌毛文龍的矛盾心理。如第二十七回，寫明帝派兩個太監來軍中視察：

> 兩個内監見了這幹將官，道：我曾聞皮島將官，常去殺賊，果然是一班豪傑。你們還要輔助毛爺，與朝廷出力！毛帥就將欽給緞匹與銀兩，擺在前面，道："這聖上欽賞，以待有功，你等當勠力，以膺聖眷。"衆將諾諾而退。見後留宴，酒中又陳説自己可以滅奴的方略，將士汗馬勤勞，遼民歸附日多，糧餉不敷的苦楚。是晚留宿。

鮮王厚贈兩個内監，内監都不肯受，謂"留與應毛帥緩急，勝學生得多矣。畢竟不受。"毛帥又差人持禮赴朝鮮稱賀，"兩下交結，彼此相依。"這裡主要是表現太監佩服毛文龍，但回末評論又云："藉内監爲用，亦是安中國機略，以招通内之愆，終涉今日蔑人之套。"所以，作者幾乎没有展開党争在袁、毛之争中的作用。從書中的觀點來看，《鎮海春秋》的作者應與閹黨有一定的關係，小説不僅坦然爲毛文龍唱讚歌，而且將魏忠賢與毛文龍的勾結美化爲英雄惺惺相惜，對閹黨也多有褒揚。《鎮海春秋》第十五回魏忠賢出場，作者是這樣介紹的："那司禮監的掌

---

①(清)昭槤《嘯亭雜録》卷 10，中華書局 1980 年版，第 363 頁。

印太監叫作魏忠賢，卻是個弄權的内相，只因有許多當道官參劾他過，以此一應本章都要自己看過，没他干礙的事，就徑送到御前；若是説著他的，看在肚裡，整備了説話好去御前遮飾，或添言送語擺佈那上本的官兒。"作者説魏忠賢弄權，只是因爲有許多當道官員要參劾他，他不得不防，在這裡，魏忠賢似乎是一個值得同情的太監，他不過是弄權而已，並無大惡，對衆所周知的閹黨迫害東林黨人、殺戮忠良的罪行，竟然不置一詞。當時魏忠賢已倒臺，崇禎二年(1629)定了逆案，魏閹的罪行已大白于天下，抨擊魏閹《警世陰陽夢》《皇明中興聖烈傳》《魏忠賢小説斥奸書》紛紛出籠，這表明作者對閹党有很深的感情。魏忠賢與毛文龍的勾結，在作者的看來是互相欣賞。寧錦大捷本是袁崇煥的功績，但作者卻特意强調寧遠鎮守太監紀用的指揮之功。他沉著冷靜，足智多謀，指揮若定。《鎮海春秋》還有意强調魏忠賢弟侄被封是在大臣的請求下、天啓皇帝親頒的旨意，包括接受袁崇煥辭職、建造魏忠賢生祠都是天啓皇帝的旨意，作者處處把責任推在天啓皇帝身上，替魏忠賢洗刷罪惡。而且《鎮海春秋》提到魏忠賢時口吻也與衆不同，其他魏忠賢題材的小説中屢屢使用魏閹、魏賊之類的蔑稱，表現了當時人們對魏忠賢的痛恨之情，《鎮海春秋》中則一般以魏忠賢相稱，還多次以轉述的口吻稱之爲"魏爺""廠臣"，只是在强調毛文龍蔑視魏忠賢的時候用了幾次"魏太監"的稱呼，這是其他魏忠賢題材小説中罕見的現象。

《樵史通俗演義》署名"江左樵子"，估計是江蘇人。歷史學家孟森《樵史通俗演義序》推斷："細繹作者之爲人，及其時代，其人蓋東林之傳派，而與複社臭味甚密，且爲吴中人而久宦于明季之京朝者。其時代則入清未久，即作是書，無得罪新朝之意，于客魏阮，則抱膚受之痛者也。"①作者的立場傾向于東林黨人，且由于成書相對較晚，毛文龍的真面目也大致露出，故小説中的描寫較爲接近史實。小説寫毛文龍重賄閹党，虚報戰功，冒領封賞。第三回寫道："忠賢又結交邊將，佈置私人，不要説别個有用將官，便是毛文龍無勇無謀，專一冒餉冒功的人，常常受了他貂鼠人參，黄金白銀，便請封就封，乞餉即餉，求賞便賞，還要藉他報捷的假功，自己加封蔭子，邊上實實功勞反埋没了。""一年四季何止送萬金與魏忠賢，故此毛文龍説的話竟没一句不依，進的本就批，叙的功就准。又有那受文龍賄賂的不肖科道，反説他功勞，你騙我，我騙你，那管壞朝廷的大事。"文龍每報功一次，定有温旨慰勉，甚且賞賚不貲，甲子年正月，毛文龍又上本，報稱統兵千人，渡

①《樵史通俗演義》，中國書店出版社 1988 年版，第 11 頁。

海分三路從鎮江，寬奠、靉陽，行十餘日，深入六百餘里，至烏雞關，斬首二百七十八級。魏忠賢傳旨封毛文龍都督，又自己叙了軍功。毛文龍的冒功行爲也曾引起朝臣懷疑，"京師哄然。張鶴鳴求計忠賢，那魏忠賢是個太監性氣，忿忿的道：'因朝廷用人不富，不都是咱的心腹，咱的説話不依咱的多。咱偏試個手段把這些書騃看！'通同了客氏，日夜夜算計，要收些心腹做了緊要衙門的客，便不怕人了。"科道參劾毛文龍的奏本，魏閹俱留中不發。總之，小説揭露毛文龍與閹黨同惡互濟，狼狽爲奸。當然，小説中也有不實之處，第三回稱讚"毛文龍只有一件好處，文官員好些拜魏忠賢爲父親，自家做干兒子，他只是不肯。常道他在朝裡做半朝天子，我在海外做島中天子，我進貢他些罷了，爲何平白地做兒子起來。不替杭州人争氣。因此屢屢報功，也只升得總兵，不曾就加都督，賜蟒玉，與他一服色"。事實是毛文龍曾"拜魏忠賢爲父"，官至左都督，持尚方劍。[①]當涉及某些敏感史實時，作者也有所忌諱。如馮銓先是諂事魏忠賢，助紂爲虐，後又降清，官至宏文院大學士兼禮部尚書。其人格之卑劣，爲時人所不齒。但作者説馮銓與崔呈秀不是一路人，"他極恨崔呈秀這班人所爲，在閣議事，竟自執己見，每每爲了公義，有所救阻。又與呈秀原是同科中的，知道他貪戾不法，必然敗壞朝廷，密謀要逐呈秀"。崔呈秀曉知後，在魏忠賢面前進讒，將馮銓逐出内閣。還有吴三桂降清的經過等，皆描寫失實。

浙党是以沈一貫、方從哲等浙籍文官組成的政治集團，他們的政治觀念和學術觀點與東林人士有較大的分歧，而浙黨又與閹黨有很密切的關係，毛文龍作爲浙籍人士，自然内結閹黨以自固。陳鼎《留溪外傳》卷稱"島師解僞俘至，帥亦忠賢子，欲張其功，冀邀封爵"[②]。黄中堅《明南京工部侍郎念陽徐公傳》一文中明言"島帥毛文龍，閹黨也"[③]。他派遊擊曲承恩領兵民上陸，專事采參，以便行賄朝中權貴和閹宦。黄尊素云："毛衛通内，使至，必攜貂、參若干輛，盡走帝側，余及要人，故所求輒應，兵餉之外，簾金數萬爲軍前犒賞者再。"[④]天啓四年（1624）夏，閹党奪權之後，毛文龍與閹党建立起内外呼應、互利互惠的政治聯盟。天啓五年（1625）六月，毛文龍請内臣駐守登萊督發糧餉，既滿足魏忠賢控制邊鎮的野心，又便于在餉銀上做手脚。八月，朝廷派内臣王敏政、胡良輔册封朝鮮，以表示

①（清）張廷玉《明史》卷二百五十九《袁崇焕傳》，第 6718 頁。
②（清）陳鼎《留溪外傳》卷七《餘中丞傳》，《四庫全書存目叢書・史部》第 122 册，第 562 頁。
③（清）黄中堅《蓄齋二集》卷八，《四庫未收書輯刊》第八輯第 27 册，第 417 頁。
④（明）黄尊素《説略》卷六，《余姚黄忠端公集六卷附集五種》，沈乃文主編《明别集叢刊》第 5 輯第 41 册，第 549 頁。

對毛文龍的支持。天啓七年(1627)二月,熹宗下諭獎勵毛文龍,並正式派遣鎮守太監胡良輔、苗成、金捷、郭尚禮率軍八千往援皮島,"督催餉運、查核錢糧、清汰老弱、選練精强,一應戰守機宜、軍務事體著與毛帥和衷協力,計議妥確而行,不得輕易紛更,亦不許膠執故套,更要不時牽掣相機剿除,期奏舉庭掃穴之勳"①。毛文龍與胡良輔"歃血而盟,約爲兄弟",通過太監胡良輔等,毛文龍攀上魏忠賢,形成與閹黨的政治聯盟,此後閹党與毛文龍合謀互利。丁卯之役本是重大挫敗,然而毛文龍在閹黨的幫助下,千方百計隱瞞敗報,掩敗爲功。四月,閹黨兵科給事中許可征爲毛文龍彌縫,稱遊擊高萬重揚言鐵山、須彌島失守爲煽惑人心,得旨"依律問擬","以肅軍法"。②八月,胡良輔上奏毛文龍斬獲功③,又爲毛文龍請餉百萬,建議讓東江與登萊一體給餉,得旨依允。十月,録東江功,太監魏忠賢、王體乾、徐應元等皆升官賜金、幣有差。④寧遠戰後,毛文龍出現了嚴重的危機,許多朝臣質疑皮島的牽制作用,要求毛文龍移鎮,毛文龍立即向閹黨求援,力阻移鎮,結果安然無恙。王化貞下獄後,曾飛書向毛文龍求救,毛文龍感于王化貞之恩,上疏請釋王化貞,戴罪立功。崇禎元年(1628)二月,工科右給事中潘士聞彈劾毛文龍道:"有謂内監賫敕稽查兵飽,犒賞五萬,今文龍自知虚冒,轉送内監,復以五六萬金送内監,不點人馬……有謂文龍與四監結拜之後,對胡太監説'人馬散處在外,不便查點',胡監笑云'點甚麽人馬,只要替老祖爺做些功勞,多封幾個侯伯,何愁富貴不久長'。掛一畫像,頭戴冕旒,身穿衮龍,手執圭,供一金字龍牌,寫當今上公魏老祖爺,朝夕焚香禮拜者。先是屢旨移鎮,概不敢命,可稱跋扈,度其詭謀長技,不過以所糜軍餉,輦金潛住長安,多方佈置,爲庇護地耳。"⑤

在朝鮮王朝的官方記載中,也説毛文龍與閹黨來往頻繁:"交通宦寺,締結魏忠賢,信使往來,月或三四云。"⑥朝廷給的糧餉,很多用來行賄閹宦:"既而欺誑中朝,托以接濟遼民二三十萬,歲發帑二十萬,潛結宦官魏忠賢輩,都不發包,入諸内璫,島糧則專責我國,虚張捷報。"⑦閹党幫助毛文龍掩蓋敗績:"時毛文龍遣兵渡江,無寸功,其將時可達等多戰敗死,而隱其敗,每以捷聞。克減軍需,交結

---

①紅格本《明熹宗實録》卷八十一,天啓七年二月乙巳,第3916—3917頁。
②紅格本《明熹宗實録》卷八十三,天啓七年四月壬寅,第4021—4022頁。
③紅格本《明熹宗實録》卷八十七,天啓七年八月壬寅,第4209頁。
④紅格本《明熹宗實録》卷二,天啓七年十月甲辰,第17頁。
⑤(清)外史氏《聖朝新政要略》卷9,《續修四庫全書·史部》第438册,第678—679頁。
⑥《朝鮮王朝實録·仁祖實録》卷13,仁祖四年七月庚寅,韓國果川國史編纂委員會2005年版。
⑦《朝鮮王朝實録·光海君日記》卷167,光海君十三年七月乙丑,韓國果川國史編纂委員會2005年版。

權宦,以功至拜都督。"①毛文龍死後,閹黨餘孽多爲他鳴不平,崇禎三年(1630)五月乙巳。兵部尚書王在晉曰:寧錦之圍解,文龍立有大功,有牽制之力,"文龍殺而虜直犯京城,明知而故悖之,崇煥之禍,其真自取耳!"②王在晉代表了一些朝中大臣對毛文龍的看法。

閹党倒臺後,毛文龍曾上疏辯解自己不是閹黨,客觀地説,現存的史料當中並沒有毛文龍上疏稱頌魏忠賢的記載,但毛文龍行賄閹黨,與閹党結成政治聯盟,則是難以否定的事實。

《樵史通俗演義》第十三回寫魏忠賢把心腹内官各方佈置,劉應坤、陶文、紀用派遣在海外,各掌兵權,牽制遼撫。又每每加恩與毛文龍,使彼感激:

> 那時遼東有總兵趙率教飛報錦州之捷。不隔三日,總兵滿桂報:官兵于籬山大戰,斬殺甚衆。巡撫袁崇煥又報:東兵攻寧遠,總兵滿桂等大戰,敗走之。次日又報:錦州關解,總兵趙率教三戰三捷。奉皇帝旨道:"十年積弱,乃一當百,挫其狂鋒。賴廠臣先下綢繆,故能報此奇捷。兵已乘勝鼓行,然須步步嚴密,量酌而進,切戒輕敵,防其詭計。將士勞苦功,高急須犒賞。"你道東兵驍勇,急難取勝,既是贏他一兩陣,或是滿、趙二驍將的大力,豈能連連報捷如此、京師裡人都道勝是勝了,大半是魏璫裝點的,指望藉此軍功,再冒恩升王,一步高一步的奸計。過了幾日,經略閻鳴泰、太監紀用,都有本連報大捷,又奉旨道:"廠臣秘謀妙算,屢建奇功。彼膽已寒,滅之有日。"

"己巳之變"中散播的大量謠言,來源主要是後金和閹党殘餘分子。當時雖然魏忠賢已倒臺,但朝廷中仍有不少餘孽,他們伺機打擊在朝的東林人士。袁崇煥不是東林黨人,也不是閹黨的堅定反對者,並曾隨大流爲魏忠賢建祠頌德,《明熹宗實録》載:"薊遼提督閻鳴泰、巡撫袁崇煥疏頌魏忠賢功德,請于寧前建祠。"③他又與東林黨人關係密切,其座師韓爌是東林黨領袖,也得到東林黨人孫承宗、錢龍錫的賞識和提拔,而"逆案之定,半爲龍錫主持,奸黨銜之次骨"④。錢龍錫又與袁崇煥合謀殺了毛文龍,因此閹黨合謀乘機藉崇煥以報復錢龍錫,謀興

①[朝鮮]李肯翊《燃黎室記述》卷27《丁卯虎亂》,朝鮮光文會本,明治四十五年至大正三年(1912—1914),第436—437頁。
②(明)王在晉《三朝遼事實録》卷九,《續修四庫全書·史部》第437册,第241頁。
③紅格本《明熹宗實録》卷八十三,天啓七年四月壬寅,第4022頁。
④(清)張廷玉《明史》卷二百五十一《錢龍錫傳》,第6485頁。

大獄。温體仁和閹党餘孽王永光、高捷、袁弘勳之流，認爲是向東林黨發起反攻的絶佳機會。温體仁對袁崇焕誅殺毛文龍一直心懷不滿，余大成《剖肝録》云："輔臣温體仁，毛文龍鄉人也。銜焕殺毛文龍。每思有以報之。適廷臣梁廷棟曾與焕共事於遼，亦有私隙。二人從中持其事。焕由是得罪。時有(中)官，在圍城之中，思旦夕解圍，咎焕不即戰。而中官勳戚有莊店丘墓在城外者，痛其蹂躪，鹹謂焕撫兵養敵。流言日布，加以叛逆。會總兵滿桂，初與焕共守寧遠，丙寅之役，首主棄城，爲焕所斥，至是入援，令其部曲大掠近郊，皆僞稱袁兵，以鼓衆怨。後因敗入甕城，浸潤中官，乘機譖之。上遂不能無疑焉。"[①]可見，滿桂與袁崇焕在寧遠守城時意見相左，因而與閹党一道陷害袁崇焕，其云袁崇焕箭射他一事，必有蹊蹺。後金兵一退，温體仁就疏攻袁崇焕"陰與華亭奸輔(錢龍錫)、臨邑罪樞(兵部尚書王洽)密謀款敵，遂引之長驅，以脅城下之盟"[②]。崇禎三年(1630)十二月十六曰，閹黨餘孽江西道高捷上疏極詆袁崇焕與錢龍錫，以斬帥爲兩人之罪："崇焕之殺毛文龍也，龍錫密語手書，不一而足，即崇焕疏中亦有輔臣龍錫低徊私商之句，見在可券也。夫文龍當斬，事關軍機，崇焕入朝奏對，何不預請密旨？崇焕出海閲視，何不飛馳蠟封？而身處揆席，恭預密勿之龍錫，又何止聞私寓之低徊，不聞文華之商榷也？總之，欲外示專制，内脅至尊，因以漸成款局。兩人陰謀詭計，目中安知有皇上乎？"[③]高捷的奏疏發展了毛黨散佈的謀款殺帥、斬帥踐約説。出身東林的閹党姚宗文、原抱奇在宫廷内造謡説江西道御史曹永祚抓住了劉文端等七名奸細，他們供認袁崇焕附書通敵，誣巇袁崇焕"構通爲禍，志不在小"[④]。但是當崇禎帝在第二天命大臣審問七名奸細時，卻發現奸細已無影無蹤。

閹餘黨紛紛大肆攻擊東林黨與袁崇焕朋比爲奸，通敵謀款，欲結城下之盟。他們利用崇禎帝的猜忌心理，集中攻擊東林與邊臣結黨問題，企圖藉此將主定逆案的錢龍錫置之死地。崇禎三年(1630)年，閹黨史㽦上疏言："崇焕出都時重賄龍錫數萬，龍錫轉寄姻家巧爲營幹，致國法不伸。"[⑤]高捷則攻擊袁崇焕部將祖大壽潰而東走，爲錢龍錫所挑激[⑥]。閹黨餘孽造謡攻擊，加深了崇禎帝對袁崇焕的

①(明)余大成《剖肝録》，見閻崇年等編《袁崇焕資料集録》上册，第126—130頁。
②(清)葉廷琯《鷗陂漁話》卷四《温體仁家書》，《續修四庫全書·子部》第1163册，第146頁。
③(明)談遷《國榷》卷九十，第5508頁。
④(明)錢家修《白冤疏》，無名氏輯《袁師事蹟》，《叢書集成新編》第102册，中國臺北新豐文出版公司1985年版。
⑤(清)夏燮《明通鑒》卷八十二，王日根等校點，岳麓書社1999年版，第2276頁。
⑥(清)張廷玉《明史》卷二百五十一《錢龍錫傳》，第6485頁。

懷疑,這時後金的反間計,使他的懷疑更爲堅定。其實崇禎帝主要是對袁崇煥擅殺毛文龍和未能保衛京城感到不滿,他不一定相信所謂的袁崇煥與後金協議,自"枚卜"事件後,崇禎帝對東林黨已由懷疑發展到不信任,于是他也想利用這次機會打擊東林黨,平衡各派勢力,因此袁崇煥的死亡就不難理解。錢龍錫也被逮下獄,議大辟,後因右中允黄道周、刑部尚書胡應台等乞宥,乃釋獄,戍定海衛。同時兵部尚書王洽、戎政尚書李邦華、工部尚書張鳳翔等皆坐崇煥薄問。至此欽定逆案後所形成的東林黨人内閣,僅一年就瓦解。周延儒、温體仁做了閣臣。"自崇煥死,邊事益無人,危亡之征現矣。"①東林黨與閹黨餘孽結怨愈深,鬥争愈烈,一直持續到南明政權滅亡。

熊廷弼之死同樣涉及黨争。崇禎元年(1628),思宗下詔停止向熊家追贓。崇禎二年(1629)五月,大學士韓爌等上書,請求允許家屬安葬熊廷弼屍骸,思宗頒詔同意,並謚號襄滑。這意味著熊廷弼得到了平反,因而在《遼海丹忠録》中的熊廷弼是正面形象。他慧眼識英雄,對毛文龍頗爲器重。剛到遼東上任,就安撫百姓,招諭百姓複業;出私財犒賞兵馬,優禮副總兵賀世賢;將逃將劉遇節等斬首,祭奠戰死的官兵和被殺百姓;又補充戰馬,打造器械,補葺墩台,佈置設防,撤换無能將領,有條不紊。第五回末評道:"楊經略經理于遼禍方始之時,熊經略經理于遼事極壞之際,而楊竟敗衄,熊猶固遼年餘,雖有小衄,未至大敗,久任未必無成。即其信賞必罰,實心任事,可云不愧乃職,卒令罷去,殊有遺恨。"讚揚熊經略在遼東,恪盡職守,殫心積慮,可惜罷去。作者在第七回評論道:

> 熊經略在遼東年餘,雖不能大有斬獲,且至時有損失,但當日來時,遼陽百姓還要逃亡,如今固住了瀋陽;當日將官出戰,望風先逃,道臣撫慰,灑淚不住,如今都有固志;當初以十餘萬精兵,敗於奴手,如今今日在瀋陽抵敵,明日在蒲河截殺,或守奉集堡,或守虎皮驛,或守清河撫順,或守寬鎮江,還也修城開壕,采青放馬。况且常時巡曆,以察軍心,常時搜緝,以絶奸細,全遼也成一個光景了。

熊廷弼因爲勇于擔當,實心做事,因而得罪了兵部、户部、工部、僕寺等部門。因"剛直耿介,持身廉潔,不通饋遺,行法嚴苛,不事姑息。歲時絶無一介賂遺當

①(清)夏燮《明通鑒》卷八十二崇禎三年八月癸亥,第2276頁。

路,以此漸失權貴之心"[①],"仇口既多,傳揚又容易失真",因而朝中很少有人支持他。

《遼海丹忠録》寫王化貞不聽熊廷弼勸告,輕率發動對後金的攻擊,致使全軍覆没。百萬逃亡百姓"倉皇號哭,沿途悲唤,甚是可憐"。總督怕其中混有奸細,不肯開關放入,熊廷弼差人投書入關,"乞開關以救百萬生靈,消不測之禍,若有奸細,熊某承當"。總督才許,"不惟全了許多性命,又得許多軍資"。第六回末評道:"一味實心任事,乃蒙剛愎之名,嘗讀其奏疏書牘,令人淚落。"對熊廷弼的悲慘遭遇一掬同情之淚。

《遼海丹忠録》没有熊廷弼的死亡情節,《鎮海春秋》《樵史通俗演義》則有較完整的描寫,表現了熊廷弼死亡的複雜政治背景。《鎮海春秋》站在閹黨的立場上,對熊廷弼進行了歪曲性的描寫,而對王化貞則是偏袒的。當廣寧慘敗後,小説描寫王化貞和熊廷弼同時被捕入京:"那些校尉來到山海,把王巡撫拿下,將欲就道,只見衆百姓們遮道痛哭吶喊三聲而散,這原來是王巡撫平日做官柔而懦,所以百姓喜歡,不忍他逮去,以致如此。這熊經略被拿,那些百姓,就恬不爲怪,寂然無聲,這卻是熊經略日常間做官剛而愎,所以衆百姓怪他嚴甚,被逮之時,就没有一個像待王巡撫的。"作者顛倒黑白,虚構民意來表達對王化貞和熊廷弼的態度。事實上廣寧之敗責任完全在王化貞,史稱"化貞爲人騃而愎,素不習兵,輕視大敵,好謾語"[②]。由于得到閣臣和閹黨的支持,他大權在握,壓制熊廷弼,熊廷弼無兵無糧,權力被架空。熊廷弼治遼的功績有目共睹,而且深得民心,當兵科給事中朱童蒙視察遼東時,"遼陽官民士庶垂泣而思,遮道而代之鳴,謂數萬生靈皆廷弼一城之所留"[③]。作者對這些視而不見,移花接木,把當地老百姓爲熊廷弼"遮道而代之鳴"的事情移植到王化貞身上,可見别有用心。如果説《遼海丹忠録》僅僅是爲了歌頌毛文龍而貶低袁崇焕,那麽《鎮海春秋》則明顯站在閹黨的立場上,歌頌和美化毛文龍和王化貞,醜化熊廷弼和袁崇焕。

《樵史通俗演義》與《將海春秋》相反,在經、撫衝突中感情的天平傾向熊廷弼。作者寫道:"一時朝廷都曉得熊廷弼是有用的人,他卻不曾獻媚忠賢,性子又直;王化貞是兵部大堂張鶴鳴薦用的人,張鶴鳴是魏忠賢薦用的人。故此經略要如此,兵部或有不依;巡撫要如彼,無不從命。"王化貞信任的將領孫得功叛變,導

---

①(明)文秉《先拨誌始》卷上,《續修四庫全書·史部》第437册,第607頁。
②(清)張廷玉《明史》卷二百五十九《王化貞傳》,第6698頁。
③(明)王在晉《三朝遼事實録》卷六,《續修四庫全書·史部》第437册,第148頁。

致廣寧失陷，邊方震動，科道兩衙門紛紛上本，"吏科侯暘參論閣老葉向高不拿定主意，專委經臣，以致祖宗封疆一旦失陷。魏忠賢替客氏報仇，不從閣票，竟内批降三級調外任。御史江秉謙劾奏兵部尚書張鶴鳴明知各兵間諜皆虚，明知戰守參差難合，而硬爲責備曰'機會可乘'，曰'過河必勝'，不肯付經略以節制；明明張鶴鳴，不足贖欺君國之罪。本上，魏忠賢恨他兩本都左袒廷弼，也内批降三級調外任了。可憐大經濟有手段的熊經略，與王化貞一樣拿問。會審是刑部尚書王紀、都察院鄒元標、大小九卿等官。廷弼道：'廣寧非我駐紮，潰不由我。'化貞道：'向使早憑渡河決戰，當無此潰。'鄒元標道：'虧你還説渡河決戰！可是先鋒孫得功是驍將力能破敵麽！'會審已畢，具獄詞上奏：王化貞全不知兵，聲聲要戰，匹馬宵遁，不消説是斬罪了；熊廷弼説不宜浪戰，西兵不足盡信，降將其情叵測，若持左券，使堅守右屯，死且不朽，而疾走榆關，平日何等威風，作此舉動，也問了斬罪，憑天子裁奪。魏忠賢庇護張鶴鳴，竟内批旨意，把個熊廷弼與王化貞一樣問成死罪，監在刑部牢裡了"。從引文中可以看出朝臣之間錯綜複雜的關係，侯暘參論首輔葉向高、江秉謙劾奏兵部尚書張鶴鳴，魏忠賢皆不從閣票，竟内批兩人降三級調外任，負有直接責任的兵部尚書張鶴鳴得到魏忠賢的庇護而平安著陸，熊廷弼本無罪，卻和王化貞一道問成死罪，而且先于王化貞處死。而會審熊廷弼的是東林黨人鄒元標，後來定案的又是東林黨人顧大章。王化貞乃葉向高的門生，又得到閹黨的支持，廣寧失守他本負有主要責任，卻後于熊廷弼處決。因而後來的許重熙在《五陵注略》中甚至指責葉向高爲媚璫之尤，留謚繆醜之類。總之，東林黨和閹黨都想置熊廷弼于死地，但没想到的是，螳螂捕蟬，黄雀在後，閹党藉熊廷弼案將東林黨人一網打盡。

熊廷弼湖北江夏人，早年習武，已中武解元，因事爲當道呵責，大以爲辱，折節爲帖括學，中進士，他是楚黨陣營，而他的座師湯賓尹又是宣党黨魁，楚、宣兩黨與東林黨歷來不睦，有反東林的共同傾向。同時，熊廷弼又是江夏人郭正域的女婿，而郭正域亦與東林不睦。可説在踏入政壇之前，熊氏已經與東林關係緊張。萬曆三十六年至三十九年(1608—1611)，熊廷弼爲御史時，"與(劉)國縉、(姚)宗文同在言路，意氣相得，並以排東林、攻道學爲事"[1]。萬曆三十九年(1611)巡按期滿後，熊廷弼本可任北直隸督學御史，但遭到東林黨人的阻攔，熊氏述及此事道：當時朝政爲東林黨人葉向高、李三材、段然等把持，因熊廷弼是禮

---

①(清)張廷玉《明史》卷二百五十九《熊廷弼傳》，第 6693 頁。

部尚書郭正域的女婿，段然素爲郭正域所惡，故構之于首輔葉向高，“葉相貌親明龍而中實意忌，益信用段，所拔用驅逐無不應受如響”①，故改差南直督學。郭正域撰因庇護被東林黨所參劾的官員而與東林結怨，他在士大夫中的聲譽甚高，久負入相之望，故爲葉向高所忌。

熊廷弼在南直督學任上，又受到巡按御史荆養喬的參劾而解職。因湯賓尹家居時，嘗奪生員施天德妻爲妾，施妻不從，投繯死。諸生馮應祥、芮永縉輩訟于官，爲建祠，賓尹恥之。熊廷弼欲爲老師雪恥，以所司報永縉及應祥劣行，杖殺永縉。巡按御史荆養喬上疏彈劾，熊廷弼引歸候勘。②熊廷弼在自傳云，荆養喬參劾熊廷弼是受葉向高指使。③萬曆四十七年（1619），楊鎬敗績，廷議重新起用熊廷弼經略遼東，結果又遭到東林黨人楊漣等人相繼論列，他們或得之風聞，或妄言無忌，或造謡中傷，卒致廷弼去位回籍聽勘。由此可知，萬曆年間，熊廷弼是東林黨人的死敵，後來由于歙縣人汪文言多方奔走，居中離間，齊党衰落，楚党與東林黨聯合。楚党周嘉謨爲吏部尚書，内閣中劉一燝也是楚黨，閣臣韓爌、葉向高則是東林黨，天啓元年（1621）三月，瀋、遼相繼失陷，劉一燝再擢廷弼經略遼東，同時任命王化貞爲遼東巡撫。王化貞主戰，熊廷弼欲守，經撫不和，首輔葉向高欲立大功，便支持門生王化貞。談遷《棗林雜俎》記載：“葉相國于萬曆癸丑主禮闈，録王化貞。其撫遼也，沾沾自喜。適福清再召，馳書勸駕，謂大功指日，待入朝爲封拜地。福清又夢如之，故入朝專右化貞。”④加上小人挑撥，葉向高以爲劉一燝曾阻止他入閣，遂與楚黨不睦，因而朝中大小臣僚對熊廷弼百般掣肘，使之無法施展才能。

閹党的中堅人物閻鳴泰、霍維華、姚宗文、郭鞏、崔呈秀等，或與王化貞是同鄉，或與王化貞有同年之好，故袒護化貞，又因在劉一燝、周嘉謨當政時遭到貶斥而仇視楚黨。他們利用攻擊熊廷弼的機會，矛頭指向劉一燝、周嘉謨，卒致周嘉謨于天啓元年（1621）十二月致仕，大學士劉一燝亦四疏乞歸，于天啓二年（1622）三月回籍。熊廷弼叙述此段情形時説：“葉相國顧與先生有嫌，化貞又其癸丑門人，中途疏稱化貞才當獨任，不宜受人節制，又疏毛文龍部捷不宜妒功害成，意專指先生。而相國故執東林、淮、秦、晉牛耳盟，向日以南勘參先生被斥者皆起京堂

①（明）熊廷弼《熊襄湣公全集》卷八，中華書局 2010 年版，第 16 頁。
②（明）熊廷弼《熊襄湣公全集》卷二三六，第 6154 頁。
③（明）熊廷弼《熊襄湣公全集》卷八，第 17 頁。
④（明）談遷《棗林雜俎》，中華書局 2006 年版，第 65 頁。

遍國都，類無不從承旨修舊郤。其癸丑一榜門人在兩衙門者，又無不從師命是尊，而贄先生以新附相門者，又不可以屈指數。因而，閩、浙、東林、淮、晉、秦黨又適與山東、北直合，皆袒化貞與先生爲難……而葉相國已有裁經略專用巡撫之意矣。用高侍禦捷疏，下兵部會九卿科道確議。鶴鳴不俟重意，先出袖中稿送諸公畫題，諸公駭然稿語，詆先生規避極惡……李應薦、高捷輩複承相國旨參先生，再下九卿科道會議。相國欲遣部科親往地方勘定撤留，科道言不便……相國怒甚，會徐大化獨參先生，遂半夜以片楮授意于侯掌科震暘，言宜移先生于密雲，出本兵爲經略，如本兵未可出即授化貞經略，另擇一撫代化貞以資後勁，不然直移先生于登萊。"①《明史・熊廷弼傳》中也有記載，但不如熊廷弼的自述詳細：

> 時葉向高複當國，化貞座主也，頗右之。廷臣惟太僕少卿何喬遠言宜專守廣寧，御史夏之令言蒙古不可信，款賞無益，給事中趙時用言永芳必不可信，與廷弼合。餘多右化貞，令毋受廷弼節制。而給事中李精白欲授化貞尚方劍，得便宜操縱。孫傑劾一熼以用出、嘉楝、藺年爲罪，而言廷弼不宜駐關內。廷弼憤，上言：……初，廷弼之出關也，化貞慮奪己兵權，佯以兵事委廷弼。……會震孺奏經、撫不和，中有化貞心慵意懶語，廷弼據以刺化貞，化貞益不悦。……當是時，中外舉知經、撫不和，必誤疆事，章日上。而鶴鳴篤信化貞，遂欲去廷弼。二年正月，員外郎徐大化希指劾廷弼大言罩世，嫉能妒功，不去必壞遼事。疏並下部，鶴鳴乃集廷臣大議。議撤廷弼者數人，餘多請分任責成。鶴鳴獨言化貞一去，毛文龍必不用命，遼人爲兵者必潰，西部必解體，宜賜化貞尚方劍，專委以廣寧，而撤廷弼他用。議上，帝不從，責吏、兵二部再奏。會大清兵逼西平，遂罷議，仍兼任二臣，責以功罪一體。
>
> 二月逮化貞，罷廷弼聽勘。四月，刑部尚書王紀、左都御史鄒元標、大理寺卿周應秋等奏上獄詞，廷弼、化貞並論死。後當行刑，廷弼令汪文言賄内廷四萬金祈緩，既而背之。魏忠賢大恨，誓速斬廷弼。及楊漣等下獄，誣以受廷弼賄，甚其罪。已，邏者獲市人蔣應暘，謂與廷弼子出入禁獄，陰謀叵測。忠賢愈欲速殺廷弼，其黨門克新、郭興治、石三畏、卓邁等遂希指趣之。會馮銓亦憾廷弼，與顧秉謙等侍講筵，出市刊《遼東傳》譖於帝曰："此廷弼所作，希脱罪耳。"帝怒，遂以五年八月棄市，傳首九邊。②

---

①（明）熊廷弼《熊襄湣公全集》卷八，第 30—35 頁。
②（清）李遜之《三朝野記》，《續修四庫全書》第 438 册，第 83—84 頁。

迨廣寧失守後，王化貞、熊廷弼皆得罪，最後皆論死系獄。學士馮銓、丁紹軾又素與廷弼有嫌怨，乘機構陷，徐大化爲魏忠賢獻策，誣指楊漣等接受了熊廷弼的賄賂。東林黨人排擠熊廷弼，鷸蚌相争，漁翁得利，閹黨藉東林黨人受賄案大興冤獄，將東林黨人一舉而滅，楊漣、左光斗、顧大章等六君子慘死，熊廷弼于天啓五年(1625)八月被殺，傳首九邊。"舉朝終日聚訟，卒至併逆，河西且起，朋黨之獄，盡以大權歸之中璫矣。"①錢龍錫一針見血指出："廷弼不死于封疆而死于門户。"②時人高汝栻評論道："悲载！然當事者亦無意即殺，自楊(漣)、左(光斗)起而熊廷弼之死决矣。故曰：'廷弼不死于封疆而死于時局，不死于法吏而死于奸璫也。'璫謂不以封疆串移宫則不能創大獄，不以封疆受賄誣諸臣，則不能作清流之陷阱，不殺廷弼，則不能藉題追贓，加諸臣以身後之誅。夫貽誤封疆，伏法何辭，然終不死于封疆而死于時局，不死于吏議而死于奸璫。是以九泉之下，目不瞑耳。"③江秉謙曰："今廷弼勘覆已明，議者猶以一人私情沒天下公論，寧壞朝廷封疆，不忘胸中畛域。"④由此可見，熊廷弼始困厄于東林，終捲入東林與閹黨的鬥争中，成爲政治鬥争的犧牲品。文秉《烈皇小識》卷五劉宗周乞休陛辭疏略曰："自己巳以來，無日不綢繆未雨，而禍亂一至于此！往者，袁崇焕誤國，其他不過爲法受過耳。小人競起而修門户之怨，舉朝士之異己者，皆坐以焕黨，次第置之重典，或削籍去。自此小人進而君子退。中官用事，而外臣寢疏。朝政日隳，邊政日壞。今日之禍，實己巳釀成之也。"⑤痛哉斯言！

結論

由上述論可知，有關遼東戰争的歷史敘事，不同的作家呈現出很大的差異。"同樣的人或事，在不同的記憶中被塑造成不同的形象，呈現出不同的意義。"⑥作者通過對史料的選擇和闡釋，企圖構建出對遼東戰争性質及其歷史人物的認知，以反映這一重要歷史事件。面對浩如煙海且紛紜複雜的資料，作者必須進行甄别和選擇，輸入、編碼、儲存和提取那些對自己有用的資訊，排除那些與敘事目

①(清)李遜之《三朝野記序》，《續修四庫全書》第438册，第1頁。
②(清)陳鼎《東林列傳》卷18《韓爌傳》，周駿富《明代傳記叢刊・學林類》，第006—146頁。
③(明)談遷《國榷》卷八七，中華書局1958年版，第5311頁。
④(清)張廷玉《明史》卷二百四十六《江秉謙傳》，第6376頁。
⑤(明)文秉《烈皇小識》卷五，北京古籍出版社2002年版，第136頁。
⑥彭剛《歷史記憶與歷史書寫——史學理論視野下"記憶轉向"》，《史學史研究》2014年第2期。

的有衝突的東西，藉助于推斷或者推測來填補資訊中的空白。在這一過程中，作者的價值觀、鄉誼、黨派等多重因素都干擾着他對材料的選擇和闡釋，因而導致對某一歷史人物或某一歷史事件的叙事産生差異，甚至截然相反。他們或故意抹黑，混淆視聽；或偏愛有加，精心粉飾，都帶有各自的政治目的，試圖通過小説的傳播，使歷史人物的形象深入人心，並影響其歷史定位。雖然這些看似是個體行爲，但其實代表着一定的群體或者黨派，因而又是一種社會行爲，希望以此操弄政治、影響後來的歷史編撰。

令規與輯釋

Linggui yu jishi

《明太祖實録》文學令規輯釋八則

《明實録》原載　王路正輯釋①

辛丑，上謂中書省臣曰[1]："古人祝頌其君，皆寓警戒之意[2]。適觀群下所進箋文，頌美之辭過多，規戒之言未見[3]，殊非古者君臣相告以誠之道[4]。今後箋文，衹令文意平實，勿以虚辭爲美也[5]。"——《明太祖實録》卷二十二

戊申，上謂翰林侍讀學士詹同曰[6]："古人爲文章，或以明道德，或以通當世之務[7]，如《典》《謨》之言，皆明白易知，無深怪險僻之語[8]。至如諸葛孔明《出師表》，亦何嘗雕刻爲文[9]，而誠意溢出，至今使人誦之，自然忠義感激[10]。近世文士，不究道德之本，不達當世之務[11]，立辭雖艱深而意實淺近，即使過於相如、揚雄，何裨實用？[12]自今翰林爲文，但取通道理、明世務者，無事浮藻[13]。"——《明太祖實録》卷四〇

命罷天下進賀聖節冬至表箋[14]。上謂侍臣曰："正旦爲歲之首，天運維新，人君法天運，以施政治[15]，進表稱賀，禮固宜然[16]。若生辰、冬至，亦皆表賀，於文繁矣，且生辰，父母劬勞之日[17]。朕皇考、皇妣蚤逝，每於是日，不勝悲悼，况忍受天下賀乎？宜皆罷之。"[18]群臣對曰："臣子敬君之心，無時不有，惟不可煩瀆[19]，故因聖壽及時序，致祝頌之誠，請如舊禮行之。"[20]上不許。[21]——《明太祖實録》卷七十五

庚戌，詔禁四六文辭[22]。先是，上命翰林儒臣擇唐宋名儒表箋可爲法者，翰林諸臣以柳宗元《代柳公綽謝表》及韓愈《賀雨表》進[23]。上命中書省臣録二表，頒爲天下式，因諭郡臣曰[24]："唐虞三代典謨、訓誥之辭，質實不華，誠可爲千萬世法[25]；漢魏之間猶爲近古，晋宋以降，文體日衰，駢儷綺靡而古法蕩然矣[26]；唐宋之時，名儒輩出，雖欲變之而卒未能盡變[27]；近代制誥、章表之類，

---

①作者簡介：王路正，中山大學中文系博士研究生。基金項目：本文爲國家社會科學基金重大項目"中國古代文學制度研究"(17ZDA238)階段性成果。

仍蹈舊習[28]，朕常厭其雕琢，殊異古體，且使事實爲浮文所蔽[29]。其自今凡告諭臣下之辭，務從簡古，以革弊習[30]。爾中書宜播告中外，臣民凡表箋奏疏，毋用四六對偶，悉從典雅。"[31]——《明太祖實録》卷八十五

十二月庚戌朔，頒建言格式[32]。時刑部主事茹太素上書論時務五事，累萬餘言[33]。上令中書郎王敏誦而聽之，虚文多而實事少[34]，次夕於宫中復令人誦之再三，采其切要可行者四，才五百餘言，因喟然曰[35]："爲君難，爲臣不易，朕所以求直言者，欲其切於事情而有益於天下、國家。彼浮詞者徒亂聽耳。"遂令中書行其言之善者[36]，且爲定式，頒示中外[37]，使言者直陳得失，無事繁文。[38]——《明太祖實録》卷一百一十

至日，禮部以各處表箋目通類奏啓[39]。其表箋文詞不得用駢麗，務在典雅，其有御名廟諱，依古禮，[40]二名不偏諱，嫌名不諱，凡兇惡字様俱用回避[41]，仍以朱筆圈點句讀[42]；表用黄紙，箋用紅紙，爲函[43]。——《明太祖實録》卷一百三十八

刑部尚書開濟奏曰[44]："欽惟聖明治在復古，凡事務從簡要[45]，今内外諸司議刑奏札，動輒千萬言，泛濫無紀，失其本情[46]。况至尊一日萬幾，似此繁瑣，何以悉究？[47]此皆胥吏不諳大體，苟非禁革，習以成弊。"[48]上曰："虚詞失實，浮文亂真，朕甚厭之[49]。自今有以繁文出入人罪者，罪之[50]。"於是命刑科會諸司官定議成式，榜示中外。[51]——《明太祖實録》卷一百四十九

頒表箋文式於天下[52]。先是，天下諸司所進表箋多務奇巧，詞體駢儷[53]。上甚厭之，乃命翰林院學士劉三吾、右春坊右贊善王俊華撰慶賀謝恩表箋成式，頒於天下諸司[54]，令凡遇慶賀謝恩，則如式録進[55]。——《明太祖實録》卷二百四十六

（輯自"中研院"歷史語言研究所校印《明實録》，中華書局 2016 年第 1 版）

解題：

以上八則材料均出自《明太祖實録》。《明太祖實録》，是一部記載朱元璋生平事迹的史籍。對其基本情況，《明史·藝文志》有簡要介紹："《明太祖實録》二百五十七卷。建文元年，董倫等修。永樂元年，解縉等重修。九年，胡廣等復修。

起元至正辛卯，訖洪武三十一年戊寅，首尾四十八年。萬曆時，允科臣楊天民請，附建文帝元、二、三、四年事迹於後。"可見《實録》凡三修。《明史・藝文志》將史書分爲十類："一曰正史類，編年在内，二曰雜史類，三曰史鈔類，四曰故事類，五曰職官類，六曰儀注類，七曰刑法類，八曰傳記類，九曰地理類，十曰譜牒類。"而《明太祖實録》居"正史類"之首，足見其重要。

作爲明朝的開國之君，朱元璋雖出身"淮右布衣"，卻頗屬意文事。上述八則材料，起自吴元年(1364)，終于洪武十五年(1382)，其内容又皆與明初包括表箋改革在内的文風改革相關，不難看出朱元璋對此事的重視，由小見大，亦可推知明初文化政策之嚴苛。所謂表箋，是一種施用于廟堂的文書，多用于重大禮儀場合中。《明史・禮志》載："五禮，一曰吉禮……二曰嘉禮。行於朝廷者，曰朝會，曰宴饗，曰上尊號、徽號，曰册命，曰經筵，曰表箋。"可見表箋是"嘉禮"之重要一端，與朝會、宴饗等諸事項一起支撑朝廷的禮儀運轉。作爲政教場景中的實用性文書，表箋不同于一般抒情寫意的文章，而是有嚴格規範。《明史・職官志》載："凡傳制、誥，開讀詔、敕、表、箋及上下百官往來移文，皆授以程式焉。"此"程式"，即是關于表箋書寫的規定。表箋的程式不是一成不變的，由于表箋施用場景的特殊性，其程式變化，又往往體現出君主的意圖，展現出朝廷的意志，並進一步形塑朝臣乃至天下士人的文風。上述八則材料，皆與洪武一朝的表箋改革相關。這些文本既展現出朱元璋之于文章體式的規約，更反映出明初的政治走向和思想動向，因此值得充分重視，爲行文方便，兹將其注碼連排。

校注：

［1］辛丑，上謂中書省臣曰：辛丑日，皇上對中書省的大臣們説。中書省，明初期行政中樞，承元制而來。《明史・職官志》載："先是，太祖承前制，設中書省，置左、右丞相。"

［2］古人祝頌其君，皆寓警戒之意：古人對君主的頌祝，都寓含警戒之意。

［3］適觀群下所進箋文，頌美之辭過多，規戒之言未見：近來看你們所呈上的箋文，頌美的言辭過多，勸誡的話没有見到。

［4］殊非古者君臣相告以誠之道：這很不符合古時君臣間以誠相待的道理。

［5］今後箋文，祇令文意平實，勿以虚辭爲美也：今後的箋文，要使之文意平實，不要以空洞的言辭爲美。

［6］戊申，上謂翰林侍讀學士詹同曰：戊申日，皇上對翰林侍讀學士詹同説。

翰林侍讀學士：官名，始置于宋代。《宋史·職官志》載："太宗初，以著作佐郎吕文仲爲侍讀。真宗咸平二年，以楊徽之、夏侯嶠並爲翰林侍讀學士，始建學士之職。"詹同：字同文，初名書，婺源人，明代官員。曾仕陳友諒，後投效朱元璋，賜名同。

［7］古人爲文章，或以明道德，或以通當世之務：古人寫文章，有的用來闡明道德，有的用來通曉當世的事務。

［8］如《典》《謨》之言，皆明白易知，無深怪險僻之語：如《尚書》中的言論，都明白易懂，没有深奥怪僻的詞語。《典》《謨》：《尚書》之《堯典》《舜典》和《大禹謨》《皋陶謨》等篇的合稱。《書·序》謂："討論墳典，斷自唐虞以下訖於周。芟夷煩亂，剪截浮辭，舉其宏綱，撮其機要，足以垂世立教，典謨訓誥誓命之文，凡百篇，所以恢弘至道，示人主以軌範也。"此處指代《尚書》。

［9］至如諸葛孔明《出師表》，亦何嘗雕刻爲文：像諸葛孔明的《出師表》，又何曾刻意雕琢文字？諸葛孔明：即諸葛亮（181—234），字孔明，號卧龍，琅琊陽都人，三國時期蜀漢丞相。劉備病逝前曾托孤于諸葛亮，劉禪即位後，諸葛亮前後五次北伐，立志"興復漢室、還於舊都"。《出師表》即其北伐前給後主劉禪所上之表文。

［10］而誠意溢出，至今使人誦之，自然忠義感激：但他的誠意溢于言表，至今讀來仍令人感動，生出忠義之情。

［11］近世文士，不究道德之本，不達當世之務：近世的文士，不探求道德的本原，不通曉當世的事務。

［12］立辭雖艱深而意實淺近，即使過於相如、揚雄，何裨實用：文章雖然用詞艱深，但意義卻淺近，即使超過司馬相如、揚雄，又有何裨益于實用呢？相如：即司馬相如（前179—前118），字長卿，四川人，西漢文學家，以辭賦創作聞名。《漢書·藝文志》載："司馬相如賦二十九篇。"揚雄（前53—18），字子雲，蜀郡成都（今四川成都）人，西漢末年文學家，善辭賦。

［13］自今翰林爲文，但取通道理、明世務者，無事浮藻：從今以後，翰林們的文章，衹取那些通道理、明世務的，不要追求辭藻華麗。

［14］命罷天下進賀聖節冬至表箋：命令廢除天下進獻慶賀聖節、冬至的表箋。《明史·禮志》載："宋因之。明太祖洪武元年九月，定正旦朝會儀，與登極略相仿。其後屢詔更定，立爲中制。凡正旦冬至，先日，尚寶司設御座於奉天殿，及寶案於御座東，香案於丹陛南……宣表目官跪，宣訖，俯伏，興。唱宣表，展表官

取表，宣表官至簾前，外贊唱，衆官皆跪。宣表訖，内外皆唱，俯伏，興。序班舉表案於殿東，外贊唱衆官皆跪。代致詞官跪丹陛中，致詞……賀畢，外贊唱，衆官皆俯伏，興。樂作，四拜，興。樂止。傳制官跪奏傳制，由東門出，至丹陛，東向立，稱有制。”

［15］上謂侍臣曰，正旦爲歲之首，天運維新，人君法天運，以施政治：皇上對侍臣説，正月初一是一年的開始，天道運行更新，人君傚法天道，以施行政事。維新：更新。《詩・大雅・文王》：“周雖舊邦，其命維新。”毛傳：“乃新在文王也。”

［16］進表稱賀，禮固宜然：進呈表章稱賀，禮儀上本應如此。

［17］若生辰、冬至，亦皆表賀，於文繁矣，且生辰，父母劬勞之日：如果生日、冬至，也都進表慶賀，文章就過于繁多了。况且生日是父母勞苦之日。劬勞：勞累，勞苦。《詩・小雅・蓼莪》：“哀哀父母，生我劬勞。”

［18］朕皇考、皇妣蚤逝，每於是日，不勝悲悼，况忍受天下賀乎？宜皆罷之：我的父母早已過世，每到這一天，我都悲傷不已，怎麽能再接受天下人的慶賀呢？這些都應廢除。皇考、皇妣：對亡父、亡母的尊稱。《禮記・曲禮下》謂：“祭王父曰‘皇祖考’，王母曰‘皇祖妣’。父曰‘皇考’，母曰‘皇妣’。”朱元璋之父朱世珍（1281—1344）、母親陳氏（1286—1344），二人皆死于元末饑荒。《明史・太祖本紀》載：“洪武元年春正月乙亥，祀天地於南郊，即皇帝位。定有天下之號曰明，建元洪武。追尊高祖考曰玄皇帝，廟號德祖，曾祖考曰恒皇帝，廟號懿祖；祖考曰裕皇帝，廟號熙祖，皇考曰淳皇帝，廟號仁祖，妣皆皇后。”

［19］群臣對曰，臣子敬君之心，無時不有，惟不可煩瀆：群臣回答説，臣子的心中無時無刻不敬愛君主，不可頻繁輕慢。

［20］故因聖壽及時序，致祀頌之誠，請如舊禮行之：因此藉助聖壽和時序，表達頌揚的誠意，請求仍按舊禮執行。聖壽：古代皇帝的生日。

［21］上不許：皇上没有同意。

［22］庚戌，詔禁四六文辭：庚戌，皇上下詔禁止四六文辭。四六文辭：即駢文，字句兩兩相對而成篇章的文體，形式上講究對仗，聲律上注重協調。因常用四字句、六字句，故也稱“四六文”或“四六文辭”。

［23］先是，上命翰林儒臣擇唐宋名儒表箋可爲法者，翰林諸臣以柳宗元《代柳公綽謝表》及韓愈《賀雨表》進：此前，皇上命翰林儒臣選擇唐宋兩朝名儒的表箋作爲學習典範，翰林諸臣以柳宗元的《代柳公綽謝表》和韓愈的《賀雨表》進獻。柳宗元（773—819），字子厚，祖籍河東郡（今山西運城）人，世稱“柳河東”“河東先

生”，唐代官員、文學家。柳公綽（765—832），字寬，京兆府華原縣（今陝西銅川）人，唐朝官員、書法家，柳公權之兄。柳宗元曾代其上謝表。韓愈（768—824），字退之，世稱“韓昌黎”“昌黎先生”，唐代官員、文學家、思想家，曾上《賀雨表》。

［24］上命中書省臣録二表，頒爲天下式，因諭郡臣曰：皇上命中書省臣抄録這兩篇表文，頒佈爲天下的楷式，並告諭臣子們説。

［25］唐虞三代典謨、訓誥之辭，質實不華，誠可爲千萬世法：唐虞三代時的典謨、訓誥的言辭，質樸實在而不華麗，確實可以作爲後世學習的榜樣。唐虞，唐堯與虞舜的並稱。《論語・泰伯》：“唐虞之際，於斯爲盛。”

［26］漢魏之間猶爲近古，晋宋以降，文體日衰，駢儷綺靡而古法蕩然矣：漢魏時的文章還比較接近古體，晋宋以後，文體日漸衰落，駢儷綺靡而古法蕩然無存。

［27］唐宋之時，名儒輩出，雖欲變之而卒未能盡變：唐宋時期，名儒輩出，雖然想改變文風但終究未能完全改變。所謂“唐宋之時，名儒輩出”，即指唐宋間，由韓愈、歐陽修等人倡導的古文運動。

［28］近代制誥、章表之類，仍蹈舊習：近代的制誥、章表類文章，仍然沿襲舊習。制誥：皇帝的詔令。

［29］朕常厭其雕琢，殊異古體，且使事實爲浮文所蔽：我常常厭惡它們精雕細琢，與古體相差甚遠，而且使事實被浮華的言辭所遮蔽。

［30］其自今凡告諭臣下之辭，務從簡古，以革弊習：從今以後，凡是告諭臣下的言辭，務必簡樸古雅，以革除積弊。

［31］爾中書宜播告中外，臣民凡表箋奏疏，毋用四六對偶，悉從典雅：你們中書省應布告朝廷内外，臣民凡上表箋奏疏，不得使用四六對偶句，皆應遵從典雅。播告：遍告。《尚書・盤庚上》謂：“王播告之修，不匿厥指。”孔傳：“王布告人以所修之政，不匿其指。”

［32］十二月庚戌朔，頒建言格式：十二月庚戌日，頒布了建言格式。

［33］時刑部主事茹太素上書論時務五事，累萬餘言：當時刑部主事茹太素上書議論五件時務，累計有萬餘言。茹太素（？—1389）：山西澤州人，曾任四川按察使、刑部侍郎、都察院僉都御史、户部尚書等職。

［34］上令中書郎王敏誦而聽之，虚文多而實事少：皇上讓中書郎王敏誦讀給他聽，發現空文多而實事少。中書郎：官名，始設于漢朝。王敏（1352—1382）：字進德，浙江寧海人，明初官員。

［35］次夕於宫中復令人誦之再三，采其切要可行者四，才五百餘言，因喟然

曰：次日夜在宫中又讓人反復誦讀，從中采納了四條切實可行的建議，僅五百餘字，于是感嘆説。

［36］爲君難，爲臣不易，朕所以求直言者，欲其切於事情而有益於天下、國家，彼浮詞者徒亂聽耳。遂令中書行其言之善者：做君主難，做臣子不容易。我之所以求直言，是希望它們能貼合事情而有益于天下、國家，那些浮華的言辭只會擾亂視聽。於是命令中書省實行他建議中好的部分。

［37］且爲定式，頒示中外：并且制定格式，頒布給朝廷内外。

［38］使言者直陳得失，無事繁文：讓進言者直接陳述得失，不要把精力放在繁瑣的文辭上。

［39］至日，禮部以各處表箋目通類奏啓：到了那天，禮部將各處呈上的表箋分類匯總奏報。

［40］其表箋文詞不得用駢儷，務在典雅，其有御名廟諱，依古禮：其中，表箋的文詞不得使用駢儷句，務求典雅。其中如有涉及皇帝及其父祖名諱的，依照古禮。御名：皇帝的名諱。廟諱：皇帝父祖的名諱。

［41］二名不偏諱，嫌名不諱，凡兇惡字樣俱用回避：對于由兩個字組成的名字，不必兩個字都避諱，嫌名也不避諱，凡是兇惡的字樣都要回避。嫌名：與人姓名字音相近的字。《禮記・曲禮上》謂："禮不諱嫌名。"鄭玄注："嫌名，謂音聲相近，若禹與雨，丘與區也。"

［42］仍以朱筆圈點句讀：仍用朱筆來圈點句讀。

［43］表用黄紙，箋用紅紙，爲函：表用黄紙書寫，箋用紅紙書寫，裝入函中。

［44］刑部尚書開濟奏曰：刑部尚書開濟上奏説。《明史・開濟傳》載："開濟，字來學，洛陽人。元末爲察罕帖木兒掌書記。"入明後任河南府訓導、國子助教、刑部尚書等職，後棄市。

［45］欽惟聖明治在復古，凡事務從簡要：聖明的皇上治國務求復古，凡事都力求簡要。欽惟：發語詞。《梁書・武帝本紀》載："欽惟厥始，徽猷早樹。"

［46］今内外諸司議刑奏札，動輒千萬言，泛濫無紀，失其本情：現在内外各官府商議刑罰的奏疏，動輒千萬言，冗長而無條理，失去了它的本意。奏札：奏章的一種。《正字通》："箋札用以奏事，非表非狀者，謂之札子。"

［47］况至尊一日萬幾，似此繁瑣，何以悉究：况且皇上每日要處理許多事務，都像這樣繁瑣，怎麽一一詳究？萬幾：語出《尚書・皋陶謨》"無教逸欲有邦，兢兢業業，一日二日萬幾"，孔傳曰"幾，微也，言當戒懼萬事之微"，後常以"萬幾"

指代帝王日常處理的紛繁政務。

［48］此皆胥吏不諳大體，苟非禁革，習以成弊：這都是因爲小吏們不識大體，如果不加以禁止，就會積習成弊。

［49］上曰，虛詞失實，浮文亂真，朕甚厭之：皇上説，虛浮的言辭有失實情，浮華的文章擾亂真相，我很厭惡這些。

［50］自今有以繁文出入人罪者，罪之：從今以後，凡是以浮泛不法、喪失情實的文字影響定罪量刑的人，要治罪。

［51］於是命刑科會諸司官定議成式，榜示中外：于是命令刑部會同各都官員商議制定文章的格式，張貼告示，通告朝廷内外。

［52］頒表箋文式於天下：向天下頒布表箋格式。

［53］先是，天下諸司所進表箋多務奇巧，詞體駢儷：此前，天下各官府所呈進的表箋多追求新奇巧妙、文詞駢儷。駢儷：對偶藻飾之辭。柳宗元《乞巧文》："駢四乞儷六，錦心綉口。"

［54］上甚厭之，乃命翰林院學士劉三吾、右春坊右贊善王俊華撰慶賀謝恩表箋成式，頒於天下諸司：皇上對此非常厭惡，就命令翰林院學士劉三吾、右春坊右贊善王俊華撰寫慶賀謝恩的表箋格式，頒布給天下各官府。翰林院學士：官名。《明史·職官志》載："翰林院。學士一人，正五品。侍讀學士、侍講學士各二人，並從五品。侍讀、侍講各二人，並正六品。"右春坊右贊善：侍奉太子的官員，爲詹事府屬官。《明史·職官志》載："詹事府……左贊善，從六品，左司直郎，從六品，後不常設，各二人。左清紀郎一人，從八品，不常設。左司諫二人，從九品，不常設。右春坊，亦如之。"

［55］令凡遇慶賀謝恩，則如式録進：命令他們凡遇到慶賀謝恩的場合，都按照這種格式撰寫進呈。

闡義：

以上數則材料，是對明初文風改革的記録，反映出朱元璋對此事的孜孜以求。考慮到大明立國未久、百廢待興，朱元璋"身居九五"、政務繁忙，卻仍對文風改革表現出持久關注，那麽，對改革過程中朱元璋的種種詔令，就不應僅停留于表面，而是要立足明初的政治走向和思想動向來審視，探論其背後的意圖。

（一）雕琢到平實：朱元璋的文風改革

從史書記載來看，朱元璋對"虛辭""繁文"及"雕琢""駢儷"是十分不滿乃至厭惡的，他反復强調："衹令文意平實，勿以虚辭爲美也"，"但取通道理、明世務者，無事浮藻"，"務從簡古，以革弊習"，"直陳得失，無事繁文"，"不得用駢儷，務在典雅"，"虚詞失實，浮文亂真，朕甚厭之"……表達出對"平實""通道理、明世務"之文風的期待。但從他多次下詔令，可窺見此過程的曲折。特别是表箋一體，朱元璋多次對其"雕琢"表達不滿。此源於文體本身的特殊性。"表箋"雖爲實用文體之一類，但主要施用於帝王生日、冬至等大型典禮，其使用頻率遠不及奏疏。正因如此，唐宋古文家們雖"思古人而不得見，學古道則欲兼通其辭"，在力倡散文的同時，卻未將四六文辭清除殆盡，如李慈瑶所論：

> 表箋作爲一種自下而上的高級公文，不同于詔、誥之代王言，屬于士大夫階層的本色話語。加之又是一種象徵權力秩序的禮儀性文體，並不需要如奏疏般應對具體事務，對效率與實用的要求也就不高。故唐宋古文運動雖曾致力于把文章主流體式由駢體變爲散體，導致四六文的功能範疇日漸收縮，但仍爲表箋默契地保留了一套成熟奥雅的駢儷法則……爲明初士人的書面語系統所吸收。然而，這種偏重用典與藻飾的精英文體卻對文學素養較低、注重通俗實用的朱元璋構成了最大的理解障礙。①

可見歷經唐宋古文運動，四六文辭的施用場景已大大收縮，但古文家們仍爲之保留了"一隅之地"。其實，駢散雖有不同，卻相互滋養，若强分彼此，則不免偏執，韓愈等古文家深得此中三昧。蘇軾以"文起八代之衰，而道濟天下之溺"表達對韓愈倡導散文、復興儒道功績的推崇，可韓愈本人的文章中卻時見偶句，是知其倡導口號與個體趣味、創作實績間亦有距離，他雖力抵六朝浮靡之氣，實則深諳四六文辭之道。劉熙載《藝概》稱"韓文起八代之衰，實集八代之成，蓋惟善用古者能變古，以無所不包，故能無所不掃也"，可謂知言。

從古文家角度來講，四六未遭盡廢，得益于他們對文體的正確認識。而從文學自身角度來看，此實合于其發展規律。饒龍隼指出："文學活動實質上就是節文。何爲節文？含節與文。節就是節以制度，文就是修飾以文。這兩個義項連接起來而稱，即爲節以制度而修飾以文；簡省而稱，即爲節文。"文學是自生、自

---

①李慈瑶《君臣權力關係與洪武表箋改革新解》，《文學遺産》2017年第5期，第94—105頁。對于朱元璋文學素養的問題，羅宗强説："朱元璋……能詩能文，甚至能注《道德經》，知曉聲韵。"見《明代文學思想史》，中華書局2019年版，第19頁。

性、自足、自適、自化的,"苦節會過刻失正,無節會泛濫失中"①。四六文辭講求聲律、隸事,注重對仗、辭藻,六朝以降,駢文日盛,其雖因"失節"而不免泛濫綺靡,但這有深厚的歷史淵源和複雜的發展過程,是古代文體演進的必然結果。于景祥提出:"駢文的形成與鼎盛固然有許多外部因素在起作用,但最重要的是文學在發展中逐漸走向獨立自覺這一内部原動力。"②儘管對所謂"獨立自覺",學界目前仍有争議,但其將駢文的形成與鼎盛視作文學自身發展的結果,這是切中肯綮的。

明乎此,就知道朱元璋倡導的文風改革,實是要將四六文辭徹底從廟堂中驅除,此意圖伴隨君權獨尊而日漸顯豁。學者認爲,朱元璋推行文風改革的過程,與"洪武時期君臣權力關係的階段性變遷"相對應,這是有道理的,兹節録前文部分文本如下:

> 辛丑,上謂中書省臣曰:"……今後箋文,只令文意平實,勿以虚辭爲美也。"
>
> 戊申,上謂翰林侍讀學士詹同曰:"……自今翰林爲文,但取通道理、明世務者,無事浮藻。"
>
> 庚戌,詔禁四六文辭……上命中書省臣録二表,頒爲天下式,因諭郡臣曰:"……爾中書宜播告中外,臣民凡表箋奏疏,毋用四六對偶,悉從典雅。"
>
> 十二月庚戌朔,頒建言格式……遂令中書行其言之善者,且爲定式,頒示中外,使言者直陳得失,無事繁文……
>
> 至日,禮部以各處表箋目通類奏啓。其表箋文詞不得用駢儷,務在典雅。
>
> 上曰:"……自今有以繁文出入人罪者,罪之。"於是命刑科會諸司官定議成式,榜示中外。

要注意的是,其一,在前幾則材料中,朱元璋皆未直接下達行政命令,而是通過與中書省臣、翰林侍讀的"交流"來表達自身態度,但後幾條材料中,朱元璋直截了當下達詔令,布告天下,如"詔禁四六文辭""頒爲天下式""頒建言格式""頒示中

①饒龍隼《中國文學制度論》,《文學評論》2010 年第 4 期,第 5—17 頁。
②于景祥《駢文的形成與鼎盛》,《文學評論》1996 年第 6 期,第 121—131 頁。

外”“榜示中外”。兩者相比，前者較柔和，尚有“倡導”性質，後者則是憑藉君權而强勢推行。其二，朱元璋多次强調去繁文、求實用、尚平實，但直至洪武十五年(1382)前，“繁文”尚未被列爲罪行。但在刑部尚書開濟上奏後，朱元璋明令“自今有以繁文出入人罪者，罪之”。由以上兩點不難發現，立國日久，朱元璋對文風改革的態度愈發强勢，推行改革的措施也愈加强硬。换言之，朱元璋不僅一手發起了表箋改革，更憑藉日趨高揚的君權持續推動其進程。這種種做法，與明初君權的發展態勢是相契合的。

其實，若對上述材料稍加注意，不難發現，在朱元璋推行文風改革的前期，他往往要通過中書省臣來落實其意圖，“上謂中書省臣曰”“上命中書省臣録二表”“遂令中書行其言之善者”……中書省臣既是他議事的對象，更是輔佐他治國的重要助手。然而，在後幾則材料中，“中書省臣”消失不見，“於是命刑科會諸司官定議成式”“命翰林院學士劉三吾、右春坊右贊善王俊華撰慶賀謝恩表箋成式”，朱元璋直接向六部等具體職能部門下達旨意。其實，中書省已于洪武十三年(1380)被裁撤，此與“胡惟庸案”直接相關：

> 二年九月，占城來貢，惟庸等不以聞。中官出見之，入奏。帝怒，敕責省臣。惟庸及廣洋頓首謝罪，而微委其咎於禮部，部臣又委之中書。帝益怒，盡囚諸臣，窮詰主者。未幾，賜廣洋死，廣洋妾陳氏從死。帝詢之，乃入官陳知縣女也。大怒曰：“没官婦女，止給功臣家。文臣何以得給？”乃敕法司取勘。於是惟庸及六部堂屬鹹當坐罪。明年正月，塗節遂上變，告惟庸。御史中丞商皓時謫爲中書省吏，亦以惟庸陰事告。帝大怒，下廷臣更訊，詞連寧、節。廷臣言：“節本預謀，見事不成，始上變告，不可不誅。”乃誅惟庸、寧並及節。

《明史·職官志》載：“十三年正月，誅丞相胡惟庸，遂罷中書省，其官屬盡革。”由此來看，朱元璋裁撤中書省、廢除宰相制，是出于對胡惟庸等人擅權的不滿。不過，朱元璋對此早有醖釀。在洪武九年，朱元璋已下令“汰平章政事、參知政事”。明初中書省職員衆多、規模龐大，除正一品的左、右丞相外，還有從一品的平章政事，從二品參知政事，這些職官是中書省的中樞，負責“統領衆職”，其下設有一衆屬官：

左、右司，郎中，正五品。員外郎，正六品。都事、檢校，正七品。照磨、管勾，從七品。參議府參議，正三品。參軍、斷事官，從三品。斷事、經歷，正七品。知事，正八品。都鎮撫司都鎮撫，正五品。考功所，考功郎，正七品。——《明史・職官志》

《明史・陳修傳》又載："六部之設，始自洪武元年……六部初屬中書省，權輕，多仰承丞相意指。毅、修及詹同、吴琳、趙好德輩，居吏部稱賢，然亦無大建樹。至十三年，中書省革，部權乃專，而銓衡爲尤要。"六部亦需仰其鼻息中書權重由此可知。然而，若繼續追溯，在尚未稱帝的吴元年（1367），朱元璋便已在削弱中書省的權力，此後又不斷撤銷其機構和屬官："吴元年革參議府。洪武元年革考功所。二年革照磨、檢校所、斷事官……"最能反映朱元璋態度的，是廢除丞相制十多年後的一封敕諭：

二十八年敕諭群臣："國家罷丞相，設府、部、院、寺以分理庶務，立法至爲詳善。以後嗣君，其毋得議置丞相。臣下有奏請設立者，論以極刑。"——《明史・職官志》

態度如此强硬，使得不設丞相成爲了有明一朝的"祖宗之法"。即便朱棣"特簡解縉、胡廣、楊榮等直文淵閣參預機務，閣臣之預務自此始"，可"入内閣者皆編、檢、講讀之官，不置官屬，不得專制諸司，諸司奏事，亦不得相關白"，閣臣的性質、權責，與丞相已不可同日而語矣。

當然，若把文風改革視爲朱元璋單方面確立君主權威的過程，也有簡化問題之嫌。事實上，明初的繁縟文風是頗爲嚴重的，一些士大夫尤愛引經據典、鋪陳文字，如上文所引第五則材料中的刑部主事茹太素，給朱元璋上書時"論時務五事，累萬餘言，上令中書郎王敏誦而聽之，虚文多而實事少，次夕於宫中復令人誦之再三"，但"采其切要可行者四，才五百餘言"，這極大影響了决策效率。對此事，《明史・茹太素傳》中有更爲詳細的記載：

茹太素，澤州人……陳時務累萬言，太祖令中書郎王敏誦而聽之。中言："才能之士，數年來幸存者百無一二，今所任率迂儒俗吏。"言多忤觸。帝怒，召太素面詰，杖於朝。次夕，復於宫中令人誦之，得其可行者四事。慨然曰:"爲君難,爲臣不易。朕所以求直言,欲其切於情事。文詞太多,便至熒聽。太素所陳,五百餘言可盡耳。"因令中書定奏對式,俾陳得失者無繁文。摘太素疏中可行者下所司,帝自序其首,頒示中外。

從茹太素因"言多忤觸"而被"杖於朝"來看,朱元璋絶非盡如他所説的那樣,能包容"言者直陳得失"。儘管不排除茹太素有藉助經典以增强論述之嫌,但如此文風,實給朱元璋造成了負擔。茹太素進言事在洪武八年(1375),朱元璋明確下詔"遂令中書行其言之善者,且爲定式,頒示中外,使言者直陳得失,無事繁文"。然而,此文風卻並未隨之消弭。至洪武十五年(1382),刑部尚書開濟又上奏稱:"今内外諸司議刑奏札,動輒千萬言,泛濫無紀,失其本情,況至尊一日萬幾,似此繁瑣,何以悉究?"可見即便多次下詔,此風仍屢禁不止。從這一角度來看,改革表箋、糾偏文風有其必要性,且歷朝歷代,亦不乏此舉。然而,朱元璋之文風改革,無論從主觀意圖、具體措施還是最終成效來看,都已遠遠超出"糾偏文風"的範圍。要之,朱元璋力圖兼綜政統、道統的目標是明確的,他既要實現政治上的"乾綱獨斷",更追求文化層面的"文柄"獨攬,廢宰相、排四六,皆源乎此。

(二) 頌美與規誡:洪武朝臣的兩難選擇

由推崇"古人祝頌其君,皆寓警戒之意"、批評"群下所進箋文,頌美之辭過多,規戒之言未見"來看,朱元璋似頗希望得到臣子的規誡匡正,從而裨補缺漏。一方面,他在詔令中一次次表達對"古者君臣相告以誠之道"的欽羡,反復申説"朕所以求直言者,欲其切於事情而有益於天下、國家""使言者直陳得失,無事繁文",甚至將諸葛亮的《出師表》視爲典範;另一方面,他又對"頌美之辭"十分警覺,他非但不滿于臣子平日對自己的頌美,就連"聖壽及時序",臣子沿舊禮"致祀頌之誠"的表箋,也遭到罷黜。其實,朱元璋不僅要求臣子以表箋規諫,甚至"詩歌辭曲"乃至臣子"撰述",亦要寓有"諷諫之意",《明太祖實録》"洪武七年"條載:

己卯,翰林院奏進《回鑾樂歌》。先是,上以祭祀還宫,宜用樂舞前導,命翰林儒臣撰樂章,以致敬慎監戒之意。諭之曰:"古人詩歌辭曲,皆寓諷諫之意,後世樂章,惟聞頌美,無復古意。夫常聞諷諫,則使人惕然有警,若頌美之辭,使人聞之意怠而自恃之心生。蓋自恃者日驕,自警者日强。朕意如此,卿等其撰述,毋有所避。"至是,上所撰神降祥、神貺、酣酒、色荒、禽荒諸曲,凡三十九章,曰回鑾樂歌,其辭皆存規諫。

由這些表述來看，朱元璋心慕上古明君，期待君臣道合，非但求諫心切，且態度極其懇切。然而，事實真的如此嗎？兹列舉《明史》中的一些直諫者的生平事迹，以作參考：

> 李仕魯，字宗孔……洪武中，詔求能爲朱氏學者，有司舉仕魯。入見，太祖喜曰："吾求子久，何相見晚也！"……帝自踐阼後，頗好釋氏教……仕魯疏言："陛下方創業，凡意指所向，即示子孫萬世法程，奈何舍聖學而崇異端乎！"章數十上，亦不聽……及言不見用，遽請於帝前，曰："陛下深溺其教，無惑乎臣言之不入也！還陛下笏，乞賜骸骨歸田裏。"遂置笏於地。帝大怒，命武士捽搏之，立死階下。——《明史·李仕魯傳》
>
> 陳汶輝，字耿光……累官至大理寺少卿。數言得失，皆切直。最後忤旨，懼罪，投金水橋下死。——《明史·陳汶輝傳》
>
> 王樸，同州人……陳時事千餘言。性鯁直，數與帝辨是非，不肯屈。一日，遇事争之强。帝怒，命戮之。及市，召還，諭之曰："汝其改乎？"樸對曰："陛下不以臣爲不肖，擢官御史，奈何摧辱至此！使臣無罪，安得戮之？有罪，又安用生之？臣今日願速死耳。"帝大怒，趣命行刑。過史館，大呼曰："學士劉三吾志之：某年月日，皇帝殺無罪御史樸也！"竟戮死。帝撰《大誥》，謂樸誹謗，猶列其名。——《明史·王樸傳》

李、陳、王三人，皆因切言直諫致死。其中，李仕魯初爲朱元璋所重，使其有相見恨晚之嘆，但因反對朱元璋禮佛、佞佛，終至"置笏於地"而遭虐殺。王樸"數與帝辨是非"，"帝怒，命戮之"。值得玩味的是，朱元璋在殺王樸前將之"召還"，問他"汝其改乎"，遭到拒絶後又"趣命行刑"——如此"大費周章"，可見他所在意者並非王樸性命，而是王樸向其妥協、屈服，從而實現君主對臣子的規訓。至于因"切直"而忤旨的陳汶輝，他雖"懼罪"而自盡，但朱元璋無疑是始作俑者。陳氏的結局，恰揭示出明初政治環境之嚴酷，展現出朱元璋的暴虐。其實，洪武一朝，像李、陳、王這樣因直諫而横遭禍殃者還有很多。通過這些人的遭遇，不難看出朱元璋求諫的虚僞。進一步來説，朱元璋期待的"進諫"，是以臣子不違背其個人意志和君主權威爲前提的，一旦臣子觸犯逆鱗，旋即而來的就是君主必"欲置之死地然後爲快"的打擊。更有甚者，寧死不屈如王樸，因深爲朱元璋所忌，死後還被編入于時人人習知的那本《大誥》，所謂"謂樸誹謗，猶列其名"。

既然“規諴”本就具有風險，更何况是“規諫”還是“誹謗”，解釋權實歸朱元璋所有。這就導致臣子在進言時，既不能無所匡正，又不能暢所欲言，個中尺度，須細緻揣摩，稍有不慎，則難逃家破人亡。在此心態下撰寫的章奏表箋，在内容上難免流于浮泛、言不由衷，遑論像《出師表》那般有“誠意溢出”，使人“忠義感激”。既不能不上表箋，又不能直言不諱，既不能流于頌美敷衍，又必須把握規戒尺度……明初的臣子們就是在這樣的兩難情境中撰寫表箋的。饒龍隼指出，明初“朝政風雲兇險多變，人人深感自危不安”①，此正闡明了于時臣子的生存狀態。

那麽，爲何朱元璋要將臣子們置于這樣的兩難境地？這就涉及朱元璋與士人間的關係。羅宗强先生説：“朱元璋與士人之關係，甚爲復雜。他的農民出身與人生經歷，使他從氣質上、感情上與士人存在天然的距離。但是他南北征戰以奪得天下，他看待事物，持的是實用的觀點，他需要用人，需要士人的幫助。無論是立國之前還是立國之後，那種急切禮聘士人的心情，那禮聘士人的次數之多，都是前此的歷朝皇帝所没有的。但是對于士人是否對他忠心耿耿，他也常持猜疑的態度。這就造成他對待士人的行爲的復雜性，既寬鬆，又嚴酷。寬鬆時愛護有加，嚴酷時輕易殺戮。”②可見朱元璋對士人的情感是復雜的，這又與他的出身、閱歷、性格難脱關係。即如上文所提到的李仕魯，需要時，朱元璋能求賢若渴，説出“吾求子久，何相見晚也”，但李仕魯所言不合于他的心意，特别是表現出對君權的“冒犯”時，他又“命武士捽搏之，立死階下”。實際上，非但李、陳、王這些直諫之臣，就連被他譽爲“開國文臣之首”、擔任太子朱標老師的宋濂，他也猜忌頗深，《明史・宋濂傳》載：

> 濂嘗與客飲，帝密使人偵視。翌日，問濂昨飲酒否，坐客爲誰，饌何物。濂具以實對。笑曰：“誠然，卿不朕欺。”

監視之嚴密、猜疑之深重由此可見，儘管朱元璋稱贊宋濂“事朕十九年，未嘗有一言之僞，誚一人之短，始終無二，非止君子，抑可謂賢矣”，予之以高度評價。然而，宋濂致仕時，他贈詩云：

---

①饒龍隼《元末明初大轉變時期東南文壇格局及其文學走向研究》，國家圖書館出版社 2017 年版，第 48 頁。
②羅宗强《明代文學思想史》，第 19 頁。

聞卿歸去樂天然，靜軒應當仿老禪。不語久之知貫道，以心詳著覺還便。從前事業功尤著，向後文章迹必傳。千古仲尼名不息，休官終老爾惟全。①

看似對宋濂頗多“聖眷”，甚至以帝王之尊表達了對宋濂“事業”和“文章”的雙重肯定，實則充滿警告。就像羅宗强先生説的那樣，朱元璋意在“要宋濂回家之後什麽事也不要吭聲……要他獨守門室，今後庶幾能保全性命”②，對侍御多年、一向謹慎的宋濂尚且如此③，對其他人更可想而知。

歸根到底，朱元璋對臣子的態度，和他對文章的態度是一致的：重實用。争奪天下時，他需要文人出謀劃策；政權初建時，他需要臣子輔助治國……正因以“用”爲目的，所以他對各方文士的羅致手段層出不窮：躬往資訪、遣使禮聘、將官遣送、脅迫誘逼……總之，“他希望天下讀書人盡歸朝廷所用，而不許遺逸在草野間，更不許將官私自留用”。既然君臣間是“用”與“被用”的關係，這就要求臣子絶對服從君主，不能對君權進行質疑。慮及明初大臣或曾出仕元廷、效忠他主，或曾栖息鄉野、閑雲野鶴……那麽，他們就必須既“接受新朝的洗禮”，又“經受皇權大的檢驗”④。雄猜肆虐、恩威並施的朱元璋將臣子置于“直言”和“懼罪”的兩難境地，既讓他們感受“聖眷隆重”，又讓他們體驗“提防猜忌”，就是要使他們時時處在不安驚懼之中，謹小慎微、如履薄冰，從而實現對君主意志的完全臣服。

辨疑：“表”之文體性質辨析

“表”之作爲文體，起源甚早。《文心雕龍·章表》將其追溯到漢代：

秦初定制，改書曰奏。漢定禮儀，則有四品：一曰章，二曰奏，三曰表，四曰議。章以謝恩，奏以按劾，表以陳請，議以執異……表者，標也。《禮》有《表記》，謂德見於儀；其在器式，揆景曰表。

①章培恒主編《全明詩》卷十三，上海古籍出版社 1999 年版，第 195 頁。
②羅宗强《明代文學思想史》，第 22 頁。
③其實，宋濂在入明後，也在不斷自我調適。可參看廖可斌《論宋濂前後期思想的變化及其它》，《中國文學研究》1995 年第 3 期，第 44—51 頁；徐永明《不同處境下宋濂的活動及創作》，《浙江大學學報》2005 年第 5 期，第 135—143 頁。
④饒龍隼《元末明初大轉變時期東南文壇格局及其文學走向研究》，第 44 頁。

《太平御覽》五九四引《漢書雜事》亦謂："群臣奏事上書皆爲兩通：一詣後，一詣帝。凡群臣之書通於天子者四品：一曰章、二曰奏，三曰表，四曰駁議。"可見在漢代，表已成爲奏章類文體之一種，其作用，在于"陳請"。然而，據《明太祖實録》卷七十五，朱元璋"命罷天下進賀聖節冬至表箋"，他稱"若生辰、冬至，亦皆表賀，於文繁矣"，則"表"的功能于時已發生變化，由陳請而轉爲祝頌。那麽，爲何會發生此種變化？這與不同時代的政教制度密切相關。事實上，自漢魏以來，"表"的使用範圍便日漸擴大，《文選注》稱：

表者，明也，標也，如物之標表。言標著事序，使之明白，以曉主上，得盡其忠曰"表"。三王已前謂之"敷奏"……至漢、魏已來，都曰"表"。進之天子稱"表"，進諸侯稱"上疏"。

此亦得到《文體明辨序説》的印證，吴訥謂：

古者獻言於君，皆稱"上書"。漢定禮儀，乃有四品，其三曰"表"，然但用以陳請而矣。後世因之，其用寖廣。於是有論諫，有請勸（勸進），有陳乞（待罪同），有進（進書，如唐蕭穎士《爲陳正卿進續尚書》、宋竇儀《進刑統》之類是也……）、獻（獻物），有推薦，有慶賀，有慰安，有辭（辭官）、解（解官，如晋殷仲文《解尚書表》是也……），有陳謝（謝官、謝上、謝賜），有頌理，有彈劾（漢諸葛亮有《廢李平表》）……所施既殊，故其詞亦異。

則表的使用範圍一度十分廣泛，甚至幾乎等同于"上書"。不過，至遲在南宋，表箋已經連用，且用于祝頌場景。據《宋史・禮志》，"紹興内禪"後孝宗即位："禮畢，百官易常服，赴内東門司拜箋賀皇后，次赴德壽宫拜表箋賀，諸路監司、守臣等並奉表稱賀。明日，車駕詣德壽宫謝。又明日，上御紫宸殿，引皇太子稱謝，還東宫，百官赴東宫參賀。"其做法爲元、明所因，《元史・刑法志》載："諸内外百司，凡進賀表箋，繕寫謄籍印識各以式，其輒犯廟諱御名者，禁之。"《明史・禮志》謂："行於朝廷者，曰朝會，曰宴饗，曰上尊號、徽號，曰册命，曰經筵，曰表箋。"可見表箋于時已經有别于一般的奏章，而成爲一類禮儀場合中的專用文體了。

禮部署部事右侍郎何宗彥覆禮科給事中姚永濟條陳科場事宜輯釋

何宗彥原撰　黃佳娜輯釋①

禮部署部事右侍郎何宗彥覆禮科給事中姚永濟條陳科場事宜[1]。一、取士在實學[2]。二三場果博古通今[3]，如《性理》《綱目》《大學衍義》諸書[4]，鑿有實見者[5]，儻前場不甚懸絶[6]，不妨拔取[7]。一、衡文在擇人[8]。兩京各省除合屬推知曾入内簾不用外[9]，其餘一以清望文名爲次第[10]，兼搭鄰省推官[11]，臨期分撥[12]，而又量徵科甲教官一員[13]，用存祖制[14]。一、同考在定經[15]。士子學有專門，主司材無兼擅，除《易》《詩》《書》多專經外[16]，其《春秋》《禮記》孤經[17]，本地或無兩人，則以鄰省推官、教官充之[18]。一、墻垣在預固。内簾閲卷與收卷人役頗多，合將内簾之墻磚堵高厚[19]，每日開門，遠立相望，諸物並以此時驗進。分考批取物件，一稟於主考。一、羅才在體恤。勿以鼓聲之喧嘩雜其神，勿以東方之未白迫其就[20]。至貼出者[21]，必真草之短少[22]，題面之遺落[23]。不可任謄録妄拶[24]，而令才士以一眚掩[25]。一、謗帖在亟除[26]。生儒臨場遇訟，非奸盜人命，概從場畢問理[27]。若先期有帖通衢[28]，登時扯毁[29]，遇便擒拏[30]，不毁者罪坐地方[31]。一、弊竇在蚤杜[32]。領卷之時，有在號外停立者，扶送詰問[33]。及出題，簾外員役不許私入號房[34]。每試日[35]，防猾胥乘更深竊卷[36]，以監試一人坐堂上[37]，督受卷官封號入箱[38]。又以監試一人坐門内，出必照簽，簽必查卷[39]。一、各所在拶釐[40]。彌封嚴飭[41]，各官俱於至公堂，將卷信手拈簽[42]，不經胥吏之手[43]，其印號信手親用[44]。至其謄録[45]，合選善書者印臂驗入[46]，如潦草錯亂，責令重寫[47]，若截去文字，那東移西[48]，定以枉法贓重遣。其對讀生謾不經心[49]，即發學黜革[50]。一、程序在責實[51]。試録惟取墨文之佳者[52]，量加潤飾[53]，歸之典實簡古[54]。候解日，部科比對，盡脱士子胎骨及論策過一千五百字外者，參奏罰治[55]。一、關節在審處[56]。夫文體被摘[57]，原無證據，惟有覆試一節[58]。若

①作者簡介：黃佳娜，上海大學文學院博士研究生。基金項目：本文爲國家社會科學基金重大項目“中國古代文學制度研究”(17ZDA238)階段性成果。

闒節被劾[59]，則昔年條陳款内有分别風聞、實據兩端[60]，風聞者酌量議處，實據者贓證明白[61]，枷滿問遣[62]，考官之處亦當據情節輕重以爲差等[63]。上命依議行[64]。

（録自《明神宗顯皇帝實録》卷五三〇。以1962年臺灣中央研究院歷史語言研究所整理本《明實録·明神宗顯皇帝實録》爲底本，校以上海圖書館藏江蘇國學圖書館傳鈔本亦即1941年梁鴻志影印本《明實録》第四四六册《神宗萬曆實録》。）

解題：

此段文字是萬曆四十三年（1615）三月何宗彦覆奏姚永濟所列科場事宜的文章。所列十條，包括取士、考官選任、科場環境整肅、防舞弊、文風、監察等方面的内容，皆與科舉有關。

明代前期，朝廷確定了平實暢雅的文風、重實學的風氣以及嚴格的科考程序。因此，在科考程序上，科舉體現了皇權對人才甄選的控制；在内容上，則保證了儒學的絶對主導地位，有效維系儒家意識形態，由此實現對士子思想和文化上的控制；策略上，防弊措施頗有成效，能够有效保證國家權力意志和意識形態的輸出。同時，統治階層出于對文體實用功能的追求，也藉由科舉實現了文風的平實暢雅。

然而，明代中後期，文章偏離“正軌”，文風違于典正，不切實用，日益浮靡怪誕。同時舞弊現象突出，違禁事件、科場案件時有出現。因此，在此前舊有制度的基礎上，朝廷對儒家理念的重申變得頻繁，强調文章實用性，關于科場管理與法規的制定趨于嚴密，手段更加多樣。大臣奏疏中屢屢言及。如：嘉靖四年鄧顯麟上疏謹文衡等；嘉靖五年（1526），張璁條陳慎科目三事，即正文體、明實録、慎考官。到了萬曆年間，關于科舉的上奏最爲頻繁。在萬曆朝四十八年間，上陳科考奏疏的次數極多，甚至一年之中有多次奏疏。其内容歸結起來，大約有幾點：一是對正文體的强調，如萬曆元年（1573）李樂奏、萬曆九年（1581）石應岳所申，萬曆三十年（1603）禮部條陳指出文體以弘正年間爲準；二是重實學，如萬曆十五年（1587）陳邦科疏崇實學以羅真才，萬曆三十年禮部上奏重後場；三是在科考程序上的規定和完善，如嚴綜核、重内簾、定程序、嚴謄録等，事無巨細。在這些具體倡議之外，朝廷的一個重要理念是依經傍注，如萬曆十一年（1583）、三十年朝臣所奏。這是自始至終爲維護一統政權所採取的起到核心作用的統攝理念。

儘管官方推重儒家經典，下層意識形態卻益加活躍；對科舉考試的規定雖已相當規範，文風卻日見空疏怪異，掇拾故舊；防弊方法雖愈加嚴密，舞弊現象卻也愈演愈烈，舞弊方法層出不窮。正是在這樣的背景下，何宗彥的覆奏，是對此前科場規定所做出的細節補充和完善，意在重新實現儒家思想對人心的規範，矯正科場之弊，實現政治運作的有效性。然而，此後整個社會及科場風氣並未如其所願，朝臣仍屢有上奏。可以説，儒家理念的收束與科舉制度的改革貫穿了整個明代。

校注：

［1］禮部：官署名。本爲西漢時尚書的客曹，北周始稱禮部。隋唐以後爲六部之一，管理國家的典章制度、祭祀、學校、科舉和接待四方賓客等事之政令，長官爲禮部尚書。署部事：各部門要職，一般由一位高級官員擔任，負責監督運作、協助部門長官等。侍郎：唐以後中央六部的副長官，明清時設左右二侍郎。何宗彥（1559—1624）：字君美。湖廣隨州人。萬曆二十三年（1595）進士，累官詹事。四十二年（1614）遷禮部右侍郎，署部事。屢疏陳福王前往封國河南之事，疏請東宮講學，"梃擊"案起，請下張差廷訊。後轉左侍郎，仍署部事。攝尚書事六年，時望甚隆。以無所附麗，受齊黨排擠去位。天啓間官至吏部尚書、建極殿大學士，卒于官，謚文毅。有《何文毅公集》。覆：指覆奏，即有關衙門將對皇帝旨意處理、傳達的結果向皇帝匯報反饋。其流程一般是：臣工奏事，皇帝降旨命有關衙門議覆，即商議給出意見回報，有關衙門覆奏後，皇帝再次降旨給出最終決定。①禮科給事中：明清禮科之屬官。明代洪武六年（1373）設，分爲左、右給事中。姚永濟：字汝揖。萬曆二十六年（1598）進士。初令東陽，後調永嘉知縣，遷刑部主事，擢禮科給事中。崇禎二年（1629），備兵太原，尋轉浙江布政使。有傳。條陳：分條陳述。《漢書·李尋傳》："夫變異以來，各應象而至，臣謹條陳所聞。"科場：科舉考試。事宜：關于事情的安排和處理。

［2］取士在實學：選取士人重在于選拔學問切實有用者。取士：選取士人。《孟子·告子下》："士無世官，官事無攝，取士必得，無專殺大夫。"實學：指學問之切實有用。朱熹《中庸章句》題解引程子曰："放之則彌六合，卷之則退藏於密，其味無窮，皆實學也。"

［3］二三場：指科舉考試之第二、三場。洪武三年（1370），朱元璋頒行《科舉

① 參見申斌《明代前中期"補本覆奏"制度補考》，《北大史學》第 24 輯，2023 年 6 月。

條格詔》，定科考三場。據《明會典》，第一場經義二道、四書義一道；第二場論一道；第三場策一道；後十日復以騎、射、書、算、律五事試之；殿試時務策一道。洪武十七年(1384)，《科舉成式》復位科考。第一場四書義、五經義；第二場試論一道，詔、誥、表内科一道；第三場，經、史、時務、策五道。

［4］性理：指《性理大全》，爲永樂年間胡廣所輯宋代理學著作與理學家言論的匯編。綱目：指《資治通鑒綱目》，是朱熹携弟子趙師淵在《資治通鑒》的基礎上參考其他史書，對《資治通鑒》進行補缺删繁的精華本。《大學衍義》爲南宋理學家真德秀的政治哲學類著作。理，臺灣中央研究院歷史語言研究所整理本作“鑒”，現依江蘇國學圖書館傳鈔本作“理”。

［5］鑿：《説文解字》釋爲“所以穿木也”，段注“穿木之器曰鑿”。此引申爲確實之義。鑿，江蘇國學圖書館傳鈔本作“鑿鑿”。

［6］儻前場不甚懸絶：在第一場考試中與他人相差不甚遠。懸絶：相差極遠。

［7］拔取：選取，選拔。

［8］衡文在擇人：主持科舉考試重在于選取合適的考官。衡文：品評文章，此特指主持科舉考試。明代沈德符《萬曆野獲編・内閣・李温陵相》：“即其衡文所首舉，已在詞林登坊局者，更對衆詘詈之，以明大義滅親。”

［9］兩京各省除合屬推知曾入内簾不用外：兩京各省官員，除了合屬于推官、知縣因曾擔任内簾官而不選用。兩京各省：明代設兩京十三省，除北京、南京以外，分設十三個布政使司(省)，即陝西、山西、山東、河南、浙江、江西、湖廣、四川、廣東、福建、廣西、貴州、雲南。推知：推官、知縣之省稱。内簾：科舉中鄉試和會試時，爲防舞弊，試官在簾内閲卷，閲畢才允許撤簾回家，故稱試官爲“内簾”。《明史・選舉志二》：“在外提調、監試等謂之外簾官，在内主考、同考謂之内簾官。”爲防舞弊，在貢院中，考官與執事官實行隔離制度。一般簾内官負責出題和閲卷的考官，包括主考官和同考官。簾外官，即負責貢院各種考務和供給的各種執事官，包括提調官、監臨官、監試官、印卷官、收掌試卷官、受卷官、彌封官、謄録官、對讀官、巡綽官、搜檢官、供給官等。如丘濬所云：“分簾内外以隔絶交通之弊，自簾以内，考試官主之；自簾以外，監試官主之；而提調官則兼總内外焉。”(《大學衍義補》卷九)

［10］其餘一以清望文名爲次第：其他的概以名望、文章聲名作爲考慮次序。清望：美好的名望。《北堂書鈔》卷六十引山濤《啓事》：“舊選尚書郎，極清望也。”

文名：善于寫文章的名聲。明代朝廷重視考官的品德素養，將其作爲選拔考官的重要依據之一。如《明會典》載正統六年（1441），選任考官“必求文學老成，行止端莊者”。此句江蘇國學圖書館傳鈔本無“爲”字。

［11］兼搭鄰省推官：同時加上鄰省的推官。推官：唐朝始置，節度使、觀察使、團練使、防御使之屬官，掌推勾獄訟之事。明朝爲各府佐貳官，掌理刑名、贊計典。别稱推府、豸史、司李。

［12］臨期分撥：臨時分派。分撥：分派，分配。

［13］而又量徵科甲教官一員：而又適量徵召科考教官一名。科甲：漢唐取士設甲乙丙等科，後因通稱科舉爲“科甲”。教官：掌管學校的官員。元明府學置教授，州學置學正，縣學置教諭訓導，掌教誨所屬生員之事，統稱教官。又稱校官、學官。甲，江蘇國學圖書館傳鈔本作“目”。

［14］用存祖制：用以存續祖宗的制度。祖制：指帝王祖宗規定的制度。

［15］同考在定經：同考官在于使五經試卷各由本經出身者負責評閲。同考：指同考官，即在明清鄉試、會試中，協同主考評閲某經試卷的官員。因是按經分房閲卷，故又稱房考官，亦簡稱“房考”。定經：即《詩》《書》《易》《春秋》《禮記》五經試卷各由一名相應本經出身的同考官負責評閲，從而提高評卷準確度和取士公平性。《明會典》卷七七《科舉》載景泰元年（1450），“令在京、在外鄉試同考試官，五經許用五員，專經專試”。陳循《芳洲集》卷三《送蕭教諭赴長洲序》：“有司奏定以四方分爲南北中三等取士，榜所取止於百人，南十之六，北十之三，中十之一。又分經之多寡，每經七取其一，《書》最多，《詩》次之，《易》《禮》《春秋》又遞次之。左限右隔，是以各方之士同治一經，往往自相戰取先後。”

［16］專經：指專治之經書。

［17］孤經：因五經中，考生治《春秋》《禮記》者數量最少，故各科鄉試閲卷，該二經往往祇各設一房，號稱“孤經”。

［18］本地或無兩人，則以鄰省推官、教官充之：若是本地没有兩個專治《春秋》《禮記》的孤經同考官，則聘用鄰省推官、教官以充任。

［19］磚：《明孝宗實録》卷五五載弘治四年（1491）定，“貢院墻垣並受卷等所，宜增高加棘，充廣遷移，以杜弊源”。

［20］勿以東方之未白迫其就：不因天黑迫使士子完成答卷。東方之未白，指黑夜。唐代有科舉考試至夕給燭之例。明代給燭之例定于洪武十七年：“黄昏納卷。未畢者給燭三枝，燭盡文不成者，扶出。”成化十年（1474），又修訂爲：試之

日，考生答卷“至黄昏，全場謄正，未畢者，給燭。稿不完者扶出”。

［21］貼出：科舉考試時，凡有夾帶、冒名頂替及試卷違式者被擯斥場外，不準考試。

［22］真草：真書和草書。真書即楷書，也稱正書，原是隸書的別稱。短少：不足。

［23］題面：指標題。胡應麟《少室山房筆叢·丹鉛新録二·李泰伯》：“第今世士人，白首《論》《孟》，主司出題，尚有憒憒者。李既與軻不合，則場中題面，或有不省，亦奚疑焉。”遺落：遺漏。

［24］不可任謄録妄拶：不可任由謄録官肆意搜羅。謄録：此指謄録官。原指用工楷謄清抄録，科舉時試卷校閱前的手續之一。謄：復寫、抄寫。《説文解字》：“謄，迻書也。”拶，古同“搜”。

［25］而令才士以一眚掩：而讓才士以一瑕疵被埋没。眚（shěng，音省）：《説文解字》：“目病生翳也。”

［26］謗帖在亟除：謗帖重在于即時銷毁。謗帖：毁謗別人的帖子。明代祁彪佳《馳報安撫蘇州情形疏》：“吴江縣匿名謗帖，駸駸見端。”

［27］問理：即審理。這幾句意思是，考生臨場遇到訴訟之事，非劫盗財物、傷人性命者，一概等考畢再審理。問，江蘇國學圖書館傳鈔本作“開”。

［28］通衢：道路。期，江蘇國學圖書館傳鈔本作“列”。

［29］若先期有帖通衢，登時扯毁：若此前在道路中已有謗帖，須立刻撕毁。登時：立即，立刻。

［30］遇便擒拏：遇到出謗帖者，便立刻擒拿。擒拏：捉拿。拏同“拿”。

［31］罪坐：歸罪，連坐。地方：指里甲長。里甲是明代州縣統治的基層單位，後爲三大繇役（里甲、均傜、雜泛）名稱之一。《明史·食貨志一》：“洪武十四年，詔天下編賦役黄册，以一百十户爲一里，推丁糧多者十户爲長，餘百户爲十甲，甲凡十人。歲役里長一人，甲首一人，董一里一甲之事……每十年有司更定其册，以丁糧增減而升降之。”

［32］弊竇在蚤杜：作奸犯科之事重在于盡早杜絶。弊竇：指作奸犯科的事。《明史·錢一本傳》：“科場弊竇，污人齒頰。”蚤，通“早”。

［33］詰問：追問，責問。

［34］號房：明代稱貢院的號子。《明史·選舉志二》：“試士之所，謂之貢院；諸生席舍，謂之號房。”

［35］試日：考試之日。《明史・選舉志二》："試日入場，講問、代冒者有禁。"

［36］防猾胥乘更深竊卷：防止刁滑小吏乘着更深盜竊考卷。猾胥：刁滑的小吏。唐代孫樵《唐故倉部郎中康公墓誌銘》："老吏猾胥，畏之如神明。"

［37］監試：科舉考試時負有監督之責的官吏。清代錢大昕《十駕齋養新録・銓試》："朝廷遣監試、主文、考試等官，就禮部貢院放試。"監試官是對鄉試全面履行監督職責的官員，即所謂"禁私戢僞、防遏奸非"。洪武十七年《科舉成式》規定："監試官，在内監察御史二員，在外按察司官二員。"

［38］督受卷官封號入箱：監督受卷官將考卷編上字號、裝入箱子。受卷官：即每場考試後收受考卷之官員。洪武十七年《科舉成式》規定，京省鄉試各設"受卷官二人，皆選居官之清慎者充之"，同時"舉人作文畢，送受卷官收受"，受卷所"置立文簿，凡遇舉人投卷，就於簿上附名交納，以憑稽數，毋致遺失"，後送彌封官撰字號彌封。

［39］出必照簽，簽必查卷：考生出場必須憑藉照簽，而發簽前必須核查考卷。簽：即照出簽，提調官會在簽上親筆畫押，考生憑此出場。此二句江蘇國學圖書館傳鈔本作"出必照氣，氣兵查卷"，應以史語所整理本爲是。

［40］各所在搊蠹：各所重在于搜察蠹弊。搊：古同"搜"。搜蠹，指搜察蠹弊。搊，江蘇國學圖書館傳鈔本作"務"。

［41］彌封：把試卷上填寫姓名的地方折角或蓋紙糊住，以防止舞弊。宋代高承《事物紀原・學校貢舉・封彌》："蓋糊名考校，自唐始也。今貢舉發解，皆用其事曰彌封。"嚴飭：嚴加整治。明代科場中的彌封官，負責將受卷官轉送來的考生試卷中的卷首内容彌封起來，並對彌封後的試卷加以編號，以保證閱卷人不知考生姓名。

［42］將卷信手拈簽：將考卷隨手編號。

［43］胥吏：官府中的小吏。

［44］其印號信手親用：印號由各官員隨手親用。印號：即號印，用于彌封。

［45］謄録：指謄録官負責督導書手把考生所答墨卷用紅筆録爲硃卷。洪武十七年《科舉成式》規定謄録者"務依舉人原卷字數、語句，謄録相同"。謄録完畢，謄録者須于硃卷上附書"某人謄録無差，毋致脱漏添換"。

［46］合選善書者印臂驗入：謄録官應選擅書者，驗明印臂後方能讓書手進入。印臂：選取謄録書手時，適用者于其臂上加蓋印記。

［47］如潦草錯亂，責令重寫：若謄録文字潦草錯亂，就要責令他們重寫。

《明顯宗實録》卷二五載成化二年(1466)定,“謄録生員務要用心,逐字真正對寫,不許差訛失落、字様潦草不真”,否則便使“生員發充吏役”。

[48] 截去文字,那東移西:指科場舞弊手法,即所謂“活切頭”,徐復祚《花當閣叢談》謂之“以甲卷之面移作乙卷,移花接木是也”。那,即“挪”。江蘇國學圖書館傳鈔本“那東移西”後有“者”字。

[49] 對讀:負責督導諸生對謄録的硃卷比照墨卷進行校讀,以保證硃卷書寫字句與墨卷完全相同。洪武十七年《科舉成式》定,“對讀所,一人對紅卷,一人對墨卷,須一字一句用心對讀”。對讀完畢,于硃卷後附書“某人對讀無差,毋致脱漏”。謾,江蘇國學圖書館傳鈔本作“慢”,應以史語所本爲是。

[50] 發學:交由學官。黜革:罷免、革除。《明律・名例・無官犯罪》:“爲事黜革,笞杖以上,皆勿論。”革,江蘇國學圖書館傳鈔本作“退”。

[51] 程序在責實:準則在于求實。程序:法式、規格、準則。《管子・形勢》:“儀者,萬物之程序也;法度者,萬民之儀表也。”責實:求實、符合實際。此句指以典實爲準則。

[52] 試録:明清時,將鄉試、會試中試的舉子姓名籍貫名次及其文章匯集刊刻成册,名曰試録。明代李詡《戒庵老人漫筆・試録原始》:“國家科場揭曉後,有試録頒行天下,其制始於唐宋,唐稱進士登科記,宋稱進士小録,其實一也。”

[53] 量加潤飾:適量雕飾。潤飾:猶潤色。飾,江蘇國學圖書館傳鈔本作“色”。

[54] 歸之典實簡古:以典實簡古爲旨歸。典實:典雅平實。簡古:簡樸古雅。

[55] 盡脱士子胎骨及論策過一千五百字外者,參奏罰治:文章浮華不實、脱去學人風骨以及策論超出一千五百字者,須向朝廷參奏並施以處罰。士子:學子、讀書人。盡,江蘇國學圖書館傳鈔本作“尋”。

[56] 關節在審處:暗中行賄勾通官吏的事在于審訊處理。關節:指暗中行賄勾通官吏的事。宋代以後科場條例日益嚴密,因實行謄録和彌封制度,此前通過請託獲得取録的辦法已不可行,遂形成科場舞弊的所謂關節,即事先約定在試卷中某處用某字,或在卷中做出特定記號。審處:審訊處理。

[57] 文體:指文字。摘,即被指摘。被,江蘇國學圖書館傳鈔本作“彼”。

[58] 覆試:即對被參奏的考生再進行復位取捨的考試。明代鄉試覆試制度始定于萬曆十三年(1585),此年二月,禮部奏議“覆試”。爲慎重起見,覆試之後,有時甚至還要令九卿等官員“詳閲奏聞”,如萬曆二十年(1592)。

[59] 若關節被劾:若通關節之事被彈劾。被,江蘇國學圖書館傳鈔本作“彼”。

［60］風聞：經傳聞而得知。此指明代的"風聞言事"制度，即爲官者可以憑風聞上奏，互相彈劾，查實屬實者嘉獎，不實者不罰。是防科舉舞弊形式之一種。實據：確實的證據，確鑿的事實。《明實録》載萬曆三十年(1602)，禮部條陳取士一十五款，其中有"關節當分風聞實據兩端，依律處治"一條。

［61］風聞者酌量議處，實據者贓證明白：經風聞被奏者酌量商議處罰，有確實證據者證據明白。贓證：犯罪的證據。

［62］枷滿問遣：服滿枷號之刑，則問罪發配。枷：指枷號之刑，即將犯人上枷標明罪狀示衆。嘉靖年間，枷一月。萬曆二年(1574)，免枷號。萬曆三十五年(1607)，如有誆騙人財物、割卷、包許中式情弊者，重枷三月。

［63］考官之處亦當據情節輕重以爲差等：考官之懲處，亦當以情節輕重作區分。差等：等級，區别。

［64］議：江蘇國學圖書館傳鈔本作"擬"。

闡義：

禮科給事中姚永濟在此前科舉規定的基礎上，針對當時科考問題，條陳相關科場事宜，禮部署部事右侍郎何宗彦依皇帝批復，覆奏執行情况。此段文字歸結起來，大致體現了三方面内容：一在思想文化上，崇儒守經，以宋儒義理爲宗；二在文風上，崇尚典雅簡實，重實學，强調正文風；三在科考程序上，加强監管，在考官選任、科場環境整肅、防舞弊等方面做出細緻規定，這也是其中大篇幅論述的内容。可以看出，這是一套從思想到實踐層面，試圖對科考乃至世道人心進行干預的舉措。

(一) 思想文化上，崇儒守經，爲鞏固皇權提供依據

該覆奏顯然隱含了崇儒守經這一思想前提，將之視爲科考之必然。明代以四書五經爲主要考試内容，推崇儒家思想，奉守經典，實現價值體系的規範和文化觀念的認同，爲捍衛皇權提供理論依據，並在實際操作中實現人才隊伍的儲備。

首先，科舉考試内容限定爲四書五經，在學生員學習内容以經術爲主。何宗彦的覆奏即指明，"除《易》《詩》《書》多專經外，其《春秋》《禮記》孤經……"，顯然以四書五經爲指向。《明史・選舉志》謂："科目者，沿唐、宋之舊，而稍變其試士之法，專取四子書及《易》《書》《詩》《春秋》《禮記》。五經命題試士……其文略仿宋經義，然代古人語氣爲之，體用排偶，謂之八股，通謂之制義。"(卷七十)唐代科舉考試中，規模最大的是明經、進士兩科，明經科考儒道經義，進士科考帖經、雜文、實務策，其中雜文主要考察詩賦。宋代進士科考試内容包括詩賦、策論、儒家經義，重在詩賦和策論。而到了明代，則無詩賦考試，考試命題範圍僅限四書五經，仿照宋代經義。洪武十七年(1384)，《科舉成式》規定第一場考四書義、五經義；第二場試論一道，詔、誥、表内科一道；第三場，經、史、時務、策五道。明代前期，士子尊奉儒家經典，文風平實典雅，成化、弘正以後稍有深古典麗，隆慶、嘉靖以後兼有圓熟雄巧。到了萬曆年間，儒家經典遭受衝擊。十一年(1583)，癸未科制義文風發生轉變，"或太露筋骨，或太用識見，一時得之，似誠足以起衰懦、破雷同，然於平淡兩字相去已遠矣"(梁章鉅《制義叢話》卷十二)，此引起朝廷的警惕，因此當年進士王亶謂"故返其弊者，莫若使之依經以作，則文受命於心，心受命於理"(張萱《西園聞見録》卷四十四)。在儒家經典受到衝擊時，朝廷重又强調依經，呼唤德性的約束。

其次，以宋儒義理爲宗。何宗彦覆奏提出，如在二三場中博古通今、鑿有實見，衹要在第一場中相差不甚遠，也是可録取的。所謂通曉今古，即熟知《性理大全》《資治通鑒綱目》《大學衍義》等。這些宋代理學類作品，是朝廷提倡的士子須着重學習的對象，希望士子通過發揮宋儒義理研治經世之學，通過學術繼承的合法性達到一定的政治目的。

明代朝廷規定的考試内容不出宋儒義理，但實際上士子對宋儒義理的擇用有一個變化過程。永樂以後，限定制義内容須依宋儒傳注。《明史·選舉志》載："後頒科舉定式，初場試《四書》義三道，經義四道。《四書》主朱子《集注》，《易》主程《傳》、朱子《本義》，《書》主蔡氏《傳》及古注疏，《詩》主朱子《集傳》，《春秋》主左氏、公羊、穀梁三傳及胡安國、張洽《傳》，《禮記》主古注疏。永樂間，頒《四書五經大全》，廢注疏不用。其後，《春秋》亦不用張洽《傳》，《禮記》止用陳澔《集説》。"(卷七十)依照洪武年間《科舉成式》，四書五經的考試内容尚有宋代以前的注疏，然而到了永樂年間修纂的《四書五經大全》，連宋代以前的注疏都規定不用了，轉依宋人傳注。張洽爲南宋朱熹弟子，其《春秋集傳》廣採春秋三傳及漢宋之間精義，因而後來也不用張洽傳。而永樂之後採用的陳澔《禮記集説》，是元人以宋儒義理注經的代表作之一，《四庫全書總目提要》謂之"淺顯""簡便"，與古注疏大有不同。這種棄取中的微小區别，實是反映了程朱理學權威地位的樹立以及考試内容的收窄。萬曆三年(1575)，换給提學官敕諭："國家明經取士，説書者以宋儒傳注爲宗，行文者以典實純正爲尚。今後務將頒降四書五經、《性理大全》、《資治通鑒綱目》、《大學衍義》、《歷代名臣奏議》、《文章正宗》及當代誥律典制等書，課令生員誦習講解,俾其通曉古今,適於世用。其有剽竊異端邪説,炫奇立異者,文雖工弗録。"(《明會典》卷七八)這裏明確提出以宋儒傳注爲宗,且所頒之書多採宋代理學諸儒之説,以維護理學權威,綱紀人心,摒棄"異端邪説",以之作爲思想一統的理論武器。明代中後期,永樂年間頒佈的四書受冷落,常被重新改造、編刊,①甚至需要重新頒佈一套適應需要、體現明人成果的四書五經,因而有"今後務將頒降四書五經"之謂。二十九年,禮部提出"宋儒傳注,我朝所頒,以正士習。乃近日每遇一題,各立主意,愈新愈怪,大可駭人。以後務照傳注,止宗一説"(王圻《續文獻通考》卷四十五),説明其時士子科考内容時有偏離宋儒傳注,因而朝廷强調有違傳注者須罰治。而何宗彦覆奏並未提到《四書五經大全》,或可從側面反映其影響漸小,但出于現實需要,朝廷仍强調學習宋儒義理。

明代科考,一方面奉守儒家四書五經,一方面推崇宋儒義理。萬曆後期,士風頹靡,文化思想多元,朝廷和一批士子重新呼喚程朱理學,企圖以儒家思想維繫政局。士子參與科舉所使用的的書目,幾乎都是由朝廷指定,文化上的專制爲皇權的集中帶來便利,這也使得明代的科考用書出版呈現出鮮明的以儒家經義爲主的特點。

(二) 文風上,崇尚典雅簡實,以利于意識形態的整飭

1. 重實學

科考的主要目的在于爲國家選拔良才,對士子政治功能的講求大于文學功能。因而何宗彦認爲選取士人重在實學,要在博古通今,有益于當世事務。同時,在考試程序中重視二三場,認爲不應因爲第一場不甚佳而令其落選。

科舉考試以經義、策論爲主體,是爲滿足文官選拔的基本要求。朱元璋認爲國初文體承襲元末弊病,皆務奇博,有意改變這種狀況。因此開國以後便屢屢强調,要求士子通明世務,科考文章要講究實用,毋事文藻,極倡程朱理學。洪武三年(1370)開科以後,對科場文風有具體規定,"務在經明行修,博通古今,文質得中,名實相稱"(《明太祖實録》卷五十二)。同時,在具體的會試程序中規定考試内容亦即四書五經,同時第三場和面試須考實務策,强調"惟務直述,不尚文藻",取文務在"典實"。弘正年間,文學思想領域既有向政教文學觀的回歸,又有自然抒情、復古文學的抬頭。②因此黄佐《南雍志》載,弘治十一年(1498)禮部强調文字須"純雅通暢",陳時務要"便於實用"。此後文化思想趨于多元,到嘉靖、萬曆

---

①參見曹景年《明代中後期四書學研究》,山東大學博士生畢業論文,2023年,第193—197頁。
②羅宗强《明代文學思想史》,中華書局2013年版,第217頁。

後期漸入浮華不實，以致禮部屢次强調文章重在典雅切實。如《明世宗實録》載嘉靖四十三年（1564），禮部覆南道御史等陳“中式之文，務崇簡實。凡浮靡冗雜，詭僻不經，悉行黜汰。仍參取後場，以採實學”（卷五三一）；萬曆十九年（1591），禮部更是以題準論文爲主。

由于科考第一場考經義，二三場考策論，爲重視實學，選取經世之才，朝廷奏令往往强調重視二三場，如第一場不佳而二三場佳者可録取，第一場佳而後場空疏者亦不録。然而明代中後期，科舉考試的實際情況是“惟重首考而略於後選”，朝廷强調録取須“並重三場”和“止憑文字高下”，因此朝廷屢屢强調務必重視後場。隆慶元年（1567）耿定向奏陳“其後場儁異而初場見遺者，務必檢出詳看，雖未盡純，亦爲收録。若初場雖取而後場空疏者，不得一概濫中……由是士子惟務究心實學，所作文字率皆簡質深厚”（《高温端公奏議》卷二）；萬曆元年（1573）、萬曆十三年（1585），皆規定後場學問該博、洞悉時務者，即使前場有疵，亦能選録（《明會典》卷七七）；萬曆十五年（1587），陳邦科疏開崇實學以羅真才，强調“參之二、三場，以驗其博雅與時務”（《明神宗實録》卷一八六），等等。萬曆四十年（1612），禮部又奏準申明：“取士本爲世用，乃有用世之才，不能於制義中見奇，而二、三場或露一班，並有通今博古、文辭成一家言者，此即頭場不甚紕繆，各房無妨間取一、二卷，以示崇重實學之意。”（《明神宗實録》卷五三〇）重申了重二三場以重視實學的取向。

何宗彦覆奏，針對考場不良風氣，承襲此前的論調，重申重視實學，通達世務。然而在此之後，學風空疏的弊病依然存在。崇禎六年（1633），黄汝良奏“近來士子平日全副精神祇用在首場文字，至於二三場不過臨時鋪張塗抹，一切世務何曾經心”（《崇禎存實疏鈔》卷八）。甚至到了天啓二年（1622），也仍在强調重視後場，惠世揚云“謂首場間有弋獲，不過摘句尋章，至通達時務，必於後場見之，宜特拔以羅異材”（《明熹宗實録》卷一八）。

2. 正文風

重實學與正文風是一體兩面的議題。何宗彦認爲，文章須以典實簡古爲準則，文飾適量，文章浮華不實或超出字數者須罰治。對具體字數和文章作法做出嚴格要求，是爲精簡文風。

明代制義，大約初期典實，中期較爲圓熟，後期則流于浮薄。正如梁章鉅《制義叢話》謂：“有明二百餘年，自洪、永以迄化、治，風氣初開，文多簡樸。逮於正、嘉，號爲極盛。隆、萬以機法爲貴，漸趨佻巧，至於啓、禎，警辟奇傑之氣日勝，而駁雜不純、猖狂自恣者，亦遂錯出於其間。於是啓横議之風，長傾詖之習，文體盭而士習彌壞，士習壞而國運亦隨之矣。"(卷一)伴隨着程朱理學統治地位的確立，宗經載道成爲明代前期的主要宗尚。然而明初制義尚有辭賦氣息①，綴輯彩藻，爲了革新風氣，洪武六年(1373)詔禁四六文辭，洪武十七年强調"淳實典雅，不許浮華""務在典實，不許敷衍繁文"(《明會典》卷七七)。而到了弘正年間，思想較爲多元，文壇帥旗由"臺閣壇坫移於郎署"(《明詩紀事》丁簽卷一)，臺閣文學的影響逐漸褪去，明代初期那種典雅平實的風格被打破，因此上層統治集團强調爲文須淳實典雅，反對科場文章"險怪""艱澀"，以維護正統。

明代後期，朝廷屢屢强調端正文風。伴隨心學的傳播、佛道思想的盛行，科考文章亦有引用佛老者，且隨着制義程序的固化，擬襲剽竊之風盛行，一定程度上悖離了儒家正統學説。嘉靖年間，朝廷對文風的强調漸多，屢言"正文體"，反對浮華險怪以壞文體。如嘉靖五年(1526)張璁條陳"正文體"，"務取平實爾雅，有裨實用"(《明世宗實録》卷八〇)；嘉靖十一年(1532)夏言條奏"變文體以正士習"，認爲其時文章多剽剟摹擬《國語》《左傳》等書，用詞艱深奇僻，實則淺近庸拙，有悖純正博雅之體(《明世宗實録》卷一三四)；嘉靖十七年(1538)規定，"及引用莊、列背道不經之言，悖謬尤甚者，將試卷送出"(《明會典》卷七七)，且會被除名，不許再試，考中者也會被革退爲民。隆慶元年，耿定向奏陳"近來經義率皆剽竊浮詞，不足以覩所藴"(《明穆宗實録》卷六)。可見此時中下層對淳雅文風的悖離較嚴重，上層爲"正文體"而對浮詭文風做出强力反撥。此外，爲避免抄襲，正嘉年間制義題目愈出愈怪，以怪制怪，這就使得文風益加奇詭了。如正德十年(1515)，"近日主司務爲譎怪，命題摘掇一句二句，或割裂文義，或偏斷意旨"(《明武宗實録》卷一三二)，嘉靖十一年(1532)提出"不許截裂牽綴，徒事帖括，及困以隱僻，有如覆射"(《明世宗實録》卷一三四)。

萬曆年間，整個社會形成一種廣泛的嗜佛之風，且籠罩在個性解放、"離經叛道"的思潮中。此時朝廷對文風典雅淳正的强調更爲頻繁，極力反對引用莊列釋老諸書，同時，重申崇儒守經、依經傍注，呼喚程朱理學，力圖實現對科場乃至皇權的重新掌控以及世道人心的回歸。然而，科場險怪之風盛行不止，科場文章頗爲駁雜，世道人心難以收束。萬曆十五年(1587)，沈鯉奏《請正文體疏》，針砭時

---

①丘濬謂："今世舉子所習者，雖是五經濂洛之言，然多不本之義理，發以文采，徒綴輯敷演以應主司之試焉耳，名雖正理，其實與前代所習之詩賦無大相遠也。"參見(明)張朝瑞《皇明貢舉考》卷一。

文奇詭乃至離經叛道，欲“以正文體、端士習、轉移世道爲己任”（《御選明臣奏議》卷三十）；萬曆二十二年（1594）規定，“專以純粹典雅、理明詞順爲主，如有掇拾佛老不經之談及怪句險字混入篇内者，定勿收録”（《續南雍志》卷六）。而到了萬曆二十四年（1596），皇帝旨曰“邇來文體險怪，屢經明旨申飭，全無改正……”（《明神宗實録》卷三四〇）；萬曆二十九年（1601），禮部奏“即宜以正文體爲己責，其深僻怪誕，决裂繩尺，强引莊、列、釋、老、諸子等書，及故佶屈聱牙……盡數摘出，題請斥革，將主考等官分别參治。宋儒傳注，我朝所頒，以正士習”，“又查二十八年題準，邇年文體日益險怪，至於悖朱注、用佛語、諷時事，尤離經畔道之最者。”（王圻《續文獻通考》卷四十五）雖屢經申飭，但文體險怪之風依然盛行不止，因此後期朝臣措辭愈加痛切，甚至要借懲處規正文風。萬曆三十年（1602），禮部條陳“作文必依經傍注，參佛書者罰出……文體以弘正年間爲準”（《明神宗實録》卷三七三），弘正年間文章以政教爲用，已然成爲此時朝廷推重摹習的對象。萬曆三十七年（1609），上曰：“科場文體屢經禁約，通不遵行，士風薄惡，法紀凌遲，一至於此，深可痛恨。”（《明神宗實録》卷四五六）一方面朝廷有屢有規定出臺，痛斥不良風氣並試圖制止，另一方面文士屢禁不改，呈現出强力的對抗姿態。

在這樣的背景下，萬曆四十三年何宗彦提出墨文應“量加潤飾，歸之典實簡古”，企圖一挽頽勢。這種思想實際上也體現在何宗彦文章中，其《王文肅公文草序》褒王錫爵文章云：“故不敢自放於規矩繩墨之外，以炫其奇”，批判嘉靖末季以來，“操觚之士，嘐嘐慕古……大都取酉歲汲冢先秦兩漢之唾餘”（《明文海》卷二五三），反對字摹句擬，重視文章之規矩繩墨，提倡雅正。然而，流弊所及，積重難返。朝廷與浮濫文風的對抗仍在持續。次年七月，何宗彦又請正士風。直至天啓年間，“文體屢經厘正，竟不遵行”（《明熹宗實録》卷一八），此時離經悖注、文辭怪誕的現象依然十分嚴重，甚至出現憑空杜撰經典的現象，而朝廷也仍强調正文體。

（三）科考程序上，加强監察管理，維護科舉公平

1. 考官選任

文中所涉考官選任，一是兩京鄉試同考官。據《明會典》，兩京主考官由皇帝欽命翰林春坊官出任，而兩京鄉試同考官則有不同。正德十年，同考教官于各處提學官中擇取。據《鄉試録》，成化四年（1468）至嘉靖四年（1525），兩京以上各科鄉試同考官皆爲現任儒學教官。嘉靖四十三年，禮部奏準兩京鄉試同考官用進士出身者，“同考官仍擇文行俱優、年力精壯教職充之，罷部臣勿遣”（《明世宗實録》卷五三一）。萬曆三十四年（1606），順天鄉試十五名同考官全由京官進士充任。而至萬曆四十三年，禮部何宗彦有此奏請。由此，兩京鄉試同考官的聘取已和各省鄉試一致，以聘用本省進士出身且未曾擔任過考官的推官、知縣爲主，以聲望、文名爲次序，輔以“鄰省推官”和“科甲教官一員”。通過對兩京鄉試同考官選任條件的不斷改革，“使其在嘉靖後表現出明顯的‘京官化’和‘進士化’的趨向”①。但這種聘取本省推知爲同考官主體的制度帶來了一定程度的消極影響，容易助長關節録取之風，破壞録取秩序，損害考試公平。因此，萬曆時沈德符認爲各省鄉試“較之壬午以前，幸門不啻倍蓰矣”(《萬曆野獲編》卷十五)。

二是各經同考。明初並未區分各經，主考多由品行學問有名望者擔任。隆慶元年，始規定“同考分經校閲，二三場更易品訂，毋專委一人”(《明穆宗實録》卷六)，以減少評閲中的不公行爲。何宗彦提出五經試卷各由一名相應本經出身的同考官負責評閲，從而提高評卷的準確度和取士的公平性。而由于治《春秋》《禮記》者較少，合適的考官時有不足，可由鄰省推官、教官擔任，體現出一定的靈活性。

2. 科場環境整肅

首先，預固墻垣。弘治四年，監察御史王鑒之言南京科場之弊，認爲貢院規模窄狹，四面居民樓房圍繞，容易發生“登高窺覘，乘暗投擲”的情況，且“懷挾易於進入”，同時内外簾僅隔一塊木隔板，動静相聞，因此須令“貢院墻垣並受卷等所，宜增高加棘，充廣遷移，以杜弊源”(《明孝宗實録》卷五五)。嘉靖二十五年(1546)，“知縣等官入内簾主事，外簾不得有所干與”(《明世宗實録》卷三一〇)。何宗彦提出將内簾與外簾隔開，且墻垣須高厚，防止人員混雜、舞弊等。

其次，體恤士子。何宗彦提出不得鼓聲喧嘩，不以天黑迫使完卷。這種體恤，如歷朝的給燭之舉。如洪武十七年定，“黄昏納卷，未畢者，給燭三枝”(《明太祖實録》卷五二)。成化二年定，“若至黄昏有謄正一篇或篇半未畢，給與燭”(《明憲宗實録》卷二五)。此外，還提出必書寫有誤、遺落題面，才能扶出考場；不能任謄録官妄自搜篡，而致士子因瑕掩瑜。這些細節上的規定體現了對才士的尊重。

再次，及時消除謗帖。成化、弘治以後，各地鄉試入場及揭曉之日，常有人在貢院門口或附近散佈匿名帖子之事，不僅造成冤案，且擾亂秩序。如弘治四年“榜未揭而物色先定，榜既揭而謗議交騰”(《明孝宗實録》卷五五)。爲此，弘治十七年(1504)規定入場及開榜挾私投匿名文書、中傷士子者須依律治罪(《明會典》

①郭培貴《中國科舉制度通史·明代卷》，上海人民出版社2015年版，第153頁。

卷七七)。嘉靖十二年(1533),禮部重申:“預先挾仇告害及投粘匿名書帖、陰謀駕害報復者,不許輕信。如或牽告在官,審果不係緊關對證者,亦待科場畢日問理,毋墮奸計,以息刁風。”(《禮部志稿》卷七一)萬曆年間,亦屢有“訪棍徒、禁投匿”之奏請,萬曆三十年提出“嚴捕臨場匿名帖”(《明神宗實録》卷三七三)。萬曆四十年,“良繇士子執贄,易起嫌疑,奸黨讎家,慣造蜚語。今後試官臨場,宜嚴加杜絶,至一切謗帖,行五城兵馬密緝擒拏”(《明神宗實録》卷五三〇)。這些場外防滋事擾攘的規定越來越嚴密,反映出明代後期科場競争激烈以及矛盾頻發的狀況。

3. 防舞弊

何宗彦重申各所事項,意在防弊。首先,杜絶弊竇。領卷時,若在號房外停立則扶送問責。嘉靖二十五年之前,印卷後考生自帶考卷入場,在此之後舉子入場時始點名給卷。《明會典》載“每場進題,考試官先行密封,不許進題官與聞,以致漏泄”(卷七七)。給卷和出題方式的改變,可從根源上减少舞弊可能。出題後,簾外人員不許私入號房。這與明代實行鎖院制度有關。鎖院將貢院的科考官員分成了内簾官與外簾官兩大科考官系統,内、外簾官彼此處于隔絶狀態,預防可能産生的舞弊行爲。明代科考中的監試系統也較爲完備,考試之日須由一位監試官坐堂上,監督受卷官封號入箱;同時由一位監試官坐在門内,嚴格查看出入者。

其次,各所搜弊。明代科考程序是考生完卷之後納卷,考官將試卷收至受卷所,隨後送到彌封所密封編號,再送至謄録所,最後送至對讀所核校。關于彌封所,萬曆十九年(1591),禮部奏準“議彌封事規,每受一卷,隨即彌封,不許一人私閱,不得一刻推遲”(《明神宗實録》卷二四三)。次年正月,禮部奏準重申彌封編號要嚴格區别字號,“五經卷號不得相混”。至何宗彦,則直接隨機編號嚴封,不經胥吏之手,减少舞弊可能。關于謄録所,萬曆四年(1576)議準,“謄録所官須督責書手真正楷書,如有一字脱誤及遺落股數者,許對讀所舉送監試、提調官究治”(《明會典》卷七七)。明代舞弊樣式繁多,有“活切頭”“蜂採蜜”“蛇脱殼”“仙人睁目”等名,這些措施更能保證準確度,同時防止篡改。關于對讀所,成化二年强調須“明白對讀”,“對讀不出者,罪之”。何宗彦覆奏重申了這一點,以防冤假錯漏。

再次,慎審處。“關節在審處”一條,指出通關節之事若無證據,便可覆試。覆試即通過對比考生兩次試卷的差異大小來判斷考生是否有舞弊行爲。從朝廷的角度出發,這是防弊的一種事後監察手段,因此何宗彦在覆奏中認爲應根據風聞、實據兩種，視情節輕重審慎判處。然而上陳覆奏次年，即發生了沈同和事件。姚永濟、御史朱階認爲“沈同和目不識丁，其試卷盡出懷及趙鳴陽之手”，于是請求覆試，“禮部侍郎何宗彥亦言，會榜首卷議日煩，非覆試不可”（《明神宗實録》卷五四三）。何宗彥認爲這種情況必須覆試。沈德符《萬曆野獲編・科場》亦載有此事：“沈同和以懷挾倩筆兩弊得列榜首……其覆試時不能成篇，並題旨亦不記憶”（卷十六），因此枷于禮部門。他從士子的角度出發，認爲這種方式並非盛世待士之體，是奇耻大辱，以覆試斥更是“古來制科一大變”。截然相反的意見，實是反映了朝廷和士子之間的利益衝突，而何宗彥的處理方式，相對謹慎公正。

總之，何宗彥的覆奏，在思想文化上，崇尚儒家思想，尊四書五經，這種積極的干預體現了對政治實用功能的重視，以及對儒學傳統的維護，實是爲政治管理和學術建構提供依據，維護皇權。正是由于朝廷這種自上而下並施以制度的導向，明代士子多以研習四書五經爲務，以宋儒義理爲宗，因此可看到明代出版物中，用于指導科舉考試的舉業用書占有很大市場，且這類書多以儒家經義爲主。明代中後期，儒家獨尊的實際地位有所撼動，文章博學、閑賞文化的興起豐富了晚明士人的精神世界，面對這種鬆動的精神鉗制，朝廷自然再度倡導宋代以來的“尊德性”傳統。文風上，崇尚典雅簡實，淳雅通達，且要端正文體。這種占主流地位的文風，總體上影響了明代文學的發展，“長期揣摩八股文的經歷使明代文人形成了相對固定的基本知識結構和思維習慣”①。科考文章對文學自身的制約作用，成爲促使明代後期文學轉向的因素之一。此外，明代的内閣大臣和翰林院掌握科考録取權力，他們通過考試將自己的主張推向社會。科考程序上，朝廷試圖以各種修補性措施挽救日益暴露弊端的科場，頻繁出臺相關措施，力圖維護科舉公平公正，同時在一些層面上保障士子權益。這些舉措，一定程度上緩和了矛盾，體現了國家權力中心對文章經世乃至世道人心的回歸做出的努力。

①廖可斌《明代文學思潮史・導言》，人民文學出版社 2016 年版，第 15 頁。

請變文體正士習等疏輯釋

夏言[1]原撰　饒曉玉輯釋①

仰惟祖宗舊典，凡三年一開科取士[2]。惟兹嘉靖十一年二月，例該會試天下舉人[3]。臣等承乏南宫[4]，叨知貢舉[5]，除科場一應合行事宜，無不仰承德意，題奉欽依次第舉行外[6]，但臣等偶有一得，條爲三事[7]，敢爲陛下陳之[8]：

一曰變文體以正士習。竊惟國家建學較、聯師儒[9]，以教養天下之學者，既乃設科目、較文藝以網羅天下之成材[10]。自祖宗以來百六十年於兹，造士求才之法，可謂盡善極矣[11]。是以經術日明，文運日昌。蓋至於成化、弘治間，科舉之文號稱極盛。凡會試及兩京鄉試所刻文字，深醇典正，蔚然焕然[12]，誠所謂治世之文矣[13]。近年以來，士大夫學爲文章，日趨卑陋，往往剽掇摹擬《左傳》《國語》《戰國策》等書[14]，蹈襲衰世亂世之文[15]，争相崇尚，以自矜眩[16]。究其歸，不過以艱深之詞飾淺近之説，用奇僻之字蓋庸拙之文，如古人所謂減字换字之法云耳[17]。純正博雅之體、優柔昌大之氣蕩然無有[18]。蓋自正德末年，而此風始熾[19]。伏自皇上登極以來，聖學格天，帝文焕日[20]，且屢發德音，黜浮崇雅[21]，宜乎文章之盛，駸駸乎與三代同風[22]。乃昨歲天下進呈鄉試程文[23]，類皆猥鄙不經，氣格卑弱[24]，背盭經旨，决裂程式[25]。其或刻意以爲高者，則浮誕詼詭而不協於中[26]；騁詞以爲辯者，則支離磔裂而不根於理[27]。文體大壞，比昔尤甚。乃知俗學流弊，振起爲難，有識者蓋深憂之。兹聖明在上，若不大振頹風，力救斯文之弊，則將來道術日微[28]，人才日壞，欲得真才以輔成治理，蓋益難矣。此事關係甚大，又臣等以人事君之義莫重於此，伏乞聖明采納[29]，敕考試官今次會試較士[30]，務取醇正典雅、明白通暢、温柔敦厚之文，凡一切駕虚翼僞、鉤棘軋茁之習，痛加黜落[31]。庶幾士子知所趨向[32]，而文體可變而正矣。

二曰責主司以定程式[33]。臣等切見本朝科舉文字體格甚好[34]。初場試以七篇[35]，皆以《五經》《四書》大義[36]，求其旨趣不失而詞理俱到者[37]，已爲難得。於中場試以論、表、判語[38]，末場試以五策[39]，求其隨扣即應而博洽貫

---

①作者簡介：饒曉玉，上海大學文學院碩士研究生。基金項目：本文爲國家社會科學基金重大項目“中國古代文學制度研究”(17ZDA238)階段性成果。

通者[40]，尤爲難得。所以應試之士於風簷寸晷之餘[41]，欲實録其文可爲後學矜式者[42]，蓋已絶無。間有之，是取什一於千百也[43]。所以①《試録》文字多出主司之手[44]，而謂之程文，將以爲學者程式也。且自來諸省《鄉試録》文字不及兩京[45]，而《會試録》文字每冠天下[46]，蓋兩京主考用翰林官二人，而會試則用館閣儒碩及諫垣郎署之素有文名者充之[47]，所以《試録》程文成於多賢之手，足爲海内衿式，庶幾學者有以循據[48]。近年題奉欽依欲録士子本文，不必考官自作，所以各處《試録》，文理紕繆，體裁龐雜，殆不可觀[49]，以致初學之士不辨臧否，方且争效所爲[50]。至於平日善爲文者，亦不能守其故步，反遷就其非繆以希合一時[51]，則文之弊也。將來可勝救哉[52]？伏乞敕下考試官，今次會試所命三場題目，俱要冠冕正大[53]，有關理道，足資治體[54]。於經書則摘取大章大旨，於策論則試以大經大法[55]，不許裁裂牽掇，徒事帖括及困以隱僻，有如覆射[56]。每題於士子可録之文，仍令考試官重加裁正，以示模範於天下，使學者有所衿式。但議者以爲考試官留心改文②，有妨閲卷[57]，請以今次發榜日期寬展至三月初五日以前③，則閲卷、刻文各有餘力[58]，而真才之得、程文之體④，當有可觀者矣[59]。

其三曰簡考官以重文衡[60]。臣等查得會試例用考試官二員，該本部題請[61]，簡命儒臣、詹事府、翰林院學士等官以充用[62]；同考試官十七員[63]，該内閣推舉講讀、修撰、編修等官一十一員[64]，及六科給事中三員、六部司屬官三員以充[65]。爲照先年翰林史館，及各坊局儲材甚衆[66]，五經各有剩員，每遇會試、鄉試，主考、同考俱得於群彦之中遴選以充[67]，人不可必得，士子不能必知考官爲某。是以關節難通，人鮮猜議[68]。況至於開科年分，凡翰林院官俱預先杜門謝客[69]，以遠嫌疑。近年以來，事體稍異。今查得本院除學士五員外，自侍讀以下通得十一人，則當盡數入場，始足供事[70]。然中間或有臨時妨礙，則五經房考官必不能備，難免誤事[71]。乞敕内閣，今次於六科、部屬查照舊規六員之外，再加訪推三、四員[72]，以補翰林不足之數，庶文衡得人，而取士之效可幾

---

①“本朝科舉文字體格甚好……是取什一於千百也。所以”部分内容據《玉堂叢語》《明世宗實録》《南宫奏稿》校補。(明)焦竑《玉堂叢語》卷六《科試》，中華書局1981年版，第214頁。《明實録·明世宗實録》卷一三四，“中央研究院”歷史語言研究所出版，第3177頁。及《景印文淵閣四庫全書》第0429册《南宫奏稿》卷一《正文體重程序簡考官以收真才疏》，臺灣商務印書館，第420頁下—421頁上。

②“文”字據《南宫奏稿》本校補。

③“五”字據《南宫奏稿》本校補。

④“才之得、程文之”六子據《南宫奏稿》本校補。

矣[73]。再照會試之期伊邇[74]，天下舉人方爾雲集[75]，所宜預行曉諭，示以嚮方[76]，合候俞允[77]，本部出給榜文，於本部及科場門首張挂，使多士知所遵守[78]，仍行考試官一體欽遵施行[79]。

嘉靖十一年正月二十一日題奉聖旨①："是。文運有關國運，所係不細[80]。近來士子經義詭異艱深，大壞文體，誠爲害治。爾部裏便出榜曉諭[81]，今次會試文卷，務要醇正典雅、明白通暢的方許中式[82]。如有仍前鉤棘奇僻[83]，痛加黜落，甚則令主考官指名具奏處治[84]。揭曉日期照舊，其餘依擬行[85]。欽此[86]。"

（以北京大學圖書館藏明崇禎十一年吴一璘刻《夏桂洲先生文集》卷十二《請變文體正士習等疏》爲底本，校以臺灣商務印書館《景印文淵閣四庫全書》第0429册《南宫奏稿》卷一《請正文體重程式簡考官以收真才疏》。）

解題：

這篇文章選自《夏桂洲先生文集》，是嘉靖十一年(1532)禮部尚書夏言的一篇奏疏。據《世宗實録》卷一三〇所載，"嘉靖十年九月戊辰，以禮部左侍郎兼翰林院學士掌院事夏言爲禮部尚書，兼官如故"，可知此疏作于夏言升任禮部尚書不久之時。該文題名還有另一種，《南宫奏稿》本題爲《請正文體重程式簡考官以收真才疏》。

夏言此疏較系統地指出了當時的科舉弊病，並提出了相關糾正意見。他主要條陳爲三事：厘正文體以改變士風士習；編選與改訂試録程文；充足考官參選人員以防止考生作弊。此後整個嘉靖朝的科舉文風改革，基本未超出夏言所論範圍。

夏言寫作此疏，有特定的政治思想文化背景。明初以來，科場文風崇尚質實，至成化、弘治年間，科場文風逐步由質實向雅暢轉變，間有險怪習氣，多被主試、提學官員糾正。如弘治七年(1494)"令作文務要純雅通暢，不許用浮華險怪艱澀之辭，答策不許引用謬誤雜書。"(申時行等重修《明會典》卷七七《科舉通例》)這與明代官方鉗制考生雜用子書有關，是對八股文寫作中出現的偏離正統思想的異端所提出的警戒。因此，後人贊賞明代科場文風之盛，首推成、弘。但到正德後期，浮華、險怪的文風再次流布。科場文風顯露出浮華、險怪的迹象。針對此，翰林院多次借科場考試的機會，力圖矯正。黜浮崇雅，一直是正德後期

①《南宫奏稿》本作"嘉靖十一年正月二十一日題，本月二十三日奉聖旨"。

到嘉靖前期科場文風引導的首要宗旨。明中期後，科舉文章之弊愈甚，儒學正統思想缺失，士子將重點轉向詞句的鍛造，這就導致了文風浮華、摘章繪句的情況。故在嘉靖初，正文體成爲思想秩序重建的一個流行話題。翰林院多次借科場考試的機會，力圖矯正。如嘉靖五年(1526)，張璁條陳“慎科目”三事，其一即爲“正文體”(《明世宗實録》卷八十)。此後，不論是張璁主政還是夏言主政，嘉靖間科舉的主要話題就是“正文體”。

科舉在創立之初，就帶有濃厚的文學考試性質，既是“選官”，也是“選文”，承擔着復雜的功能。然而，科舉“選官”與“選文”的兩項功能是存在矛盾的。明中葉，科舉處于兩面受壓的狀態中。一方面，文學有着通變求新、適時自化的自身規定性。士人要求思想上的自由表達，並以日趨新異的審美風尚推動科舉文體的現實變化。而另一方面，官方則申重對經典義理的解釋不能偏離國家意識形態的正統，科舉文體應回歸醇正典雅、明白通暢、温柔敦厚的形態。但當官方無視文學通變求新的自身特性，一味以行政力量對科舉文風做出規定時，便注定了不能完全達成行政運作的目標。這也就導致了明中後期官方“正文體”屢“正”少功的結果。①

夏言這篇奏疏與明代“一學術”“一道德”的政治文化取向相呼應，其寫作動機，就是要通過一系列行政舉措來救正當時的科場弊病，以維繫世道人心、挽救士風頽勢，進而阻止政治衰敗。它代表着官方的態度，是政治思想領域的行政公文行爲，區别于私人寫作，具有官方令規屬性。

校注：

[1] 夏言(1482—1548)，字公謹，號桂洲，江西廣信府人。明正德十二年(1517)進士，武宗時授爲行人，後升爲給事中；嘉靖朝，因議郊祀事受寵，官至太子少師、禮部尚書、武英殿大學士。嘉靖二十七年，因議復河套事件爲嚴嵩所構，卒坐棄市，年六十七。

[2] 仰惟祖宗舊典，凡三年一開科取士：仰思前代祖宗的典章制度，每三年舉行一次科舉考試以選拔優異士人。仰惟：仰慕、仰思。《尚書·周書·周官》："仰惟前代時若，訓迪厥官。"

[3] 例該會試天下舉人：按例應該舉行會試考核全國舉人。會試：處于明代

① 參見仲曉婷《明中後期官方“正文體”奏議及行政運作》，《古代文學理論研究》2020年第1期。

科舉考試體系的第二級，是全國層面的科舉考試。應試者爲全國新科及往科舉人，天順八年(1464)後還包括符合條件的舉人教官，競取的是殿試資格。考期一般在二月(有因故改期的情況)，故被稱爲“春闈”。由于會試由禮部主持，故又被稱爲“禮部試”或“禮闈”。舉人：以“舉人”一詞固定稱呼鄉試中式者，始自明代。元代所有鄉試者均被稱作“舉人”。

［4］承乏南宫：由于職位空缺，暫時由我任職于禮部。承乏：舊時官場謙辭，謂職位一時無適當人選，暫且由己充數。《左傳·成公二年》：“敢告不敏，攝官承乏。”南宫：指禮部。

［5］叨知貢舉：主持科舉考試。叨：表承受的謙辭，忝，辱。知：官制用語，意爲主持。貢舉：古時官員向君主薦舉人員，泛稱“貢舉”，始于西漢，後即指科舉考試。

［6］除科場一應合行事宜，無不仰承德意，題奉欽依次第舉行外：除了科舉考試一切應行事務，無不恭敬地依從皇上的意旨辦理，提請欽準依次舉行外。一應：所有一切。合行：應當，應該施行。張居正《陳六事疏》：“重大機務，有某部知道者，雖若稍緩，亦必合行事務。”仰承：敬受，承受。王栐《燕翼詒謀録》：“自後軍師亦仰承朝廷優恤之意，待遇之禮與統領官等。”德意：布施恩德的心意。《周禮·秋官·掌交》：“道王之德意志慮，使咸知王之好惡。”題奉欽依：古代公文用語，意爲根據皇帝的批準。欽：敬。《尚書·盤庚》：“欽念以忱。”

［7］條爲三事：逐條陳述爲三大事項。

［8］敢爲陛下陳之：敢請爲陛下陳説。敢：謙辭，冒昧之意，敢請，敢煩。

［9］竊惟國家建學較、聯師儒：我私下思慮國家建立學校、聯結教官學官。竊：謙辭，指私下、私自。惟：思，思考。許慎《説文解字》：“惟，凡思也。”賈誼《治安策》：“臣竊惟事勢。”“較”：應爲“校”。師儒：指教官或學官。《周禮·地官·大司徒》：“四曰聯師儒，五曰聯朋友。”

［10］既乃設科目、較文藝以網羅天下之成材：于是設立科目、較量文學才藝來搜羅天下的可用之材。既乃：于是。

［11］造士求才之法，可謂盡善極矣：造就賢士謀求人才的制度，可以説是極其完善了。造士：造就學業有成就的士子。《禮記·王制》：“順先王詩、書、禮、樂以造士。”鄭玄注曰：“順此四術而教以成是士也。”矣：《南宫奏稿》本作“美”。

［12］焕：《南宫奏稿》本作“炳”。

［13］誠所謂治世之文矣：的確是太平盛世的文章。誠：的確，確實。治世：

太平盛世。《荀子·大略》:“故義勝利者爲治世,利克義者爲亂世。”

[14] 剽掇:抄襲,摘録。文徵明《毛公行狀》:“時舉子學《易》多事剽掇,以求合於有司,於經義初無發明。”掇:選取,選録。《詩·周南·芣苢》:“采采芣苢,薄言掇之。”《南宫奏稿》本作“剟”。

[15] 蹈襲:因循,沿襲。

[16] 争相崇尚,以自矜眩:争相推崇,以自誇耀。矜眩:自誇炫耀。

[17] 究其歸,不過以艱深之詞飾淺近之説,用奇僻之字蓋庸拙之文,如古人所謂減字换字之法云耳:深究他們的趨向,衹是用深奥難懂的文詞粉飾淺薄卑陋的學説,用奇特冷僻的文字掩蓋庸俗拙劣的文句,類似于古人所説的減少、變换文字的方法罷了。減字:唐宋曲子詞中的術語。詞的句度和聲韵,都須按譜填寫,不能變换。但當時樂師在聲腔方面,仍有些伸縮,因舊曲而爲新聲。如《木蘭花》原爲七言八句,後將一、三、五、七句各減去末三字,成爲《減字木蘭花》。

[18] 純正博雅之體、優柔昌大之氣蕩然無有:純粹醇正、淵博雅正的體式,温和敦厚、昌盛光大的氣韵不復存在。

[19] 熾:熱烈旺盛。

[20] 伏自皇上登極以來,聖學格天,帝文焕日:自從皇上您登臨帝位以來,孔聖之學感通上天,光彩照日。伏:對尊長自謙的敬辭。枚乘《七發》:“伏聞太子玉體不安,亦少間乎?”極:特指君位。聖學:指孔聖之學。格天:感通上天。《尚書·君奭》:“我聞在昔成湯既受命,時則有若伊尹,格於皇天。”帝文:上天所降文字,指圖緯。《後漢書·班彪傳》:“於是聖皇乃握乾符,披皇圖,稽帝文。”

[21] 屢發德音,黜浮崇雅:數次發布仁德的教令,貶落浮華、崇尚雅正。屢:屢次,數次。德音:猶德言,指合乎仁德的言語、教令。《國語·楚語上》:“忠信以發之,德音以揚之。”

[22] 宜乎文章之盛,駸駸乎與三代同風:按説本朝文章繁盛,應與夏、商、周三代風氣相同。駸駸:馬行疾貌,喻事業發展之迅、之盛。《詩·小雅·四牡》:“駕彼四駱,載驟駸駸。”

[23] 鄉試程文:指鄉試考録後解送禮部、進呈御覽的文字。鄉試:明代嚴格意義上的科舉考試初始階段,是省級層面的科舉考試。應試者爲明初通過州縣保舉和正統後通過科舉的考生,競取舉人功名和參加會試的資格。考期一般在八月,故又稱“秋闈”。鄉試以直、省爲單位,分别在兩京府和十三布政司的省會舉行,故又稱“鄉闈”。應天府(今南京等地)的鄉試因地處南方故名爲“南闈”;順

天府(今北京等地)在北方,故名爲“北闈”。程文:科舉考試時,由官方選定或録用考中者所作,以爲範例的文章。明代以後特試官擬作者,可爲舉子起到作文範式和導向的作用。

[24] 類皆猥鄙不經,氣格卑弱:這些範文大抵都低劣而不合常法,氣韵和風格低下纖弱。類:大概,大抵。猥鄙:卑鄙,低劣。不經:謂近乎荒誕,不合常法、常理。氣格:指詩文的氣韵和風格。皎然《詩式》卷一:“語與興驅,勢逐情起,作不由意,氣格自高。”

[25] 背盭經旨,决裂程式:乖違經典旨意,背離規矩法式。背盭:悖謬,相反。盭(lì),同“戾”,乖違。《漢書・張耳陳餘傳》:“何鄉者慕用之誠,後相背之盭也。”决裂:毁壞、敗壞。

[26] 其或刻意以爲高者,則浮誕詼詭而不協於中:其中有把費盡心思雕琢文章認爲是高妙的人,其文便輕浮放蕩、荒誕怪異而與主旨不相協調。浮誕詼詭:輕浮放蕩,荒誕怪異。

[27] 騁詞以爲辯者,則支離磔裂而不根於理:其中有把馳騁文辭認爲是善言説的人,其文便繁瑣雜亂、殘缺分裂而不根植于事理。磔(zhé),分裂。

[28] 若不大振頹風,力救斯文之弊,則將來道術日微:如果不大力振發頹敗的風氣,竭力救正文風的弊病,那麽未來的道德學問將日漸衰微。振:振發,振起。道術:道德學問,文章道德。

[29] 伏乞:向尊長請求。

[30] 敕考試官今次會試較士:敕命考試官此次會試考評士子。敕:敕命,命令。較士:應爲“校士”,指考評士子。

[31] 凡一切駕虚翼僞、鉤棘軋茁之習,痛加黜落:凡一切虚浮矯飾、艱澀難通的習氣,要徹底地除名。鉤棘:本義指兵器,亦作句戟、鉤戟。《史記・秦始皇本紀》:“鉏櫌棘矜,非錟於句戟長鎩也。”後形容文字艱澀,不流利,爲文鉤章棘句。軋(zhá)茁:曲曲折折地出生。喻文章佶屈聱牙,晦澀難通。黜落:指科場除名落第、落榜。

[32] 庶幾:或許可以,表希望或推測。

[33] 責主司以定程式:責令主司來確定模範法度。責:責求,命令。

[34] 體格:指詩文或字畫的體裁格調,體制格局。封演《封氏聞見記・聲韵》:“自聲病之興,動有拘制,文章之體格壞矣。”

[35] 初場:指鄉、會試所設三場考試之第一場。鄉試會試考程相同,第一場

考《四書》和本經，稱爲前場；第二場考論、表、判，第三場考策，稱爲後場。祝允明《懷星堂集》謂："三試皆以言審心，詳外以測中。本之初場，求其性理之原；以論觀其才華，詔、誥、表、判，觀其詞令；策問觀其政術。咸善焉，則爲臣也道立才通，而令修政舉矣，否則反之。"

［36］《五經》：儒家經典著作《詩》《書》《禮》《易》《春秋》之合稱。《四書》：儒家經典著作《論語》《孟子》《大學》《中庸》之合稱。

［37］求其旨趣不失而詞理俱到者：尋求他們當中不偏離遺漏經義，且文詞義理全能顧及的人。

［38］論：指論説文，要求作者具有一定的説理能力，分析問題並進行評價的能力。表：是國家有大事、節日或被授予官職時，各級官員所上于皇帝的文字，明代對此有具體的格式規定。判語：科舉考試内容之一，是考生對疑事所下的斷語。

［39］五策：指解决問題提出的具體主張。

［40］求其隨扣即應而博洽貫通者：尋求他們當中能够做到即問即答并且學識廣博融會貫通的人才。隨扣即應：即問即應，指面對他人發問，不需搜腸刮肚而能立刻給予回答。扣：同"叩"，指敲擊，詢問、探問、求教，此指發問。《元史・虞集傳》："兄集，接外方士，必扣擊其説，嘗以爲聖人之教不明，爲學者無所底止。"應：回答。博洽：知識廣博。《後漢書・杜林傳》："林從竦（張竦）受學，博洽多聞。"貫通：全部透徹瞭解。

［41］風簷寸晷：謂科舉時代考場寒冷，時間緊迫，十分艱苦。謝肇淛《五雜俎・事部三》："然七意五策皆似太多，風簷寸晷，力不能辦，求其完璧，事事精好，安可得也？"亦作"風檐寸晷"。

［42］衿式：示範，楷模。

［43］間有之，是取什一於千百也：即使偶爾存在，也是少之又少的。間：間或，偶爾，有時候。"取什一於千百"，形容極少。陸機《嘆逝賦》："故舊要於餘存，得什一於千百。"

［44］《試録》：明代鄉、會試的試卷，由考官負責編纂的考試記録文獻，稱爲"程文"，亦稱"試録"。一般包括考試官員名單、考試題目、録取者名單與程文代表作等。分爲《鄉試録》《會試録》《登科録》。

［45］且自來諸省《鄉試録》文字不及兩京：況且歷來各省鄉試録文章比不上北京、南京。《鄉試録》：是由各直省每科鄉試的主辦者按制主修的專門登載一科

鄉試主考、同考以及提調、監臨、監事等執事官，考題和中式者名單及其本經以及“程文”等信息的科舉文獻。但“鄉試録”在明初很長一段時間並未成爲該類文獻統一的專門稱謂，而是更多地被稱作“鄉闈記録”或“試録”“小録”等，至遲到天順以後在正式的“鄉試録”中便一律以“鄉試録”稱之。兩京：明代以北京爲首都，南京爲留都。

［46］而《會試録》文字每冠天下：但《會試録》文章則每每冠絶天下。《會試録》：由禮部刊刻出版，主要包括前序、後序、入場官員名單、三場考試題目、中式舉人名單和程文六個部分。它承載着中式者、考官和執事者的驕傲，又是天下士子向往、學習的楷模，尤其所刊三場考題和程文更被天下舉子奉爲圭臬。

［47］蓋兩京主考用翰林官二人，而會試則用館閣儒碩及諫垣郎署之素有文名者充之：大概（是因爲）兩京主考用翰林官二人，而會試則用館閣中博通的學者與諫垣郎署中素來以文著名的言官。蓋：表推測，大約，大概。館閣：明、清兩朝爲翰林院别稱。因圖書、修史、編敕等事皆歸翰林院，故稱。儒碩：博通的學者。諫垣：諫官治事之所，亦指諫官。郎署：指朝廷各部衙門司官以下的屬官。

［48］所以《試録》程文成於多賢之手，足爲海内衿式，庶幾學者有以循據：因此《試録》範文完成于多位賢者手中，足以作爲全國的示範，或許可以爲求學之人提供依循和根據。

［49］文理紕繆，體裁龐雜，殆不可觀：文章内容與詞句條理錯誤荒謬，體裁多而雜亂，幾乎不值得一看。紕繆：錯誤。《禮記・大傳》：“五者一物紕繆，民莫得其死。”鄭玄注曰：“紕繆，猶錯也。”殆：大概，幾乎。

［50］以致初學之士不辨臧否，方且争效所爲：導致剛剛開始接觸學習的人不分好壞，還要争相效仿這種文章。辨：《南宫奏稿》本作“辯”。方且：尚且，還要。

［51］至於平日善爲文者，亦不能守其故步，反遷就其非繆以希合一時：至于平時善于撰寫文章的人，也不能堅守他們原來的作文之法，反而曲意相就那種錯誤荒謬的做法，來希求迎合一時的潮流。

［52］將來可勝救哉：將來還能够拯救得了嗎？勝：能够，禁得起，承受得住。救：明崇禎十一年吴一璘刻《夏桂洲先生文集》本與《南宫奏稿》本均作“捄”（jiù）。

［53］冠冕正大：莊嚴體面、弘正大氣。

［54］足資治體：足以爲治國綱領提供借鑒。資：供給，幫助。治體：治國的綱領、要旨。賈誼《新書・數寧》：“以陛下之明通，因使少知治體者得佐下風，致

此治非有難也。”

［55］於經書則摘取大章大旨，於策論則試以大經大法：對于經書就選摘採取基本的法度和要旨，對于策論就考察根本的原則與法規。策論：指議論當前政治問題、向朝廷獻策的文章。

［56］不許裁裂牽掇，徒事帖括及困以隱僻，有如覆射：禁止裁剪分裂、牽强附會，徒然設置不切時用的題目，以及用幽微冷僻（的題目）來陷考生于困頓之中，這就如同射覆游戲一樣讓人難以猜測。裁：《南宫奏稿》本作“截”。牽：牽强附會。掇：拾取，摘取，摘抄。徒：徒然，枉然。帖括：士人應科舉考試時所使用的簡便本子。唐制，凡應科舉者，試帖經。應試者總括經文中的一些難句，編爲詩賦，以便記憶，故稱。明清時士子考八股文，亦仿唐人做法，研習制藝文章，帖括盛行一時。如：吴一璘本作“加”，據《南宫奏稿》本校改。覆射：即射覆。古時一種游戲，通常置物于覆器之下，讓人猜測。此處用以借指猜測。

［57］但議者以爲考試官留心改文，有妨閲卷：然而（對此有所）議論的人則認爲考試官關注于修改文章，有可能會干擾評閲試卷。妨：干擾，阻礙。

［58］閲卷、刻文各有餘力：評閲試卷、刻印文章各自有餘裕的力量。

［59］而真才之得、程文之體，當有可觀者矣：而真才的選拔、程文的體式，也應當有值得一看的了。

［60］簡考官以重文衡：選擇考官來慎重科場文章的評選。簡：通“柬”，選擇。文衡：即“衡文”，評選文章。劉禹錫《唐故尚書主客員外郎盧工集紀》：“丞相曲江公方執方執文衡，揣摩後進，得公深器之。”

［61］該本部題請：應由本部奏請。題請：奏請。

［62］儒臣：泛指以經學出身的文臣。劉因《張燕公讀書堂詩》：“濟濟唐開元，儒臣相伯仲。”詹事府：秦漢時，太后、皇后、太子各宫均置詹事。後詹事專爲太子東宫官屬之長。明承舊制設詹事府，其職官有詹事、少詹事及府丞等。詹事統掌府（詹事府）、坊（左右春坊）、局（司經局）之政事，以輔導太子，少詹事佐之。《明史·職官志》載：“詹事府。詹事一人，正三品。少詹事二人，正四品。”翰林院學士：明清置翰林院，專掌秘書及文史的撰著。有侍讀、侍講學士，簡稱侍讀、侍講，然亦沿用古名，泛稱爲翰林學士。

［63］同考試官：即同考官。自唐宋科舉選士制實行後，凡鄉、會試皆置主考官、同考官以甄選人才。同考官爲主考官之副，所置人數不一，兩闈發榜後，即罷。同考官是明清鄉試、會試中協同主考或總裁閲卷官之統稱。由皇帝簡派，掌

分房閱卷及加批後薦給主考或總裁，故又稱房考官、房師。

［64］内閣：官署名。明初，朱元璋爲加强皇帝專制，于洪武十三年（1380）廢丞相，十五年設華蓋殿、武英殿、文淵殿、東閣等大學士，爲皇帝顧問。明成祖朱棣即位後，命以官品較低的五品官翰林院編修等入文淵閣當值，參與機務，因其地在午門内故稱爲“内閣”。仁宗後，閣職漸崇，入閣者爲尚書、侍郎。講讀、修撰、編修：均爲翰林院官名。講讀，即侍讀學士、侍講學士。明代翰林院有侍讀學士、侍講學士以及侍讀、侍講等定額之官，掌講述和編撰經史以及充任經筵講官等事，合稱講讀。修撰：即翰林修撰。明代以翰林院兼前代史館之任，故于翰林院中置修撰。明清設爲翰林院史官之魁，掌修國史。凡修日曆、寶訓、實録及史志等分任撰著，考輯、檢閱諸事。編修：翰林院史官，無定員，地位低于修撰。

［65］六科給事中：明初沿襲前代制度，設給事中，掌封駁。按六部分爲吏、户、禮、兵、刑、工六科，掌侍從、規諫、稽查六部百司等事。凡朝政得失，百官佞賢，各科或單疏傳達，或公疏聯署奏聞。並負責將奏章内容抄送各有關部門承辦。《明史・職官志》載：“吏、户、禮、兵、刑、工六科。各都給事中一人，正七品，左、右給事中各一人，從七品。給事中，吏科四人，户科八人，禮科六人，兵科十人，刑科八人，工科四人，並從七品。後增、減員數不常。萬曆九年裁兵科五人，户、刑二科各四人，禮科二人。十一年復設户、兵、刑三科各二人，禮科一人。”

［66］先年：往年，從前。坊局：指左右春坊、司經局。

［67］主考、同考俱得於群彦之中遴選以充：主考官、同考官都可在衆英才之中來選拔充任。彦：才德出衆的人，才士。許慎《説文解字》：“美士有彣（文），人所言也。”

［68］是以關節難通，人鮮猜議：因此考生難以暗中行賄勾通考官，人們便少有猜疑議論。關節：指暗中行賄勾通官吏之事。

［69］杜門謝客：閉門不出，不與人往來。杜門：閉門不出。謝客：謝絶賓客，不與人往來。

［70］自侍讀以下通得十一人，則當盡數入場，始足供事：從侍讀以下總共有十一人，須當全部進入考場，方足以供奉職事。通：總共，通共。供事：擔任職務。

［71］然中間或有臨時妨礙，則五經房考官必不能備，難免誤事：但中間如果出現突發狀況，那麽五經房的考官必定不能該備，免不了耽誤事情。或：間或，有時。妨礙：干擾，阻礙。備：完備，齊備，該備。誤：耽誤，吴一璘本與《南宫奏稿》本均作“悞”。

［72］乞敕内閣，今次於六科、部屬查照舊規六員之外，再加訪推三、四員：請求命令内閣，此次在六科、部屬核查並按照過去的規定在六名官員以外，又加三、四名訪推官員。乞：請求，希望。部屬：舊指中央六部各司署的屬官。查照：舊時公文用語，要對方注意文件内容，或按照文件内容辦事。訪推：即“推訪”，此指職在查詢、探訪的官員。《魏書・孟威傳》：“後以明解北人之語，敕在著作，以備推訪。”

［73］庶文衡得人，而取士之效可幾矣：或許考官選拔得當，那麼取士的效果就差不多了。庶：或許可以，表希望或推測。幾：幾乎，差不多。

［74］再照會試之期伊邇：再依照會試的期限將近。照：按照，依照。伊邇：將近，不遠。

［75］天下舉人方爾雲集：普天之下的舉人都將在此時聚集。方：將，將要。爾：此，這。雲集：指人群像雲一樣從各處聚集到一起。

［76］所宜預行曉諭，示以嚮方：適宜預先進行曉示，用正道義方垂示于人。所宜：適宜。曉諭：明白告知，使人領會。嚮方：歸向正道。方：義方。

［77］合候俞允：指獲得皇帝許可。合候：大臣向皇帝請命時所用敬語。俞允：指帝王的許可。何光遠《鑒誡録・語忌誡》：“累乞一藩，終不俞允。”後書函中亦用請對方允許的敬辭。俞，應諾之詞；允，許可，後即稱允諾爲“俞允”，多用于君主。《尚書・舜典》：“帝曰：‘俞！往，欽哉。’”《南宫奏稿》本作“合候俞允命下”。

［78］本部出給榜文，於本部及科場門首張挂，使多士知所遵守：本部付給文告，在本部以及科舉考場的門前展開挂起，使衆多賢士知道所須遵守的規範。出給：發給，付給。榜文：指文告，告示。門首：門前。多士：衆多賢士。《詩經・大雅・文王》：“濟濟多士，文王以寧。”

［79］仍行考試官一體欽遵施行：考試官一律恭敬地遵照並執行。一體：一律。《南宫奏稿》本作“仍行考試官一體欽遵，知會施行”。

［80］文運有關國運，所係不細：文學的氣運關涉國家的氣運，其所涉及的内容關係重大。

［81］爾部裏便出榜曉諭：你們禮部就貼出文告告知。爾：第二人稱代詞，你。吴一璘本作“尒”，與“爾”同。《南宫奏稿》本作“您”。出榜：貼出文告，此指貼出被録取或被選取人名單。

［82］中式：符合標準，意指科舉考試被録取。中：符合，適合。式：法式，標準。

［83］仍前：因襲前代。仍：因襲，因循。

［84］甚則令主考官指名具奏處治：情節嚴重的就命令主考官指明名字，備文上奏，處罰懲治。具：完備，詳盡。具奏：備文上奏。處治：處罰，懲治。

［85］揭曉日期照舊，其餘依擬行：公布考試録取名單的日期跟原來一樣，其餘依據擬定的實施。

［86］欽此：象徵皇帝到此親自頒布詔書，舊時專用于引述皇帝諭旨之後，表諭旨結束。

闡義：

這篇奏疏的主體内容，可劃分爲三。第一部分，變文體以正士習，即通過文體的救正來改變士風士習。一方面從正面追述前代，尤其是成化、弘治年間科舉文章之盛；另一方面又自反面指出正德末年以來科場文風的流弊。針對此，夏言從兩方面來對正文體提出要求：主試改卷與試録程文。前者主要歸屬于第一部分内容，是間歇性的事件引導，重在立竿見影；後者則主要歸屬于第二部分内容——責主司以定程式，即重視鄉試録與會試録的編選與程文的改訂，是常規性的日常引導，重在潛移默化。夏言先從正面分析試録程文多出于主司之手的原因，並肯定其合理性；再自反面指出近年試録程文多出于士子之手，以致文理紕繆、體裁龐雜，並引導了不良的文風。鑒于此，夏言從試前命題、試後程文裁正兩方面提出建議，以發揮試録程文積極的示範作用。第三部分，簡考官以重文衡，即重視考官的遴選。通過充足考官的備選人員，使得考官的最終選定具有不確定性，考生不能必知考官爲某，難以暗中行賄勾通考官。此外，時當開科之年，翰林院官須閉門謝客以遠嫌，故能進一步減少作弊。三部分内容均是針對當時科舉制度不當之處的救正。此中可注意者，略有以下三點：

（一）正文體與明代政治文化取向

正文體是夏言此篇奏疏的重點所在，文章第一、二部分均係于此進行建言。夏言何以如此重視科舉文體之正？且自嘉靖始，正文體已然成爲一個流行話題，以至于禮部上書時常涉及。

首先，自歷史的發展脈絡言，文體之正大概與科舉考核路徑的不斷收窄有關，並與明代"一學術""一道德"的政治文化取向密切呼應。

在這篇奏疏中，夏言談到國家通過建學校、聯師儒來教育培養學子，然後再"設科目、較文藝以網羅天下之成材"。而所謂"科目"，在明代實"有科無目"，它已從前代分科取士的名目(如秀才、明經、進士等)變爲進士科所考的經義、表、策等文體。在取士科目上,中國古代科舉史經歷了從唐、宋的多科目取士到元、明、清"有科無目"的變化過程;在考試文體上,出現了從詩賦取士、經義取士發展到"專重四書文"的變化過程。在此過程中,王安石"罷詩賦及明經諸科,以經義、論、策試進士(《宋史》卷十五《本紀第十五》)"的科舉改革,不但在科舉諸文體中罷去詩、賦,還在科舉上罷去進士科之外的其他科目,使得科目變得"有科無目",經義、論、策(尤其是經義)等成了士子由科舉出身的單一考核文體。王安石的變革雖僅僅推行了數十年,但對元、明、清三代的科舉制度產生了深遠影響。元代不但沿襲了王安石"有科無目"的制度設計①,且首次將四書作爲整體確立爲明經科中的第一科目,從而將理學置于經學之上。②這種以理學試士的做法爲明所繼承,從科目的萎縮到文體的限定,"科目取士"制度逐步單一化,科舉考核路徑的不斷收窄,與各朝政治文化上"一學術""一道德"的取向是緊密呼應的。

其次,自明代科舉文章的自身流弊言,文體之正關係着士風之正、學術之正,與明代專制體制的構建相適應。明承元代政治專制,並有進一步加强的舉措。相應地,明代將程朱理學定爲官方意識形態。在科舉制度的設定上,則採用元代"有科無目"、首重四書文模式。此外,還定下了理據程朱、代聖人口氣、體用排偶等格式要求。

從明初到成化、弘治年間,科場文風漸由質實向雅暢轉變,偶有險怪習氣,多被主試、提學官員糾正。及至正德後期,浮華、險怪的文風再次流布。明中期後,程朱理學實已淪爲科舉之學,士子多汲汲于功名利禄,士習、學風日下。科舉文章之弊愈甚,儒學正統思想缺失,士子文風浮華。自嘉靖始,正文體問題引起普遍關注,並作爲官方要求納入行政運作。嘉靖五年(1526),張璁條陳慎科目三事之首條"正文體",或爲最早的官方"正文體"記録。後嘉靖十一年,夏言接續進呈此篇奏疏,乃應時之作,條條剴切時弊。他上書的首條便是"變文體以正士習"。在他看來,科舉文風與士風之間存在對應關係。關于文體之"正",夏言以成化、弘治朝的科舉文風爲典範,認爲當時"科舉之文號稱極盛",文體舂容,士習醇正。但到正德末年,科舉文風日趨新奇,八股文寫作中普遍存在不加轉化地模擬《左

---

①"科目"一詞涵義在《元史·選舉志》裏發生了新變化,在《唐書·選舉志》或《宋書·選舉志》中,"科目"指分科取士的名目,如秀才、明經、進士等。至《元史·選舉志》,"科目"則指進士科所考的經義、古賦、表、策等文體。

②參見陳維昭《論經學流變、政治文化對中國科舉史的影響》,甘肅社會科學2023年第6期。

傳》《國語》《戰國策》等典籍詞句的情形，生搬硬套，矜矜于炫耀奇詞麗句，將八股文簡單作爲博取功名的工具。因此，夏言認爲須救正文體方能振頹風、揚道術、得真才，“凡一切駕虛翼僞、鉤棘軋茁之習，痛加黜落”。嘉靖十七年(1538)再次提準，會試校文，“其有似前駕虛翼僞、鉤棘軋茁之文，必加黜落，仍聽考試官摘出，不寫經傳本旨，不循體制，及引用莊、列背道不經之言，悖謬尤甚者，將試卷送出，以憑本部指實奏請除名，不許再試”(申時行等重修《明會典》卷七七《科舉通例》)。首次鮮明指出，科舉文不許引入《莊子》《列子》等書，這些均非儒家思想，屬于背道不經之言，並將“駕虛翼僞、鉤棘軋茁”視爲引入《莊子》《列子》之後的結果。可見，在明代的政治設計中，正文體主要有三大任務：崇正學、黜異端、正風格。①

自官方立場來講，正文體憑藉國家權力對科舉文體進行規範，從而達到“一學術”“一道德”的目的。夏言此番上疏的主要目的便在于，通過官方行政運作，振復儒學正統。通過正學術、正文體、正士風之三位一體，維係世道人心、挽救士風頹勢，進而阻止政治衰敗。

(二) 三場並重，通經致用

作爲明代中央文化機構和官員“儲備庫”，翰林院對科場文風有重要影響。一方面，翰林官員負責兩京鄉試及會試主考，其命題、評卷、録取工作可在很大程度上規範科場文風；另一方面，翰林官員負責《鄉試録》《會試録》的編選及程文的改訂，可爲未第士子樹立科場文章的典範。夏言此篇奏疏第二部分内容便重點關注于翰林考官對試録程文的編選與改訂，以期救正科場文風之流弊。

明代考試題目的設置，與當時科舉考試中第二、三場的地位變化有關。科舉制度興起于隋唐，北宋更定科舉之法，罷詩賦崇經學，以經義、論策取士。明代科舉取法于宋，將經義和論策分爲前、後場。明代鄉試、會試第一場試《四書》《五經》，即所謂八股文，稱爲前場；第二場試論、判語、詔誥表箋；第三場試經史策，稱爲後場。由于經義是國家維係人心的基礎，故明中期以前，不管是學校教學，還是鄉、會試層面，皆以經義爲重。天順後，社會上始現批判科舉考試對首場的偏重。如成化末，邱濬批評科舉考試前場題目過多，以致士子無暇顧及後場(邱濬《大學衍義補》卷九《治國平天下之要》)。歷官成化、弘治、正德三朝的王鏊，認爲國家取士偏重經義是科舉不得人才的主要原因(王鏊《震澤集》卷三三《擬皐

① 參見張德建《正文體與明代的思想秩序重建》，《文學遺産》2019 年第 1 期。

言》)。在科舉考試的實際録取中,鄉試、會試考官往往以經義來决定考生去取。此外,明初至嘉靖時期,由于考生人數激增,考官閱卷壓力隨之增大,故明代科舉更偏以經義爲重,致二、三場之學逐漸衰落。明中期始,科舉取士對經義的偏側,一方面導致士子不通史學與實務,與國家社會的發展相脱節;另一方面,則致士子專務初場、徒事記誦,使得經學日益空疏,並加劇科場剽竊現象的發生。

因此,對于士子的考核,夏言認爲:"初場試以七篇,皆以《五經》《四書》大義,求其旨趣不失而詞理俱到者,已爲難得。於中場試以論、表、判語,末場試以五策,求其隨扣即應而博洽貫通者,尤爲難得。"夏言實已認識到,相比于前場,後場更有難度,更能凸顯考生水平。于是,對于所試三場題目,夏言奏請"俱要冠冕正大,有關理道,足資治體。於經書則摘取大章大旨,於策論則試以大經大法,不許裁裂牽掇,徒事帖括及困以隱僻,有如覆射"。"徒事帖括",是由于經義本身内容固定,且有指定的注疏依據。①而可出之題目也不過數百道,易于互相傳抄,考生首場答卷大多空疏雷同,"科場帖括,蹈襲成風"(沈德符《萬曆野獲編》卷十六《録舊文》)。爲防止書坊猜測題目以及考生抄襲,出題者不斷變换前場試題,减少重復命題。但這種命題方式又出現許多問題,出題者往往割裂經傳,曲解經書本意,他們寧可冒"摘裂牽綴"出題可能招致糾劾治罪的風險,也不會放棄割裂經文出題的方法以對付背誦剿襲的士人。②相比之下,後場則須考生長時間的積累,"論策非淹貫百氏者莫能工"(楊守陳《楊文懿公文集》卷六《送陳士賢詩序》),其出題較爲靈活。要之,相比于以經義取士,以後場之論策取士則不僅關乎時政、體現士子的政務處理能力,是士子博洽貫通,通經致用能力之體現;還能有效抑制士子專務初場、徒事記誦之弊。故夏言表現出三場並重的傾向。

至于試録程文,夏言並未否定考官代作程文的行爲。一方面,由于二、三場地位的邊緣化,士子的論策寫作水平亦不斷下降。是故鄉、會試中二、三場佳卷甚少,試録一出,輿論嘩然。考官不得不代作程文,以避免聲譽受損,甚而遭到禮部處罰。正因如此,明代前後場雖皆有考官代作的現象,但代作後場程文現象則更爲普遍。③另一方面,應試之士在短時間内所作之文極少有能直接作爲範文的,即如夏言所言,前場試經義"求其旨趣不失而詞理俱到者"已爲難得;後場"求其隨扣即應而博洽貫通者"則尤爲難得。故夏言主張"每題於士子可録之文,仍

---

①參見郭培貴《中國科舉制度通史・明代卷》,上海人民出版社 2015 年版,第 277 頁。
②參見龔篤清《中國八股文・明代卷》,岳麓書社 2017 年版,第 125 頁。
③參見陳彦敏《明代科舉考試中的二三場》,《歷史教學問題》2023 年第 6 期。

令考試官重加裁正”,這爲程文改訂留下了空間,也爲二、三場之學樹立了正向典範。

明代“有科無目”、三場獨重首場的科舉制度,使得空疏不學、人品低下者也可獲售。爲救正此弊,不論是科舉之命題,還是程文的編選與改訂,夏言都有着三場並重的傾向,要求“有關理道,足資治體”,以利于博洽貫通、通經致用的真才之得,以及科場程文典範的樹立。

(三)“閱本經”規則下兼顧科舉考試公平性與專業性之兩難

夏言條陳第三事“簡考官以重文衡”,主要圍繞充足考官參選人員以防止考生作弊進行建言。這實際涉及明代科舉制度公平性與專業性之矛盾,以及在此矛盾之下,面對嘉靖十一年“大禮議”風波所造成的影響,夏言不得不直面該矛盾而提出臨時舉措。

明代會試以專經試士,士子從“五經”中選考一經,稱爲“本經”。會試同考官常常直接決定士子去取,其權責甚重。爲維護科舉考試的專業性,提高閱卷效率和權威性,避免社會對考官專業程度的質疑,明代會試要求同考官自身專經與所閱試卷相合,簡稱“閱本經”①。據景泰至萬曆年間各科會試同考分房情況,可知明代會試“閱本經”原則自景泰二年出現,一直延續至崇禎時期。在萬曆十九年朝廷明令確認前,“閱本經”以慣例形式實際運作,之後則可視爲明確的制度。但在制度實踐中,一方面,明代會試制度要求翰林官占據同考主體,使得同考選任範圍狹窄;另一方面,“閱本經”規則又使得同考人選及分房趨于固定,兩項制度交互作用,使得合格的同考人選偏少,極易猜中。隨着信息的流通與傳遞,有心士子便可尋訪熟識的同經翰林官,打通關節。此外,同經可“越房搜卷”則使一經試卷同考皆能寓目,不會錯失。這些制度漏洞爲士子掌握後,成爲導致明代中後期幾次重大科場弊案的重要原因。②

在斟酌了“閱本經”的利弊後,明廷選擇在保證專業性的前提下采取部分調閱等措施,以維護考試的公平性。所謂“調閱”,是指閱卷與本經不符的情況,即與“閱本經”相對的“閱他經”。在景泰二年至萬曆三十二年所見四十八科會試中,雖然間有調閱情況,但“閱本經”原則始終得到較好實行。發生調閱的根本原因則在于翰林同考人選不足(或緣于選拔有官品限制,學士以上不得參與;或緣

①參見李思成《明清會試“閱本經”規則的演變》,《山東社會科學》2023年第9期。
②參見李思成《明清會試“閱本經”規則的演變》,《山東社會科學》2023年第9期。

于會試同考增員；或緣于當時丁憂、居家的翰林官無法參加；或緣于孤經缺人①；或緣于甫授職的翰林官不能立刻擔任同考；或緣于翰林同考需限資、限次等），使得"閱本經"制度無法完全貫徹；避嫌則是出現調閱的次要原因。雖然調閱在一定程度上維護了科舉考試的公平性，但也對"閱本經"的專業性造成了損害，引起了士子對調閱的抵制。面對輿論壓力，明廷終未將"閱本經"規則直接廢除，而是儘量采取補救措施，從而陷入了公平性與專業性難以兼顧的制度困境。

而在嘉靖十一年，受"大禮議"②風波影響，許多翰林官遭外貶，使得"閱本經"原則下，科舉考試的公平性問題顯得尤爲突出。當時，"預知同考"的問題到了朝廷必須正視的地步。時任禮部尚書的夏言即上此疏，直陳翰林同考人選不足，士子可能"必知考官爲某"，從而打通關節實施作弊。夏言于奏疏中提及，該年講讀以下翰林官"通得十一人"，須"盡數入場，始足供事"。況且，儘管當時翰林官盡數入場，若遇突發事件，"則五經房考官必不能備，難免誤事"。鑒于此，夏言提出臨時增選部科同考，減少翰林同考，一方面，使士子"不能必知考官爲某"；另一方面，也爲突發事件做好充足準備。在當年該科會試中，翰林候選者共11人，最終點用7人，入選率爲63.6%。雖然夏言以臨時措施避免了翰林官"盡數入場"，但實際上大部分同考仍可預知。這反映出明廷"閱本經"規則下兼顧科舉考試公平性與專業性的不易。③

夏言此疏將當時科舉之弊病條陳爲三事，深究其內部緣由，則有以上三點可注意者：夏言代表官方態度提出正文體的建議，與明代"一學術""一道德"的政治文化傾向有關；鑒于明代以來科舉考試三場偏重首場之積弊，夏言表現出三場並重的傾向，以切實達到科舉選拔通經致用人才的目的；爲平衡科舉考試的公平性與專業性，在特殊時期采取臨時舉措，通過充足考官選任人員以防止考生作弊。此三項建議，不僅是夏言應時防弊權衡策略的體現，更是明代中期科舉制度現實施行狀況的反映。從中，我們能窺見科舉制度隨時代變化而作出的調整，以及其應特殊時期出現的弊端所作出的修補。

①所謂"孤經"，在明代指《春秋》《禮記》兩經，習經士子數量少，占進士總比例低。

②大禮議：是明世宗朱厚熜（年號嘉靖，1522—1566年在位）以地方藩王入主皇位後，統治階級內部在皇統問題上的政治論爭。這一時間從嘉靖即位之初的正德十六年（1521）四月開始，至嘉靖十七年（1538）世宗一方勝利結束，在嘉靖年間的政治生活中産生了深遠影響。

③參見李思成《明清會試"閱本經"規則的演變》，《山東社會科學》2023年第9期。

編後記

饒龍隼

茲因主編饒龍隼教授承乏調動入職四川大學，又蒙四川大學文學與新聞學院領導支持，本刊從第四輯開始着手改版，由四川大學中國古代文學制度研究中心主辦，並轉由上海辭書出版社出版。此次改版，調整了部分編委會成員，所設欄目也略有更换。感謝杰弗里·J.威廉斯、李浩、馬自力、彭玉平、王兆鵬、朱國華、卓悦諸位先生慨允，擔任本刊新增的編委會成員，使本刊的編輯陣容壯大，學術支持背景也更周全。本第四輯是"明代文學制度專輯"，以後還將陸續編輯推出類似的專輯，並將長期開設"學術名家對談""學術名家筆談""域外文學制度""中外文學制度比較"等欄目。

本輯發表的十四篇文稿，都是有關明代文學制度的專論。之所以要編刊一期"明代文學制度專輯"，乃因本刊參與主辦"明代文學學術研討會暨中國明代文學學會(籌)第十三届年會"，會期是2021年7月31日至8月4日，彼時正當抗擊"新冠"疫情最緊張階段，防疫政策一日三變，最後使得此次盛會開成了綫下綫上並行會議。儘管會議如期進行，參會專家與領導覺得形式新穎、效果不錯；但事發突然，情急應變，難免留下遺憾，比如會議論文集的出版之事，就一直没有得到妥善解决。今依托《文學制度》集刊，編輯一期"明代文學制度專輯"，就是希望對此遺憾有所彌補，以對學會領導和參會代表有個交代。

本輯首發"對談"一篇，是四川大學邀請何宗美教授來校講座，並跟饒龍隼、李瑄教授對談的録音整理稿，兹征得三位教授同意而予以刊發，題爲《知識·制度·思想——明代文學研究路徑之拓展》。其餘文稿大略分四組，《明代八股"以古文爲時文之始"評議》《明代坊刻曲本僞盗現象考論》《中晚明制誥的政治期待與話語表達》這三篇，主要討論明代各體文學的制度内涵；《江右陽明後學鄒守益的文學思想》《明初寓滇詩人群詩歌總集〈滄海遺珠〉及其主題與心態》《困頓與守望：明代中期江西寧藩文學的形成與表現》《晚明循吏兼文人茅瑞徵研究》四篇，主要研討文學活動的制度認同；《閔遇五"會真六幻"〈西廂記〉評點本的文本特色與理論價值》《晚明笑話中的科舉生活》《明末清初遼東戰事小説敘事干預探賾》

三篇，主要闡説通俗文學的制度干預；《〈明太祖實録〉文學令規輯釋八則》《禮部署部事右侍郎何宗彦覆禮科給事中姚永濟條陳科場事宜輯釋》《請變文體正士習等疏輯釋》三篇文學令規輯釋，則屬本刊常設欄目。

借此機會，向給本刊賜稿的各位作者表達敬意。

2024 年 8 月 30 日

圖書在版編目(CIP)數據

文學制度. 第四輯 / 饒龍隼主編. -- 上海 : 上海辭書出版社, 2024. -- ISBN 978-7-5326-6302-6

Ⅰ. I206.2

中國國家版本館 CIP 數據核字第 202407Z25J 號

文學制度(第四輯)

饒龍隼 主編

責任編輯 吕榮莉
裝幀設計 楊鍾瑋
責任印製 樓微雯
書名題字 董乃斌

出版發行 上海世紀出版集團
上海辭書出版社®(www.cishu.com.cn)
地　　址 上海市閔行區號景路 159 弄 B 座(郵政編碼:201101)
印　　刷 上海盛通時代印刷有限公司
開　　本 720 毫米×1000 毫米 1/16
印　　張 18.25
字　　數 307 000
版　　次 2024 年 11 月第 1 版 2024 年 11 月第 1 次印刷
書　　號 ISBN 978-7-5326-6302-6/I・600
定　　價 88.00 元

本書如有質量問題,請與承印廠聯繫。電話:021-37910000